몇 가지 증상의 일상적 소묘(素描)

김미혜 소설집

새미

몇 가지 증상의 일상적 소묘

초판1쇄 2001년 11월 5일 / 지은이 김미혜 / 펴낸이 김태범 / 펴낸곳 새미 / 등록일 1994.
3.10 제17-271 / 편집 김유리 · 김수진 · 황충기 / 영업 한창남 · 김상진 · 선현영 / 총무 김
태범 · 박아름 / 물류 정근용 / 마케팅 정찬용 · 이충섭 / 인쇄 박유복 · 김기종 · 이정환 ·
한주연

주소 서울시 강동구 암사 4동 452-20 럭키빌딩 301호

www.kookhak.co.kr, E-mail : kookhak@orgio.net
ISBN 89-89352-85-1 03800, 가격 9,500원

· 저자와의 협의하에 인지 생략합니다.
· 새미는 국학자료원의 자매회사입니다.

* 이 책은 2001년도 문예진흥기금 일부를 지원받아 발간된 것임

차 례

몇 가지 증상의 일상적 소묘(素描)

5월 5일 화

몇 번이나 방문을 두드리는 엄마의 재촉으로 7시 20분 경 잠에서 깸. 알았다고 대답을 하는데도 엄마는 아침 일찍부터 마음이 급해서 사람을 들들 볶아댄다. 오늘은 마루를 가로질러 드디어 내 방의 보일러관을 빼낼 차례라는데 나는 좁은 방의 어수선한 살림들이 무엇보다 걱정이다. 일단 약부터 챙겨 먹은 뒤 8시에 아침 식사. 이 시각에 아침 먹은 지가 하마 언제인가? 세수하고 어쩌고 하다 보니 벌써 시계가 9시. 드디어 아저씨들이 장비를 들고 내 방으로 진군하셨다. 아가씨 이 방 보일러 밸브 어디 있능교? 여깁니다. 그런데 아저씨, 이것들을 어떻게 할까요? 아아, 밸브 쪽만 뚫을 거니까 걱정 없심더. 방바닥 배관은 원래부터 XL로 되어 있다면서요? 그러이 요쪽으로 들어오는 썩은 파이푸만 빼내면 됩니더. 이 책하고 짐 좀 봐래이, 이 방 같음

사 수리도 못하겠구마는. 그래도 다행이요. 마침 밸브가 입구 쪽에 있어서……. 이거나 좀 치아주소. 방문 입구까지 가리개와 사진틀과 키 낮은 책상이 요동도 못하게 끼어 앉아 있는 분통 같은 내 방. 나는 아버지를 부를 생각도 잊어버리고 일하러 오신 아저씨들과 함께 방 입구의 너절한 살림살이들을 안쪽으로 밀어 부쳤다. 그러고 나니 콧구멍 만한 방은 발 디딜 틈 하나 없이 왼통 귀신처럼 어수선하다. 내 방의 전기요를 안고 수리를 하지 않아도 되는, 그래서 우리집에서 유일하게 멀쩡한 올케 방으로 올라갔다. 올케 언니가 우유 한 잔을 갖다 주었기로 그걸 마셨고 누워 있다가 설핏 잠이 들어버린 모양. 느지막이 잠에서 깬 나는 올케 방에서 내 방으로 내려왔다. 밸브가 있던 쪽이 이젠 큰 고무 함지 만한 넓이로 땜질이 된, 덜 마른 시멘트 자욱을 남긴 내 방이 퍽이나 새삼스러워 보였다. 고칠 걸 고치고 나니 상처처럼 남은 자욱이 눈에 시리다. 그래도 내 방의 공사는 처음 생각했던 것보다는 한결 간단하게 끝이 났고, 시멘트가 마를 때까지 비닐 장판만 덮지 않고 그냥 저냥 한 이틀 견디면 되리라 하니 퍽 다행이라는 생각이다. 도대체 내 방이 아닌 곳에서는 잠을 잘 수가 없으니. 아니, 내 방에서도 단 하루도 숙면을 이룬 적이 없으니……. 피곤을 무릅쓰고 귀신처럼 어질러져 있는 방을 치우기 시작하는데 시집 간 여동생의 전화. 별 곰살궂지 않은 성격인데 아이를 낳은 뒤로는 몸이 피곤한 때문인지 위로를 바라며 자주 엄마나 나를 찾곤 한다. 동생의 전화를 끊고는 먹는 약 때문에 속이 개운치 못하지만 그래도 몸 생각을 해서 저녁을 먹었고, 치우다 만 방도 마저 치웠다. 9시 뉴스를 보기 위해 역시나 내 방처럼 어질러져 있는 안방으로 갈까 하다가 아침나절 엄마의 얘기가 생각나서 그냥 주질러 앉아버림. 덜 마른 시멘트 냄새가 비위를 건드리고……. 오늘도 숙면은 어림도 없으리라는 걸 예감하며 옛날에 읽은, 흑인 작가 랠프 엘리슨의 「보이지 않는 인간」을 책꽂이에서 더듬었다.

5월 9일 일

지난 밤의 소등 시간이 기억나지 않는다. 몇 시 소등? 긴가민가한 잠 속에서 빗소리를 들었다 싶은데 그것도 새벽녘인지 아침 시간인지 알 수가 없고. 지지부진한 내 일상을 글로 기록한 이후 나의 기억력은 현저한 감퇴현상을 보이고 있다. 기록을 믿으려 하는 두뇌의 약삭빠른 작용으로 기억력은 감퇴된 듯 싶은데 감퇴된 기억력 때문에 또 어쩔 수 없이 기록을 하게 되니, 악순환의 연속. 10시경 잠에서 깸. 화장실엘 가기 위해 마당으로 나감. 아아, 이 진한 봄빛. 햇살은 이렇게 천지간에 넘치는데……. 엄마가 수돗가에 앉아 찌개거리를 손질하고 있다. 나도 엄마 옆에 쪼그리고 앉아 웃자고 말을 걸었다. 엄마, 이래 햇볕 아래 쪼그리고 앉아 있으니 내가 영락없는 폐병쟁이 같다 그자? 엄마도 내 말에 후후 웃어 놓고는 금세 정색을 하고 말했다. 시끄럽다, 누가 듣겠다. 내 병이 남에게 전염되는 것도 아닌데……. 가슴에 바람 한 줌이 지나간다. 나는 전부터 늘 생각했었다. 나나 아니면 우리 형제들 중에 겉보기 이상한 바보 자식이라도 있다면 우리 엄마는 과연 그 자식을 부끄러워 않고 남 앞에 떳떳이 내보일까 하고. 엄만 언제나 겉보기 멀쩡하고 새 것만 좋아하는 사람이니까. 다시 안으로 들어왔는데 상희 아줌마가 온 모양, 엄마의 반가워하는 인사 소리. 새로 누워 어정거리다가 7알의 약을 삼킴. 11시에 아침 식사. 막 숟가락을 놓는데 앞집 초롱이 아빠가 오심. 지난 월요일 배관 공사를

시작했으니 벌써 일주일째 집구석이 엉망인 채인데. 썩은 수도관을
빼내는 공사. 일시에 부엌의 싱크대는 본모습을 잃었고, 질질거리는
목욕탕의 수도꼭지들도 제 구실을 못한다는 이유로 거침없이 부숴져
나가고 방바닥의 난방용 파이프까지, 쇠붙이란 쇠붙이는 모두 제거
시키기 위해 방마다 구들이 파뒤집혀지고…… 꼬박 일 주일 동안 시
멘트 먼지와 완강한 벽을 뚫으려는 고집 센 기계의 소음과 씨름을 하
는 중. 초롱이 아빠가 온 걸 보니 어제 저녁, 주방 바닥과 싱크대 쪽의
벽면에 바른 시멘트가 꾸덕꾸덕 다 말라서 도배를 해도 되는 모양.
쉬는 날인데, 집공사를 시작한 이웃이 마음에 걸린 듯 초롱이 아빠가
자청해서 도배를 해주겠다고 했단다. 엄만 상희 아줌마와 함께 온천
장의 누구네 집으로 계하러 가고. 올케언니가, 아침 먹은 지 두 시간
도 안 됐는데 점심상을 차려놓곤 자꾸 먹으라길래 국수 한 오락지를
먹음. 어쩐 일로 오늘은 낚시를 가지 않은 오빠가 일요일인데도 문을
연 '하나장식'에서 바닥재를 끊어 옴. 올케언니는 초롱이 아빠를 염두
에 둔 듯 부추전을 부치고 소주를 준비하고. 와중에 형수 엄마의 전
화. 잔잔한 음악소리. 주일날까지 이래 밖에 나와서 살게 됐다. 예전
엔 내 시간을 갖고 싶다고 엄살을 부렸는데 집에서 빨래하고 아이들
이나 챙기는 삶이 진짜 내 시간임을 이제서야 절실히 느낀다. 날씨가
너무 좋아서 그냥 전화 한번 해봤다. 몸은 좀 어떤데? 원기 돋우는 데
는 민물장어 이상 없는데…… 이래 매이서 살라니까 이웃도 없다. 내
또 전화하께. 글은 그 사람의 말이 풍겨내는 리듬을 표시할 수 없어
좀 그렇다. 형수 엄마의 말투는 특이한 리듬이 있어서 참 살갑게 들
리는데…… 하긴, 아침나절 엄마의 말 때문에 형수 엄마의 말이 더욱
살갑게 들린지도. 형수 아빠가 배를 내리고 가게를 낸 이후로 갑자기

바빠진 형수 엄마. 하지만 덩그런 2층집은 여전히 걸레질로 번쩍번쩍 윤이 나고, 아들만 둘인 그 집은 딸이 셋씩이나 버티고 있는 우리집과는 비할 바 없이 정갈하고 먼지 한 톨이 없다. 성격이 운명을 만든다는데 그이를 보면 저렇게 몸을 움직여도 되는가 싶을 정도로 부지런함이 넘친다. 자신을 위해서도 남을 위해서도. 4월 5일 양성반응이 나타난 이후 투약을 계속하고 있는 내게로 그이는 수시로 전화를 걸어서 고통도 없고 별다른 차도도 없는 내 병의 상태를 체크하곤 한다. 고마운 이웃. 이런 이웃들 때문에, 하품 나오게 한심한 내 삶도 조금은 행복하다. 전화를 끊고 주방으로 가 보니 어느 새 바닥까지 멀쩡하게 새 모습을 하고 있다. 한껏 어질러 놓은 안방에선 초롱이 아빠를 불러 앉혀 소주잔을 떠넘기고. 쉬는 날인데도 일부러 와서 도배를 해 준 초롱이 아빠가 고마워 내 피곤은 조금 밀쳐두고 주방과 마루를 왔다리갔다리 하며 얼굴을 좀 보였는데(동네 사람들이 나를 차가워 보인다고 해서 의식적으로라도 그런 인상을 좀 지우고자) 그것이 한도에 닿은 듯 더 이상 견디기가 힘들다. 내 방에 들어오니 지수의 전화가 있다. 언니, 뭐 필요한 거 없습니까. 지수는 전화를 걸어올 때마다 필요한 게 없느냐고 묻는다. 우울함을 떨치기 위해 짐짓 활달하게 대꾸했다. 필요한 거? 있지. 남자하고 돈. 그녀가 호호 웃는다. 언니, 동생 결혼식 준비 때문에 요즘 좀 비쁘기든예, 시간 내서 힌번 갈께예. 내게 하도 싹싹하게 굴어서 나 아는 사람들은 지수를 '주원 씨 꼬봉'이라고 부른다. 일부러 시간 내서 올 필요는 없고 올 일 생기면 와라. 언니는, 너무 섭섭하게 말한다. 그녀의 전화를 받고는 그대로 잠 속에 빠짐. 혼곤한 잠에 빠져 있는데 저녁 먹으라는 소리. 7시 30분. 4알의 약을 삼키고 8시에 혼자 식사. 숟가락을 놓은 뒤 우롱차 한 잔을 끓여서 방에 들어옴. 은희의 전화. 언니, 너무 깝깝해서 철학관엘 갔다왔어예. 철학관엔 왜? 설명하자면 길어예. 우리 신랑이예, 한, 두 주일 정도 술을 억수로 마시고 들어오데예. 몸에선 냄새를 풀풀 풍기면서예. 술 좀 그만 마실 수 없느냐고 했더니 그러면 은희 니가 힘들껀데 하더라꼬예. 그래도 몸을 생각해야지, 그랬거든예. 알았다고 하더니 이튿날부터는 술은 일절 마시지 않는데 자기 얼굴을 쳐다보지도 말라카고 밥상을 차려줘도 제가 옆에서 얼씬거리지도 못하게 해예. 자기가 꼭 무슨 짐승 같다면서예. 그리고 내내 그런 식인기라예. 은희야, 니 신랑 꼭 무슨 대단한 예술가 같다. 지독한 허무주의자 흉내를 내고. 혹, 여자가 생긴 건 아니가? 그렇지는 않을 거라예. 거지같이 해갖고 다니는데 누가 좋아하겠습니까. 그래……. 그리고 미안한 말인지 모르겠지만 니도 니 신랑한테 너무 집착하는 경향이 있더라. 집착하면 괜히 마음의 병만 깊어지지 얻을 게 뭐 있다고. 언니 제가 좀 그렇지예? 아니 뭐, 하긴, 삶에 정해 논 방식이 어디 있다데. 그냥 마음이 시키는 대로 사는 거지. 그라고, 니가 아무리 전화를 해도 내가 도와줄 방도가 없으니 마음만 깝깝하다. 어떤 방향으로든 결론은 니가 내려야 하니까. 알아예, 언니. 그래도 언니는 우리 친정 식구들처럼 무조건 우리 신랑을 욕하거나 제 편만을 들지는 않아서 이야기하기가 편해예. 그런데 언니…… 자꾸만 헤어지자케예. 누가, 니 신랑이? 그래 넌 어쩌는 중인데? 헤어지자는 이유가 웃겨예. 언니 말대로 진짜 예술가 맞아예. 뭐 자기하고 살면 천날만날 마음고생이나 할 거라면서 저보고 한 나이라도 젊을 때 일찌감치 헤어져서 좋은 남자 만나서 살아라카는 거 있지예. 그걸 말이라고 그냥 듣고 있었나? 이번에 처음 한 말이 아니라예. 전에도 심심하면 그랬는데예 뭐. 기가 막

혀서, 니 신랑 니한테 무슨 열등감 있는 거 아니가. 아니, 열등감이 있어도 그렇지 이미 부부가 된 사람들이...... 그건 그렇고 지 각시 좋은 사람 만나라고 헤어지자니 참 마음도 좋다. 살게 되든 말게 되든 지금은 니 신랑 욕 좀 해야 되겠다. 괜찮아예 언니. 그런데 어짜까예? 어쩌긴 뭘 어째, 인생에 정해진 방식이 어디 있다데. 사람마다 살이가 다 다른데. 미리 어떤 결론을 정해 놓지는 말고, 속이 되게 상할 때는 그냥 마음이 시키는 대로 하는 거다. 사람 마음 조석 변동인데 변할 때 그때마다 니 행동을 다르게 표현해 버려라. 정신병자 되지 않으려면 그 길밖에 없다. 걱정하지 마라, 까짓 거. 이혼하자면 해주고 뒷날 이혼한 게 후회스러우면 다시 살자 하면 될 거 아니가. 어렵게 생각지 마라. 이럴 때 이래야 되고 저럴 때 저래야 되고 그런 거 없다. 해결사는 니 자신이다 알겠나? 그래서 인생이 무섭다는 거 아니가. 나도 해결사 노릇 제대로 못해서 요모양 요꼴로 살고 있지마는. 고마와예 언니. 언니 말 들으니 속이 좀 시원하네예. 너거 무지 좋아했다면서? 그래, 겨우 5년 살면서 그게 뭐꼬? 부부사이란 참 수수께끼 같아 보인다. 그래서 남이 뭐라고 말해 줄 수 없는 게 또한 부부사이의 일. 말이 쉬워서 그렇지. 마음이 시키는 대로 살기가 정작 얼마나 힘든 일인가. 하지만 은희는 씩씩해질 필요가 있으니 충격요법이 효과적일 거라는 생각이다. 은희와의 통화 중 숨이 차는 듯한 느낌. 여적지 가슴이 답답한 적은 없었는데. 고통을 내 몫으로 끌어안고 (고상한 척할 것 없음을 배웠기로) 육체적 고통이든 정신적 고통이든 모조리 하늘에 계신다는 어떤 한 분께 봉헌하리라 작정. 내 인생도 그런 식으로 맡기고 살면 나는 방관자 내지는 객관적 시선의 보유자로 참 한갓진 시간을 향유할 것이다. 하지만, 이렇게 편안히 생각는데도 살은 찌지 않고 어째서 잠 한번 느긋하게 잘 수 없는지 내 인생도 참 수수께 끼 같다. 자기의 삶은 누군들 다 그러할까?

5월 10일 월

 이즘은 반찬이 엉망이다. 집수리 때문에 휴대용 가스기기 하나로 안방서 밥을 해 먹는 처지이긴 하지만. 아버지 말씀마따나 나는 '지밖에 모르는' 사람이라서 그런가. 그런데 아침부터 소란스럽던 엄마의 잔소리는 너무 경우가 없다. 손님이 새벽부터 올 것도 아닌데, 시외버스 터미널서 택시만 타면 금세고, 울산서 오는 차는 워낙 잦고 거리도 가까워서 도착 시간도 대중이 없는 판에, 마중 나갈 생각도 않는다고 또 잔소리를 해댄다. 아침부터 우리를 욕먹인 진태(이종사촌 동생) 각시가 도착한 시각은 정오. 엄마 바로 밑의 여동생의 새로 본 며느리. 아침부터 엄마 잔소리 때문으로 약간 골이 아팠지만 상글상글한 새댁을 보니 이쁘다. 우리집 옥상에 심을 고추 모를 어제 상주서 울산까지 갖다 놨다가 오늘 다시 부산으로 갖고 온 성의가 괘씸해서 엄만 더욱 우리를 들들 볶았는지도. 손님이 온다고 오전 내내 쓸고 닦은 집이라 오랜만에 온 집안이 훤해진 느낌이다. 안방에 어질러져 있던 부엌 살림도 어젯밤 제 자리에 들어갔으니. 점심엔 돼지고기를 볶았고 옥상서 기른 상추로 쌈을 쌌고. 손님과 노느라 종일 안방서 비비적거림. 나는 보일러를 켜고 아버진 끄고. 환갑이 지난 아버지보다 내가 더 추위를 타는 것 같다. 추운 계절도 아닌데. 아이구, 야야. 그렇기나 춥나? 아버진 안 추워요? 나는 덥다. 할 말이 없다. 아침부터 풀발 센 목소리로 잔소리를 섬으로 던지던 엄마의 인상이 퍽 노골노골해져 있다. 유난히 사람을 좋아하는 엄마에게 특별한 손님

노골노골해져 있다. 유난히 사람을 좋아하는 엄마에게 특별한 손님이 와준 데다 '고추 모'를 가만 앉아서 받게 되었다는 기쁨까지 합해져서 기분이 좋은 모양이다. 그런 엄만 종일 바쁘다. 과일 사러 나가고, 새댁에게 줄 막장을 퍼담고, 근대 잎도 솎아내고, 토마토를 갈아오고……. 그래 그런지 오늘은 엄마를 찾는 전화도 없다. 진태 각시는 부산서 직장에 다닌다는 친정여동생과 저녁을 먹기로 했다면서 다 저녁 때 집을 나선다. 엄만 고추 모에 해당되는 고마움의 표시를 '차비'라는 명분으로 구체화시키기 위해 한길 가까지 따라나서고. 내 나이가 몇인데 타인에 대한 엄마의 곰살스러움이 내 눈엔 아니꼽게 비쳐지는지……. 그리고 보니 아침의 반찬투정도 내게 관심을 환기시키기 위한 엄마에게로의 시위행위에 다름 아니었다 싶다. 오늘은 종일토록 안방에서 뒹굴었기로 커튼이 쳐져서 굴 속 같은 느낌이 드는 내 방에 들어와 누웠는데 '큰 고모야, 저녁 잡수시래요' 송이가 나를 부른다. 동시에 대문을 열어달라는 누군가의 벨소리. 소식도 없이 은희가 왔다. 결혼한 지 5년이 됐건만 아이가 없는 때문인지 눈 닦고 봐도 아줌마 티가 나지 않는 은희의 모습이 해끔한 처녀 같다. 약부터 먹고 난 뒤 함께 저녁식사. 주방서 커피 한 잔을 마시고 내 방에. 은희는 커다란 가방 속에서 비누 한 장을 꺼내서 내게 준다. 사해(死海)의 천연 광물질이 들어 있다는 소금 비누. 얼굴이 엉망이 되어 있는 나를 염두에 두고 일부러 챙겨 온 게 분명하다. 언니 마사지 해드리고 좀 놀다가 새벽에 갈께예. 새벽에? 아침은 해줘야지예. 그건 그렇다만 서글퍼서 새벽에 어째 나갈라고. 괜찮아예. 택시 타면 금방인데에 뭐. 아이가 없어 낮 시간이 너무 횅댕그렁하다더니 그 새 피부관리를 배운 모양으로 은희는 자꾸만 누우라고 보챈다. 편한 자세로 누우니

'림프 마사지'인지 뭔지를 해주는데 힘이 많이 들겠다는 생각으로 자꾸만 궁둥이가 들썩거려진다. 걱정하지 말고 그냥 편하게 누워 있으세요. 언니 말씀대로, 해줄 건 해주면서 제가 우리 신랑에게 집착하고 있는 부분이 있다면 이번 참에 벗어날 생각을 했어예. 일단 그렇게 생각하니까 마음도 편하고 뭔지 모르게 든든해예. 일체유심조라 카더마는 정말 그 말이 맞다 싶어예. 그 동안 우리 신랑을 미워하면서도 제 마음 한구석엔 사태가 악화될 경우를 겁내는 면이 있었는 거라예. 그걸 어떻게 표현해야 할지 모르겠는데 하여튼 미워하는 마음속에서도 끝장을 내고 싶지는 않은, 아니 그런 건 아니고 뭔가를 기다리는 마음, 용서를 청해 오고 미안하다는 말을 해오면 그 동안의 밉던 마음이 그래도 풀어질 것 같은 심정, 그러면서 저는 저대로 제자리를 지켜야만 마음 편하고 곁에 없어도 주시 당하는 느낌…… 언니는 잘 모를 거라예. 아냐, 니 감정 속속들이 느끼지는 못해도 이해는 돼. 니가 자신감이 없어 보인다면 내 말이 너무 심하나? 한번쯤 집을 비우는 일에 대해서도 뒤가 돌아봐진다면……. 아니 이런 비유는 적당치가 않다. 어쨌든, 너의 어떤 행위 하나 때문에 니 신랑이 너를 버린다든가 그런 일은 없을 거야. 전에 보니까, 그때도 냉전 중이었는데 니 신랑이 우리집으로 전화를 걸어와서 널 찾으니 금세 감격하는 눈치였어. 그런 건 좋아. 그런데 그때도 니 신랑이 네게 잘못을 저지른 뒤였기에 목소리만 듣고도 감격해하는 널 보며 신랑 버릇 고쳐가면서 살지는 못할 거라는 생각이 들었어. 아니 아니야. 그냥 내 생각일 뿐이야. 그런데 밤을 새고 간다니 나는 솔직히 기분이 괜찮다. 어떻게 하면 어떤 결론이 내려진다 그렇게 생각하지 말고 당당하고 떳떳하게, 마음이 시키는 대로 행위하면서 모든 결론은 하늘에 맡겨라. 우린 한 치 앞도 볼 수 없는 장님 아니가.

참 우스운 일이다. 은희에게 그런 말을 할 수 있는 내가 어째서 엄마와의 관계에선 늘 실패하는가.

5월 11일 화

좁은 방에 드러누워 은희와 이야길 하다 보니 새벽 3시. 공복감이 느껴지는데 은희도 그런지 우유가 있느냐고 묻는다. 주방엘 나가 보니 우유는 없고 빈 팩만 식탁 위에 쓰러져 누워 있다. 이 새벽에 라면도 그렇고…… 생각다가 국수가 보이길래 국수를 삶기로 했다. 쫄깃한 면발이 되도록 두꺼운 유리 냄비에 물을 좀 넉넉히 부어서 국수를 삶았다. 깨끗이 씻은 국수를 다시 냄비에 담고 다른 그릇에서 끓인 뜨거운 물을 냄비에 부은 뒤 깨소금과 고춧가루를 뿌리고 신김치를 썰어넣고 양념장 한 숟가락과 참기름 한 방울을 떨어뜨려 은희를 불렀다. 멸치국물도 만들지 않은, 새벽에 먹는 국수가 생각보다 맛이 있다며 국숫발을 열심히 건져 올리는 은희를 보면서 슬그머니 웃음을 삼켰다. 말끝마다 '우리 신랑'이라는 표현을 하는 것이 심각한 국면을 그리 심각하게 느껴지지 않게 하고, 그렇다고 은희가 요새 애들말로 '푼수'도 아닌 터라 그 애의 운명이 그리 가혹하지 않을 거라는 나 나름의 직관이 작용한 때문. 때 아니게, 올바로 조리된 것도 아닌 국수가 그 애의 식욕을 건드린 것도 어쩌면 그런 암시를 주는 것 같으며. 남은 국물에 밥까지 한 술 말아먹고는 다시 내 방으로 왔다. 3시쯤엔 갈려고 했는데 시계가 4시나 됐지만 무서워서 갈 수가 없다는 은희는 잠이 오는지 목소리가 기어 들어간다. 나도 조용한 은희의 숨소리를 듣다가 깜빡 잠이 들었고. 6시, 놀라 깨어난 듯 은희는 서둘러 일어나

가방을 챙긴다. 그녀는 조용히 대문을 벗어났고 나는 다시 누웠고.

　11시 30분, 잠깸. 너무 식욕이 없어 밥상 앞에 앉기가 고역이다. 잘 먹어야 한다는 의사 선생님의 말이 내 뒷덜미에 얹혀 있는데. 밥 먹고 목욕하고 나니 오후 2시 10분 전. 스킨로션만 바른 뒤 식구들 점심 때 내 몫으로 남겨둔 콩죽 한 공기를 먹음. 금세 밥을 먹어도 목욕만 하고 나면 공복이 느껴지는 내 뱃속을 다스리라는 올케언니의 배려가 눈에 보이는 것 같다. 선욱이 샌드위치를 만든다고 온 부엌을 엉망으로 어질러놓고는 시집 간(내 바로 밑의 여동생) 지 언니네 집으로 달려갔고. 현관 입구에 버티고 있는 신발장을 청소하기 위해 신발을 있는 대로 들어내고 있는 엄마. 아예 신발장을 밖으로 옮기자는 내 말에 키가 제법 높은 신발장을 마당으로 끌어내기 위해 엄마와 내가 진땀을 흘림. 거실 벽면을 물걸레로 일일이 닦으려고 작정한 엄만 피아노 의자 위에다 둥근 플라스틱 의자를 놓고는 다섯 개의 물걸레를 준비한다. 나는 소파에 앉아 구경만 하고. 육십 노인인 엄마는 이중으로 받친 의자에 올라서도 다리가 떨리지 않는지 여러 개의 걸레를 진짜 걸레로 만들면서 스기목의 홈 속을 후벼파고 있다. 거실 벽에 걸린 낡은 액자를 떼어내니 마루가 훨씬 넓어진 느낌. 지난 토요일, "세멘 가다마리 될 때꺼정은 세면기 못 답니더" 하며 가신 대양설비 아저씨께선 머리에 기름까지 바른 깨끗한 모습으로 세면기를 달러 오셨다. 세면기를 부착시킨 뒤 타올걸이를 달려고 드릴로 타일벽을 뚫으려는데 엄마가 깜짝 놀란 얼굴로 그만두란다. 타올걸이를 달아 놨다가 괜히 녹이 쓸거나 나사라도 빠지면 보기 싫어서 안 된다는 게 엄마의 견해다. 아저씬 알았다면서 공사중 사용하고 미처 철수해 가지 못한 장비들과 남은 자재들을 챙겨 대문 밖에 내어놓는다. 엄마는 병적이다. 목욕탕에 달 흰색 장(타올과 비누 등속을 넣어 둠) 하나를 아버지께서 사오셨는데 그 장을 벽에 달 경우 타일에다 흠 자국을 내야 한다는 점과, 만약 사용하다가 장이 떨어지면 못 자국이 선명한 타일이 얼마나 흉할 것이며 또, 문을 처닫고 목욕을 할 텐데 목욕탕에 갇힌 수증기 때문에 나무로 만들어진 장이 '사흘도 못 가'서 부르틀 것이다, 그러면 또 얼마나 보기가 싫을 것인가, 아무리 문이 달렸어도 장 안에 넣어둔 타올도 수증기 때문에 눅눅해지면 뭐가 그리 기분이 좋겠냐,는 것이 엄마의 생각이었다. 그래서 아버지가 두 번씩이나 가서 사온 장은 목욕탕에 걸리지 못할 위기에 처해 있고 만사가 그런 식인 엄마의 성격 때문에 잘 삐치는 아이처럼 되어진 아버진 종일 '에이' 소리를 내뱉으며 기분이 나빠져 있다. 깨끗하고 멀쩡한 곳에 상처 자국을 내는 것을 무지 싫어하는 엄마. 정상적인 두뇌의 사람치고 흠집 나는 걸 좋아하는 사람이 어디 있을까. 하나 엄마의 거부반응은 좀 병적이다. 그때마다 나와의 충돌은 필연적이고. 오늘도 엄마 혼자만의 생각으로 목욕탕에 젖은 타올 한 장을 걸 수 없게 된 터이라 내가 애원조로 말했다. 엄마, 사람도 나이 먹으면 늙고 병들어 꼴이 말이 아니게 되는데 목욕탕에 못 하나 박으면 어때. 아니 할 말로 타올걸이가 떨어져 나가서 보기 싫게 되면 그 자리에 다시 달면 되고, 아니면 이번에 그랬던 것처럼 다시 목욕탕을 부수고 수리하면 되잖아. 시간이 지나면 낡고 보기 싫어지는 게 당연한 걸 엄만 왜 겁을 내고 그러나 몰라. 그러나 엄만 내 말은 아예 듣지도 않는다. 못 치는 것이 무서워 다용도실에 선반 하나를 만들지 못하고 항상 바닥에다 온갖 잡동사니들을 어질러놓고 사는 엄마를 생각하면 가슴이 끓고 속이 답답하다. 멀쩡게 치우고 살지는 못하면서 개수대의 찌꺼기 받치는 통은 얼마나 열심히 씻어대는지 칫솔이 닳아 없어질 지경이고, 싱크대 틈새와 손잡이, 프라이팬 가장자리에 묻은 기름기를 도대체 눈 뜨고 볼 수 없어 하는 엄마의 결벽증에도 불구하고 우리집은 대문간만 들어서면 빗자루와 김치단지와 플라스틱 바가지들로 항상 정신이 없다. 이불 속통도 철따라 삶아야 속이 시원하고 창문에 달 커튼도 꼭꼭 다림질을 해야만 직성이 풀리는 엄마의 지나친 결벽증과, 어질러놓기 좋아하는 성격이 내겐 참 알 수 없고 풀 수 없는 수수께끼이다. 그 외도 참 많다. 도대체 세탁기를 믿지 못하는 엄마의 성격 때문으로 세탁기에서 한 번 돌고 나온 빨래는 엄마의 손에서 완전히 짓이겨져서 비눗물에 푹푹 삶겨져야 한다. 우리 옷들은 그래서 언제나 수명이 단축되고 해 논 빨래는 손이 간만큼 무진장 깨끗하다. 그런데 어쩌다 흰 빨래와 색깔 빨래를 함께 해서 그 많은 노력에도 불구하고 흰 빨래를 우중충하게 만들곤 한다. 내가 그걸 이야기하면 빨래는 '빨'자도 모르는 게 아는 척만 한다면서 엄마는 내 말은 아예 무시해 버린다. 엄마처럼 자의식이 강한 사람을 나는 아직 보지 못했다. 엄만 내가 극복해야 할 첫 번째 대상. 말도 무지 잘 통하고, TV도 옳게 보고, 그래서 세상일에도 누구보다 훤하고, 남의 말을 할 때면 나와 시각이 같은 엄마가 어째서 엄마 문제와 내 문제에만 걸리면 그렇게 마음의 문을 닿아 걸고 의식에 손톱을 세우는지 나는 그게 궁금하고 또한 슬프다. 엄만 내가 짧은 여행이라도 다녀오면 항상 깨끗한 이부자리를 다시 빨아서 말짱하게 손을 봐놓곤 했었다. 외출 때마다 내 옷가지를 간섭했고 지금도 속바지 하나쯤 더 챙겨 입지 않으면 잔소리를 섬으로 듣는다. 그런 엄마인데 엄마와 나 사이엔 건너지 못할 강 하나가 존재해 있어 늘 꼿꼿한 닭털을 세우고 산다. 그러니 어찌

슬프지 않겠는가. 참, 속바지를 유난히 챙기는 엄마와 실랑이를 벌이다 보면 '다 큰 기집애가 손바닥만한 빤스 하나 입고 나돌아다니다가 어디서 넘어지기라도 하면 어쩔라고. 참, 간도 크다' 라는 말을 듣게 되는데 그러고 보면 그 말속에 엄마 성격의 비밀이 전부 들어 있는 것 같다. 엄만 미리부터 넘어질 것을 염두에 두고 속바지를 입게 하고, 녹슬 게 무서워 타올걸이도 하나 못 달고, 수증기에 나무로 만든 장이 부르틀 게 걱정되어 장 하나 달 수가 없고……. 엄마의 삶은 의식하든 의식하지 못하든 아슬아슬하기만 한가 보다. 무엇이 엄마의 삶을 자유롭지 못하게 하는 걸까?

5월 12일 수

간밤, 아니 오늘 새벽 2시 30분 소등. 불을 꺼도 금세 잠이 와주지 않으니 늘 새벽이 다 돼서야 겨우 잠이 든다. 오늘도 마찬가지. 10시. 전화벨 소리. 방송평론 쓰시는 이 선생님. 평소에도 내게 대한 살가움이야 그지없지만 발병 이후 내 건강을 챙기시는 그분의 사려깊음은 눈물겨울 정도다. 자기 볼일 없이 전화 한 통 하기가 어디 쉬운 일인가. 이 선생님은 아침마다 전화를 주셔선 나의 나태와 건강을 한꺼번에 안타까워하신다. 고마우신 분. 오늘의 용건은, 써야 할 글을 다 썼다며 시간 박서 놀러 오라고. 병원에 가는 날은 아무 짓도 못하는 나임을 선생님께서 먼저 아시므로 뒷날 다시 전화하시겠단다. 세수하는 사이에 또 전화가 왔고 엄마가 안방서 전화를 받은 바람에 내가 안방으로 달려갔다. 받아봐라, 남자다. 주원씨, 잘 있었어요? 목소리에 감격이 묻어 있다. 어머나, 어떻게 전화를 다 주시고……. 먼젓번에 책 보냈는데 잘 받아보셨어요? 그가 보낸 책이 거짓말 보태지 않

고 서른 권도 더 된다. 그 정성…… 한동안은 책을 보내면서도 남의
손을 빌려서 내 주소를 써더니……. 이젠 내게 대한 그의 감정도 색깔
은 다 바래고, 있던 그대로의 바탕만 남은 것 같아 그런 변화가 나는
고맙다. 그렇잖아도 책 잘 받았다고 오랜만에 편지 한 통 썼는걸요.
어제 보냈으니 아마 내일쯤 도착 되겠네요. 주원씬 여전해요, 그 밝은
목소리……. 건강은 어때요? 건강이야기만 나오면 나는 할 말이 없다.
그가 내게 결혼하자고 했을 때, 나는 건강을 핑계대며 누구와도 결혼
을 할 수 없다고 했었다. 그때 그가 말했다. 나는 장남이라서 부모님
들을 봐서라도 건강한 여자를 얻어야 한다, 그렇지만 '아이도 제대로
낳을 수 없을 것 같은' 주원씨를 내가 선택한 이유가 무엇이겠는지
한번 잘 생각해 봐라, 내가 괜찮다는데 주원씨가 건강을 이유로 결혼
을 할 수 없다는 것은 말 그대로 핑계다, 나는 끝까지 기다려서 주원
씨를 내 사람으로 만들 테니 그리 알아라……. 그러나 2년의 실랑이
끝에 결국은 나의 고집이 이겼다. 아니다. 그가 이겼다. 그는 결혼해
서 남매를 두었고 글도 잘 써지는지 발표가 활발하다. 건강요? 좋진
않지만 그런대로 괜찮아요. 임파선 결핵으로 약을 먹고 있다는 말은
하지 않았다. 그의 인간성으로라면 충분히 내 병을 가슴 아파할 것이
기 때문으로. 글이 어쩌고 소설이 어쩌고 하며 전화를 끊으니 엄마는
'그'인 줄 알고 한 마디를 보탠다. 아이고, 이리 결혼 안하고 있을 줄
알았으면 그 사람한테라도 시집 보낼 걸 잘못했다. 엄만 항상 그런
식이다. 모든 기회가 엄마를 위해 대기하고 있는 것처럼. 엄마, 그런
소리 하지 마. '한테라도'라니. 그 사람 나보다 훨씬 괜찮은 여자 만나
서 잘 살고 있는데. 나 같은 사람 데려 갔어봐 진짜 고생 바가지지
뭐. 주방에 앉아 밥 먹고 세수하고 나니 오후 1시. 점심 시간이 걸려

병원엔 한참을 있다가 가야 할 판이라 김철호 선생님께 전화 드림. 기주가 왔다. 그저께. 오늘 저녁에 인사하러 집으로 갈 꺼다. 얼굴은 좋더라. 그곳은 우리 나라처럼 학점제가 아니니까 지 하기 달렸지 뭐. 좀 열심히 한 모양이더라. 한번 오너라. 선생님의 말씀은 언제나 그렇게 무미건조하시다. 늘 바쁘게 사는 어른. 너무 바쁘게 사시는 것 같아 내가 때로 잔소리를 하곤 하는데 웃으시기만 할 뿐, 내가 보면 하나도 바쁠 게 없어 보이는데 언제나 마음이 먼저 바쁘신 모양. 전화를 끊고 소파에 누워 빈둥거리는데 거울집에서 사람이 왔다. 목욕탕에 거울을 달기 위해. '내 생각 같애서는 거울도 안 달았으면 좋겠다'는 엄마의 이야기. 무더운 날씨. 시계가 2시가 넘었기로 병원에 감. 병원엔 손님이 별로 없어 금세 다녀옴. 방청소. 매끄러운 방바닥에 등을 붙였다가 그만 잠이 들어버림. 저녁 식사시간에야 일어남. 밥 먹다가 괜히 옛날 이야기를 끄집어 낸 바람에 또 엄마와 실랑이를 벌임. 내 나이 여섯 살 때 외할머니가 돌아가셨다. 그때 가 본 외가에의 기억이 내 머릿속에 얼마나 강렬한 아름다움으로 남아 있는데. 이른 아침, 초록빛 이슬이 발목을 적시는 풀밭을 지나 막내 이모와 함께 하얀 수증기가 안개처럼 피어오르는 실개울도 찾았더랬는데. 조랑조랑 흐르는 개울 물 속에 동동 떠 있는 것 같은 조약돌을 줍기 위해 손을 담갔으나 조약돌은 한참이나 밑에 있어서 애달아했는데. 그땐 봄이라서, 장례를 마치고 난 집안 친척들이 외갓집 마당에다 호박 구덩이도 팠는데. 그때 그 기억이 아니라면 봄과 호박 구덩이와의 상관관계를 도시에서만 자란 내가 어떻게 알 것인가. 그런데 엄만 나를 데려가지 않았단다. 이모에게 물어보랬더니 이모는 내 편이라서 엄마 이야기가 먹혀 들어가지 않을 거란다. 개울 이야기를 하니 개울 없는 시골은 거의 없단다. 그럼 내가 그 시골(외가)과 그 시골(친가)말고 다른 어떤 시골이 있어서 그런 상상을 했겠냐니 니는 천날만날 책이나 보고 생각이나 주워 모으는 사람이니까 생각을 지어낼 수도 있단다. 엄마의 상상력은 할머니 치고 너무 비상해서 기절이라도 할 지경이다. 하지만 외할머니가 돌아가셨을 때의 기억은 너무나 선명하고, 나의 기억력이 좋다는 걸 다른 부분은 엄마도 인정한다. 4살 때 어디를 갔었다든지, 2살 때 누가 우리 옆집의 옆집에 살았다는 것도 다 기억이 나는데. 하지만 엄만 외갓집에 간 것만은 내 기억이 틀렸단다. 그런데 외갓집 이야기만 나오면 나는 이상하게도 약이 오른다. 어릴 적의 기억이 더 오래 남아 있는 법이라니까 그런 건 사람 나름이라서 더 들을 필요가 없단다. 하긴 맞는 말이긴 하다. 약이 올라서 한마디 했다. 만약 이담에 내가 글을 쓰게 된다면 나의 결백을 글로써 증명하겠다고. 엄마 말이 더 우습다. 그런 거짓말은 사람들이 읽지도 않을뿐더러 읽어도 거짓말인 줄 대번에 알아본단다. 엄마의 그런 논리가 나를 약오르게 하는지도 모르겠다. 하여튼 우리 엄마는 못 말리게 똑똑하다. 결론 없는 입씨름을 벌이다가 안방서 일어섰다. 내 방으로 건너오다가 마루에 놓인 체중계에 올라서 보니 투병(?) 중에 몸무게가 3킬로나 늘었다. 뱀장어를 고아 준 엄마의 하찮은 성의 때문인가? 은희에게 전화를 했는데 신랑이 있는 기색이어서 금세 끊어버림. 후덥지근한 날씨가 한여름 밤 같다.

5월 13일 목

더워서 창문을 한 뼘쯤이나 열고 잤더니 새벽녘 쌀쌀한 기운이 느껴져 잠에서 깸. 5시 30분. 다시 잠들기가 쉽지 않아 고생을 하다가 겨우 잠이 듦. 12시 깸. 선욱이 내 방에 우유 한 잔과 샌드위치 한 조각을 갖다 놓고 감. 세수하고 나니 비가 오다가 말다가. 명혜는 놀러올 작정을 했는데 날씨가 지랄 같아서 나가기가 좀 그렇다며 전화를 해 왔고. 미경이 전화. 초량이라면서 집으로 오겠다고. 올켄 우산을 들고 밖엘 나갔다 오더니 내일(토요일은 피아노 학원에 가지 않으므로) 별이와 송이 피아노 선생에게 드릴 선물을 사왔다며 내게 포장을 부탁한다. 사다 논 한지가 있어 한지로 깨끗이 포장을 하고 연두와 노랑의 리본 테이프로 허리를 묶으니 두 아이들이 아, 예쁘다 소리를 연발. 카드는 아이들에게 직접 쓰라 이르고 묶은 포장에 향수까지 한 방울 흘리니 아이들이 야단이다. 4시. 미경인 안개꽃을 한보따리나 안고 나를 찾아왔다. 비싼 꽃을 뭐 이리 많이 사오고 그래? 언니, 그래서 꽃시장까지 갖다가 온 거 아니유. 부지런도 병이다. 날씨도 이리 구질한데. 에그, 언니는 병문안 몰라요? 환자한테 줄려고 애 좀 썼지로요. 볼수록 귀엽다. 시집 갈 생각은 않고 어디 취직을 할 요량인데 나이가 걸리는 모양이다. 하긴 스물 여덟이니 어중간한 나이이기도 하다. 오늘도 초량 어디에 이력서를 넣고 오는 길이란다. 사람과의 만남은 참 희한하다. 지난 해 잡지사에 취직했을 때 같은 부서에서 일한 인연으로 지금은 집에까지 놀러오는 사이가 됐다. 처음 봤을 때 긴방진 구석이 엇보여 지 놈 기집애 버르장머리 좀 고쳐야 쓰겠다, 속으로 그렇게 생각했는데 애가 참하다. 사람은 오래 두고 봐야 할 요물단지임이 확실하다. 시계가 4시가 넘도록 점심도 먹지 않고 돌아다녔대서 밥 먹기 전에 얼른 라면이라도 하나 끓여 준다니 그것도 좋은 생각이란다. 기집애, 고런 소리를 해대니 건방져 보이지. 얼른 주방으로 나가 라면 하나를 끓였다. 그러고 돌아서서 저녁을 먹었고. 커피 한 잔을 끓여주고 다시 내 방에. 촛불을 켜자 해서 오랜만에 안 하던 짓도 해보고. 언니는, 비오는 이런 날 음악도 좀 없고…… 찾을 건 다 찾는 그녀를 위해, 더빙해 둔 다니엘 폴락의 피아노 연주 카세트 테이프를 찾아 안겨 줌. 서울 손 선생이 부산 와서 사다 놓고는 그냥 가버린 바람에 임자가 없어 그 자리를 그대로 자리를 지키던 담배도 그녀의 손에 의해 속살이 드러나고. 좋다, 먹었으니 마셔야 하고, 마셨으니 들어야 되고, 듣고 있으니 이젠 피워라. 성냥을 찾아서 던져주며 오지랖 넓은 노처녀 행세를 했다. 11시가 넘어서 그녀는 일어서고, 나의 하루는 이렇게 마감되고.

5월 14일 금

그녀가 가고 난 뒤 일기 쓰고 어쩌고 하다보니 시계가 새벽 2시다. 그 시각에 소등. 요의로 잠깬 시각 6시 15분. 이즘엔 부쩍 새벽에 잠이 잘 깨인다. 엄마도 잠이 오지 않는지 그 시각에 빨래를 하고 있고. 깨기는 요의로 깼는데 속이 쓰려서 오심이 올라올 지경이다. 냉장고를 열어 보아도 먹을 만한 게 없다. 감잎차 한 잔을 끓여서 마시다가 내 방 책장 위에 얹힌 초콜릿 생각이 나서 초콜릿을 먹어 봤다가 별 짓을 다 해도 오심은 사라지지 않고 더 심해진다. 뱃속이 쓰려서 왔다갔다 하는 내가 보기에 딱한지 빨래를 헹구던 엄마가 한 마디 한다. 사람이 그래서 어째 사노. 뭐 먹는 게 있어야 속이 편하지. 천날만날 늦잠이나 자면서 먹는 걸 그래 먹으니 무슨 병이 낫겠노. 늙은 내가 니 먹을 걸 챙겨 주겠나 니 먹을 건 니가 알아서 챙겨야지. 콧구멍에 바람도 좀 쏘이고 밖에도 한 번씩 나가고 해야 야물어질 건데 방구석에 들앉아 무슨 지랄인지 알다가도 모르겠다. 깝깝하지도 않은 모양이라, 자는. 어쩐 일로 엄마의 그 말이 살갑게 들린다. 오랜만의 일이다. 나는 아기처럼 항상 엄마의 사랑을 갈망하며 사는 사람인지도 모른다는 생각이 갑자기 든다. 그렇지 않다면 이 나이 되도록 시집 갈 생각도 않고 웬 일로 매일 엄마와 싸움이나 할 것인가. 느긋해진 마음으로 내 방에 돌아와 식전에 먹어야 하는 약을 챙겨 먹고 이른 식사를 하고 다시 누웠다. 잠이 들었던 모양. 전화가 왔다면서 아버지께서 방문을 두드리신다. 머리맡에 전화기를 두고도 아버지를 전화 심부름시키는 게 내 아침의 일이다. 잔소리가 없으신 게 여간 다행이 아니라고 생각하며 수화기를 드니 조영숙 씨. 주원씨, 저녁에 만납시다. 나 환자요. 단도직입적으로 말하면 나도 그렇게 대답하는 버릇을 조 여사도 안다. 그녀가 웃는다. 나도 웃었다. 정용주 씨가 부산엘 온다며 저녁에 만나자고 한다. 못 나갈 이유라곤 없지만 어딜 나가는 게 꿈처럼 아득하게 느껴져서 엄두가 나지 않는다. 병을 핑계대고. 그녀의 호의는 내 병 앞에서 물거품이 되고 말았다. 동갑이라고 알뜰살뜰 나를 챙겨주는 그녀데. 고마움 알고 있으니 언젠가 갚을 날도 있겠지. 수화기를 놓았다. 시계를 보니 12시. 나는 언제나 시계를 보는 버릇이 있다. 스스로 생각해도 시간을 말아먹고 살고 있다는 생각이 진한 모양이다. 그런 죄의식조차 가지지 않는다면 나는 나쁜년이 확실할 터이고. 오늘은 참으로 오랜만에 점심을 정상적으로 먹었다. 새벽녘의 요의 때문이다. 아니다. 오심 때문이다. 목욕을 하고 나니 엄만 초롱이네 이사 가기 전에 선물을 해야 한다면서 두꺼운 유리 주전자 3개를 사왔다. 얼만데? 4만 5천 원 줬다. 비싸나? 그 정도 하겠지 뭐. 우리 엄마의 남 챙기는 마음은 알아줘야 한다. 그런데 엄마는 나를 보고 그런 말을 한다. 머리 말리고 방청소. 할 일이 없어서 낮잠이

나 자야 한다면 그는 행복한 사람인가 불행한 사람인가. 나는 따로 할 일이 없어서 베개를 내렸다. 전화벨 소리. 기주. 엄마야, 기주! 지금 어딘데? 누나, 집입니다. 지금 갈께요. 저녁은 막 먹었거던요, 그래 아시고요. 무슨 저녁을 벌써 먹었대? 우리 집에 오면 밥 안 줄까봐? 하여튼 빨리 와라. 나는 자다가 일어나 다시 방청소를 했다. 7시 조금 못 된 시각에 기주의 방문. 기주는 안방의 아버지께 큰절을 한 뒤 경주 법주 병을 꺼내놓으면서 엄마를 찾는다. 정말 엄마가 보이지 않는다. 내가 자는 사이에 동네 마실이라도 갔나? 그러나 마실 갔을 시간이 아닌데…… 기주는 앉혀 놓고 혼자만 저녁을 먹은 후 마주앙 한 병을 챙겨서 내 방으로 들여갔다. 우리 기주 빨리 장가 보내야 될 건데, 그자? 기주가 웃으며 내 선물이라면서 둥근 통 하나를 내 놓는다. 이게 뭔데? 비눕니다. 연노랑색의 둥근 통에는 송편만한 비누가 가득 들어 있다. 기주는 참 묘한 데가 있는 아이다. 남자가 어쩌면 그렇게 곰살궂은지. 기주 니가 사온 비누 덕분에 내 얼굴이 좀 나아질려나 모르겠네. 아이고 누나도. 비누가 좋아도 비누지 무슨 약도 아니고 얼굴이 금세 좋아지겠습니까. 기주는 술에는 손도 대지 않고, 우리 집으로 올려고 현관을 나서는데 갑자기 대학 선배의 전화가 있어서 만날 약속을 했다며 가야 한다고 했다. 아직 두 달쯤 있다가 갈 거니까 시간 많습니다. 그 동안 많이 보기로 하고 오늘은 그냥 가야겠습니다. 그래라. 시간이 있으니 우리는 천천히 회포를 풀기로 하고. 그러니 오늘은 오픈 게임인 셈이다이. 그렇군요. 기주는 갔다. 대문 밖에 세워 둔 승용차가 떠나고 내 방에 들어오니 전화벨 소리가 띨띨 열심히 울어 제긴다. 명혜. 저녁 먹고 설거지 한 뒤 심심해서 그냥 전화해 보는 거다. 신랑이 없으니 심심한 모양이네? 그게 아니고 어제 놀러 갈라

다가 못 가서 괜히 좀 그렇더라. 내일은 신랑 오는 날이라서 못 가고 다음 주쯤 한번 가지겠다야. 너거 집에 가면 꼭 친정에 가는 것 같애서 기다려지고 그렇다. 누구 때문에 친정에 오는 것 같은데? 나 때문에, 아니면 우리 엄마 때문에? 와, 니 때문이겠노. 들깨가루라도 퍼담아주는 너거 엄마 때문이지. 알았다. 친정 자주 와라. 있제, 접때 너거 집에 갔을 때 옥상서 너거 엄마가 상추하고 열무 솎아주면서 내게 그러더라. 니는 너거 엄마 속 모를 거라고. 그게 무슨 말인데? 니는 너거 엄마가 니를 구박한다고 생각한다던데, 니 정말 그래 생각하나? 그건 잘 모르겠다. 그런데 우리 엄마, 분명히 나보다는 한 수 위다. 너거 엄마 말이 니는 정말 예쁘게 키웠다더라. 그라고 자식 욕심이 많아서 그런지 딸이 넷씩이나 돼도 단 한 번도 많다고 생각해 본 적이 없었다더라. 손에 물 묻히는 것도 아까와서 어지간한 일은 시키고 싶지도 않았단다, 야. 그 말은 인정한다. 지금까지 설거지 한 횟수를 헤아리라면 헤아릴 수 있을 정도니까. 그런데 아까와서 안 시킨 게 아니고 못 미더워서 못시킨 거다 알겠나, 이 아지매야. 니 시집 안 가고 그래 있어도 밉다거나 걸거친다는 생각 한번 안해 봤다더라. 그 말 하면서 니는 너거 엄마 속 모를 거라더라. 빨리 시집 좀 가라. 뭐 하고 있노. 공부도 잘했다 아이가 니는. 원래 공부 못하는 애들이 시집이나 빨리 가더라, 니처럼. 니, 우리 엄마 말에 감동한 모양인데 부모가 다 그렇고 자식이 다 그렇지, 자식이 부모 마음 다 아는 사람 어디 있다데? 지랄하네. 뭐라? 말조심해라이, 나도 밖에 나가면 대접받는 사람이다 이. 지랄하네, 그래 잘났는데 와 시집은 못 가노? 명혜 전화를 끊고 나니 아침의 일이 머릿속에 남아 빙빙 돈다. 9시 뉴스를 보기 위해 안방에 가니 그제서야 엄마가 어딜 갔다가 오는지 벨을 누른다. 할머니 어디 다녀오시는데요? 대문을 열어주며 별이가 인사를 한다. 놀다가 온다 와? 엄마는 들어오지도 않고 무슨 급한 일이 있는지 마당에서 연탄불을 피운다고 부산이다. 어머님, 어디 갔다오시는 길이에요? 저녁 진지는요? 밥은 조금 있다가 내가 찾아 먹으께. 이것부터 손 좀 봐 놔야지, 날씨가 더운데 그냥 두면 아무래도 안 좋을 기라. 엄마는 수정동 시장에 갔다 오는 길이라고 했다. 수정동 시장의 '염색집 아지매'(그런 사람이 있다. 이 동네로 오기 전 우리는 수정동서 오래 살았기로 엄마가 모르는 시장 사람이 거의 없을 정도다)가 자연산 가물치가 온다며 전화를 했길래 부랴부랴 달려갔더니 차가 어찌 됐는지 올 줄을 몰라서 기다린 김에 차가 올 때까지 기다리다가 가물치를 사가지고 오는 길이라고 했다. 어머님, 가물치는 누구 먹게요? 자 줄라고. 아침부터 속이 쓰리다고 왔다갔다 해쌓는데 그냥 두고 보겠더나. 가물치라도 고아 믹이야지. 뱀장어가 나을랑가 가물치가 나을랑가 생각다가 전번엔 뱀장어 먹었으니 이번에는 가물치 한 마리 사와 봤다. 너도 먹을라면 같이 먹어라. 또 사오면 된께. 엄만 가스불이 있는데도 기어이 연탄불을 피워서 가물치를 고으느라 온 집이 매캐한 번개탄 냄새로 가득 찼다. 아버진 옆집 아저씨와 함께 개인택시 조합이 있다는 사직동에 물 길러 가셨고 안방엔 나 혼자밖에 없는데 엄마가 참기름 냄새와 물비린내를 씻고 들어왔다. 좀 어떤노? 뭐가? 속이 쓰리다며? 아침에 그랬지 뭐. 지금은 괜찮고? 몰라. 참, 아까 명혜한테서 전화 왔었어. 와? 이자 부쳤다고. 어제 올라다가 못 와서 오늘 은행에서 이자 부친 모양이야. 우리 집에 오는 게 친정나들이 하는 것 같다면서 다음 주에 한번 온댔어. 엄만, 명혜한테 대강 잘해 주라. 뒷말은 웃자고 내가 그냥 해 본 말이었다. 그런데 엄마는 정색을 했다. 내가

니한테 못하는 게 뭐 있더노? 엄마와 나 사이는 항상 이렇다. 아무 것
도 아닌 일로 감정부터 상할 작정을 한다. 그런데 오늘은 내 전의(戰
義)가 엄마에게 통하지 않는 모양이다. 내가 염색집 아지매한테 들은
이야긴데 항생제 오래 먹으면 아무래도 좋잖단다. 염색집 아지매 이
야기 듣지 않더라도 약 먹어서 좋을 게 뭐 있겠어, 엄마는. 엄마가 살
갑게 나오면 나도 빗나갈 필요가 없다. 그런데……. 여자가 설마 시집
못 가겠나 걱정하지 마라. 엄마도 참, 내가 언제 그런 걱정하대? 중매
들어와도 선 안 보는 거 엄마가 더 잘 알잖아. 그래도 걱정되제, 시집
못 갈까봐? 이럴 땐 입 다무는 게 수다. 엄마 입에서 무슨 이야기가
나올지 알 수가 없으니. 그런데 이번에도 내 예상이 빗나갔다. 걱정하
지 마라. 설마 우리가 있는데 니 하나 책임 못 지겠나. 지금은 나도
양심상 시집 못 보낸다. 아픈 거 다 나으면 시집 보낼 생각이니까 니
도 그리 알고 있어라. 괜히 처먹지도 않고 드러누워서 세월 보내니
병도 나고 그런 거다. 나도 속으로 그래 싶었다. 먹지도 않고 잘도 견
딘다고. 내 생각이 방정맞았던가……. 참내 엄마는, 그런 게 어디 있
어 병이 날라니까 난 거지. 잠을 자더라도 밥이나 먹고 다시 자라. 그
라고 감자라도 부지런히 삶아먹고 토마토도 하나씩 갈아 먹고 꿀도
한 숟가락씩 퍼먹고. 병 생기봐라 니만 섧지 누가 신경 써줄 거고. 8
월달에 적금 끝나면 용돈하구로 백만 원 주께. 한두 살 먹은 아도 아
니고 만날 용돈 달라고 손 벌리기도 뭣 할기다. 그라고 니는 언니가
돼가지고 동생들한테 와 그래 팩팩거리노. 동생들한테도 좀 살갑게
대할 생각은 안하고 이건 뭐 지가 젤 어린아 노릇을 한다칸께…….
내 방에 돌아와 누우니 생각이 많다. 그러고 보니 엄마의 치마폭이
조금은 견고했던가 싶다. 나는 어딜 가도 외풍에 시달린 사람으론 봐

주지 않았는데 그게 바로 엄마가 말하던 '우리가 있은께……'의 그늘 덕이었음을. 그리고, 또 조금 알겠다. 내가 늘 의문스러워했던 엄마 성격의 비밀에 대해서도. '원형'을 추구하는 엄마의 성격은 엄마 나름의 '삶의 미학'에 다름 아니었음을. 어쩌면 엄마의 그러한 성격 덕분에 이날 이적지 나는 이렇게 곱게 늙을(?) 수 있었던 것인지도. 무엇이든 곱게 보존하고 싶어하는 엄마의 성격이 내게도 전이되어 나는 순결 콤플렉스에 빠져 있는지도 모르겠고. 하지만 엄마는 엄마 나름의 삶을 살고 있을 뿐 괜히 쓸데없이 감동하지 말 것. 은희가 전화를 해왔다. 언니, 사람이 이래예. 내 바쁠 때는 전화통에 불이 나도록 전화를 해대고는 내 살기 조금 수월해지니 연락도 않고예. 아니까 됐네? 농담이고, 이젠 괜찮은 모양이지? 우리 신랑 때문에 미치겠는 거 있지예. 언니 집에 갔다온 날 어데 갔다 왔느냐고 자꾸 묻는 거 안있습니까. 그라고 자기 말이, 헤어지는 건 확실한데 우리 곗돈 들어가는 게 9월달에 끝나거든예. 그것 끝날 때까지는 헤어질 수 없다고 했어예. 제가 능력이 없다고 그 돈까지는 자기가 넣어야 마음이 편하다면서예. 그것 참 잘됐구나. 은희야, 가까운 사람들 일수록 용서가 잘 안되고 서운한 건 더 깊고 그렇더라. 그래서 지지고 볶고 하는 거고. 그것도 다 자기 외롬 때문이다 알겠나? 그러니 앞으로 또 그러지 말라는 보장도 없다. 니 신랑도 외로운 사람인 게 확실하다. 잘해 줘라. 외로운 사람이 투정을 잘 부리더라. 그건 내가 확실하게 잘 안다. 언니는 결혼도 안한 사람이 어째 그래 뭘 잘 알아예. 사람은 괜히 사랑받고 싶으면 투정부리게 되어 있다. 다, 내 경험담이다. 언니 비누 다 쓰면 이야기하세요. 또 갖다 드릴께예. 고맙다. 나는 정말 가소로운 어린애였나? 니는 너거 엄마 마음 모를 거라더라, 명혜의 그 말 한 마

디에 내가 속은 거나 아닌가? 그래도 기분은 괜찮다. 그 동안 몸무게
도 3킬로나 늘었으니 소모성 질환이 내게 살 찔 기회를 준, 인생의
이런 은밀함과 비밀. 세상은 역시 살 만한 동네다. 내일이면 또 지지
고 볶고 살겠지만 어쨌든. 엄마만 극복하면 어떤 타인도 극복할 수
있겠다 했는데 오늘은 엄마를 뗐으니 내일은? 천지신명님 오늘은 마,
숙면이나 주세요.

안 개 도 시

늘 봐도 암상스런 얼굴을 하고 있는 송 원장의 부인이 어쩐 일인지 냉커피 한 잔을 갖다 주었다. 수시로 사람이 들락거리는 집이고, 싫든 좋든 그 사람들로 하여금 존경도 받고 사랑도 받는 송 원장이라면 부인도 오가는 사람들에게 적으마나 싫은 기색은 보이지 말아야 할 것이다. 연세도 많아서 부인이란 말보다는 할머니라 부르는 것이 훨씬 자연스러울 것 같은 송 원장 부인은 벌써 몇 번이나 대면을 하는 중이지만 전혀, 푸근하고 따스한 정이 느껴지지 않는다. 어지간히 야박한 사람도 그 나이쯤 되면 나이가 주는 다사로움이라도 느껴지는 법인데 부인은 새초롬한 인상으로 언제나 탐색하는 듯한 눈빛을 하고 있어서 손(客)으로 간 사람이 안절부절, 마음을 편안히 가질 수 없게 하던 것이다. 그러한 부인이 어인 일로……. 그 동안, 땀을 뻘뻘 흘리며 문간을 들어서도 찬물 한 잔 일 없었었는데. 그러나, 원장님 얼굴을 봐서라도 '사모님, 고맙습니다. 함께 드시지요……' 하며 겉치레 인삿말이라도 던져야 마땅한 일일 터이거늘 그 소리가 나오지 않는 것이었다. 선희한테서 들은 말이 있어서도 아니었다. 하여튼 송 원장에게서 느껴지는 다사로움이 어찌하여 그 부인에게서는 전혀 느껴지지 않는지 이상할 뿐이다. 송 원장 부인을 보면 매번 경옥의 얼굴이 떠올랐다. 여자 냄새를 심하게 피우던 여자. 언제 봐도 웃는 빛이라곤 없고, 늘 새초롬한 인상을 하고서 얌전한 태를 줄줄 흘리던 여자. 그 얌전해 보이던 여자가 내게 안겨준 상처는……. 아니, 결국은 내 탓이었다.

　진기 형. 내가 어쩌다 이상한 책 하나를 읽었는데 거기에 대단히 암시적인 글귀가 쓰여져 있더라구. 그 글을 읽고 많은 생각을 했었는데 생각할수록 맞는 말인 것 같았어. 우리가 보고 느끼는 모든 현상들은 자기 마음의 그림자라는 거야. 이 세상은 자기 마음이 객관화한 것이라서 자기 마음이 결핍되어 있으면 자기가 사는 삶도 결핍될 수밖에 없다네? 그 말이 얼마나 충격적이던지……. 형도 잘 한번 생각해 봐. 형이 지금 고통스러워하고 있는 것의 원인을 따져보라구. 한번의 잘못된 선택이 형의 인생을 치명적인 것으로 만들었다는 생각을 한다면 형은 비겁한 사람이야. 두문불출하고 혼자 괴로운 척하는 형의 모습을 보면 괜히 남들에게 위로 받고 싶어하는, 응석의 냄새가 느껴져서 역겨워. 비겁하게 방구석에서 그러고 있지 말고 당당히 나서. 지금 형의 삶, 다른 사람 잘못 아니야. 분명히 형 내부에, 그런 결과가 나올 수밖에 없는 필연적인 원인이 있었을 거야. 경옥인들 어디 남들처럼 행복하게 살고 싶지 않았겠어? ……형, 미안해. 형을 보고 있자면 내속이 너무 답답해서……. 하지만, 금방 한 이야기, 정말 맞는 말 아냐?

그 글을 읽고 나니 내게 일어나는 모든 현상들, 그래 모두 내 책임이다 하는 생각이 드는 거야. 인생이 잘 굴러가면 그건 당연히 그래야 하는 거고 그렇지 못하다면 그건 내 탓이니까 누굴 원망하게 되지도 않을 것 같고, 갑자기 내가 도사가 된 것 같아서 기분 수수해. 가슴 속 쌓인 원망도 없어지고…….

선희의 말은 옳았다. 남 보기 씩씩해 보여도 그녀 역시 어찌 고통스럽지 않겠는가. 그걸 혼자 힘으로 극복한 그녀는 명색 남자인 나보다 몇 수 위고.

이젠 어느 정도 식어버려, 밍밍한 커피 잔을 들고서 반쯤 마시는데 송 원장이 안에서 나를 불렀다. 내 욕심에 오늘의 환자는 나로서 마지막이었으면 좋겠다는 생각을 했다.

"자, 이리로 엎드리시고……. 부항 뜬 자리가 많이 부드러워졌구만. 혈행을 좋게 하는 데는 진공정혈법 이상 없어. 모르는 사람들은 피부를 그렇게 잡아 당겨놓는데 핏발이 안 비치고 되나 하지만 혈행이 좋은 곳에는 아무리 오랫동안 부항을 붙여놔도 색소가 올라오지 않거던. 최 선생은 몸에 독소가 많아서 수포까지 형성되지 않던가, 왜? 흔히 말하는 스트레스가 모두 독이야, 독."

"선생님, 그렇게 시리던 어깨가 물 뽑고 피 빼고 나니까 아주 거뜬해졌습니다. 저 역시, 겉으로 드러나는 현상만을 파악해서 병을 고치겠다는 양의학을 못 믿어서 이렇게 병이나 키웠지만 진공정혈법의 효과는 정말…… 모두, 선생님 덕분입니다."

"내 덕은 무슨 내 덕. 다, 병 고칠 때가 되어서지. 굳이 누구 덕분이라면 그 후배 아가씨 덕도 있을 테고. 그런데 최 선생, 단식 한번 해보지 않을래나? 내장 기능이 지금은 어느 정도 정상이 되었기로 속을 한번 확 비워주면 좋을 것 같은데."

"글쎄, 한번 생각해 보겠습니다. 그런데 선뜻 용기가 나지 않네요."

"속을 비우듯이 마음도 완전히 비워야 병도 뿌리가 뽑히는 법, 가슴에 원망이 남아 있으면 병은 절대 완치가 안 돼. 마음이 다스려져야 병도 낫는 법이지. 이젠 최 선생도 내 스트레스를 어지간히 알고 있잖아? 그러나 어째. 내가 짊어져야 할 짐이거니 여기면서 쓰고 떫은 마음을 견뎌내는 거지. 말 그대로, '견디는' 게 아니라 '견뎌내는' 거야. 사람은 다 자기 잘나서 사는 것 같아도 그게 아니야. 내, 전에도 최 선생께 얘기했지만 내가 남의 병 고쳐주는 사람이 되리라곤 꿈에도 생각지 못했던 일이었지. 그러고 보면 아무리 시시한 인생이라도 전부 하늘이 점지해 준 삶인 거야. 참, 후배는 온다고선 아직 얼굴 내보이지 않네?"

"개도 한번 집에 틀어박히면 한 달이고 두 달이고 코빼기도 보기 힘들어요. 여기 원장님께 치료 받고 많이 좋아졌다고 목소리 방방 띄우며 즐거워했고, 제게도 다시 치료받으러 갈 거라고 하던데 아마 갑자기 무슨 급한 일이라도 생겼는가 봐요. 에구, 산다는 게 뭔지……."

내 비밀을 어느 정도 까발린 뒤라 나는 편안한 마음으로 송 원장께 응석을 피웠다. 이곳에 치료받으러 온 이후 변모된 내 모습에 어느 땐 나도 놀라곤 한다. 내 약점 내 어리석음 내 삶의 모순……. 누구나 안고 업고 사는 그런 모습들을 나는 누구에게도 발설하기가 싫었고, 또한 그런단들 나를 이해해 주고 위로해 주는 사람도 없는 터라 나는 더더욱 마음의 빗장을 굳게 걸어 잠근 채 이날 이때까지 살아온 것이다. 그런데 이즘 들어선, 왠지 모르게 서서히 세상에 대한 두려움이 사라지고 작으나마 자신감도 생기는 것 같아 혼자 신기해하고 있는 중이다.

　형. 방구석에서 이불 뒤집어쓰고 고민한다고 뭔 일이 해결된대? 예솔이는 인제 좀 잊어버려라. 병도 그렇지. 온열치료니 뭐니 그런 거 집어치우고 내 말만 들으면 그런 병쯤이야 댓바람에 고칠 수 있으니까 자리 걷어부치고 당장 나와. 나, 어깨 구부정한 거 형도 알지? 근데 단 한 번만에 내 자세가 똑발라졌다면 형 믿을 수 있어? 요 며칠 사이, 희한한 인연으로, 어떤 분께 치료받으러 다녔는데 내가 만난 그분, 정말 대단한 분이셔. 내가 이렇게 방방 남 띄워주는 거 형은 한 번도 못 봤지 않은가배? 사실 첫날 치료받고 오면서부터 형 생각이 났지만 일단 내가 효과를 좀 보고 형에게 소개를 해도 해야겠다 싶어 오금이 저린 걸 참아가며 오늘서야 전화 거는 거야. 그 할아버지는 오전 중에만 진료를 하는 데다 월·수·금 사흘만 환자를 보기 때문에 오늘 못 가면 모레까지 기다려야 돼. 그리고 내가 그 할아버지를 만나게 된 것도 다 내가 원해서 이루어진 일이야. 얼마 전에 내가, 이 세상 모든 현상은 내 마음이 객관화한 것이다 어쩌구 하며 '유심소현'에 대해 말하지 않았어? 그렇다면 일단 나부터, 싶은 생각이 드는 거야. 내가 간절히 원하는 일이 있다면 그 일은 반드시 이루어질 거라는 생각이 들더라구. 내가 철든 이후로 단 하루도 개운한 적이 없었던, 병명도 알 수 없는 병으로 십수 년 고생하고 있는 내게, 하느님 제게도 병 고칠 기회를 주옵소서 하고 간절히 원했지. 그런데 정말 그렇게 된 거야. 우리 사형 되는 사람이 스치듯 그 할아버지 이야기를 한 것이 인연이 되어……. 형도 하루에 스무 번씩만 유심소현, 즉 형의 마음자리에 대해 생각해 보라구. 인생이 확 바뀐다니까. 사람 만나는 일, 그냥 스쳐지나는 일상적 사건일 뿐이라고 여겨지지? 절대 그런 거 아니야. 자기 마음에 먼저 원의가 생겨야 만남도 이루어지는 법이야. 내가 그 할아버지를 만나게 된 것도 다, 병을 고쳐야겠다는 염을 아주 간절하게 보냈기 때문 아니겠어? 악연도 그러고 보면 자기가 원한 만남인 거라고……

선희가 표현한 할아버지란 말은 잘못이었다. 송 원장은 올해 회갑을 넘긴 분인데도 40대 아저씨처럼 젊어 보였다. 선희 지 말대로 선희가 아무에게나 쓸데없이 엎어지는 성격도 아니고, 그녀의 건강상태를 내가 남 먼저 아는 터라 그녀의 변한 말투와 목소리에서 느껴지는 탄성계수(!)만으로도 그녀의 건강이 아주 많이 좋아져 있다는 것을 알 수 있었다. 하지만 예솔이까지 내 곁을 떠나고 없는 터, 죽으면 썩을 육신, 명 보전하며 건강하게 살자고 용하다는 선생님을 물어물어 찾아가겠다는 생각은 전혀 들지 않았다. 하지만 나는 또 나 스스로 지닌 모순 때문에 한 며칠 고민을 하기도 했다. 내 한 몸 잘 살자고 물어물어 치료…… 어쩌고 하며 멍청한 자성을 했지만, 내 한 몸 잘 살려는 의도에서가 아니라, 하루에도 수십 번 보고 싶은, 소변 누는 일의 괴로움이 너무도 진해서 온열 치료기 하나를 이미 구입해 놓고 있었으므로. 치료한답시고 그걸 항문에다 끼운 채, 살아 있는 사람은 이렇게라도 남아 있는 날들을 살아내는 법이구나 하며 마음 저미긴 했지만 그깟 양심성찰 정도로는 내 모순을 나 스스로 정당화할 수도 없었고. 그래, 결국 선희의 말에 따르기로 했다. 결혼문제도 선희의 말만 따랐었다면……. 그러나 나는, 왈패만 있는 집에서 자라지도 않았건만 여자는 여자다워야 한다라는 생각으로, 다소곳하고 다소의 청승기가 느껴지는 여자를 배우자로 삼겠다고 내심 작정해 두었었다. 그런 내 생각에 경옥은 딱 들어맞는 여자였다. 다소곳했고 표정은 언제나 청승스러울 정도로 어두웠고, 그러면서 여자 특유의 본능의 냄새를 피울 줄도 알았다. 그리고 내가 경옥과 결혼하고자 했을 때, 나와는 맞지 않는다고 펄쩍 뛰던 선희에 대해 쓸데없는 의심을 한 것도 내 인생을 이렇게 만든 것이니 단추가 잘못 잠궈진 내 인생은 결국, 자업자득인 셈이었다. 그래서 유심소현을 말하는 선희의 말에 나는 단 한 마디의 대꾸도 할 수가 없었다. 어리석은 나는 행여, 선희가 나를 좋아해서 나와 경옥이와의 결혼을 방해하려는 생각인 거나 아닌가 하며 선희를 의심했던 것이다. 그 무렵, 선희의 약혼자는 혼자 먼저 미국으로 건너갔었기로 나는 내 멋대로 선희가 그 남자에게서 버림받았다는 결론을 내렸었다. 남자에게 버림받은 선희는 많이 외로울 터이고, 선희가 허물없이 친한 남자는 나밖에 없고……. 그런 웃기는 생각이었다니. 지금 생각해도 부끄러워서 등골이 오싹할 지경이었다. 선희는 그런 야비한 내 속을 알고 있을까? 선희는 학교 연극 서클에서 만나 친하게 된 이후 서로 죽이 맞아 십 년이 넘도록 잘 지내오는 사이였지만 그녀와 결혼할 생각은 추호도 없었다. 너무 똑똑해서 심심찮게 사람 자존심 상하게 하는 것도 결혼의 결격 사유가 되었지만 내 눈엔, 도대체 여자다운 수줍은 티를 전혀 낼 줄 모르는 매력 빵점의 여자였던 것이다.

형. 그 집에 가면 분위기가 좀 웃겨도 그것만은 참아 넘거줘라. 거실 바닥에 붉은 카펫을 깔아놨는데 그 빛깔이 아무래도 너무 선정적이더라구. 그뿐이면 괜찮게. 수석을 엄청 많이 소장하고 있는데 비전문가인 내 눈에도 그게 어째 품위가 없어 봬. 더 기분 언짢은 건 돌들이 거의 동물 형상을 하고 있는데 그게 모두 두더지 뱀 그런 등속들이야. 여하튼 기막힌 인술을 보유한 분치고는 안목이 좀 처지는 게 여간 아쉽지 않더라구. 하긴 기막힌 인술에다 안목까지 우리랑 어금버금하다면 우리 같은 병골들은 자존심 상해서 죽든지 까무러치든지 해야겠지만…….

역시 선희의 눈은 촉 발랐다. 찾아올 환자들의 편의를 위해 일부러 아파트의 1층을 구했다는 건 말 안 해도 한눈에 들어왔고 아파트 입구 또한 기역자로 구부러진 복도의 끝에 있어서 영판 골목 끝에 들어앉은 여늬집 주택 같은 느낌을 주어 집 하나는 참 잘 구했구나 하는 생각이 들었다. 그러나, 현관을 들어서자 진료실로 사용하는 방과 안방과의 사이, 남은 공간에다 대형 거울을 걸어 놨는데 그 거울 아래에는 수백 년은 묵었을 법한 거대한 나무의 뿌리가 번쩍이는 니스칠을 온 몸에 두른 채, 큼직큼직한 꽃잎의 조화(造花)를 뱀처럼 뒤튼 뿌리 사이에다 한 보따리나 껴안고 있었다. 아직 소파 쪽으로 가지 않아서 선희가 말한 수석들은 눈에 띄지 않았지만 안목 운운하던 선희의 말이 떠올라 과연 이 집의 주인께서 남의 몸 속 깊숙한 곳에 자리한 병을 잘 볼 수 있을는지 은근히 걱정이 되었다. 내가 거울 앞에서 머뭇거리자 옴팍눈의 할머니 한 분이 냉랭한 얼굴빛을 한 채 수족관 너머에 있는 거실의 가죽 소파로 나를 안내했다. 거실에 앉아 있자니 등 뒤의 진열장에 전시된 수석들도 등을 돌려서 보게 되고 선희가 말한 카펫의 붉은 빛깔도 자꾸만 진하게 눈에 들어왔다. 이래서 선입관이란 무서운 거야. 저 할머니가 바로 선희가 말한 그분? 이 집의 원장님이 고명하다는 말은 선희의 입을 통해 들었지만 행여 배가 나오고 이마라도 벗겨진 할아버지라면 나는 서슴없이 갈 테다. 작심을 새기고 있는데 머리를 곱게 빗겨 빗어올린 40대 아저씨 한 분이 거실로 나와 널찍하게 넓은 가죽소파의 남은 부분은 남겨두고 사각

스툴에 걸터앉는 거였다. 그런데, 그만한 연세라곤 믿기지 않는 맑은 얼굴빛과 얼굴에 어려 있는 부드러운 웃음기. 나는 푸욱 안도의 한숨이 나왔다. 내가 푹 안심하고 있는데 그분이 먼저 말문을 열었다.

젊은 양반, 보드라운 기질로 험한 세상 살아오느라 무척 힘들었겠구만. 어디가 어떻게 아파서 왔습니까? 라고 물어야 정상일 대목에 그분은 그렇게 말했다. 나는 그 말 한 마디에 전신의 힘이 주욱 빠지고, 그 동안 이빨 앙다물고 날이면 날마다 나 자신을 지키기 위해 무장하고 또 무장했던 무형의 모든 것들이 소리 없이 스르르 술술 무너져내리는 것 같은 느낌을 받았다. 남의 마음을 극도로 평안케 해 주는 사람. 이 분 같으면 그 어떤 병이라도 고칠 수 있으리라는 생각이 들었다. 인술이란 게 별 건가. 환자에게 막강한 신뢰심만 심어주면 병은 환자 자신도 모르게 서서히, 저절로 고쳐지는 거 아닌가. 하긴 생판 모르는 남에게 막강한 믿음을 심어주는 일이야말로 어려운 의술을 배우는 것보다 더 힘든 일이겠지만.

자 이리로 들어와요. 나는 그분을 따라 방으로 들어갔다. 방 안엔 작은 침대 2개와 상아색 칠이 된 기계 한 대와 몇 점의 수석을 머리에 인 낮은 문갑 두 짝이 적당한 간격으로 놓여져 있었다. 머리를 이쪽으로 하고 편안히 누워요. 나는 이미 마음이 편안해져 있었으므로 그분이 시키는 대로 편안히 누웠다. 그분은 두 다리를 기지런히 모이잡고 내게, 고개를 들어서 발을 보라고 했다. 머리를 들어올려 발을 보았다. 보면서 내가 말했다. 저 한쪽 다리가 좀 짧습니다. 그분이 허허하고 웃었다. 이 젊은 양반은 어째 자기 체형을 용케도 아는군. 대부분의 사람들은 자신의 다리가 짧은지 어쩌는지조차 잘 몰라. 젊은 양반, 행여 발 삔 적이 없나 모르겠네. 아니, 그걸 어떻게 아십니까? 발을 삐게 되면 인체는 파상을 일으키게 되어 있어. 그걸 모르고 아픈 곳만 치료를 하니까 넘어지면서 비틀린 체형은 점점 원형을 잃게 되는 거야. 그리고 발을 삐게 되면 십중팔구 신장이 나빠져. 이렇게 다리가 짧은 것도 골반이 비틀려서 몸의 균형이 깨어졌다는 증거거던? 이렇게 되면 등뼈도 반드시 휘어져 있어, 등뼈가 휘어지면 등뼈의 찌부라진 틈으로 지나는 신경이 짓눌리기 때문에 그 등뼈가 지배하는 장기에도 분명 이상이 와요. 내가 조금 있다가 이 휘어진 등뼈를 바로잡아 줄 테니까 젊은 선생은 어떤 변화가 생기는지 한번 확인해 보라구. 인체란 참으로 신기해서 한쪽으로 조금만 기울거나 치우치면 힘이 분산돼요. 선생님, 육신의 등뼈가 문제가 아니라 내 인생, 내 삶의 등뼈가 휜 지도 꽤나 오랜 시간이 흘렀습니다. 그것은 어떻게 수습이 되지 않겠습니까? 나는 속으로 그렇게 말했다. 송 원장이 쭉 위로 뻗게 한 내 팔을, 나는 나 쪽으로 당기게 하고 송 원장 자신은 자기 쪽으로 당겼다. 오른쪽. 왼쪽. 그러나 오른쪽 팔은 금세 힘이 푹 꺾였다. 다시 한 번. 마찬가지였다. 이봐요, 선생. 휘어진 자세 때문에 힘이 분산되어 오른쪽으론, 기계로 말하면 동력이 제대로 전달되지 않아서 이렇게 힘이 없는 거요. 이쯤 되면 이쪽 팔은 조금만 사용해도 쉬 피로가 오고, 피곤이 조금만 누적되어도 혈행이 좋지 않게 되어 통증을 느끼게 돼지. 참 귀신이다 싶었다. 대수롭잖게 여긴 어깨와 팔의 통증이 벌써 10년이 넘었지 않은가. 참, 선생님. 제가 소변을 보기 힘들어진 지가 벌써 꽤 오래 되었는데 병원에 가기 싫어서 미루다가 한 달 전쯤인가 병원에 갔더니 절더러 전립선비대증이라고 하더군요. 그 병도 그럼 척추의 이상에서 오는가요? 그럴 수 있어요. 제12 흉추나 제4요추가 좋지 않으면 섭호선비대가 오거던? 송 원장은 나를 다시 반듯이 눕게 했다. 그리고는 배를 만지기 시작했다. 행여 잠자리에 누우면 마음이 불안하거나 하지 않아요? 좀 그런 편입니다. 밥을 많이 먹을 수가 없고 도통 식욕도 없지요? 예. 심장은 괜찮은데 심포가 좋지 않군. 심포가 좋지 않으면 우울증이 올 수 있어요. 그리고 위가 아래로 처졌어. 위하수가 되면 밥을 많이 먹을 수 없어. 비위 상한다는 말이 있지? 위가 좋지 않으면 비장도 따라서 좋지 않아요. 밥을 많이 먹을 수 없는 데다 조금만 먹어도 비위가 상하니까 도무지 살이 찔 턱이 없지. 소장도 좋지 않고……. 소장이 좋지 않으면 심장도 자연 나쁜데 그러면 성격이 소심해져.

형, 그분이 나보고 뭐랬는 줄 알아? 이런 몸이면 앉고 서고 하기도 힘들 텐데 가만 보니 악으로 버틴 것 같구먼 하지 않겠어. 부모형제도 몰라준 내 고통을 이 할아버지는 어쩌면 이렇게 단번에 알아맞히는가 싶어 눈물이 다 날려고 하잖아. 악으로 버틴 나답게 남 앞에 눈물 같은 거 보일 수야 없었지만 이상하게도 사람의 힘을 좌악 빼놓는 게, 무슨 주술사 같았어. 나는 보통내기가 아니라고 혼자 잘난 척하며 살았는데 그분은 그런 나를 단방에 무장 해제시키는 거야. 그런데 그분도 사연이 많은 분인 거 같더라. 남을 편안케 해 준다는 거 자체가 어찌 보면 자신은 이미 고통을 많이 받았다는 말도 되잖아? 송 원장의 말 도중에 선희가 내게 한 이야기가 생각났다. 어튼 이 분이 보통 사람은 아니란 생각이 들었다. 난 사람의 앉은 자세만 봐도 그 사람의 어떤 장기가 좋지 않은지 알 수 있어요. 체형을 보면 성격도 알 수가 있구. 실례지만 선생은 결혼생활이 행복하지 못한 거 같애. 아니면 이미 이혼이라도 했든지. 내 입에서 세상에! 소리가 나오지 않을 수 없었다. 선생님, 제가 여기 오게 된 건 김선희라고, 제 후배 되는

아가씨한테서 선생님 말씀을 듣고……. 아아, 그러세요? 선희 이야기
가 나오자 송 원장은 반색을 했다. 그때 밖에서 여보, 아직 멀었어요?
하는 소리가 들려왔다. 조금 전에 본 할머니 목소리였다. 선생님 부르
시는 소리 아닙니까? 아마 점심이 다 된 모양이군. 함께 밥 먹자는 신
호예요. 치료 다 끝나 가니까 신경쓰지 마세요. 젊어 보이는 송 원장
과 옴팍눈의 할머니. 너무 어울리지 않는다는 생각이 들었다. 다 늙은
사람이 여보라니, 할머니 주제에 여자 냄새를 심하게 풍겨서 그 소리
가 께름직하고 불쾌하게 들렸다. 늙은 사람들이라고 여보라는 말을
사용해서 안 된다는 법 없고 여태 여보라는 말 때문에 듣는 내가 불
쾌한 적은 한 번도 없었다. 그러나, 옴팍눈의 할머니가 송 원장을 부
르는 여보, 소리는 송 원장의 부드러운 성품과 인격에 흠집을 내는
것 같아서 내 기분이 퍽 좋지 않았다. 참 이상한 일이었다. 맞아, 선희
가 한 말 때문이야. 선생, 오른쪽 어깨가 많이 굳은 걸 보니 행여 글쟁
이 아닌가 싶으네. 자, 내 쪽을 보고 모로 누워요. 후, 하고 숨을 내쉬
시고…… 송 원장이 내 몸을 어떻게 어떻게 간추려서 살짝 비틀자
등뼈에서 우두둑 소리가 났다. 통증은 하나도 느껴지지 않았다. 반대
편으로 누워요. 아까처럼 또 숨을 내쉬시고. 이번에도 우두둑……. 반
듯하게 누우시고 다시 오른 팔을 아까처럼 위로 올리고 선생은 선생
쪽으로 당기고 나는 여기서 이렇게, 자아, 힘을 줘봐요. 힘을 주었다.
팔에는 아까완 다르게 힘이 들어갔다. 자 됐어요. 휘어진 등뼈를 바로
잡아 주니까 금세 그렇게 힘이 들어간 거예요. 밥상 다리 한쪽이 길
거나 짧다고 생각해 봐요, 상 위의 것들이 온전히 제자리를 잡을 수
있는지. 무릇 사람 몸에는 온몸 구석구석까지 신경이 전달되는데 어
느 한쪽으로 몸이 조금이라도 기울었다고 생각해봐요. 그 결과가 어

떻게 될지. 그러나 사람들이 자세에 대해서는 대단히 무관심해. 요새 안경 끼는 애들이 많은 것도 다 자세가 나빠서 그래요. 월수금 중 아무 날이나 시간 날 때 와요. 그날은 오늘처럼 일찍 말고 12시까지. 진덕허니 이야기 좀 하게. 치료는 별 거 없어. 오늘 교정해 놨으니 병은 몸 지가 알아서 고칠 거야. 내가 무슨 재주로 남의 병을 고치겠어, 단지 막힌 수도관을 뚫어주듯 막힌 신경계열을 내가 뚫어주는 역할을 할밖에는. 인체는 자연치유력을 갖고 있으니까, 그 이치를 알고 병의 원인만 안다면 병 고치는 건 시간이 해결해 주지. 선생님 식사 다 식겠습니다. 그럼 전 이만……. 젊은 양반, 너무 심사 끓이지 말아요. 나 같은 사람도 이렇게 웃으며 사는데 뭐가 문제 될 게 있다고. 내 말 명심해요, 알았어?

형, 다녀왔어? 그러게, 도사라니까. 내 말이 나오니 눈빛이 달라지더라고? 그 참, 기분 나쁜 현상은 아니군. 그리고, 미안한 발언이지만 나 싫어하는 남자들 봤어? 그 할아버지도 몸만 늙었지 마음은 20대야. 내가 어떻게 아냐구? 왜 몰라. 러닝샤쓰 뒤집어 올려 가슴이야 배야 왼통 내보인 사이인데. 근데 그 원장님 날더러 겉으로 씩씩한 척해도 소극적이고 용기도 없는 사람이래. 어떻게 아시느냐고 물었지. 자세가 앞으로 굽어져 있으면 모든 일에 소극적이 되고 골반이 너무 벌어져 있으면 용기가 없대. 맞잖아. 내가 늘 고민한 게 바로 구부정한 내 자세였었잖아. 내가 할머니가 되면 분명코 허리가 꼬부라질 터인데 그 일을 어떡하느냐, 하면서 말이야. 그리고, 골반 넓은 건 내가 뭘 몰라놓으니 이담 시집가면 애기 낳을 때 수월하겠다는 할머니들의 말을 좋게만 받아들였지 그게 이상 체형인 걸 내가 알았나. 근데 형. 사람에게도 빛깔, 냄새 그런 거 있잖아, 왜? 그 원장님, 사람이 무지

좋아서 그런지 이상하게도 여자에게 약한 거 같은 냄새, 아니람 여자
들에게 자신의 뭔가를 보여주고 싶어하는 욕심이랄까…… 여하튼 좋
게 말하면 페미니스트적인 요소가 진한, 나쁘게 말하면 바람기…….
그런 빛깔이 좀 엿보이더라구. 말조심 하라구? 미안. 요즘 들어 내가
좀 이상해졌다니까. 이것도 씩씩해졌다는 증거라면 반가운 현상 아
닐까 몰라. 참, 그 할머니 요즘도 새콤매콤한 표정이야? 난 그 할머니
볼 때마다 솔직히 우스워 죽겠어. 도대체 그 연세에도 그런 표정을
지을 수 있다는 게 신기해. 명색 처녀인 나도 지을 수 없는 표정을
늘 얼굴에 달고 있으니 저런 것도 다 팔자에 타고나는가 보다 하는
생각이 들어. 그래서 조강지처…… 아니야, 형. 나 아무 말 안했다?
　선희야 뭐라거나 말았거나 치료받고 온 첫날, 나는 참으로 오랜만
에 꿈 없는 잠을 잘 수 있었다. 그리고 하루만에 송 원장이 그리웠다.
사람에 대한 믿음과 사랑이 내게로도 다시 쌓이는가 하는 생각은 애
초에 해보지도 않았지만 여튼 송 원장이 그지없이 고마운 사람으로
내 속에 자리잡는 거였다. 좋은 변화였다.
　아파트에 도착하니 꼭 12시였다. 어지간히 시간을 잘 지키는군. 가
죽소파에 앉아 참외를 먹던 송 원장이 수족관 저쪽에서 나를 보며 반
가워했다. 그래, 치료받은 기분이 어땠어? 선생님, 다른 것보다 잠을
잘 잤습니다. 당연하지. 왜요? 자넨 자율신경 실조증도 갖고 있었거
던. 그러나 잠 못 자는 데 대한 치료는 하시지 않았지 않습니까? 했잖
아? 언제요? 자넨 내가 자네 마음을 꿰뚫어 본다고 생각했을 터이고,
그래서 마음이 편안해졌고, 마음이 편안해진 것 자체가 그 동안 긴장
하고 살아온 모든 것을 버릴 준비가 되었다는 거야. 그렇게 되면 마
음의 병도 반은 고친 거라도 봐도 돼지. 자, 한쪽 먹어봐. 날이 가물어

서 그런지 요즘, 과일이 아주 달아. 그러곤 오늘은 내가 마지막 환자
인 데다 '할멈'까지 볼일 보러 가고 없는지라 완벽한 치료를 위해 '인
생상담'을 좀 해야겠다고 했다.

 ……아아, 그랬었구먼. 괜찮아, 괜찮아. 송 원장이 두터운 손바닥으
로 내 등을 투덕투덕 쓸어주었다. 아무에게도 하지 않았던 이야기를
송 원장에게 하고 나니 마음 한쪽이 헐빈한 느낌이 들었지만 한편 후
련하기도 했다. 애기는 엄마에게 맡기지 않고, 왜? 기왕 헤어지는 마
당이었고 그때 전 이미 직장도 사표를 쓴 이후라 아이는 제가 맡는
게 더 좋을 것이라는 생각을 했습니다. 지금도 그 결정엔 후회가 없
습니다. 제가 죄책감을 느끼는 부분은 행여나 제가 무관심해서 아이
가 그렇게 된 게 아닌가 하는……. 알겠네, 그 심정. 말 안해도 내 다
알겠어. 그러니까 부인과 헤어지게 된 동기도 부인의 성격 때문으로
그렇게 되었군? 반드시 그렇다고만 볼 수는 없겠지요. 제 잘못도 있
으니까요. 처음엔 그런 성격이 되려 이쁘게 보였으니까요. 경옥은 그
랬었다. 오늘 당신, 뭐 했는데? 내 생각은 얼만큼 했어? 나말고 딴 사
람 생각하면 안 돼, 알겠지? 선희는 애초부터 경옥의 이상 성격을 파
악하고 있었던 모양이었으나 나는 그걸 여자다움의 한 표현이라고
봤으니……. 그래, 직장은 왜 그만두었나? 처음엔 그러지 않았는데 시
간이 흐를수록 사람이 점점 이상하게 되는 거예요. 하루에도 수십 번
씩 직장으로 전화를 해대는데……. 그리고 제 일 자체가 자리만 지키
는 직업도 아니잖아요. 직장 동료들이야 제 입장을 충분히 이해를 했
을 테지만 데스크에 앉은 분들은 업무 전화도 아닌 전화가 하루에도
수십 번씩 걸려오니 얼마나 성가셨겠어요. 저도 그런저런 낌새를 느
끼게 되니 스트레스를 엄청 많이 받았구요. 그러다가 6 · 29 선언 이

후 언론민주화 어쩌구 하면서 우리 회사에서도 노조가 결성되었습니다. 그때 한 며칠 농성도 하고 그랬었거던요. 마누라가 아무리 의부증 환자라 한들 농성 중일 땐데 저만 빠져서 집으로 갈 수 있습니까. 그리고 제가 노조 간부이기도 했구요. 한동안 집에 들어가지 못했지요. 그 일로 안팎으로 숱한 곤욕을 치렀지만 안에서의 일, 그러니까 이혼할 생각은 추호도 하지 않았습니다. 이기적인 생각이었겠지만 제가 제 눈으로 선택한 여자와 헤어진다는 게 용납이 안 되더군요. 그런데 그 일 이후론 증세가 더 심해진 겁니다. 사무실 사람들 얼굴 보기 민망해서 도무지 더 이상 직장 생활을 할 수가 없더군요. 사표를 썼습니다. 그래, 결국 신문사를 그만두었구만? 저의 생각은 한 달이고 두 달이고 신물이 날 때까지 같이 있어 주겠다는 의도였는데, 여자들은 참 이상합디다. 집에서 논다니까 이번엔 경제적인 이유 때문으로 덜컥 겁이 난 모양이었어요. 자꾸만 이제 어떻게 할 작정인가 묻는 거예요. 신문사에 다시 들어갈 수는 없겠지만 이리저리 알아보면 갈 곳이 없지도 않은 상황이었습니다. 그런데, 당장 굶고 있는 처지도 아니었는데 먹고 사는 문제로 얼마나 사람을 성가시게 구는지…… 지금 생각해보니 그 사람은 처음 절 만날 때부터 심각한 정서장애자였어요. 먼저 이혼하자고 하더군요. 그러나 그때도, 사람이 그럴 수는 없다 싶어서 이혼은 못 하겠다고 했지요. 말도 마세요, 선생님. 처가붙이들이 찾아와……. 그런 난장이 없었습니다. 제가 영락없는, 마누라 밥 굶기는 놈팽이가 된 겁니다. 결국 이혼해 주고 아이는 제가 맡기로 했지요. 그때가 우리 예솔이 3살 때였습니다. 예쁜 딸과 둘이서 사는 재미, 선생님은 짐작도 못 하실 거예요. 정말 행복했었습니다. 애가 좀 커서 유치원에 갈 때까지는 직장 나가지 않고 집에서 번역이나 하면서 오손도손 살 작정이었지요. 그런데 그 시간도 그리 길지 않았습니다. 그렇담, 그 이후로 직장생활은 하지 않은 게로군? 이상하게도 제 성격이 변하더군요. 지지리 박복한 사람이 나라는 생각이 들어서 내가 만약 직장엘 간다면 행여나 나 때문에 그 회사가 망할지도 모른다는 생각이 드는 거예요. 그런 강박관념을 안고 살았으니 저의 날들이 오죽했겠습니까? 그럼, 그 동안 생계는? 우스운 말이지만, 논술고사 실시 이후 독서과외가 유행이었잖습니까. 누님 친구분이 자기 아들에게 과외를 시키고자 한 팀을 만들어주더군요. 요샌 소문이 나서 애들도 늘었고, 혼자 먹고 살기엔 충분합니다. 사내 자식이 방구석에 들앉아서 애들 과외나 시킨다는 게 좀 그렇지만……. 하지만 끊임없이 절 챙겨주고 잔소리해 주는 선희가 없었다면 전 아마 폐인이 됐을지도 모르지요. 근데 그 아가씬 왜 결혼 안하고 있대? 선희는 보면 볼수록 참 특이한 사람이에요. 정서적으로도 충만하고 아주 섬세한 면이 있어서 어느 땐 부는 바람도 안스러울 때가 있는가 하면, 저 약한 몸에 어쩌면 저런 강단이 있을까 싶게 결단력과 추진력이 대단하기도 하고, 어떤 땐 부끄러워서 말도 한 마디 못하는 애가 바른 말은 일등으로 잘하고……. 왜 다른 이야길 해? 결혼을 왜 안하고 있냐고 묻고 있는데. 그게 그러니까, 결혼도 안하거나 못하고 있는 것도 아니고……. 무슨 사연이 있는가 부네? 내가 왜 이리 궁금해지는지 알 수가 없군. 주책이라고 생각지 말고 내 말 한번 들어보게. 맨 처음 선희라는 아가씨를 봤을 때, 참 이상한 감정이 들더라고. 뭐랄까 내 젊은 날 상상 속에서 한번쯤 만나고 싶었던 여자라고나 할까, 아니면 내 마음 갈피가 잡히지 않을 때 함께 앉아 차라도 한잔 마시고 싶은 여자라고나 할까, 하여튼 내 마음을 갑자기 20대 청년으로 만들어주더라구. 무슨 말을 해도 다 이해할 것 같은 모성을 지니고 있는가 하면 최 선생 말마따나 너무 섬세하고 예민해 보여서 끊임없이 관심 가지고 보호해 주어야만 할 그런 사람 같기도 하고. 그 참, 묘한 아가씨라고 생각하고 있는데 우리 집 할망구가 여자라면 질색인데 선희만은 좋아하는 눈치여서 내가 '저 처녀 어때?' 하고 물었더니 주제 파악도 못하고, 그담부턴 행여나 내가 그 후배 이야기라도 할까봐 잔뜩 신경을 곤두세우는 거야. 그런 즈음, 치료도 끝나지 않았는데 아가씨가 갑자기 발길을 끊더라구. 하긴, 내가 하는 치료야 자연요법이니까 쉬어가면서 해도 낫는 데 별 지장은 없지만 기왕 시작한 치룐데……. 나는 갑자기 선희가 한 이야기가 생각나서 우스웠다. 형, 그 할아버지, 마음은 아직 20대야. 선희의 독심술은 유별나다고 생각하며 나는 선희의 이야기를 들려줄 작정을 했다. 약혼자가 지금 미국에 있어요. 교육학을 전공했는데 그곳에서 이미 학위를 받았고, 지금은 그곳 대학에서 강의 맡고 있답니다. 그 남자도 아직 결혼을 하지 않았대요. 선희는, 선생님도 아실까 모르겠는데 중학교 음악교사 하다가 지금은 학교 그만두고 애들 두서너 명 레슨하고 있어요. 선희가 다니던 학교가 사립이었는데 이사장 동생인지 매젠지 하는 교장,과 교사들 간에 뭔 일이 있었나 봐요. 선희가 그 일을 총대 메고 해결한 뒤 딱 학교를 그만두더군요. 선희는 정말 웃기는 게, 남자가 미국 가면서 같이 가자고 했을 때, 언제까지라도 기다릴 테니 니 공부 끝나거든 이리로 오너라 했대요. 남자가 같이 가자고 울고불고 야단야단이었는데도, 야, 내가 외국서 살 수 있는 체질 같았으면 나도 벌써 유학 갔겠다 하며 딱 부러지게 거절했답니다. 하는 수 없이 남자 혼자서 보따리 싸들고 미국으로 떠났지요. 전, 그런 사연도 모르고 선희가 남자에게 물 먹은 줄 알고 속으로 은근히 불쌍하게, 그리고 부담스럽게 생각했었어요. 저의 이런 꼴, 다 지은 죄가 있어섭니다. 그리고 단지, 그 남자에게 한 말 때문으로 결혼을 안 하고 있는지 어쩌는지 그런 속사정이야 확실하게는 모르겠지만 선희가 남자들에게 별 기대하는 것이 없는 건 확실한 것 같아요. 저만해도 선희가 보면 얼마나 한심하겠습니까. 선희 지 눈엔 훤하게 파악되는 것을 전 몰라도 아주 단단히 모르고 있었으니까요. 말이 쉽지 그 나이 되도록 그러고 사는 거 힘들 텐데, 그참. 제 말도 그 말이에요, 선생님. 남보긴 멀쩡해 보여도 살다 보면 이렇게 저렇게 속상하는 일도 생기고 남에게 하소연 할 일도 있을 텐데, 쓸쓸하고 외롭다고 응석 한번 핀 적이 없어요. 그 남자야 무슨 꿍꿍이로 장가를 안 가고 있는지 알 수 없지만 선희를 저렇게 방치해 두고 있다는 생각이 들면 미국이고 쏘련이고 달려가서 모가지 끌고 오고 싶은 생각이 다 들어요. 최 선생, 그 후배 아가씨 몸이 아주 엉망이었어. 그 몸으론 앉고 서고 하기도 힘든 정도였다구. 아무리 아픈 치료를 해도 소리 한 번 지르는 법이 없었어. 다 지 성격으로 병도 그렇게 키운 거야. 엄살이나 질질 부리는 사람 같으면 못 살겠다고 드러누운 지가 한참일 거야. 그런 거 저런 거 생각하니 얼마나 안됐던지. 물론 본인이야 씩씩하게 잘 살고 있지만……. 참, 그 처녀한테선 신(神)기 같은 게 느껴져. 어찌 보면 내가 그 처녀에게서 치료를 받은 셈이구만. 아마, 두 번째로 온 날이었을 거야. 내게 이러는 거야. 선생님은 참 쓸쓸해 보여요. 제가 그저께 치료 끝내고 옷을 입는데 선생님께서 저의 옷 입는 것을 옆에서 보시고 눈빛으로 거들어 주셨는데 그 눈길이 어쩌면 그렇게 마음 푸근하고 따사롭게 느껴지던지요. 선생님은 아마도 어떤 눈빛을 하셨는지조차 잘 모르실 거지만요.

그런데 그 순간에 선생님은 참 외로운 분이라는 생각이 들었어요. 어쩌면 가정적으로 평탄치 못한 분이라는 생각이 들어서……. 그러는 거야. 내, 30년 가까이 환자들을 봐 오고 있지만 그 처녀 같은 사람은 정말 처음이었어. 머리가 좋은 사람이야 많지. 그런데 그 처년 그런 것하고도 달랐어. 뭐랄까……. 여튼, 내가 하나 하면 자기는 벌써 둘 셋 헤아리고 있는 거야. 내가 행하는 치료법이야말로 자연에서 그 이치를 터득한 거라서 알량한 과학을 초월하는, 진짜 과학이라고 하는 거야. 자기 칭찬해 주는 것 싫어할 사람 어디 있겠어, 안 그래? 그런데 그 처녀는 내가 본질적으로 남에게 설명하고 싶고 인정 받고 싶어하는 부분을 먼저 알고서는 나를 부추겨 주고 격려해주는 거야. 괜히 안도의 숨이 쉬어지더라구. 사실 그 동안 이 일 해오면서 어려움도 엄청 많이 겪었었어. 그래서, 인제는 됐다, 인제는 됐다, 나 알아주는 사람, 한 사람만 있어도 된다고 생각지 않았는가 하면서 내내 감동스러워했어. 사람은 누구나 자기 문제는 남의 도움을 필요로 해. 나는 사람 상대를 많이 해온 사람이라서 척 보면 어지간히 상대를 파악하는 편인데, 나를 알아봐주고 내 문제를 해결해 줄려는 사람은 없었어. 그러다 그 선희라는 아가씨를 만나서 그런 이야기를 듣게 되니 내 인생 이렇게 속절없이 끝나지는 않을 것 같다는 용기도 생기고, 여튼 요샌 할망구가 성가시게 굴어서 그게 좀 신경쓰이지만 나도 죽기 전에 세상에 온 몫을 해야겠다는 생각으로 궁리가 많아. 그 동안 내 나름대로 행해 온 처방도 있고, 새로이 내게 들어온 충격요법에 대한 이론적인 근거도 좀 찾아내야겠고, 내 작은 재산이나마 털어서 후배 양성도 하고 싶고. 최 선생, 사람 사는 거 진짜 별 거 아니야. 나 인정해 주고 나 알아주는 사람 하나 있다는 게 얼마나 마음 든든하고 뿌

듯한지 이즘엔 아주 행복해. 이런 감정 오래 잊고 살았었는데…… 젊은 사람들 덕분으로 내가 젊어지고 있다 싶어서 최 선생께도 아주 고마와하고 있지.

아이고, 이 이들은 무슨 이야기가 얼마나 재미있는지 사람 들어오는 기척도 모르고…… 송 원장 부인이 외출에서 돌아온 바람에 우리의 이야기는 자연 끝이 났다.

형, 노이로제 증상엔 칼슘을 먹어주면 효과가 있다더니 그래서 그런지, 아니면 그 할아버지 치료 효과인지 이즘 내 정신상태가 아주 양호해지고 있어. 내 맘은 그게 아닌데 저 마음 밑바닥서부터 자꾸만 너그러워지고 있는 거야. 나 그 동안 그곳에 안 간 거 사실, 그 할머니 때문이었어. 치료 받고 있으면 괜히 방 앞에서 얼찐거리는 거 있지. 이 할머니가 사람을 잘못 봐도 왕창 잘못 본다 싶어 자존심 상해서 미치겠는 거야. 내, 병 안 고치고 말지 다 늙은 할마시한테 기분 나쁘게 의심 받기 싫다 싶어서 좀 값았는데 가만 생각하니 그럴 것도 아니더라구. 들리는 소문에, 그 할머니 자식도 하나 낳지 않은 사람이라네? 다 늙어서 바라고 사는 사람은 할아버지밖에 없을 텐데 싶은 생각이 드는 거야. 그래서 모두 이해하기로 했지. 나도 늙으면 그 할머니처럼 되지 말라는 보장도 없구. 참, 그리고 그 사람 온대. 아주 살러 오는 건 아니고, 이곳 대학에서 무슨 세미난가 심포지엄인가가 있어서…… 그 사람 기다린다고 시집 안 가고 있은 건 아니지만 만나는 날, 떳떳할 수 있어서 좋아. 결국, 내가 한 약속은 지켰다 싶어서…… 그가 나와 어떻게 되고, 그런 거 바라진 않아. 난 내 자존으로 사는 사람이라서 내 감정에 나 스스로 만족할 수 있다면 그걸로 족해. 이제 나도 괜찮은 사람 있으면 시집 갈 거야. 형도 신경 좀 써주라.

　원래도 씩씩한 선희였지만 나날이 조금씩 변화를 보이는 듯한 선희와의 통화는 내게도 작은 변화를 가져다 주는 것 같았다.

　최 선생, 엊그젠 왜 안 왔어? 괜히 오후 시간 비워놓고 기다리고 있었는데. 오늘은 자네가 내 이야기를 들어줄 차례야. 우선 치료부터 하고. 자, 이리로 들어와. 선생님, 요즘 점점 젊어지시는 것 같은데요, 무슨 좋은 일 있으십니까? 좋은 일이야 항상 있지. 이래봬도 나, 밖에 나가면 여자들한테고 남자들한테고 인기 많다고. 어련하시겠어요. 선생님 손만 닿으면 병 고칠 수 있는 판에 안 좋아도 좋아하는 척, 그렇잖습니까? 바로 그거야. 이 손 때문에 내 팔자가 기구해졌다고 해도 과언이 아니지.

　송 원장은 원래는 대구에서 운수사업을 했다고 했다. 그런데 그땐 보험이 없던 시절이라 버스 한 대가 언덕으로 굴러 떨어진 사고가 나서 괜찮게 살던 살림살이가 한방에 거덜이 났다고 했다. 명색이 사장 노릇 하다가 밥 벌어 먹으려고 남의 밑에 들어 갈려니 엄두가 나지 않더라구. 처가가 좀 괜찮아. 집사람이 어떻게 하든 애들하고 먹고 살 테니까 걱정 말고 절에 들어가서 머리나 좀 식히고 오라더군. 그래서 주역책 한 권 사 들고 절로 들어갔어. 그런데 내가 간 절의 주지 스님께서 당신은 철학을 배울 사람이 아니라 인술을 베풀어야 할 사람이라는 거야. 그러면서 경혈도 한 장을 주며 날더러 그걸 다 외우래. 차 사업이나 하던 내 머리에 갑자기 그 복잡한 경혈도가 들어오기나 해? 삼 년을 보냈지만 내 눈엔 아랑곳없는 거야. 그런데 삼 년 되는 마지막 날, 하룻밤 새 사람의 인체가 내 머리에 그대로 심어진 거야. 꿈도 꾸었는데 그 이야긴 담에 하게 되면 하지. 꿈에 이름자도 하나 받았는데, 내 인생 이렇게 되라고 예정되어 있었던 거 같아. 그러고는 집으로 왔지. 말도 말게. 손만 대면 어떻게든 사람이 낫는데 내가 생각해도 신기해 죽겠는 거야. 처가에서나 집 식구는 내가 미쳐서 돌아왔다고 야단이 났고. 이혼도 그래서 하게 됐는데 시간을 질질 끌었지. 처음엔 이혼하자던 사람들이 내가 텔레비전에도 나오고 신문에도 나고 돈도 무지 벌고 하니까 이혼을 못하겠다는 거야. 그러나 이혼하자, 말자, 몇 년을 시달리고 나니…… 이 이야긴 그만하고, 서울에 검사로 있던 친구가 있었는데 그 친구의 장모가 중풍으로 누워 있었어. 그 장모를 내 손으로 고쳐 드렸는데, 친구 장모님께서 나를 서울로 부른 거야. 대구에 있어봤자 별 뾰족한 수가 없을 테니까 서울로 올라오라고. 어찌어찌 서울 사람이 되었고 내 인술이 소문이 나서 방송 출연도 하게 되었는데 그땐 정말 세상 떠들썩했지. 소아마비로 제대로 서지도 못하는 사람을 그 자리에서 걷게 했으니…… 그러나 내가 정규적인 의학교육을 받은 사람이 아니라서 문제가 생긴 거야. 자격증 시비…… 그래서 조용히 살기로 작정하고 부산으로 내려왔지. 지금 할망구는 부산서 만났어. 옆집에 살았었는데 심장병이 있어서 내게 치료를 받았지. 첫 남편이 전쟁 나가서 실종됐다 하더군. 그러니 그 가슴속이 오죽했겠어. 그러다가 늙은 사람에게 다시 시집을 갔고, 나 만날 무렵엔 그 영감도 살아 있었는데 얼마 후에 죽었어. 이 할망구가 나보다 나이가 여섯 살이 많아. 그런데 염치없이 혼자서 날 좋아한 거야. 나는 나대로 여자가 생겨서 재혼을 했는데 멀쩡하던 여자가 나와 산 지 일 년 육 개월 만에 죽었어. 그때 할망구가 옆에 사는 인연으로 내게 많은 도움을 주었어. 그 무렵엔 자기 영감도 죽고 없을 때고. 어찌어찌 같이 살게 되었지만 도무지 내 몫이 아니라는 생각이 드는 거야. 나이도 나이지만 사람 인상이 영 아니더란 말씀. 그래서 혼인신고 같은 건 생각도 안 했지. 그런 와중에 다른 여자를 알게 되었는데 몇 년 동안 그 여자 빚 갚아주는 노릇만 한 거야. 정신차려서 생각해보니 그래도 이 할마시밖에 없구나 하는 생각이 들더라구. 일단 그런 생각이 드니 사람이 좋아보여. 그때만 해도 저 할망구, 내가 눈만 치떠도 꼼짝도 못했었지. 그런데, 자꾸만 나에 대해 불안해하는 거야. 그래도 호적에 올리고 싶은 생각은 들지 않아서 미적미적 미루었는데 몇 해 전, 아들과 함께 고향에 갔다오다가 차가 굴렀어. 다른 사람은 다 멀쩡한데 저 할망구만 다쳤어. 내 마음이 또 좀 달라지더군. 그래서 혼인신고를 했어. 여자들 참 웃긴다고 최 선생 내게 그랬었지? 정말 그렇더라구. 혼인신고를 한 이후 사람이 달라지기 시작하는데……. 여자 환자 받지 못하게 하는 건 약과고, 여자 전화가 올까봐 전화도 내가 받지 못하게 하는 거야. 그뿐이면? 그땐 내가 동광동에서 사무실을 크게 내고 있을 땐데 그것도 때려 치우라는 거야. 하도 시달려서 하자는 대로 다 해 주었어. 호적에 올랐으니 당당해졌다 그거지. 그런데 사고 이후로, 내게 새로운 인술이 들어왔는데 바로 충격 요법. 막힌 기맥을 뚫는 건데, 원격조정 알지? 그 원리가 내게도 적용되는 거야. 주먹으로 몸을 퉁퉁 쳐 주기만 해도 막힌 기맥이 뚫리는데 이런 기술은 나말고는 전 세계적으로 아무도 가지지 못했을걸? 사고 이후로 내게 새로운 인술도 들어오고, 곰곰히 생각해 보니 새 인생 사회를 위해 뭔가 봉사하는 삶을 살아야겠다는 생각이 들더라구. 남은 여생은 좀 값지게 살 작정인데……. 최 선생도 좀 도와줘야겠어. 여튼, 사람 사는 걸 자세히 들여다보면 구비구비 곡절도 사연도 많아. 우리 할망구도 팔자 하나는 드센 여자지. 성격 자체가 팔자 기구하게 생겨 먹었어. 끝까지 내게 애를 먹이면 가진 것 다 주고 나는 어디 절에라도 들어앉을 작정이야. 늙을수록 사람은 정으로 사는 법인데 강짜만 늘어서 사람 대접을 우습게 하니 환자들 보기 민망할 때가 한두 번이 아니야. 선생님, 이즘 들어 가만 보니 내남없이 사람 사는 이치는 어쩌면 이렇게 한결 같을까 싶어 참 신기하다는 생각이 들어요. 얼마 전엔 그렇게 심각하던 저의 문제들이 이렇게 마음 툭 터놓고 얘기하고 있으니 순전히 남의 일같이 여겨지기도 하고, 모든 건 마음 먹기 달렸는데 그걸 모르고 나만 세상에서 버림 받은 존재라고 생각하며 엄살 피우고 했으니…… 선생님, 정말 고맙습니다. 선생님 아니셨다면 전 오늘도 방구석에서 앓고 있을 겁니다. 그런 말 말게. 병도 아무 때나 고쳐지는 줄 아는가. 다, 자기 마음에 병 고칠 준비가 되어 있어야 병도 고쳐지는 법이지. 그런 거 생각하면 인생이 아무 것도 아니라 싶어도 또 그런 것도 아니야. 남 가슴 아프게 하지 않고 내 마음 떳떳하게 살아야 하는데 나도 팔자가 세서 조강지처 버리고 산다 싶으면 마음이 많이 아파. 그리고, 액땜 하느라고 저런 할망구도 만나게 되었거니 싶어서 치밀어 오르는 울화를 삭히기도 하고. 참, 최 선생 오기 조금 전에 후배한테서 전화 왔었어. 모레부터 치료 받으러 오겠대. 목소리가 상큼한 게 많이 좋아진 느낌이야. 그 처녀 때문에 저 할망구 인상 구겨지면 내 이번엔 그냥 안 있을 거야. 아이구, 선생님. 선희한테 연애감정 느끼는 거 같아시 제가 질투가 다 나는데요? 늙은이가 그럼 그런, 생각의 재미도 없으면 세상 삭막해서 어찌 살라고. 지당하신 말씀입니다. 우리 선희 오랫동안 사랑해 주세요.

"선생님 안녕하십니까?"

"아니, 최 선생 아냐, 웬 일로 전화를?"

"선생님 말씀하신 거……."

"내가 뭘? 아아, 단식. 그래 결심이 섰어?"

"선생님 말씀을 듣고서 생각을 해 봤는데 역시 그러는 게 좋을 것 같아서요. 전 결심이 섰으니까 다른 사항들은, 성가스럽겠지만 선생님께서 좀 알아봐 주셨으면 하구요."

"당연히 내가 알아봐 줘야지. 학생들 공부, 시간 조정도 해야겠군?"

"예. 그건 제가 대충 미리 말해 두었습니다."

내 속의 것을 비워야 가슴속 남은 원망의 마지막 한 줄기까지 뿌리 뽑을 수 있다면 까짓, 단식을 못할 것도 없다는 용기가 생겼다. 송 원장이고 선희고 모두 자기 삶의 몫을 좇아 씩씩하게 살고 있지 않은가. 나도 모든 것 훌훌 떨쳐 버리고 새로이 태어나야 할 때.

떠나기 전, 오랜만에 선희에게 엽서 한 장을 썼다.

'선희야.

내가 살아왔던 세상은 늘 안개에 싸여 있었으므로 난 오랫동안 오리무중의 숲에서 서성였었다.

당분간 이 도시에 부재하면서, 도시가 피워 올린 안개가 아닌, 결국은 내가 거느리고 있었던 안개의 정체에 대해 생각해 볼 작정이다.

야비했던 난 네게 사죄해야 할 일이 있고, 또 다시 내가 피운 안개에 나 스스로 발목 잡힌다 할지라도 난 반드시 돌아올 터이니, 넌 나의, 이 도시의 입성을 손 흔들고 환영해 주길 바란다. 안녕.'

[문화일보 1994년. 당선작]

안개꽃

"아까 판에는 2학년 2반 3번이더마는 요번 판은 나도 돈 좀 따라꼬 신이 도왔제? 각패일매야(各牌一枚也)라. 각패 든 거 이거, 절대 보통 징조가 아인 기라. 할매도 내 말 맞다고 생각하지요?"

"아이, 몰라. 박 이사 큰소리에 놀래서 싸버렸잖아. 물어 내."

"요샌 도대체 어찌된 세상인지 남녀 구분이 없어요. 사대부 앞에서, 판 시작 출근 길에 설사를 하고서도 도대체 미안한 기색조차 없으이. 토우 선생 차렙니더. 순서 잊어뿐 거 아이지요? 경로당 화투 치는 거 답답해서 내, 이 집 진짜 안 올라고 했는데……."

토우 선생의 작업실에 들어서니, 박(朴炳淳) 선배의 걸쭉한 입심이 언제나 축축하게 가라앉은 '토우작업실'의 공기마저 붕붕 일으켜 세우고 있었다.

오늘은, 한동안 만나지 못했기로 토우(土偶) 선생의 안부도 궁금했

고 운이 닿으면 병순 선배도 만날 수 있으려니 하며 마음먹고 나선
길이었다. 그리고 상황이 허락되면 그 동안 있었던 일련의 사건들을
박 선배께 이야기하고 싶은 욕심도…….

토우 선생이 박 선배의 재촉에 떠밀려 화투장을 던지다가, 막 문을
들어선 그에게 반갑다는 눈인사를 보내왔다. 저 깊은 눈시울. 후끈 가
슴이 달아올랐다. '니 삶도 고단하재? 하지만 조금 더 살아봐라. 살수
록 어려운 기 인생이란 거더라.' 토우 선생의 눈은 늘 그렇게 말하는
것 같았다. 하나, 단 한 번도 말로는 그런 소리를 들은 적이 없으니
그러한 생각도 어쩌면 토우 선생의 깊은 눈매 때문이었다.

"아이고, 저 보살! 아매도 내 만내로 온 모양 같은데 맞제? 지 꿍심
없으면 생전 코빼기도 안 내보이는 작자아이가. 내 말 틀렸나?"

비누 회사의 영업이사로 있는 박 선배는 회사 일에 지장이 없는 한
될수록 많은 시간을 토우작업실에 머물려고 작정한 사람 같았다. 입
심만큼 좋은 머리에, 아이큐 이상 넉넉한 인간미가 그의 발길을 자꾸
만 토우 선생의 작업실로 향하게 만드는 모양이었다. 화투쳐서 딴 돈
은 다 돌려주고, 잃은 돈은 결코 받지 않는 그의 오만(!)도 알고 보면
그의 인간성의 한 표현인 것이다. 그리고 할매라 불리는 토우 선생의
당숙모도 그러한 박 선배의 털털한 인간미에 반해서 늙도 젊도 아니
한 자신을 할매라고 부르는 무례 정도는 하마 예전에 용서했고, 자신
을 아시 동생 대하듯 버르장머리없이 구는 박 선배의 지천에도 불구
하고 한통속이 되어 화투를 치는 것도 다 그래서였다.

"그 동안 안녕하셨습니까?"

그가 세 사람 모두를 향해 고개를 조아렸다. 토우 선생의 입 가에
다시 웃음이 스치고, 반가움 진한 미소에도 불구하고 그 웃음이 시름

없어 보이고.

"잔소리 마라. 안녕 못했다. 니가 자주 문안인사를 올려야 안녕이라도 할 건데 이거 뭐, 얼굴 잊어먹게 생겼으니……. 그란다꼬 잘난 척은 하지 말고. 말인즉슨 그렇다는 기다. 예에서 벗어난 인간은 인간의 탈을 쓴 금순기라, 알아 묵나?"

그는 박 선배의 활달한 목소리가 반가왔다. 그렇잖으면 토우작업실의 무거운 공기에 짓눌려 그도 한없이 가라앉아 버릴 것 같았기로 그가 일부러 목소리를 활달하게 만들어 선배의 말에 토를 달았다.

"아이구, 선배님의 저 비약적인 비약. 그런데 제가 왜 보살인데요? 처사라 부르면 또 모를까."

"아직 니 별명이 보살인지도 몰랐나? 니가 하도 통박을 잘 재서 내가 벌써부터 그렇게 불렀는데? 총각도사란 말도 있지만 보살이란 말이 니 인간성 분위기하고도 어울릴 것 같아서 내가 그래 지었다. 와, 기분 언짢나?"

선배의 통박 잘 잰다는 말은 사실이었다. 늘 몸이 개운찮은 그는 될 수록 몸을 아끼는 편이었고, 그러다 보니 자연 쓸데없는 에너지를 낭비하기 싫어 분위기 파악이나 눈치 긁는 일엔 일가를 이루게 되었는데, 사람이란 항용 그렇듯 '용ㆍ불용설'이 그에게도 적용되는지 '잦은 잔머리 굴리기'가 언제부턴가 점쟁이 이상의 신기(?)로 발전된 것이었다. 그리고 보면 선배도 그 이상 가는 통박의 명수였다. 그의 작심을 한 눈에 꿰뚫어 보지 않는가.

"참, 누님은 여전하시나? 에고, 천사 같은 하철범(河喆凡)이 마음, 사람은 몰라도 하늘은 분명코 알아 줄 꺼구마는."

"선배님도 참, 토우 선생님 앞에서……. 저야 기정(李基晶)이 누님과 함께 있으니 편하기 그지없는데요.”

“임마, 내 말이 사실은 사실이다 아이가. 그 누님 때문에 장가도 못 가고 그렇게 사는 거, 세상이 다 아는데 니가 부정하면 뭐 하노. 그라 면 뭐 진짜 도사라도 된다카더냐. 내가, 기정이 누님 욕하자는 게 아 니고 니 마음이 하도 고마와서 기특타고 하는 소리다. 쓸개가 좁쌀만 해 가지고 남이 무슨 소릴하는지 알아듣기를 해야지 원…….”

하나 그는 쓸개가 좁쌀만 해서가 아니라 토우 선생 앞에서 그를 칭 찬하는 듯한 소리가 마음에 걸렸다. 말이 없어진 토우 선생은 ‘그 일’ 이후 세상만사 귀천 없어했다. 그나마 화투판에 앉아 있는 것도 박 선배의 끝없는 노력 덕분이었다. 전통 도예가로 이름을 날리던 토우 선생. 그러나, 그 일 이후로 토우 선생은 일체의 작품활동을 접었고 대신 손가락만한 토우만을 만들기 시작하였다. ‘토우’라는 이름도 그 래서…….

분위기 바꾸기의 명수인 토우 선생의 당숙모가 화투패를 던지며 말도 같이 던졌다.

“하 선생. 박 이사 패 잘 들었다고 즐거워하는 소리 아까 들어오면 서 들었지요? 세상에 무슨 예감이 그렇게나 좋을까. 하여튼 박 이사 의 무시무시한 예감을 존중하는 의미에서 오늘은 내가 터질 각오하 고 화투치는 중이니까 하 선생은 귓밥만 만지고 있어요.”

그런데, 귓밥도 만지기 전에 그를 호출하는 누님의 전화가 먼저 있 었다. 심한 약시인 누님은 성격이 소심해지는지 낯선 사람의 방문을 두려워하는 편이었는데 그를 찾아온 누군가가 가지 않고 기다리고 있다는 것이었다.

“야, 가봐라. 시집살이 패턴도 참말로 다양하다. 사람이 찾아오면 지금은 외출 중이오니 이담에 와 주십시오, 하면 될 걸, 오랜만에 바깥걸음한 사람을 그 새 호출하면 어짠다는 기고. 만난 김에 보신이나 좀 시키줄라 했더마는 글렀다. 회사 들어갔다가 퇴근하고 바로 집으로 가께."

섭섭해하는 토우 선생의 눈길을 뒤로 하고 그는 잠수함 같은 토우 작업실을 나섰다. 그의 출현이 예사롭지 않았는지 퇴근 후 집으로 들르겠다는 박 선배의 선견지명에 혀를 내두르며.

선배는 퇴근길에 바로 그를 찾아왔다. 손에는, 보신 운운했던 낮의 말이 마음에 걸렸던지 고깃근이 들려 있었다. 삶의 아름다움을 아는 사람. 자기 살기도 바쁜 세상에 남까지 챙기는 저 여유는 대체 어디서 연유하는 걸까. 그래, 바로 그거. 선배가 늘 이야기하던, 이웃 잘되는 것이 나 잘되는 지름길. 세상 사는 이치 어느 정도만 헤아리면 그만한 수준은 된다고 선배는 이야기했었다. 덧붙여 설명하길 그런 생각이 인생을 사는 데 얼마나 경제적인 사고방식인지 모른다고. 일단 마음을 그렇게 먹으면 웬만큼 참기 힘든 것도 궁극엔 나를 위하는 일이니까 쉬 참을 수 있게 되니, 엎어 생각하면 자신의 그런 사고는 세상을 수월하게 살려는 게으른 사람의 촉바른 발상인지도 모르겠다고.

"낮에 그렇게 보내서 마음이 좀 그렇더라. 오랜만에 밥이나 같이 먹을라고 했는데. 토우 선생은 내보다 더 섭섭해히는 눈치였고. 니 얼굴을 보니까 내게 무슨 의논할 일 있는 거 겉던데, 아니가?"

"보살은 제가 아니라 바로 선배님 같은데요?"

"와, 무슨, 장가 갈 일이라도 생겼나?"

그는 요 며칠 사이에 일어난, 우연한 일들이 참으로 이상한 연결고리로 이어짐의 기묘함. 그 일련의 일들로 인해 스스로 내린 결론을 선배에게만은 밝혀야겠다는 생각이 들었던 것이다.

"한 일 주일 전쯤의 일일 겁니다. 이즘엔 누님 때문에 주로 대문을 닫아걸고 사는 편인데, 어머니 계실 때 항상 문을 열어두던 습관이 쉬 고쳐지지 않은 탓에 그날도 대문이 열려 있었던가 봐요."

실내 화장실을 두고 밖의 화장실을 다녀오다가 그는 대문간에 놓인 상자 하나를 발견하였다. 하철범 귀하. 그의 이름이 쓰어져 있었으나 배달된 우편물은 아니었다. 상자엔 그의 이름 석 자만 달랑 적혀 있었으므로. <파 이스트 테크노즈>. 단단히 포장된 상자의 왼쪽 윗부분엔 검은 잉크로 인쇄된 그 문자 외엔 어떤 단서가 될 만한 주소나 전화번호 등도 없었다. 그의 앞으로 온 것은 확실한데, 그리고 누군가가 직접 상자를 들고 와서 일부러 대문간에 두고 간 건 분명한 일인데, 도대체 누가 무슨 연유로 그에게 내용도 알 수 없는 물건을 두고 갔는지 그로서는 짐작조차 안 되는 일이었다. 상자는 별로 크지는 않았지만 부피에 비해 제법 묵직하였다. 일단 상자를 뜯어 내용물을 확인하기로 했다. 상자에서 나온 것은 직경 18센티미터 정도에 무게가 8킬로그램이나 되는 완전히 둥근 옥돌 하나와, 팔에 끼는 토시처럼 생긴, 반짝이를 넣어서 짠 편직의 니트류 2매였다. 그런데 토시에는 <LIGHT POWER>라는 작은 레테르가 달려 있었다. 하지만 그는 그것의 용도도 알 수가 없었고, 또한 누가 무슨 의도로 보냈는지도 알 수 없어 궁금한 채로 그냥 거실의 입구 한쪽에 놓아 두었었다.

"그러고 이틀 뒤일 겁니다. 바람이나 쐬자 싶어 한길 가에 있는 서점에 들러 책 한 권을 사서 집으로 왔는데 바로 대문 앞에서, 바람처럼 소리도 없이, 가랑잎 하나가 날아오듯, 갑자기 한 사람이 나타난 겁니다."

"아이고 무시라 야. 지금 소설 쓰나, 꿈꾸나. 그래서?"

"제가 못 봐서 그렇지, 그가 새도 아니고 분명 사람이었으니까 발로 걸어서 제 뒤를 따라왔겠지요. 그런데 전 사람의 인기척을 전혀 느끼지 못했었거던요."

그가 막 대문간으로 들어서려는데 뒤에서 그를 부르는 소리가 있었다. '저어, 젊은이……' 그가 소리나는 쪽을 돌아보니 스님 한 사람이 서 있었다. 아니었다, 스님이라니. 그 사람은 회색 스웨터에 털실로 짠 회색 머플러를 둘렀고 머리는 굵게 웨이브진 곱슬이었는데 거의 어깨까지 내려왔으며 수염을 기르고 있었다. 그러므로 스님이기보다는 차라리 사진에서 본 예수님과 흡사한 얼굴이었다. 스님을 연상했다면 그의 옷 색깔 때문이었을 터인데 단지 옷 빛깔 때문에 그런 느낌을 받은 건 아니었다. '저에게 무슨 하실 말씀이라도……?' 그가 뒤를 돌아보며 어정쩡하게 말했다. 그 기인(달리 표현할 말이 없어서)은 그에게 어서 집으로 들어가자는 시늉을 했고 그는 로봇이라도 된 듯 기인이 시키는대로 남의 집에라도 잠입하듯 괜스레 은밀한 냄새까지 풍겨가며 자신의 집으로 들어섰다. 그가 들어오는 기척이 들리자 기정이 누님이 거실로 나왔다. 그러나 못 보던 손님이 와 있음을 보고는 누님은 바로 안으로 들어가버렸다. 그 기인은 뒷모습을 보이며 안으로 들어가는 기정이 누님을 잠시 눈여겨본 뒤 그의 눈을 가만히 들여다보며 입을 열었다. '젊은이, 당신은 앞으로 아주 중요한 일을 하게 될 것 같습니다.' '예? 무슨 말씀을……' '그 일이 무언지는 저로서도 잘 모릅니다. 그 동안 어려움을 많이 겪으며 살아오셨군요. 특히 건강 때문에……' 기인은 잠시 뜸을 들였다가 계속 말을 이었다. '그리고 아까 그분, 선생 집안과 대단히 질긴 연으로 얽혀 있군요.

2대(二代)에 걸쳐서. 선생은, 이미 선대가 닦아놓은 공로에다 당신 스스로 부단히 고통을 겪으며 업을 닦아왔기로 이제부터는 새 날이 열릴 겁니다. 하긴 선인(善因)이 선과(善果)를 낳는 법, 남에게 한 어떤 일도 알고 보면 죄 자기한테 한 일이지요…….' 그는 참 이상한 생각이 들었다. 도대체 이 분이 어떻게 기정이 누님의 일을 알고 있을까. 그리고 겉보긴 멀쩡하지만 어느 곳 한 군데 아프지 않는 곳이 없는 육체적 고통을 어떻게 감지했는지? 대체 어디서 무얼 하는 분이길래……. '절 경계하지 마십시오. 그리고 제가 한 말들을 다른 사람들께 발설하지도 마십시오. 이해 못할 사람들에게 괜히 이야기했다가 선생만 이상한 사람 취급당하게 됩니다. 이제 드디어 때가 오고 있습니다. 지금, 산에서는 그때를 기다리며 기도하는 사람들이 많습니다.' '때라니요? 어떤 때를 말합니까?' '우리 민족이 꿈에서도 염원하는 그것 있지 않습니까.' '통일요……?' 기인은 그의 물음에 대답 대신 빙그레, 웃음을 선사했다. 그리곤 소파 옆에 놓여져 있던, 옥구슬(?)을 그제서야 발견했는지 그것을 뚫어져라 내려다보는 것이었다. 그러더니 '아아!' 감탄사를 내질렀다. 그리고 그에게 물었다. '젊은이, 이 옥돌 어디서 난 겁니까?' '사실은 저도 잘 모르는 물건입니다. 엊그제 제 이름이 적혀진 상자가 대문 앞에 놓여져 있길래 들고 들어와서 풀어 보니 이게 나왔습니다. 대체 이 돌의 용도가 뭡니까?' '이 돌에서는 생체 에너지가 엄청나게 발생되고 있습니다. 정말 놀라운 일이로군요. 사람의 몸에서 나오는 에너지가 어떻게 해서 돌에서도 발생될 수 있는지…….' 그가 토시처럼 생긴 편직 니트 조각도 갖다 보였다. '선생님, 이것도 이 돌과 함께 상자에서 나온 겁니다.' 기인이 토시에 코를 갖다대어 냄새를 맡더니 다시 놀라는 표정을 지으며 말했다. '이 냄새를 한 번 맡아보십시오.' '……?' 그가 고개를 저었다. '다시 한 번 맡아보십시오.' 그는 다시 냄새를 맡아보았다. 그런데 정말 무슨 냄새가 났다. '냄새가 나는 것 같습니다. 아니, 분명히 무슨 냄새가 나는군요.' '도대체 이런 일이……. 이 냄새가 바로 '기' 냄샙니다. 이런 엄청난 에너지를 사람의 힘으로 물질에다 부여할 수 있다니 꿈 같은 일이로군요. 조만간 우리 인류에게도 신기원이 열리게 될 것 같습니다. 아, 어째서 산에 계신 분이 절더러 이곳으로 내려가 보라고 했는지 이제서야……. 당신은 이제부터 놀라운 일들을 경험하게 될 겁니다. 그리고 여기에다 기를 넣으신 분, 그분이 누구인지는 모르겠지만 아마 보통 사람은 아니라고 봅니다. 생명에 대한 지대한 사랑과 관심이 없이는 전혀 불가능한 일일 터이니까요. 오늘부터 당장 이 돌을 당신의 방에다 두십시오. 참 주무시기 전, 하루에 삼십 분이라도 이 돌을 배 위에다 올려놓으십시오. 그러면 이 돌에서 나오는 에너지로 당신의 건강은 조만간 좋아질 겁니다. 공부가 높으신 분들은 산에 계셔도 이곳에서 일어나는 모든 것을 압니다. 전 다만 심부름꾼에 불과합니다. 안녕히 계십시오.' 기인은 이제 모든 수수께끼는 풀렸다는 표정을 짓고는 그에게 합장을 한 뒤 '잘 살으셨습니다. 앞으로도 그렇게 사십시오.' 하고는 그가 채 무슨 말을 하기도 전에 처음에 그랬던 것처럼 다시 바람처럼 소리없이 어둠 내린 골목으로 잦이들었다.

　"선배님, 기에도 냄새가 있음을 그분을 통해서 알게 되었습니다. 그런데 선배님, 그 다음의 사건이 더 기가 막힙니다. 제가 서점엘 들렀었다고 했지요? 동네 서점이라서 이리저리 둘러봐도 별 읽을 만한 게 없더라구요. 그래서 언뜻 눈에 띄는 책을 하나 샀습니다. 제목이 『신인류의 기원』이었는데 그냥 나오기 미안해서 샀다는 게 바른 표현일 겁니다."

"임마, 나는 그것보다도 그 도산지 스님인지 하는 사람이 했다는 말이 더 기막히게 들린다. 뭐? 2대에 걸쳐 선업을 쌓았다더라고? 정말 귀신 곡하겠군. 맞는 말 아닌가? 어머니께서 기정이 누님을 그렇게 거둔 것부터가……."

"형님, 그 이야기는……. 일부러 피할 것도 없지만 새삼스럽게 들출 내용도 아니잖아요. 그 기인의 이야기가 아니라도 사람은 모두 자기 분복대로 사는 거 아니겠습니까. 설혹 기정이 누님이 어머니나 저로부터 도움을 받았다 한들 그건 다 그럴 만한 뭔가가 있어서일 겁니다. 기정이 누님 때문에 불편한 건 하나도 없습니다. 저야말로 건강이 이 모양이어서 결혼은 생각도 못할 지경이었는데 누님 아니었다면 누가 제 수발을 들어주겠습니까."

"니 마음 알겠다. 하지만 결혼을 했으면 건강했을지 누가 아나? 혼자 빌빌거리고 있으니까 이유도 없이 아픈 기지. 사실 니 병이사 부자병 아니가. 어디 표나게 안 좋은 곳이 있는 것도 아니람서? 장가 가서 처자식 생기봐라 빌빌거릴 여가나 있다더나. 그런데 참말로 희한한 일도 다 있다 그자? 어데서 그런 기인이 나타나 가지고 니한테 그런 말을 하더란 말이고. 기가 맥히네, 진짜로. 누군가가 돌 상자를 보낸 것도, 도사가 찾아 온 것도 뭔가가 있긴 있는 일 겉다. 그런 데다가 또, 동네 서점서 산 책하고도 무슨 연관이 있단 말인갑네?"

"예, 선배님. 희한한 일이 다……. 그 책은 물리학에 관한 내용이 실려 있었는데 글쓴이는 양우석(梁于奭) 박사라고, 저로서는 처음 듣는 이름이었습니다. 그분은 어릴 적부터 뭔가를 만드는 데 대단한 취미를 느꼈답니다. 하루는 대나무를 가르기 위해 식칼로 나무를 위에서 아래로 내리치다가 손가락을 뼈가 상할 정도로 심하게 다쳤대요. 그러나 식칼의 날을 상하게 했기로 어른들로부터 벌을 받게 될까봐 말도 못하고 밤새 혼자서 심하게 앓았는데 아침 해가 떠오르자 심하던 통증이 가시면서 잠에 빠져 들 수 있었답니다. 그가 잠에 빠진 것은 밤새 잠을 못 잔 때문이 아니라 아침 햇살이 퍼져 오르자 그 햇빛 때문에 통증이 가셔져서 잠이 온 것이라고 했습니다. 그러면서 그는 태양빛에는 통증을 감소시키는 뭔가가 있다는 생각을 했고, 어릴 적의 그 경험이 물리학자의 길로 가게 했다고 쓰여져 있었습니다. 그리고 또 다른 특이한 체험을 적고 있었는데 천둥번개가 지나고 난 다음 날 아침이면 어떤 종류의 버섯은 하룻밤 새 놀랄 정도로 자라 있더랍니다. 그분의 고향은 전남 고흥군인데 집 가까이에 사람의 발자국이 새겨진 바위가 있었대요. 그는 그 바위 위에 찍혀진 발자국에다 자신의 발을 대보기도 하면서 소년시절을 보냈답니다. 그런 남다른 체험들이 어린 나이의 소년에게 새로운 경험과 함께 생명에 대한 신비뿐 아니라 철학적 사유에도 한 발짝 가깝게 했던 모양이었습니다.

그리고 책을 계속 읽어가면서 아주 놀라운, 범인들은 도저히 생각조차 할 수 없는 발상의 전환 과정을 몇 번씩이나 발견할 수 있었는데 기가 막히다고밖에 다른 표현을 할 수가 없더군요. 몇 가지 예를 든다면 우선, 19세기 근대 자연과학은 역학과 전자기학의 양대 체계와 더불어 열역학이라는 새로운 분야가 열리게 되었답니다. 열역학의 제2법칙은 비가역반응, 즉 '엔트로피 증대의 원리'라고 불린답니다. 그게 무슨 말인가 하면 열역학의 문제는 시간의 방향성, 그러니까 시간은 왜 한 방향으로밖에 흐르지 않는가 하는 문제와 연관이 된다네요. 예를 들어 뜨거운 물을 상온에 두면 그 물은 공기 중으로 열기를 빼앗겨서 상온의 상태가 되는데 빼앗긴 열을 다시 되찾아 원래의 온도로 되돌릴 수는 없다는 것입니다. 이것이 바로 시간이 앞으로만 계속 흐르는 것과 같다는 비가역현상인데 이게 그 유명한 엔트로피 개념이랍니다. 이것에 반하여 순수한 역학적 현상, 예를 들면 진공 상태에서 진자를 흔드는 현상은 가역반응이라고 합니다. 이런 가역반응은 그러한 현상을 필름에 수록하여 거꾸로 돌려도 역시 진자는 매한가지로 움직인답니다.

여기서 엔트로피 개념이란 '유효하게 사용할 수 없는 형태로 비축된 열량의 양'이랍니다. '엔트로피 증대의 개념'은 '무질서의 개념'으로도 통하는데, 자연과학의 발달로 인한 온갖 폐해, 그러니까 공해 문제라든지 유해전자파 등이 이 엔트로피 증대로 인한 것이라 하더군요. 그런데 양 박사님은 여기서 한 가지 착안을 하신 게, '무질서의 개념'이 성립된다면 분명 '질서의 개념'도 있을 것이다, 자연의 원리란 분명코 상대성 이론이 적용되기 때문에 엔트로피 개념을 부술 수 있는 그 무언가가 있을 것이다라는 사고의 전환을 한 거지요. 그리하여 질서의 개념을 새로이 발견하게 된 겁니다. 그리고 새로 발견된 질서의 개념은 '생명체에 한해서만' 적용이 된다는 것도 알아냈답니다.

그리고 또 다른 하나는, 우주에 작용하는 힘은 네 가지가 있는데 그 것은 바로 중력, 전자기력, 강력, 그리고 약력이랍니다. 그런데 양 박사께서는 그 네 가지 힘 외에, 전혀 새로운 힘을 발견했는데 그 힘을 양력(暘力)이라 명명하셨더군요.

철심에 코일을 감고 코일 양끝에 전기를 흐르게 하면 이 철심은 전자석으로 변합니다. 이건 누구나 다 알고 있는 사실인데, 그분은 두

개의 철심을 사용하여 한 철심에는 코일을 오른쪽으로 감고 또 다른 철심에는 코일을 왼쪽으로 감아 두 개의 코일에다 전기를 흐르게 했더니 오른쪽 감기와 왼쪽 감기의 자극(磁極)이 각각 다른 것을 확인할 수 있었답니다. 이에 끝나지 않고 이번엔 1개의 철심에다 코일선을 반은 왼쪽으로, 반은 오른쪽으로 감아서 전류를 흐르게 했더니 이 철심에서는 종래에는 인식된 바 없는 새로운 힘이 발생됨을 발견했답니다. 이 발견이 대단히 중요한 단서가 됩니다.”

“가만 가만……. 니가 바로 물리학 박사 겉구마는. 어쨌기나 비전문가인 내 귀에도 그분의 이론이 파격적인 발상에서 기인하는 것은 확실 한 거 겉다. 그런데 니 말을 듣고 갑자기 생각 난 건데 세상 사는 거 참 우습다 싶다. 그러니까 뭐라카꼬, 물리학 박사가 될 사람은 어릴 때부터 그런 이상한 체험을 겪는다칼까. 요래 말하면 내가 영락없는 운명론자 소리를 듣겠지마는 하늘이, 그런 사람은 그렇게 체험해서 이담 그런 사람이 되라꼬 미리 딱 준비를 해 논 거 겉구마는. 니는 내 말이 어떻게 들리노?”

“표현 방법이야 어쨌거나, 그리고 그것이 우연한 일이 되었든 필연적인 사건이었든 결국 그러한 결과가 나왔다는 것이 중요한 것 아니겠습니까. 신약성서의 로마서를 보면 ‘하느님께서는 미리 정하신 사람들을 불러 주시고 부르신 사람들을 당신과 올바른 관계에 놓아주시고, 당신과 올바른 관계를 가진 사람들을 영광스럽게 해 주셨습니다(8.30)’라고 쓰여 있다네요. 그렇다면 영원한 생명으로 들어갈 사람은 처음부터 미리 정해져 있는가 하는 의문이 생기게 되는데 이것이 바로 ‘예정설’입니다. 그리스도교의 근본은 예정설에 기인한다더군요. 그리고 예정론의 핵심은, 인간구원의 주도권은 하느님께서 쥐고 있다는 데 있습니다. 그렇다고 신이 인간의 모든 것을 시시콜콜 좌지우지하는 것을 말하는 게 아니라, 세상에 대한 하느님의 주권을 인정하는 하나의 신앙고백이라는 거지요. 그러니까 그 말은 결국 운명론을 배제할 수 없다는 거 아니겠습니까. 그리고 어떤 종교든, 종교를 믿는 행위 그 자체가 바로 궁극적으로 예정된 운명을 겸손되이 받아들이는 것 아닌가 하는 게 저 개인적인 생각입니다. 선배님은 역시, 말을 거칠게 해도 생각 하나는 오지게 섬세하단 말씀이에요."

"시끄럽다이. 내가 그런 알량한 칭찬 듣자고 하는 소린 줄 알았나? 봐라, 있제? 내가 인생을 많이는 안 살았어도, 그리고 내사 하느님을 믿는 사람도 아니지만 이 나이 되도록 살아오면서 느낀 건데 새삼 신기한 건 인간 지가 아무리 노력해도 안 되는 거는 절대로 안 되는 부분이 있다는 거, 그기 참말로 이상하더란 말이다. 니는 그런 생각 안 들더나? 노력해서 이룰 수 있다면 부지런한 사람은 아쉬운 거 없이 뭐든 다 차지할 거 아니가. 그러나 인생이 꼭 그런 것만은 아니거던? 그래서 인생은 살아볼 가치가 있는 것인지도 모르겠고. 한 치 앞도 알 수 없다는 것이 내 경우에는 어떤 땐 참으로 진한 위안으로 다가오기도 한단 말이다. 내가 별 욕심 부리지 않고 사는 것도 바로 그런 걸 느끼는 때문인지도 몰라. 하나 심으면 반드시 하나 딸 수 있다, 모든 것이 그런 식이라면 세상은 얼마나 재미 없겠노. 또 사람 욕심에, 결과가 눈에 훤히 보이니 하나라도 더 얻을라고 얼마나 여유없이 뼈빠지게 노력만 하면서 안 살겠나, 그자? 에구, 이런 말 길게 하다가는 배 부른 소리한다고 뺨 맞을랑가 모르겠다. 그래 또 다음 이바구나 들어보자."

"그리고 재미있는 것은, 원자를 구성하고 있는 양자, 중성자, 전자를 통틀어 소립자라고 하는데 이 세 가지 소립자의 조합으로 100여 종의 원소가 생기고 그 원소의 원자가 다양하게 조합되어 우리들이 보고 있는 물질세계가 만들어진답니다. 이 넓은 우주 속에서 아무리 멀리 있는 별에서 나오는 빛을 조사해 보아도 이 100여 종 이외의 것은 아직까지는 발견되지 않고 있답니다. 그러니 제 아무리 잘난 척하며 구름 속에다 궁궐을 지어봤자 우린 100개의 원소, 그 이상 넘지 못하는 수준인 거죠. 자연과학을 하다보면 아무리 머리가 꽉꽉 막힌 사람이라도 겸손해지지 않을 수가 없겠더군요. 이만 넘어가고…….

양 박사께서 의문을 가지고 집요하게 파헤친 것이 바로 중력의 메커니즘에 관한 것이었습니다. 중력이 물질의 질량에서 발생하는 것인 만큼 그 메커니즘 또한 물질의 질량 속에 있을 것이라고 판단한 뒤 물질의 기본입자인 원자의 구조부터 재검토했답니다. 원자론에 의하면 양자와 중성자로 된 원자핵 외부에 전자가 선회운동을 하지요. 핵속의 양자는 양전하를 지니며, 중성자는 전기적으로는 전하를 갖지 않는 중성이며, 핵을 선회운동 하는 전자는 음전하를 지니고 있고, 한 것이고, 찢어진 부분을 바닷물이 메꾸어 식힌다 한들 그 여력이 지구의 다른 부분에 영향을 미쳐개의 원자가 갖는 전하량은 양, 음 동일합니다.

그러나 종래의 원자론에는 모순이 있답니다. 원자 내에서의 음, 양 두 전하가 중화에 의해 소멸한다는 종래 물리학에 따른다면 에너지보존법칙이라는 측면에서 모순이 일어나지요. 자연계에 있어서 에너지는 그 모양을 바꾸어 다른 형태의 에너지로 변환될 수는 있어도 아무런 흔적도 남기지 않고 사라진다는 것은 에너지보존칙 측면에서도 위배되지 않겠습니까? 그러한 관점에서 중력발생 메커니즘을 추리해 보면, 그 메커니즘은 반드시 원자 내부에 존재할 거라는 생각이 들었답니다. 중성자가 전기적으로 중성이 되는 이유는 중성자가 자체적으로 전자를 수용하고 있기 때문이랍니다. 만약 중성자를 원자핵 속에서 분리시켜 단독으로, 자유로운 상태에 두면 전자를 방출하고 나서 양자로 변신한답니다. 그래서 중성자는, 양자가 그 입자 속에 전자를 수용함으로써 중성자로 변신된 입자라고 할 수 있다네요. 이렇게, 중성자가 그 자체의 입자 속에서 양과 음의 전하를 함께 지니고 있는 이면성 때문에 전기적으로 중성이 되는 이유였답니다. 선배님, 이건 정말이지 대단한 발견 아닙니까?"

"듣고 보니까 그기 그렇네. 원자핵 속에는 양자와 중성자가 있고, 양자와 중성자의 합이 바로 원자량 아니가? 그리고 양자의 수만큼 핵 주위에 전자가 돌고 있는 것 정도는 나도 아는 문젠데, 우리가 흔히 알고 있는 중성자는 전기적으로 아무 것도 띠지 않는, 말 그래도 '중성'이라꼬 알고 있었는데 그게 그런 기 아니라 이중적인 것이란 말이재? 아무 것도 모르는 내도 그 말이 맞을 거 같다. 세상 이치라는 게 모두 그 뭔가가 있는 법인데, 눈에 안 보이는 원자핵 속에 있는 거라꼬 지 혼자 아무 것도 아니지는 않을 거 아닌가배. 자연계를 한번 봐도 그렇잖더나. 그 얼마나 오묘절묘한 질서 속에서 돌아가고 있는데."

"선배님, 이렇게 말이 잘 통하니까 제가 선배님께 이런 이야기를 하는 겁니다. 여하튼 양 박사님의 책을 읽으면서 한 자연과학자의 치밀하기 짝이 없는 사고체계와 그에 연계된 수많은 사유의 깊이, 종래의 과학이 짚어내지 못한 자잘한 부분의 의문에 이르기까지 그 철학적 사고는 끝이 없는 느낌이었습니다. 아직 할 말이 무궁무진한데 한 가지만 더 이야기하고 책 이야기는 끝을 내겠습니다. 태양에너지 안에는 소립자의 하나인 뉴트리노가 태양광과 함께 다량으로 방출되고 있답니다. 이 뉴트리노 이론은 '파울리'라는 물리학자에 의하여 1930년에 이론적 가설로 도입된 것인데 그 후 실험으로 확인되었답니다. 뉴트리노는 지구 1만 개를 연속으로 나열해 놓아도 아무런 저항 없이 그것을 통과할 수 있답니다. 이렇게 매력적인 뉴트리노는 태양광과 동일한 양이 방출되어 태양계는 물론 우주 전체에 다른 에너지와 함께 충만되어 있답니다. 그리고 양 박사님의 연구는 생명에 대한 애정으로 넘쳐 있었는데 그 결과 엄청난 것을 개발해 낼 수 있었습니다. 선배님, 아까 운명론 말씀하셨지요. 양 박사님의 이론들, 예를 들어 태양빛에는 통증을 감소시키는 뭔가가 있다는 생각, 천둥번개가 지나고 난 뒤의 아침에 버섯이 갑자기 자라 있던 일, 엔트로피 증대의 개념을 역으로 해석해서 생명체에 대해서 새롭게 작용하는 질서의 개념을 발견한 일, 중력의 메커니즘을 재해석한 쾌거, 그리고 철심에 코일을 반대 방향으로 반 씩 감아서 전혀 새로운 힘을 발견한 일……. 그런 것들이 모두 한 고리에 꿰어지는 거 같애서 기절이라도 할 지경이었습니다. 그 모든 이론들을 한 그릇에 담아낸 것이 바로 생체활성화에너지(BIO ACTIVATION ENERGY)의 개발이었던 겁니다. 그런데 더욱 놀랄 일은 양 박사님께서 발견하신 그 생체활성화에너지가 바로 도인들이 말하는 인체 기(氣)였으니 이건 동양적 신비를 현대과학이 입증한 사실 아니고 뭐겠습니까.

더욱 중요한 사실은 우리의 선조들은 이론적 근거는 밝혀내지 못했지만 이미 오래 전에, 참으로 많은 사람들이 그 기를 알고 있었고 자연으로부터 그 기를 받아들였다는 점입니다. 정말 대단한 민족 아닙니까? 그런 민족이니까 양 박사님 같은 분도 이 땅에서 탄생시켰을 거구요. 양 박사님은 말 그대로 재야 물리학자인데 개인 연구소인 "극동테크노즈"를 운영하고 있다고 책에 쓰어져 있더군요."

"히야, 참말로 희한한 일도 다 있네 그자? 그러니까 그 기인인지 도인인지 하는 사람이 온 날 서점서 책을 샀고 그 책에서 그런 이론들을 니가 봤다는 말인데, 우연하게도 상자를 보낸 사람이 바로 그 책을 쓴 그 박사란 말 아니가? 토시에 붙은 레테르에 "LIGHT POWER"라는 글자가 쓰여 있었다면서? 직역하면 '빛에서 나오는 힘' 뭐 그쯤 되겠네. 햐, 각본이 따로 없다."

"그렇습니다, 선배님. 어떻게 그런 일련의 사건들이 제게 기인해서 일어났는지, 어째서 우연히 사게 된 책에서 기인이 말한 기(氣)의 정체를 밝혀낼 수 있게 되었는지, 그리고 양 박사님께서는 어떻게 저를 알고 옥돌을 보내셨는지, 산에서 수련에 열중하던 기인께서 왜 저자거리에 나와서 하필이면 절 만나게 되었는지, 신비스럽고 이상하기 짝이 없습니다. 한데 <파 이스트 테크노즈>의 궁금증은 풀렸습니다. 그분의 개인 연구소 이름. '파 이스트'가 바로 '극동'이잖아요. 아직 알아내지 못한 것은 그분이 어떻게 절 알고 상자를 보낸 것인가 하는 겁니다. 조만간 그분을 찾아뵐 작정입니다."

"그래, 빠른 시일 내에 한번 만내봐라. 궁금증을 풀어야 할 거 아이가. 사람살이 참말로 수수께끼의 연속인기라, 그자? 그건 그렇고, 양 박사가 그 책에서 궁극적으로 하고자 하는 말이 뭐 겉더노?"

"역시 선배님은 예리하시군요. 여태 제가 한 말은 사실 서장에 불과했는데…… 흠, 선배님의 질문에 대한 답을 하겠습니다. 양 박사께서 개발하신 생체활성화에너지, 곧 양력이 바로 기라고 하지 않았습니까? 양 박사님의 글에 의하면, 이 오염된 지구환경에서 살아남기 위해선 인류는 새롭게 탄생되어야 한답니다. 종래의 인류보다 한결 저항력이 강한 인간으로 새로이 태어나기 위해서는 '양력화'되는 길 밖에 없답니다. 그런데 그분은 양력을 넣은 제품까지 개발이 끝났는가 봐요. 그 걸 사용하므로서 새로운 인류가 탄생된답니다. 그래서 이름하여 『신인류의 기원』이란 책도 탄생된 거구요."

"그런데 세상 사람들이 워낙 영악해서 박사의 연구 업적보다는 개발한 물건에 더 후각을 뻗는 거나 아닌지 내가 괜히 걱정스럽다. 에너지를 넣었다는 그 제품 때문에 장사치 취급을 당할지도 모리겠고. 쓸데없는 기우였으면 좋겠지만……."

"선배님 생각이 바로 제 생각과 같군요. 저도 은근히 그런 점이 걱정되었습니다. 그러나 생각을 달리 해봤습니다. 어차피 어떤 일을 해도 오해의 소지는 항상 따라 다니는 거고, 그 박사님께서 정말로 좋은 생각으로, 이 인류를 위해서 그런 것을 개발했다면 쓸데없는 오해를 불식시키는 데 한몫을 하는 것도 의미있는 일이 될 거라구요. 여하튼 저와는 연이 닿은 것 같아서 이 번 일을 깊이 음미해 보았습니다. 그러고 난 뒤 내린 결론인데 제게 미약한 힘이라도 있다면 그분을 도와드려야겠다는 생각입니다. 물론 그분이 원하는 경우에 말이지요."

"그래, 니가 어련히 알아서 생각했겠노. 어튼 잘 됐다. 나도 그 동안 말은 안했지만 젊은 놈이 집에서 빌빌거리는 거, 진짜 보기 뭐 하더라. 어쨌기나 신인류의 기원도 열린다카고, 우리가 바래는 일도 이루어질 거라카고, 소식치고는 좋은 소식이구마는. 그래서 나는 마, 인자가 볼란다. 안에 있는 사람 일부러 불러내기 뭐 한께 누님께는, 인사 안하고 그냥 갔다케라."

탁자 위에 얹혀 있는, 배가 부른 백자 항아리에는 안개꽃이 뭉게구름처럼 소담스럽게 꽂혀 있었다. 그래서일까, 양 박사의 말소리는 안개꽃 저쪽, 어느 다른 세계에서 들려오는 듯한 착각이 일었다.

"기사를 시켜서 상자를 보내놓고는 어떤 경로를 통해서라도 자네가, 참 그냥 자네라고 부르겠네. 그래, 자네가 찾아오리라고 확신하며 기다리고 있었네."

"그런데 어떻게 절……."

"그래, 그게 궁금했을 거야. 이렇게 찾아 온 것도 그래서 일 테고. 이상한 일이었어. 얼마 전, 책상을 정리하는데 벌써 몇 해 전에 발간된 전자회사의 사외보 한 권이 나왔어. 그냥 쓰레기통으로 던졌으면 자네와 나는 아무런 연도 맺어지지 않았을 터인데 이렇게 만나라고 그랬든지 그날은 웬 일로 책상을 정리하다 말고 그 낡은 책을 뒤적거린 거야. 그때 내 눈에 확 들어오는 글 하나가 있었어. 현대 과학은 날로 발전하여 핵폭탄까지 만들게 되었고 그리하여 단 한 방에 수많은 사람을 살상할 수 있게 되었다, 파괴하는 데는 엄청난 위력을 자랑하는 과학이지만 생명 있는 것은 들의 풀꽃 하나도 만들 수 없다, 과학의 발달이 인류를 편리하게 한 건 명백한 사실이지만 인간의 '삶의 질' 차원에서 본다면 과연 얼마나 더 나아졌는가, 뭐 그런 내용이 있는데 내가 뒤통수를 맞은 기분이었네. 자연과학자의 입장에서 봐도 확실하게 맞는 말이었거던. 그래서 전자회사의 홍보기획실로 전화를 걸어 글쓴이의 주소를 확인했고, 마침 여기 일하는 기사 한 명이 그 동네에 살기로 내가 상자를 보낸 거지. 아무런 설명 없이 상자를 보내고도 걱정하지 않은 건, 이런 글을 쓴 사람이라면 어떻게든 내가 보낸 물건들의 비밀을 알아낼 것이고, 반드시 나를 찾아올 거라는 확신이 있었던 때문이지."

그는 그제서야 생각이 났다. 몇 해전, 격월간으로 펴내는 전자회사의 사보에서 「현대과학의 맹점」이라는 주제로 글 하나를 써 달라는 청탁을 받았음을. 그때가 벌써 몇 년 전인데 이제서야 그 글이 매개가 되어 이런 자리가 마련되다니…….

"박사님, 저도 박사님의 책을 읽고 감동한 내용이 있습니다. 이 세상에 존재하는 최소의 입자를 쿼크라 한다면서요? 이 쿼크는 분리하려고 하면 더욱 더 쿼크끼리 끌어당기는 힘이 증대한다고 씌어져 있더군요. 그런데 현대 물리학자들이 대규모 입자 가속기를 사용하여 이 입자들을 충돌시켜서 양자와 중성자 등을 파괴시키려고 여러 가지 방법을 시도하고 있는데, 그 결과 양자와 중성자가 파괴되어 실제로 쿼크를 확인할 수 있다 하더라도, 기본 입자가 파괴 될 때 발생할 수 있는 어떤 예측할 수 없는 힘이 다른 기본 입자를 간단히 파괴시키는 힘으로 작용한다면 이야말로 우주의 종말을 자초하는 행위라고 경고하신 점, 그 대목에서 전 박사님의 인류에 대한 사랑과 자연과학을 하는 사람으로서의 최소한의 윤리의식이랄까 겸손함을 읽을 수 있었습니다."

"그 참, 서로 추켜주는 식이 되고 있군. 그건 그렇고, 이 토우들의 표정이 어쩌면 이렇게 무거울 수 있을까? 손가락만한 토우가 이렇게 진한 표정을 담고 있다는 게 신기해. 작가의 치열한 정신이 그대로 드러나는군. 이 토우, 누가 빚은 거지?"

그는 양 박사께 드리기 위해 토우 선생께 토우 한 쌍을 부탁했었다. 처음 만나는 분께 빈손으로 가기 뭣하다는 생각이 들었고, 그렇다고 과일 주스 상자를 들고 가기도 그렇고. 고민 끝에.

역시 한 분야에 일가를 이루고 있는 사람은 어떤 것에도 막힘이 없다는 생각이 들었다. 하긴, 양 박사도 그 깊은 눈매하며 사람살이의 고통을 겪을 만큼 겪은 사람 같아 보였다. 그는 이상하게도 삶의 고통을 인지하지 못하는 사람은 사람 냄새가 나지 않는 것 같아서 별정이 가지 않았다.

"박사님의 안목은 정말……. 전 이 토우를 가져오면서 한편으로는 슬그머니 걱정이 되기도 했습니다. 외람된 말씀이지만 이런 유를 좋아하는 사람은 그리 흔치 않으니까요. 이 토우를 만드신 선생님, 사연이 좀 있습니다. 원래는 전통 방식의 도자기만 빚었는데 서창에 있는 자신의 요에 다녀오다가 교통사고로 부인과 아이를 잃었습니다."

"그래 보여. 아픔을 겪지 않은 사람은 흙에서 이런 느낌이 살아나오게 할 수 없을 테니까. 그래 참, 자네 가족 사항은?"

"누님 한 분과 단 두 식굽니다."

"결혼은 못 했고? 아니, 아직 안했고?"

"예, 누님도 사실은 친누이가 아닙니다."

"무슨 사연이 있는 것 같구만, 들어도 상관없는 얘기라면 좀 해보게."

"저도 태어나기 전부터 우리 집에서 길렀기로 저에겐 친누이와 다름없습니다. 게다가 전 다른 형제가 없거던요. 그 누님 아버지가 전쟁 나가서 죽은 바람에 누님 어머니 혼자서 힘들게 누님을 키우셨나 봐요. 그 무렵 한 마을에 사는 인연으로 그 집 어머니께서 저희 집 일도 거들고 하셨는데, 그 어머니도 사람이 좋은 분이고 누님도 아주 참하고 착했던가 봐요. 그래서 아예 우리 집 문간방에서 같이 기거를 하게 된 모양이었습니다. 몇 해 같이 살다가 누님의 어머니는 어떤 남자와 재가를 했는데 남자에게도 자식이 있어서 우리 어머니께서는 누님 어머니를 생각해서 누님은 계속 우리 집에서 살게 했습니다. 아예 우리 식구가 되어버린 셈이지요. 그러다 얼마 후 그 누님의 어머니가 갑자기 돌아가셨다는 소식이 들려왔고, 평소 건강이 좋지 않던 저의 아버님께서도 시난고난 하시다가 돌아가셨습니다. 아버님이 돌아가시자, 큰 집이 허전하다시며 어머니께선 고향의 전답을 정리해서 이곳으로 나와 포목점을 냈습니다. 어머니가 가게를 하셨으니 자연 집안살림은 누님이 하셨지요. 그러다 결혼할 때가 되어 어머니께선 친딸 이상으로 잘 해서 시집을 보냈습니다. 그런데 결혼한 지 7년이 지나도록 아이가 생기지 않아 어머니께서도 걱정을 하셨는데 남편으로부터 이혼을 당하고는 다시 저희 집으로 온 겁니다. 누님께서 다시 오실 무렵엔 어머니도 가게를 정리한 뒤였기로 살림 할 사람이 따로 필요 없었지요. 그래도 어쩝니까. 정신적 육체적으로 아주 상해 있는 표가 역력했는데 갈 곳은 없고…… 어머니께서 제게 물으시더군요. 내가 죽고 없으면 기정이 쟈가 네게 짐이 될 수도 있는데 괜찮겠냐고 하시면서…… 아마도 저의 결혼을 염두에 두셨던가 봅니다. 어머니는 사실이 걱정이 되지 않았겠습니까? 요새 여자들이, 친누이도 아닌 생판 남인 손위 시누이와 같이 살려고……? 그래서는 아니고 저도 어쩌다 이렇게 결혼을 못 했고……. 그런데 이즘 들어 점점 누님의 시력이 나빠져서 좀 걱정입니다.”

“그런 사연이 있었군. 자네도 그렇고 자네 모친도 대단한 분이시구만. 남의 식구를 결혼시키고, 이혼 당해서 갈 데 올 데 없는 사람 다시 집으로 받아들이고……. 아름다워, 그리고 감동적이야. 인간은 그렇게 살아야하는 건데, 그래야 제 향내가 제대로 나는 법인데. 참, 자네. 요즘도 프리랜서로 명성을 날리는 중인가? 전자회사로 전화하니 군 말 않고 자네 연락처를 알려주는 걸 보고 이름 날리는 사람인 줄 알았지. 그래서 글 쓰다 팔 아프면 끼라고 토시도 보냈고.”

“그런 거 그만둔 지 오래 됐습니다. 건강이 좋지 않아서 그냥 아무 하는 일 없이 집에서 빈둥거리는 중인데 어머니께서 먹고 살 걱정 안 하게 해 주시고 가신 게 여간 다행한 일이 아닙니다. 지구 살리기 운동, 뭐 그런 단체에서 무보수로 환경계도 운동을 해보고 싶기도 하고……. 아직 확실하게 정해 논 것은 없습니다.”

“그럼 나와 함께 일하면 되겠군.”

“아니, 박사님! 행여 공해방지 대책이라도 강구하고 계신 거 아닙니까?”

“왜 아니겠어. 내가 자네 고질병, 확실하게 고쳐주는 조건으로 자네는 나와 함께 지구 살리기 운동을 한다, 어때?”

“놀랍습니다.”

“뭐가?”

“제가 어떤 도사를 만났거던요. 그런데 그 도사님 말이 맞아들고 있어서 말입니다.”

그는 거두절미하고 며칠 전에 만난 기인을 도사라고 칭했다. 그러나 양 박사는 그의 그런 호칭에 전혀 거부감을 나타내지 않았다. 합리적인 사고방식의 사람들일수록 도사니, 기니 하는 말엔 얼만큼 거부감을 내보이기 마련인데도. 양 박사의, 편협하지 않은 사고의 폭을 다시금 느낄 수 있었다.

“옳은 일을 생각하는 사람은 누굴 만나도, 만나는 사람 모두 도사야. 콩 심은 데 콩 나는 이치, 간단하다구. 이번 일만 해도 그렇지. 내가 왜 얼토당토 않게 자네에게 그 귀한 옥돌을 보냈을라구. 내가 좋은 생각을 품고 보냈기로 자네처럼 괜찮은 일꾼 한 사람을 확보하게 된 거지. 인생을 간단하게, 그리고 사심없이 살면 만나는 모든 이가 바로 도사고 스승이야. 이런 건 살면 살수록 진하게 느껴진다구."

"박사님은 물리학자인지 철학자인지 구별이 안 됩니다. 그 말씀, 참말로 기막힌 이치가 아닐 수 없군요. 사실 전, 박사님께서 시켜만 주신다면 무슨 일이라도 할 작정이었거던요. 그런데 박사님의 공해방지 대책을 한번 듣고 싶습니다. 너무 황당하게 여겨지면 함께 일 못할 테니, 눈물을 머금고 옥돌을 돌려드리는 사건이 생길지도 모르겠구요."

그는 양 박사가 친아버지 이상으로 따뜻하고 푸근하게 느껴져서 오랜만에, 참으로 오랜만에, 육친에게 하듯 어리광을 피워보았다.

"황당하고도 황당한 이론이야. 그러나 옥구슬을 되돌려 주고 싶다는 생각이 들지는 않을 걸? 그리고 자넨 바보야. 철학적 사유가 개입되지 않으면 물리학, 특히 이론 물리학은 근접하기 힘든 학문이므로 당연히 철학의 냄새가 풍겨나겠지. 자넨 요즘의 이상 고온현상과 지진 등의 원인이 뭐라고 생각해?"

"그야, 신문에서도 한결같이 떠드는 것처럼 공해 때문 아닙니까? 화석연료를 사용한 때문으로 생긴 이산화탄소의 증가, 그것이 대기 중에 떠 있는 고로 온실효과를 일으켜 지구의 온도가 올라가게 되고, 온도가 올라가게 되니 빙하가 녹아서 바닷물의 수위가 높아지고, 수위가 높아지는 만큼 바닷물의 무게도 높아질 건 뻔한 이치, 중력으로 인한 간만의 차가 계속되면서 그 힘을 견디지 못해서, (예를 들면) 태

평양 한 가운데의 해저 지각이 찢어질 지각 변동을 일으키게 되는
것, 그것이 바로 지진 아닙니까?"

"자넨 확실히 많은 상식을 보유한 사람이로군. 자네가 한 말, 대충
맞아. 세세하게 설명하자면 한도 끝도 없을 테니 그건 그렇게 넘어가
기로 하고 내가 제시하는 이론을 한번 들어보게나. 화석연료에서 나
오는 게 자네 말대로 이산화탄소야. 이산화탄소는 식물에 의해서 동
화작용이 이루어지는데 브라질의 아마존 유역에서 지구상의 이산화
탄소를 3분의 1정도나 잡아먹는다구. 그런데 브라질 정부가 이 엄청
나고도 중요한 정화기를 야금야금 갉아 먹고 있으니……. 세계가 막
아야할 일이야. 지구의 오염은 날로 심각해지는데 환경보존단체가
제 아무리 노력해도 오염속도를 따라갈 수는 없거던? 지금 나무를 심
는다 해도 그 나무가 자랄 동안 지구는 엄청나게 오염이 될 텐데, 되
려 밀림이 파헤쳐지고 있으니 보통 심각한 문제가 아니지. 그리고 대
기오염의 주범은 자동차 배기가스, 아까 말한 이산화탄소야. 이 이산
화탄소의 구성을 달리하는 방법이 있어. 예를 들어 O-C-O 구조를
$\begin{matrix} O-C \\ O \end{matrix}$ 로 바꾸는 거야. 말하자면 이성체로 만드는 거지. 그러면서
차차 자동차의 연료를 바꾸는 방향으로 가야 해, 전기로. 바다에는 엄
청난 양의 음전기와 양전기가 있기 때문에 그 전기만 이용해도 충분
하지. 앞으로는 전기자동차를 개발해서 반드시 그걸 이용해야만 돼.
그리고 군데군데 요즘의 주유소처럼 전기 충전소를 설치해서 수시로
전기를 충전시키고. 전기 자동차를 만들고, 그것이 실제 사용하게 되
기까지에는 많은 시간이 걸리겠지만, 그 일이 이루어질 동안엔 이산
화탄소의 구성을 예의, 이성체로 만드는 거야. 그러면 공해 방지가 되
겠지? 그러면서 식물의 이파리를 지금의 것보다 2배로 크게 하는 거

야. 인간으로 치면 심폐기능을 두 배로 키우는 거지. 어때, 좀 황당하
지 않아?”

“지극히 황당한 거 같으면서도 대단히 논리적인 대안이로군요. 그
런데, 전기자동차가 실생활에 이용될 때까지는, 화석연료의 배기가스
배출은 어쩔 수 없으니 그것을 대기에 영향을 주지 않는 이성체로 만
든다는 거,까지는 이해가 되는데 식물의 잎을 지금의 것보다 두 배로
키운다는 건 좀 그런데요? 게다가 이산화탄소를 이성체로 만드는 것
도 쉽지는 않은 일일 거구요.”

“그렇지? 그렇게 생각되지? 당연한 의문이고 걱정이야. 하지만 할
수 있어. 이산화탄소를 이성체화 시키는 문제는 이미 연구가 끝났지.”

“그래요?! 그렇다면 이파리를 키우는 것도 이미……?”

“그래. 그건 더욱 간단해. 식물도 양력화시키면 되니까. 이미 성공
단계에 와 있어. 문제는 이런 좋은 대안이 있다 해도 어느 한 개인이
나 어느 한 나라가 나서서 되는 것이 아니라 전 지구적인 의결단체
같은 게 구성되어 지구 살리기 운동을 범세계적인 차원으로 전개해
나가야하는 어려움이 있지. 자네 생각은 어때, 잘 될 것 같애?”

“갑자기 벽 앞에 서 있는 기분입니다. 그런데 이 일을 벌이려면 우
선 통일이 되어야겠군요. 통일이 되면 우리 나라가 지구의 주인이 된
다고 하는 말들이 있는 모양이던데, 그런 기분 좋은 말을 무조건 믿
어서라기보다도 일단 우리가 힘을 키워야 국제적으로 말발이 서지
않겠습니까? 그러자면 우선 통일에 대한 대안부터 마련해야겠군요.
그런데 제가 무슨 수로…….”

그는 양 박사가 구상하는 일이 너무 엄청난 것이어서 통일 어쩌구
한 말은 재미있자고 한 말이기도 했다. 그러나 양 박사는 진지했다.

"하긴, 엄청난 기획이 아니고 뭐겠나."

양 박사는 '기획'이라는 단어를 사용했다. 그 말에서 그는 그분의 단단한 결의 같은 걸 느낄 수 있었다.

"박사님, 제가 도울 수 있는 일이 있다면 도우겠습니다. 백 년이 걸려도 해야 할 일이 이 일인 거 같군요."

"고맙네. 자네 글에서 자네 인간성을 읽었지. 내 눈이 정확했군. 이 일은 아무리 힘들어도 전개해 나갈 거야. 앞으로 자네 도움이 많이 필요할 텐데, 자신있나?"

"하는 데까지 해 보겠습니다."

양 박사가 말했다. '천군만마를 얻은 것 같군. 심정적인 동조만으로도 그래.' 그 말 속에 숨겨져 있는, 양 박사의 엄청난 외로움을 감지할 수 있었다. 그는 목젖이 아려와서 꿀꺽 깊게 침을 삼켰다.

"오늘, 처음 만났는데 시간을 많이 뺏은 것 같군. 우리 일은 차차 생각해 보기로 하고, 이건 누님께 드려. 물에 타서 마시면 조만간 시력이 돌아올 거야. 자네도 함께 마시고. 그리고 그때 보낸 토시는 글 쓰다가 팔이 아프거나 하면 끼면 돼. 효과는 스스로 확인해 보고. 참, 옥돌의 용도는 왜 묻지 않나?"

"제가 만난 도사님께서 이미 말씀해 주시더군요. 돌에서 인체 기가 나온다면서 깜짝 놀라는 표정이었습니다."

"그래? 그 참, 대단한 사람이로군. 내가 에너지를 넣은 돌에서 기가 발산되는 걸 느꼈다고? 뛰는 놈 위에 나는 사람 있다더니 정말 그러하군. 현대과학이란 그러고 보면 아무 것도 아니야, 그지? 이미 있어 왔던 것을 증명하는 것 외에는……"

"제가 궁금하게 여긴 건데 답은 해 주시지 않으셔도 상관없습니다.

행여나, 박사님께서 개발하신 양력화된 제품들이 모두 뉴트리노 이론과 중력 메커니즘, 그리고 열역학 제2법칙의 반대 개념, 그리고 새로이 발견했다는 제5의 힘, 등이 함께 어우러져서 이루어진 것 아닙니까? 모두가 한 고리에 연결된 느낌이던데요?"

"그렇게 느껴졌어? 나와 함께 일하다 보면 자네도 자연히 알게 될 거야. 아직은 비밀. 사실은 비밀일 것도 없구만, 자네가 죄다 눈치채고 있으니……."

그는 잠시 배부른 항아리에 꽂혀진 안개꽃을 내려다보고 있었다. 양 박사의 이야기가 계속되었다.

"사는 거 별 거 아니야. 이 보잘것없어 보이는 꽃 한 송이, 아무런 장애 없이 잘 자라게 만드는 거, 이 소망이 나를 살아 있게 하는 힘이야. 그러고 보면 산다는 일의 가치 기준은 한없이 낮아도 하등 상관이 없지."

양 박사의 음성이 항아리 저쪽, 그와는 다른 세상에서 들려오는 것 같았다.

단지 버들강아지든 개망초꽃이든, 그 꽃 한 송이 아무런 장애없이 잘 자랄 그런 땅을 염두에 두고 있는 양 박사.

그는 향내조차 없는, 뭉게구름처럼 꽂혀진 안개꽃에 코를, 얼굴 전체를 박았다. 그러자…… 안개꽃은 그의 코끝에 비릿한 향기를 풍기기 시작했다. 아니었다. 그의 소망이 아스라한 향내를 꿈 꾼 때문이었다.

[한국문학 1996년 여름호]

암논의 땅

드디어 완도 대교가 보이는 지점에까지 왔다. "우와, 일마들 진짜 길 좋네?" 권 소장이 졸음기 묻은 목소리로 조수석에 앉은 영현 오빠를 돌아보며 말했다. 벌써 여러 번째다. 영현 오빠도 처음엔 그렇다고 대꾸를 하더니 계속되는 권 소장의 말이 귀찮아졌는지 아무 소리가 없다. 권 소장의 각시는 어린 아들과 함께 운전석 바로 뒷자리에서 잠이 들어 있고 미향이도 다리를 나의 무릎 쪽으로 뻗친 채 잠시 눈을 붙이고 있다. 충무동 낚시점에서 출발한 시각이 저녁 9시 20분. 부산서 완도까지 6시간이나 7시간 정도는 걸리리라 하더니 거우 4시간 30분 만에 완도에 닿은 것이다.

나는 권 소장의 말이 마음에 들지 않았다. '일마들'이라는 표현도 그렇고, 그쪽 사람들은 길이 좋으면 안 된다는 생각이라도 지닌 듯한 권 소장의 눈에 보이지 않는 심술이 내 감정을 건드린 때문이었다.

아니, 지난 십몇 년 동안 내 의식 속에 틀어박혀 나를 자유롭게 해주지 않던 생각들이 나를 지칠 대로 지치게 했고, 이젠 그 생각 속에서 벗어나야 한다는 내 내부의 또 다른 목소리로 권 소장보다 내가 더 심술이 나 있는 때문인지도 몰랐다.

"압살롬? 응? 이게 성경책은 아닌 것 같은데 왜 압살롬이라꼬 써져 갖고 있지?"

잠시 잠이 든 모양이었다. 그런데 꿈결같이 내 귀에 와닿는 소리……. 어렴풋한 잠 속에서 나는 그것이 8살짜리 조카녀석의 군지렁거리는 소리임을 감지했다. 비몽사몽의 상태에서 막 현실의 순간으로 깨어날 찰나, 녀석이 한 말의 내용이 내 뇌리에 퍽! 박혀 왔기로 나는 벌떡 일어나 앉았다. 그리고는 이 책 저 책 표지를 뒤적이고 있는 녀석의 눈을 추적해서 내 눈과 초점을 맞추었다. 그러나 녀석은 나의 변화를 눈치채지 못하고 그저 무심상하기만 했다.

"고모, 오리진 어디 있는데요? 나는 공룡 나오는 이야기가 재미있거든요."

녀석은 지가 볼 책을 찾으러 내 방에 왔다가 내가 읽다가 덮어둔 포크너의 작품 '압살롬, 압살롬'을 보고는 혼잣말로 중얼거린 모양이었다.

압살롬, 압살롬.

토마스 서트펜이란 한 사나이에 연결된, 도무지 필연적이라고밖에 할 수 없는 운명의 고리. 한 치의 서두름도 없이 개개인의 운명, 그 전인미답의 처녀림을 종횡무진 누비는 포크너의, 인간에 대한 전율할 통찰력과 집요한 묘사력. 그리하여 나는 그야말로 지겹고, 복잡하고, 너무나도 긴 문장에 넌더리를 내면서도 운명적으로 묶여진 등장인물 개개인에 대한 하잘것없어 보이는 감정의 파고와, 또 한편 심층적 심리묘사를 서술자의 시각에 따라 다른 각도로 표현해내는 포크너의 소설적 잠재력에 빠져 익사할 지경이었다. 그러나 미안스럽게도 제목으로 붙은 '압살롬, 압살롬'이 도대체 무얼 뜻하는지 알 수가 없어 끝까지 읽고 나면 해답을 찾을 수 있으려니 하며 진을 짜내듯 힘겹게 포크너의 소설을 읽고 있던 중이었다. 그런데! 여덟 살짜리 조카 녀석이 압살롬을 알고 있는 것처럼 군지렁거리지 않는가.

"원재는 항상 오리진만 찾더라. 글짜 읽기 싫으니까 그림 많은 책만 찾지? 근데 원재야, 압살롬이 뭔데?"

"에이참, 고모는. 압살롬은 무슨 물건이 아니고 사람 이름이에요."

'뭔데?' 라고 물은 내 말은 어폐가 있다는 뜻을 분명히 하면서 녀석은 압살롬이란 물건, 뭐 그런 것이 아니라 사람 이름이라고 토를 달았다.

"사람? 원재가 어째 아는데?"

"접때 뻔에 대부님이 만화책 사줬잖아요. 거기에 나와요. 구약성서 사무엘서에요."

"압살롬이 누군데?"

"정말 몰라요? 괜히 맞나 안 맞나 볼라고 그러지요? 압살롬은 다윗왕의 아들이잖아요."

"그게 다야?"

"아니에요. 압살롬이요 형 암논을 죽였거던요,그래서 도망갔어요. 잠깐만요. 내가 책 가져올께요."

아하! 나는 무릎을 쳤다. 그래 맞아, 헨리가 형 찰스를 살해한 대목이 있었어. 그렇다면 구약의 그 성서이야기도 근친상간에 얽힌 내용임이 분명할 거야……. 그러면서 나는 구약성서를 신명기까지만 읽다가 그만둔 사실이 생각났고 꼬맹이 조카에게서 궁금증을 푼 나의 무식이 부끄러워졌다.

녀석이, 생명의 기원에 관한 것이 기술된 (녀석은 희한하게도 책을 무지 좋아하는데 동화책에만 눈길을 주는 게 아니라 내가 읽는 책들도 별에 관한 이야기나, 동물에 관한 이야기가 있다 싶으면 다짜고짜 그 책을 내놓으라고 한다. 제법 어려운 책들도 지 나름으로 이해를 하는 것 같아 지가 원하는 걸 빌려(?) 주는데 이즘엔 '오리진'에 빠져 있다. 그 책을 읽고는 유인원에 관해서, 공룡에 대해서 질문을 해대곤 하는 바람에 내가 약간 골치가 아프지만……) 두꺼운 '오리진'을 찾아서 내 방을 나가자 전화벨이 울었다. 나는 읽던 책에 다시 눈길을 주던 중이라 녀석이 전화를 받도록 가만있었다. 녀석이 마루에서 전화를 받는 모양이었고, 잠시 후 나를 향해 소리쳤다.

"임마, 이 좋은 날 집에서 뭐 하노? 니를 보면 내가 다 깝깝하다. 오늘 내가 콧구멍에 바람 넣어주께. 그래도 이 오래비밖에 없재 그자?"

레저 용품을 생산하는 하청 공장을 차린 게 엊그제인데, '어음 하나 받은 게 부도가 난 바람에 짧은 밑천으로 시작한 회사라 오늘 내일 쫄딱 망하게 생겼다'면서 그저께 와서 울상을 짓던 영현 오빠가 난데없이 '콧구멍에 바람' 운운하며 전화를 걸어온 것이었다.

"오라빈, 회사는 어쩌고 콧구멍에 바람이나 넣재? 난 움직이기 싫어서 노땡큐!"

어디 가까운 산에라도 데려갈 심산인 듯한 오라비의 말에 나도 가볍게 거절을 표했다.

"임마, 그래 갖고도 밥 묵고 사나? 사람이 움직일 땐 움직이기도 해야지 천날만날 방구석에 처박히 있어봐라 무슨 좋은 일이 생길 끼고. 잔소리 말고 오늘 밤 내 따라 가자. 다른 데도 아이고 임마, 보길도 간다 보길도. 내가 회사라도 망해갈라니까 보길도 갈 엄두를 내지 평소 같아 봐라 꿈 같은 일이다. 멤바도 단출하다. 니 심심하겠다 싶으면 한 사람 물색해서 데려와도 된다. 임마, 이런 파격적인 대우가 어데 있다더노."

그런데 영현 오빠는 느닷없이 보길도 이야기를 꺼내는 것이었다.

'그곳' 이야기만 나오면 죽어도 초연해질 수 없는 나이기에 영현 오빠의 이야기는 묵은 상처에 소금을 덧뿌린 듯 내 가슴을 결리게 했다. 식구들조차도 알지 못하는 나만의 이야기. 그래서 내 아픔은 더 은밀하고, 이렇듯 긴 시간이 흘러도 지워지지 않고 있는지도 모르는데. 하여, 아직은 그 땅에 갈 때가 아니었다.

"영현 오빠. 나, 그냥……."

"잔소리하지 마라이! 니 재주로는 평생 보길도 한 번 못 가본단 말이다."

"그건 그런데……. 오늘은 정말 말고, 이담에는 꼭 오빠 따라……."

"시끄럽디,미! 이이고 답답해리, 야는 어찌 부도 어음 받았을 때보다 사람 가슴을 더 답답하게 만드노. 아무 생각 없이 따라만 가면 된단 말이다. 누가 니보고 운전을 하라 카나, 고래를 잡으라 카나. 해주는 밥 묵고 똥만 싸면 된다, 마. 그래도 싫으면 치아뿌라."

영현 오빠가 부도 어음 이야기만 하지 않았어도 나는 끝내 고집을 부렸을 거다. 아니다. 내 의식은 언제나 그곳에 가고 싶다는 희망을 안고 있었는지 모른다. 가서 어쩌자는 작정이 서지 않았기로 나는 늘 도리질이나 하면서 그 땅에 발 딛기를 두려워하고 있었을 뿐. 그런데 오빠의 남도행 이야기를 들으면서 이제 드디어 내 의식 속에서 꿈틀 거리고 있는 생각들과도 정면대결을 해야 할 때가 왔나 보다 하는 체 념이 뒤따랐다.

우리가 탄 승합차가 완도에 닿자 영현 오빠는 바닷가 어디에 면한 낚시점 하나를 찾아 들어 낚시점 주인과 잠시 얘기를 나누었고, 선착 장이 있다는 석장리에 닿은 시각은 새벽 3시가 조금 지나서였다. 나 의 재종(6촌) 오라비는 사전에 치밀하게 준비를 했는지 8시 20분에 보 길도로 들어가는 도선이 있다고 의기양양하게 말했다. 그런데 아침 8시까지 기다리는 게 문제였다. 내가 그런 걱정을 하고 있는데 영현 오빠가, 부시시 잠이 깬 권 소장의 각시와 아들까지 밖으로 나오게 하더니 승합차의 좌석을 뒤로 눕혀서 침실을 만들기 시작했다. 들어 와라! 모두 차 안으로 들어갔다. 하지만 뒤편에 실은 낚시도구들이 많 아서 그랬든지 좌석은 제대로 펴지지 않아 등을 대고 바로 누울 수가 없었다. 온 식구들이 새우처럼 몸을 오그리고, 불편하기 그지없는 자 세로 모로 누워 새날이 밝아 오기를 기다렸다. 한참 뒤, 영현 오빠가 부스럭거리며 일어났다.

"아이고! 꼽사, 등 펴지겠데이. 도저히 못 눕어 있겠다. 봐라, 권 소 장. 차 좀 좋은 거 없더나? 인자 잠 자기는 글렀고, 마, 기름이나 넣고 어데 가서 밥이나 묵자."

남자들의 머리는 때로 아주 멍청할 때가 있는 모양이었다. 어차피 기름도 넣고 식사도 해야 할 바에야 뭐 하러 선착장까지 왔다가 다시 시내 쪽으로 나갈 것인가. 바보 같은 우리 일행은 다시 시내 쪽으로 나와 기름을 채워 넣었고 일찍 문을 연 식당으로 가서 해장국을 시켰다. 이른 시각이기도 했지만 도저히 식욕이 일지 않아 나는 밥공기를 반도 비우지 못하고 숟가락을 놓았다. 식사를 마치고 다시 석장리 선착장에 닿으니 아직 시간이 이른데도 배 탈 사람들 몇 몇이 이미 도착해 있었다.

냉방기 회사의 부산 사무소장으로 있는 권용문 씨는 지독한 낚시광이었는데 한동안 회사일 때문에 낚시를 하지 못하다가 이즘 다시 낚시에 재미를 붙였다고 했다. 영현 오빠와는 고등학교 동창 사이이고 서로 바쁘게 살다가 다시 만난 게 얼마 되지 않는다고 했다.

8시 30분쯤 '가야 3호'라는 팻말을 단 도선 하나가 모습을 드러냈다. 보길도까지는 2시간이 걸린다고 했다. 우린 차 안에 앉아 있었으므로 내릴 필요도 없이 앉은자리에서 바로 배에 오를 수 있었다. 영현 오빠는 청람빛 바다를 보면서 환성을 질렀다. 그리고 날씨가 좋아서 고기가 많이 잡힐 거라며 미리 김칫국을 마시기도 했다. 보길도에 도착하니 10시. 1시간 30분이 소요된 셈이었다. 아무리 낚시를 하러 온 길이지만 보길도까지 와서 윤선도 유적지를 둘러보지 않는 건 있을 수 없는 일이라는 내 말에 영현 오빠는 떱은 표정을 지으면서도 거절을 할 명분이 없었던지 그러자고 했다.

그해 여름, 헤남 연동의 윤선도 고택은 비자 나무 숲으로 둘러싸여 있었다. 그땐 분명 여름이었는데, 습기 머금은 서늘한 기운이 내 온몸을 감싸드는 느낌이었다. 참 이상한 일이었다.

그날, 윤선도 고택 앞의 거대한 은행나무 아래에서 만난 그. 그의 서늘하던 이마 때문에 나는 아직도 서늘한 가슴을 간직하고 사는 이 무거운 죄의 사슬은…….

우리 일행은 물어물어 윤선도 유적지로 향했다.

세연정은 연못 한가운데에 섬의 형상을 나타내기 위해 석축을 쌓아 인공섬을 만들어 놓았고, 심어놓은 고급 수종의 나무들도 제 있을 자리를 찾아 서 있었기로 고산 선생의 품격과 안목이 연못의 형상 하나에서도 그대로 가늠되었다. 하나 괜히 망연한 심정이 되었기로 내가 먼저 일행들에게 빨리 돌아가자고 재촉을 했다. 내 속을 모르는 영현 오빠는 나의 변덕을 어이없어했다.

차를 돌려 선창리의 김 선장(옛날, 영현 오빠가 보길도로 낚시 왔을 때 알게 되었다는) 댁에 닿은 시각은 정오가 조금 지나서였다. 배를 내린 선착장에서 선창리로 들어오는 동안 우리가 탄 차는 그야말로 널을 뛰었다. 하지만 구비구비 고개를 돌 때마다 차창으로 비쳐드는 연초록 바다 빛깔과, 사선으로 드러누운 기다란 수평선과, 산들을 뒤덮고 있는 억새풀의 출렁임. 그리고 암벽 사이에서 고개를 내밀고 있는 핏빛 단풍나무의 오열과, 11월 하늘의 투명한 푸르름과……

아름답기 그지없는 풍경들이 나의 이마빡에 닿아 왔다가 다시 멀어졌다가 하는 광경을 보면서도 마음은 갈피가 잡히지 않았다.

"와따, 온다고 수고 많이 하셨소야."

김 선장 부인이라는 30대 여인이 집 앞의 공장에서 뛰어 나오며 우리를 반겼다. 김 선장은 김을 걷기 위해 바다로 나갔다고 했다. 그리고 보니 집 앞의 공장이 바로 김 가공 공장인 모양이었다. 김 선장 집 넓은 마당은 깨끗이 비질이 되어 있었고 길다란 마루가 달린 안채는 지은 지 얼마 되지 않은지 아주 정갈하였다. 그리고 바다가 보이는 마당엔, 시멘트 담을 따라 늘어선 밀감 나무 대여섯 그루가 노란 감귤을 달고 있었다. 나는, 방문 열어놓고 방 안에 늘어져 앉아서 바다나 바라보며 이런저런 생각에 몰두할 꿈에 부풀어 있는데 영현 오빠가 옷을 갈아입으며 빨리 낚시를 가야 한다고 나를 재촉했다.

"지금 낚시를? 밥 해 먹고 쉬는 게 아니고?"

"야가 지금 무신 소릴 하고 있노. 니는 낚시 왔다는 사실도 까묵었나. 잔소리 말고 빨리 준비해라."

나와 영현 오빠가 낚시를 가네 마네 실랑이를 벌이고 있는데 해풍에 얼굴이 까맣게 그을린 집주인이 나타났다.

"아, 김 선장님 오랜만입니다. 김발 걷으러 가셨더라면서요? 이거 바쁜 철에 너무 폐 끼치는 거 아인지 모르겠습니다. 지금 들어갔다가 4시 30분쯤 나올까 하는데 되겠습니까?"

반가움을 웃음으로 대신하는 김 선장의 웃음이 무척이나 선량해 보였다. 밀어붙이기의 명수인 영현 오빠에게 떠밀려 나는 하는 수 없이 옷을 두껍게 껴입고 배가 대어져 있다는 선착장으로 내려갔다. 무거운 아이스박스와 낚시장비들을 배에 옮겨놓자 그제서야 밥 해먹을 물 생각이 났다. 아이고, 어쩌나…… 그런데 저 만치서 김 선장 부인이 양은 찜통 하나를 들고 오는 게 보였다.

"이 물로 될랑가 몰르것소이. 애껴서 묵으먼 점심 한때는 해 묵을 수 있지 싶은디……."

이곳에 와서 만난 사람들의 얼굴엔 누구라 할 것 없이 바쁨이 철철 넘쳐 보였고, 김 선장 부인은 우리와 인사를 나눈 뒤 바로, 일 초라도 시간을 아끼기 위해 집 앞의 김 공장에 갔었는데 물도 챙기지 않은 우리 일행을 위해 어떻게 알고 물을 길어 온 것이었다. 아니, 애초에 밥 해 먹을 물을 자신이 배에 실어다 줄 생각이었던 모양이었다. 김 공장을 향해 오르막 길을 올라가는 그녀의 뒷모습을 목을 빼서 바라

보다가 김 선장이 운전(?)하는 배에 올랐다. 뱃바닥에는 바다에서 건
져올린 김들이 어지럽게 늘어붙어 있었다. 바쁜 철인데…… 물을 갖
다준 김 선장 아내에의 고마운 마음이 미안함으로 이어졌다.

통통 소리를 내면서 배는 작은 섬 몇 개를 돌았고, 영현 오빠와 권
소장이 좋다고 손짓한 곳에다 우리를 내려 주고는 금세 떠났다. 온
바다는 하얀 스티로폼 부레를 단 김발들로 뒤덮여 있었다. 실로 대단
한 넓이였다. 김 선장이 4시 30분에 우리를 데리러 오기로 했지만 나
는 아무도 살지 않는 무인도에 와 있다는 생각으로 괜히 오금이 저렸
다.

"김 사장, 일마들 수입 좋겠네? 저 배 한 척만 해도 이천만 원은 넘
을 거 아이가. 바다에 김발 한 봐봐라, 겁난다 겁나. 우리겉이 머리
나쁜 놈들은, 누구 끼 누구 껀 줄도 모르겠다. 김 선장 절마는 집도
좋대? 김 공장도 지 꺼라면서?"

일마 절마 하는 권 소장의 말이 또 내 가슴을 껄끄럽게 했다.

"니도 낚시 할래?"

영현 오빠가 나를 보고 물었다. 내가 고개를 저었다.

해주는 밥 먹고 뭐만 싸면 된다던 영현 오빠의 장담이 무색하게도
미향이와 내가 밥을 짓기 시작했다. 권 소장 각시도 신랑 따라 낚시
를 많이 다녔는지 장비가 제법 요란하였다. 밥 하는 옆에다 꼬맹이까
지 앉혀놓고 그들은 적당한 자리를 찾아 바위를 돌아 나갔다. 식사시
간이 늦어져 시장기가 진했지만 나는 여전 식욕이 돌지 않았다. 식사
를 마친 뒤엔 미향이도 영현 오빠에게 세 칸 반짜리 낚싯대 하나를
얻어서 자리를 찾아 나서고 나만 벗어논 웃도리들을 모아 자리를 만
든 뒤 파도소리, 바람소리를 듣기 위해 바위 틈서리에 누웠다.

영산강 취재를 위해 전라도 땅을 향한다는 그들이 내게 전화를 걸어 왔었다. '그 땅'에 함께 가자고. 하지만 나는 그들의 말이 전혀 반갑게 들리지 않았다. 영산강을 보느니 내 집이 있는 부산에 내려가 해운대 바다를 보면 그 얼마나 더……. 그런데 신문사 사장(학보 편집부장)의 꼬임과 문예부장의 부추김에 힘입어 나는 전라도 행을 결심하였다.

그때 우리는 목포에서 영산강 하구둑 취재를 마치고 잠시 짬을 내어 해남읍에서 택시로 조금만 가면 된다는 연동의 윤선도 고택을 찾기로 했다.

때는 여름이었지만 윤선도 고택의 뒷숲은 진한 습기를 머금고도 전혀 여름 날의 후텁한 기운을 느끼지 못하게 했다. 빗장이 걸리지 않은 해묵은 대문을 빗겨 열고 고산 선생의 집을 들여다 본 기억도 분명 있는데 이상하게도 그 집의 장면은 내 머릿속에 하나도 남아 있지 않다. 맞아, 나는 대문 앞에 서 있던 커다란 은행나무와 비자나무 숲에서 전해져 오던 서늘한 습기와 투닥투닥 떨어져 내리던, 은행알 품은 열매를 보면서 이번의 여행은 정말 잘 왔다는 생각을 했고, 왠지 슬픈 생각이 들어 은행나무 사이로 보이는 하늘을 바라보며 쓸쓸한 기분에 휩싸여 있었다.

그를 만나려고 그때 그런 슬픔이 내 심정에 닿아 왔던 것일까? 나는 일행을 기다리며 커다란 은행나무 밑동의 바윗돌에 앉아 은행나무 잎사귀를 통해 바라보이는 조각 그림 같은 하늘을 내내 올려다보고 있었다. 그때 내 왼 어깨 뒤편에 선 누군가가 내 앞으로 손을 내밀었다. 손에는 깨끗하고 하얀 은행알이 소복이 담겨 있었다. 영문을 몰라하며 앉은자리에서 고개를 돌려 그 손 주인의 얼굴을 치어다보았다. 이마와 눈동자가 너무도 서늘해서 불길한 느낌까지 갖게 하는 한 남자가 웃지도 않은 얼굴로 내게 은행알을 건네주는 것이었다. 전율이 왔다. 왜 그랬을까? 나는 아직도 그 전율이 도대체 어디서 연유한 것인지 파악하지 못하고 있다. 현재는 옥천면에서 형과 함께 살고 있지만 원래 고향은 소안도라는 그는 방학이면 여름 겨울을 가리지 않고 날마다 자전거를 타고 고산 선생의 비자나무 숲을 둘러보러 온다고 했다. 별 친절한 티도 보이지 않는 그의 어디에 혼이 나가서 하숙집 주소를 적어 주었을까. 몇 마디 이야기를 나누는 동안 나는 그로부터 천진하고 해맑은 웃음을 발견했고 그에게서 불길한 냄새를 맡았던 조금 전의 내 상서롭지 못했던 감정 때문에 다시금 오소소 소름이 돋았다. 이 사람에게서는 죽음의 냄새가…… 참 가당치도 않은 생각이 스쳐 지나갔고 내 불길한 생각 때문으로 나는 그에게 진정 미안했다. 그랬었다. 주소도 어쩌면 내 미안함이 시킨 행위였었다.

"희한하네. 바다에 왔으면 낚시를 하든지, 그것도 아이면 바다 구경이라도 하든지…… 이 처녀는 이 멀리까지 와서는 이불 깔고 완전히 드러누웠네. 참 성질……."

권 소장이 낚시도구를 챙기러 왔다가 바위 틈에 누워 있는 나를 간섭 했다.

"입질은 좀 되나요?"

내가 상체를 일으켜 앉으면서 낚시에 일가견이라도 있는 사람처럼 말했다.

"말 마소. 바다 색깔을 보면 좀 낚일 것 같기도 한데 도무지 입질한 번 없네요. 그건 그렇고, 진짜로 낚시는 안하고 잠만 잘끼요?”

권 소장이 그 말을 던지며 싱긋 웃더니 바위 뒤편 자기의 자리로 건너갔다. 순간, 권 소장의 악의 없는 선량함과 약간의 다혈질적인 면이 내 눈에 들어와서 내 얼굴에도 웃음이 괴었다. 조금 있으니 이야!, 영현 오빠의 함성이 들렸고 뒤이어 엄마야, 어쩌구 하는 미향이 목소리도 들려왔다. 아마 고기 한 마리를 낚아 올린 모양이었다.

“초장 갖고 왔재?”

영현 오빠의 목소리가 이젠 나를 향해 날아왔다.

은빛 비늘을 파닥이는 손바닥만한 감성돔은 권 소장 각시가 낚았다고 했다. 이야, 인자 좀 될 것 같다. 회 쳐서 소주나 한 잔 마신 뒤 본격적으로 한번 잡아보자. 권 소장 각시가 낚은 감성돔을 마치 영현 오빠 자신이 낚기라도 한 듯 나의 재종 오라비는 괜스레 호기를 부렸다. 그러나 철수할 시간이 되도록 고기는 더 이상 잡혀주지 않았다. 4시 30분이 되자 볕에 탄 김 선장의 까만 얼굴이 우리를 데리러 통통거리는 배를 거느리고 무인도에 나타났다. 반가웠다. 당연히 나타날 얼굴이었는데 나는 사람 없는 섬이 께름칙하였던 모양이었다.

“영 안 되네요. 한 마리도 못 잡았습니더. 이래 안 된 적이 없었는데⋯⋯.”

말수 없는 김 선장을 향해 오라버니가 목소리를 높였다. 덩치 큰 아이스박스를 두 개씩이나 준비한 영현 오빠는 입질조차 없었던 오후의 낚시가 아무래도 섭섭한 모양이었다.

김 선장 집에 닿아선 저녁 먹기 전까지 방안에 앉아서 잠깐 다리 쉼을 했다. 화장실을 가다가 보니 아래채 뒤편으로 고무 호스가 연결되어져 있었는데 그 호스로 김 공장에 물을 대는 것 같았다. 웅웅웅,

양수기 소리와 김 공장에서 들리는 기계소리가 화장실에서 더욱 가깝게 들렸다. 내일은 김 공장 안을 구경해야지.

저녁엔, 안주인 없는(김 공장은 밤낮 없이 돌아가는 모양이었고 안주인은 밥 챙겨 먹을 여가도 없다고 했다) 주방에서 우리끼리 밥을 해 먹고는 소주 파티를 벌였다. 고단한 때문으로 소주파티는 10시 조금 지나서 끝이 났다.

자리에 누우니 무진장 피곤한데도 잠은 와주지 않았다. 이상하게 초조한 생각이 들었다. 자꾸만 뭔가를 확인하고 싶고 용서받고 싶다는 심정에 휩싸여 드는 것이었다. 이곳에 왔으면 왔지 어디서 무엇을 확인하고 누구에게 용서를 받는단 말인가. 그리고 정면대결이라니 무엇과의? 괜히 짜증이 나는 것도 내 마음 깊숙한 곳, 아직 삭지 않고 멍울로 남아 있는 원죄의식에 나 스스로 지쳐 있는 때문인가……. 뒤척이다가 새벽녘에야 겨우 잠이 들었다.

노곤한 잠에 빠져 있는데 영현 오빠의, 뚝배기 깨어지는 듯한 목소리가 날아와 귀에 꽂혔다.

"야야, 일나라. 시계가 몇 신데 이리 늦잠이고, 빨리 들어가야 된다. 와이고! 벌써 늦었다."

영현 오빠의 고집과 재촉 때문으로, 천천히 일어나 동네 구경이나 하고 김 공장도 한 바퀴 돌아보리라 한 나의 계획은 완전 수포로 돌아갔다. 행여나 추울세라 또 두꺼운 옷을 껴입고 선착장으로 내려가니 김 선장은 부석한 얼굴로 방파제에서 우리를 기다리고 있었다. 벌써 새벽에 바다에 나갔다 왔는지 뱃바닥은 채취한 김의 찌꺼기들과 함께 물기로 홍건히 젖어 있었다. 방수 엉덩포를 찬 낚시광들이야 궁둥이가 젖을 염려가 없었지만 미향이와 나는 겨우 마른 곳 한쪽을 찾아서 옹색하게 궁둥이를 들이댔다. 권 소장의 아들은 지 엄마는 두고 우리 뒤만 쫓아 다녀서 녀석도 우리 사이에 끼어 앉혔다. 통통통…….

배는 고기가 많이 잡힐 장소를 찾아서 출발했다. 말수 적은 김 선장 아저씨는 오후 1시에 다시 오겠다는 말을 남기고 급히 배를 돌렸다. 김 채취 때문에 무지 바쁜 표가 얼굴에 역력했다.

미향이와 내가 또 식사당번이 되어 가스 버너를 꺼내 씻어온 쌀을 안쳤다. 식사를 하고는 미향이도 낚싯대를 들고 영현 오빠를 뒤쫓았고, 덕분 설거지는 또 내 차지가 되었다. 설거지를 한 뒤, 바다가 잘 보이는 펀펀한 바위 위에다 입고 온 옷들을 모아 자리를 만들어선 권 소장 아들 완이와 함께 누웠다. 엄마가 섬그늘에 굴 따러 가면…….

내가 노래를 부르니 녀석도 들어본 노래인지 띄엄띄엄 따라 부르기 시작했다.

그의 편지는 그 동안 단 한 번도 집을 떠나 생활해 본 적이 없었던, 사람에 대해 낯가림이 심한 편이던 나를 서울이란 도시에서도 충분히 행복하게 살 수 있도록 해주었다. 그는 시인이 아니었는데도 생래의 시인이었다. 그가 받아들이는 사물과 사람은 늘 사랑으로 충만해서 나처럼 가슴이 비좁은 여자도 타인을 사랑하는 법을 알게 했고, 그는 내가 지닌 뾰족함과 실날 같은 예민함을 진허 상처 입히지 않고 도닥도닥 품어줄 줄 아는 따뜻하기 그지없는 사람이었다. 그러나 내 행복한 시절은 너무도 짧았다. 이듬 해 5월, 그는 그 땅의 순결을 지키기 위해 가슴에 지닌 은장도를 빼들었지만, 그는 자신조차도 지키지 못했고 힘센 겁탈자의 쇠몽둥이에 허리뼈와 머리가 짓이겨졌다.

나는 웅웅대는 소문으로만 그 즈음의 강간현장을 짐작하는 정도였

고, 아무도 나를 위로해 주는 사람이 없는 서울이란 도시에선 도저히
견딜 수가 없어 집에 내려와 있었다. 집에 와 있으니 장위동 내 하숙
집으로 보냈을 그의 편지가 궁금해서 또 일 초도 편안한 시간을 보낼
수가 없었다. 갈피 없는 마음으로 다시 서울을 향했지만 그의 편지는
없었다. 가슴이 닳고 닳아 땀 한 방울에도 피식 소리를 낼 만큼 내
심장이 괄아 있을 때에야, 그의 시원한 필체가 삐뚤빼뚤한 글씨로 바
뀌어져서 내게 날아왔다. 그가 내게로 보낸 편지 겉봉의 주소를 보는
순간 나는 그의 삶을 불길하게 예감한, 내 말도 안 되는 촉수를 저주
했다. 나의 불길했던 예감이 그의 운명을 그쪽으로 몰고 갔다는 원죄
의식은 나를, 저 깊은, 저 멀고 먼 심연의 동굴 속으로 가라앉게 했다.
아직은 살아 있지만 죽은 목숨이나 마찬가지인, 혼신의 힘을 쏟아 내
게 보낸 그가 쓴 이승에서의 마지막 편지.

  그를 만나러 그가 누워 있던 광주의 병원을 찾았던 날은 아침부터
비가 그침이 없더니 그는 내 앞에서 운명을 했다. 하얀 손. 순결하던
그 손. 그의 손을 잡으며 나는 다시는 더러운 내 발걸음을 그 땅에
내딛지 않겠다고 맹세했다(그는 경상도 출신의 군인에 의해 목숨을
잃었고, 나 또한 그를 짓이긴 군인과 같은 지방 출신이었으므로 나는
가해자의식에서 벗어날 수가 없었다). 상처가 할키고 지나간 내 가슴
엔 아무 것도 남은 것이 없었다. 공부도 취직도 결혼도 내겐 전혀 대
수로운 것이 못 되었다. 서울 생활을 청산하고 집으로 돌아왔을 때
식구들은 의기양양 서울로 향한 내가 패잔병이 되어 돌아온 이유를
알지 못해 애달아했다.

  철수할 시간까지 고기는 단 한 마리도 낚이지 않았다. 영현 오빠는

단단히 실망한 눈치였다. 나의 재종 오라비는 보길도를 떠나 소안도로 장소를 옮겨야겠다고 했다. 나는 아무리 낚시를 왔지만 온 정신을 낚시에만 매단 영현 오빠가 짜증스러워지기 시작했다. 아니 그런데, 소안도라고? 영현 오빠 입에서 소안도라는 말이 나오자 나는 이 무슨 운명의 장난인가 하는 생각이 들었다. 고운 영혼의 그가 태어나고 자란 작은 섬. 내가 과연 그 땅을 밟을 수 있을 것인가…….

"언제라도 다시 오시씨오. 바쁜 철만 아니었어도 손님 대접을 이러큼 소홀히 하지는 않았을 꺼신데 그렇게 되야부렀네요. 미안시러버서 어쩌꺼나…….”

미안해하는 김 선장 아내의 인사를 들으며 우린 소안도로 가기 위해 선창리를 떠났다. 김 공장을 볼 수 없었던 게 조금 서운했지만 널을 뛰는 승합차 속에서 바라보는 보길도의 모습은 올 때처럼 여전히 아름다웠다.

소안도까지는 30분이 소요되었다.

소안도 선착장에 닿은 우리 차는 앞서 내린 차의 꽁무니를 뒤쫓아 갔다. 그렇게 한 2분쯤 나아가자 폭이 좁은 방파제가 왼쪽 오른쪽 바다를 가르며 길게 누워 있었다. 해거름의 하늘과 회색빛 바다가 대단한 화면을 이루는 한 가운데로 활처럼 휘어져 누워 있는 방파제의 모습은 보길도에서 바라보던 바다의 정경과는 다른 정서를 불러 일으켰다. 참 이상스럽게 감동적인 장면이었다. 그런데, 나는 왜 그 장면에서 슬픔의 기미를 눈치했을까. 하긴, 지극한 아름다움이나 지극히 기쁜 감정에 손잡힐 때면 나는 늘 아릿한 슬픔의 정서를 느끼는 버릇이 있긴 했었다. 하지만 더욱 중요한 사실은 그런 풍경이 그것으로 끝이 아니라 더 진한 아름다움으로 영현 오빠가 목적지로 정한 두상

리까지, 아니 우리가 가는 곳이 그 어디이든 발 닿는 끝까지 뒤쫓아
올 작정을 하고 있는 것으로 보인다는 점이었다. 소안도의 길은 노폭
이 좁은 대신 시멘트로 말끔히 포장이 되어 있었다. 이리 꼬불 저리
꼬불, 비스듬한 언덕에서 바다를 왼쪽 발 아래로 두고 나아가는 차창
으론 해송의 기품 서린 자태와 길 가 작은 집들의 돌담 사이로 자라
고 있는 단풍 든 담쟁이 잎들의 오묘한 빛깔이 눈물을 질금거리게 할
만큼 곱게 비쳐들었다. 해질녘의 석양 때문으로 내가 착시를 일으킨
것일까? 그런 자각까지 갖도록 소안도는 내게 지울 수 없는, 너무도
지극한 아름다움의 대상으로 다가오는 것이었다. 그가 살았던 땅이
라서? 아무리 객관성이 상실된 내 시각이라 할지라도 그래서는 아닌
것 같았다. 다시는 굳은 발 걸음질을 남도땅을 향해서는 밟지 않겠다
한 내 견고한 마음을 소안도의 풍경이 말짱 씻어주는 것 같았다. 핏
빛 노을이 내게 화해를 청해오는 것 같았다. 피해자가 청하는 악수.
내 눈에 이슬이 고였다. 원죄의식을 안고 살았던 가해자가 참으로 오
랜만에 느껴보는 평화스런 마음이었다. 핏빛 노을이 평화를 안게 하
다니……

　우리가 탄 차는 활처럼 휘어져 누운 방파제를 지나 야트막한 언덕
배기를 넘으며 목적지로 정한 두상리를 향해 좁은 길을 삐뚤빼뚤 내
려갔다. 그런데 잠시 후, 좁은 그 길로 1톤짜리 화물 트럭 한 대가 올
라오고 있는 게 보였다. 우리 차가 미리 길 옆의 둔덕으로 비켜 서
있었더라면 화물차가 지나 갈 수도 있었을 터인데 권 소장이 그냥 밀
고 내려간 바람에 올라오는 차가 스쳐 지나갈 수 있는 장소까지 놓치
고 말았다. 그러나 권 소장은 태평이었다. 어쩔 수 없는 상황이 되자
올라오던 화물차가 후진을 하기 시작했다. 길이 워낙 좁고 꼬불거려

서 화물차 기사는 진땀을 빼는 중이었고, 길섶에 적당한 둔덕이 없어 후진을 계속할 수밖에 없었다. 나는 부산 넘버가 달린 번호판이 신경 쓰였다. 드디어, 콘크리트로 포장된 좁은 도로가 손바닥만한 둔덕 하나를 만나 트럭 기사가 그곳에다 차를 세웠고 우리에게 손짓으로 먼저 내려가라는 시늉을 했다. 트럭기사가 인상이라도 쓰면 어쩌나 내가 괜히 가슴을 졸였지만 화물차 기사의 표정은 그저 무심상하기만 했다. 영현 오빠가 권 소장 대신 손을 들어 고맙다는 표를 했다. 좁은 길을 따라 계속 내려가니 작은 방파제 하나가 나타났다. 방파제 끝 쪽에 차를 댔다. 승합차의 뒷문을 열어 낚시장비들을 모조리 꺼냈다. 좌석을 모두 폈고 남자들이 저녁 준비를 하겠다고 했다. 그런데 물! 우리들은 또 물 생각을 잊고 있었다. 내려왔던 길을 다시 올라가야 할 판이었다. 내려놓은 낚시장비들이 마음에 걸리는지 권 소장이 뒤를 돌아보았으나 우선 급한 게 물이었으므로 우리 일행은 차에 실려서 조금 전에 내려왔던 꼬불꼬불한 길을 다시 올라가기 시작했다. 몇 분쯤 올라가다 보니 마침 차를 세워도 좋을 밭 둔덕 하나가 나타났다. 웬 차가 집 앞에 서서 그랬던지 집 주인으로 보이는 키 작은 할아버지 한 분이 밖으로 나왔다. 물이 필요해서 올라왔다는 영현 오빠의 이야기를 듣고 할아버지는 흰 플라스틱 물통에 물 한 말을 담아서 내다 주었다. 물을 차에다 싣고 있는데 어디 일을 갔다 오는지 몇 명의 젊은이와 중년부인 한 명이 우리가 있는 쪽으로 내려오는 게 보였다. 그들 중의 한 남자가 우리 일행에게 말을 붙였다.

"낚시오신 게라?"

"예."

"어디서 하다가 들어오신 거시요, 아님 바로 이쪽으로 오신 거시요?"

"보길도에서 하다가 하도 안 돼서 이쪽으로 건너온 깁니다."

"이깝은 뭘로 썼다요?"

"크릴새우로 했습니더."

"감싱이 잡으로 와갖고 크릴새우 썼단 말이시? 그란께 못 잡았지라. 요새는 혼무시(참지렁이)를 써야지라. 보길도서 한 마리도 못 잡았다면 이깝을 잘못 써서 그런 기 확실하요. 아재 얼굴 보니께 낚시가 처음은 아이지 싶은디⋯⋯."

그 아저씨의 이야기가 채 끝나기도 전에 권 소장이 그 남자에게 참지렁이를 살 수 있겠는가고 물었다. 그 사람은, 지금 동생이 완도에 나가 있는데 연락이 되면 완도의 낚시가게에서 참지렁이를 구할 수 있을 거라고 했다. 권 소장이 미끼 값으로 5만 원을 주었고 그 남자는 내일 아침 5시까지 방파제로 미끼를 갖다 주겠다고 했다. 물을 싣고 내려와선 남자들이 마련한 저녁을 차 밖에서 벌벌 떨면서 먹었고 소주 한 잔도 빠질 수 없는 메뉴에 들었다. 바깥 날씨가 제법 싸늘했지만 11월의 밤임을 감안한다면 그다지 추운 날씨는 아니었다. 식사를 마친 후 우리들은 베이스 캠프(?)로 들어왔다. 배도 부른 터라 모두들 좁은 차 안에 누워 차창으로 비쳐드는 주먹만한 별들을 감상하면서 잡담을 하기 시작했다. 그때 권 소장이 생각난 듯 말했다.

"김 사장, 우리 글마들한테 속은 거 아이가?"

영현 오빠도 경우가 없긴 마찬가지였다. 권 소장의 의심에 영현 오빠도 함께 의심의 눈길을 보태는 것이었다.

"가만 있어 봐라, 아까 크릴새우로는 감성돔이 낚이지 않는다고 했재? 그렇다면 낚시점에서는 뭣 때문에 크릴새우를 줬겠노, 그자? 좀 이상하긴 하다이.”

　아무리 의심의 눈길을 보낸다 한들 참지렁이는 되레, 권 소장이 맡겨논 거라도 되돌려 받듯이, 자청해서 사달라고 한 것이지 않은가. 이제야말로 내가 나설 때였다.

　“아이고 참, 오빠는? 그 사람들, 우리가 물 얻으러 간 바람에 우연히 마주친 것이었잖아. 그리고 참지렁이는 우리 쪽에서 먼저 구해 달라고 했었고. 새벽까지 기다려보면 알 걸 의심부터하면 어째.”

　그 이야기는 그쯤으로 끝이 났고 우리는 불편한 대로 차 안에서 자다가 말다가 하며 아침이 오기를 기다렸다.

　잠이 없는 사람은 역시 영현 오빠였다. 새벽 5시가 되자 미끼가 오지 않는다고 군지렁거렸다.

　“햐, 일마들 약속 안 지키네. 지금 갖다 줘야 새벽 낚시를 갈 거 아이가. 언제 갖다 줄랑고?”

　모두들 잠이 깊이 든 것 같지는 않았다. 영현 오빠의 그 소리에 식구들이 부서럭거리기 시작했다. 아이고 참을성이라곤. 이제 정각 5신데……. 그런 생각을 하며 나도 누운 자리에서 일어나 앉았다. 내 옆에 누웠던 미향이도 그 바람에 일어나 앉았고 우리 모두는 쓸데없이 일찍 일어난 바람에 눈 빠지게 미끼나 기다리게 되었다. 아침 식사 준비는 권 소장이 하겠다고 했지만 가만 앉아서 밥 얻어 먹을 생각을 하니 그것도 좀 그래서 차 밖으로 나갔다. 그럭저럭 시계가 6시가 되었지만 미끼 아저씨는 나타나지 않았다. 영현 오빠와 권 소장이 그 사람들을 욕하기 시작했다.

　“일마들 진짜 웃기네. 늦으면 늦는다고 어제 미리 말을 하든지 안 하고는 이래 안 갖다 주먼 낚시는 언제 하노. 참 내…….”

　"와 아이라. 김 사장, 우리가 잘못했다. 글마들을 믿은 기 잘못인기라. 조금 더 기다리다가 안 오면 크릴새우로 하자. 참, 그것도 그렇고 여게서도 갯바위 낚시를 해야 할 거 아이가. 그라면 배를 빌리야 될 낀데. 그걸 까묵었네."

　멍청한 낚시광들은 배도 준비해 놓지 않고서 이러쿵저러쿵 그들을 욕하고 있는데 어젯밤의 그 아저씨가 나타났다. 완도에서 오는 배가 늦어진 바람에 많이들 기다렸을 거라고 미안타 했다. 영현 오빠와 권 소장이 좀 전의 욕하던 낯빛을 지우고 멀쩡하게 말했다.

　"배 한 척 빌릴 수 있겠는기요? 새벽 낚시는 인자 글렀고 밥이나 묵고 한번 들어가 볼랍니더. 혼무시 가져왔으이 낚시는 물어보나 마나 잘될끼고. 아제가 한번 알아봐 주소. 돈은 많이 못 주요."

　미끼가 도착하자 영현 오빠는 또 바쁘기 시작했다. 밥을 먹고 있는데 빨리 먹으라고 재촉인가 하면 챙겨둔 낚싯대들을 다시 한 번 점검하곤 했다. 그런데 구해진 배는 모터가 달린 배가 아니라 사람이 노를 저어야 하는 쪽배였다. 그나마 요새는 김 채취 철이라서 나갈 배가 없다고 했다. 나는 노래를 부르고 싶었다. 미향이와 나는 남게 된 것이었다. 권 소장 부부와 완이, 그리고 영현 오빠가 배를 타고 나갔다. 우리는 아침 먹은 뒷설거지를 하기 시작했고 조금 있으려니 어제 물통을 빌려준 할아버지께서 산보 삼아 우리의 캠프에 오셨다.

　"큰애기들 잠 잘잤소? 조게 보이는 곳이 물 나오는 곳인디 물이 아주 좋당게. 그리로 가서 세수도 하고 물도 떠다 묵고 하시게. 여게 짐은 걱정 안해도 되야. 아무도 손댈 사람 없어야."

　키 작은 그 할아버지가 그의 아버지라도 되는 양 나는 이상하게도 할아버지에게 정감이 갔다. 여게 짐은 걱정 안해도 되야…… . 아름답던 이 섬의 모습이 할아버지의 그 말 한 마디로 대변되는 것 같았다. 각박하던 우리 일행들의 마음이 조금 부끄러워졌다. 우린 설거지 그릇 몇 개와 세수 수건을 챙겨서, 매끄러운 작은 자갈돌들이 발밑에서 재갈거리는 해변을 따라 물이 있다는 곳으로 갔다. 그릇 두어 개를 씻었고 세수를 했고 아무도 보는 이가 없어 뒷물도 했는데 저쪽에서 쪽배 하나가 들어오는 것이 보였다. 쪽배는 점점 우리 쪽으로 오기 시작했고 가만 보니 영현 오빠들이 탄 배였다. 빨리 오라고 손짓을 하는 오빠의 모습이 보였다. 무슨 일인가 하고 씻어놓은 그릇과 수건을 챙겨서 배가 닿아 있는 바닷가로 달려가니 우리를 타라고 했다. 떼어놓고 간 우리가 마음에 걸려서 데리러 온 모양이었다. 나는 정말 낚시질보다는 부드러운 자갈돌이나 주우면서 한낮을 보내고 싶었는데 영현 오빠는 또 나의 희망을 깨고 있었다. 타지 않겠네 어쩌네 할 시간도 없이 엉겁결에 배에 올라탔다. 동력이 없는 배라서 파도에 이리저리 밀리는 바람에 배를 대기가 힘이 들었다. 겨우 뾰족한 바위 하나를 발견해서 밧줄을 던졌고 긴 막대기에 달린 갈구리를 바위틈에 끼워서 배를 바위섬에 접안시켰으나 우쭐거리는 파도 때문에 뛰어 내리기가 쉽지 않았다. 힘들여 배에서 내렸고 할아버지는 1시간 30분 뒤에 오겠다는 말을 남기고 섬으로 돌아갔다. 바람이 심상찮은 기색을 보이는 것 같아 마음이 불안했다. 바다의 파도도 점점 심해지는 느낌이었다. 그래서 그런지 참지렁이를 썼어도 고기는 잡히지 않았다. 마음이 급한 영현 오빠는 한곳에 진득하게 앉아 있지를 못하고 이리저리 자리를 옮기느라 야단법석이었다. 이번에도 권 소장 각시가 혹돔 한 마리를 낚았을 뿐이었다. 시간이 되어 할아버지가 도착했을 시간엔 이미 물도 많이 불어 있었고 바람은 더욱 심상찮았다. 나는 낚시가 문제가 아니라 제 시간에 할아버지가 와 준 것만 턱없이 반가왔다. 다시, 우쭐거리는 배에 올라타기 위해 안간힘을 썼고 무거운 아이스박스는 오늘도 쓸모가 없었다. 우리들의 캠프에 닿자 영현 오빠는 뱃삯을 지불했다. 김 채취를 위해 내려와 있던 참지렁이 조달 아저씨는 반색을 하며 고기가 많이 잡혔는가 물었다. 영현 오빠는 말도 하기 싫다는 표정이었다. 영현 오빠의 표정에서 고기를 잡지 못했음을 눈치 챈 그 아저씨가 혼잣말처럼 중얼거렸다.

"물고기는 떼거리로 옮겨 댕기니께 사람은 자리 옮겨 댕기지 말고 한곳에서 진더거니 해야 쓰는 법인디……."

어째서 미끼를 바꾸었어도 고기가 잡히지 않았는지 알 수 없는 일이었지만 그 아저씨의 그 말이 우리가 고기를 낚지 못한 데 대한 변명으로 들리지는 않았다. 오히려 영현 오빠의 성격을 그 아저씨가 꿰뚫어보는 것 같았다. 우린 보길도와 소안도를 거치고도 고기는 구경도 못한 채 두상리를 떠나게 되었다. 채취한 김을 도르레를 이용해서 끌어올리는 바로 옆에다 우리가 타고 간 차를 대어 놓았기로 일하기가 불편했을 텐데도 그런 기색 없이 그들은 떠나는 우리를 향해 손을 흔들어 주었다. 물 젖은 그들의 굽은 손가락이 내 마음 같았다.

권 소장이 선착장 쪽으로 차를 몰았다. 하늘은 어두컴컴해지기 시작했고 부는 바람이 더욱 기승이었다. 선착장에 도착하니 저 멀리 완도 방향으로 배 한 척이 떠나고 있었다. 이상한 일이었다. 저 배는 왜 우리를 거부하고 미리 떠난 것일까. 한 땅의 백성이면서 그들을 겁탈한 천벌 받을 후레자식이라서? 배가 떠나자면 아직 시간이 5분 정도는 남아 있었는데 도선은 우리 눈앞에서 완도로 사라져가고 있는 것이었다. 갑자기 바다는 잿빛으로 출렁거렸고 하늘도 온통 찌푸린 재색이었다. 그러나, 선착장에는 우리말고도 배를 기다리는 차들이 몇 대나 있었다. 십 분쯤 후, 줄을 서서 기다리고 있던 차들이 아무런 불평도 없이 뒤꽁무니 쪽부터 되돌아가기 시작했다. 아마도, 여기선 흔히 있는 일인 모양이었다. 우리도 뒤의 차를 따라서 선착장을 떠나기 시작했다. 여관 한곳을 찾아드니 방이 없다고 했다. 영현 오빠가 언덕 위에 있는 '맑은장'이란 간판이 붙은 곳으로 달려갔다. 그곳에는 마침 빈 방이 있는지 영현 오빠가 언덕에서 우리를 손짓했다. 우린 좁은 길 가의 한 귀퉁이에 차를 대놓고 여관으로 향했다.

"햐! 이것 봐라이. 콘도가 따로 없네. 여관방에 부엌 시설 되어 있는 곳은 아마, 소안도하고도 이 집밖에 없을 끼네."

먼저 방으로 들어간 권 소장이 환성을 질렀다. 방 한 귀퉁이엔 가스 렌지와 싱크대가 설치되어져 있었고 싱크대 안에는 그릇과 양념통까지 준비되어져 있었다. 여행을 많이 다니지 않은 나인지라 여관방을 많이 구경하지는 못했지만 방에 부엌시설이 되어 있는 곳은 처음이었다.

9시 뉴스를 보니 남해안 일대에 폭풍주의보가 발효 중이었다. 창으로 바람 지나는 소리가 귀신처럼 음흉했다.

아침. 바다는 거짓말처럼 평온을 되찾고 있었다. 꼭 귀신에게 홀린 기분이었다. 어제 본, 멸치를 실은 큰 화물차도 배에 오르기 위해 대기하고 있었다. 완도행 도선은 우리를 거부 않고 받아 주었으며 항해(?)도 순조로와 우린 무사히 석장리 선착장에 닿았다. 선착장에는 배에서 내린 손님들이 시내로 나가기 위해 차가 있는 사람들에게 편승을 부탁하는 것이 보였다. 우리가 탄 차도 좌석이 남았기로 그들 중의 몇을 실어 주면 좋겠다는 생각을 했다. 영현 오빠도 그런 생각인 모양이었다. 마침, 부부로 보이는 중년의 남녀 두 사람이 우리 차를 향해 좀 태워 달라는 시늉을 하는 것이 보였다. 그런데…….

"절마들 태워 주봤자 좋을 거 하나도 없다. 혹시 아나, 만에 하나 사고라도 나봐라 골 아푸지. 좀 야박해도 어쩔 수가 없는 기라."

그 부부의 앞을 지나쳐서 시내 쪽으로 차를 모는 권 소장의 그 말에 나는 견딜 수 없는 수치감을 느꼈다. 이 지방 저 지방 가르는 것도 우스운 일이긴 하지만, 우리 지방 사람들은 그곳 사람들에게 최소한 미안한 마음이라도 가져야 마땅하리라는, 평소의 내 생각 때문일 것이었다. 이 땅은 신뢰감이 상실된 치욕의 땅임이 분명하였다. 근친상간을 저지른 듯한 오욕의 느낌이 내 뒷덜미를 강하게 내리 누르고 있었다.

권 소장이 장흥에서 차를 댔다. 아침 겸 점심을 먹고 가자는 것이었다.

장동식당은 때가 그러해선지 손님들이 얼마 없었다. 밥을 시키자 금세 상이 들어왔다. 갓으로 담근 국물김치가 시원해 보여 먼저 국물김치에 숟가락을 담갔더니 밥을 나르던 아주머니가 내 몫으로 국물김치 한 공기를 더 갖다 주었다. 그리고 완이를 간섭했다.

"와따! 너 참 이뿌다이. 이 아짐씨가 니 묵으라꼬 짐 가지고 왔다. 밥 많이 묵으라이."

오랜만에 밥 같은 밥으로 속을 채워서인지 계산을 하던 영현 오빠 뒤에서 권 소장이 종이 냅킨을 챙기며 느긋한 목소리로 덕담을 주워 섬겼다.

"아주머이, 밥 잘 묵었습니더이. 아따! 반찬이 참 좋네요. 뭐라캐도 반찬은 전라도가 최곤기라. 수고하이소."

여행 떠나온 이후로 그나마 그런 이야기가 처음이라서 나는 권 소장의 그 말이 참으로 듣기 달콤했다.

갈 때처럼 올 때 역시 당연히 길이 좋았다. 변화된 내 의식을 상징하는 듯한, 말끔히 포장된 도로 위를 달려오면서 그 동안의 내 갈등과 쓰라림과 회한의 역사가 그래도 억울하지는 않았다. 상처가 곪아 터지려면 그만한 고통의 시간은 당연히 필요할 터이기에.

차가 벌교를 지나고 순천에 다다랐을 즈음 나는 이미 한 가지 결심을 새겼다. 그가 젊은 시절을 마감한 광주 땅으로, 아니 암논의 땅으로 이제는 내가 가도 되겠다는 용기가 물밀듯 내 의식을 점유해오고 있었던 때문이었다.

순천 시내 어디쯤에다 차를 세워주면서 권 소장이 말했다.

"와이고! 이 처녀 진짜 사람 기 넘어가게 하네. 뭐 때문에 여태껏 시집 못 가고 있는지 내, 인자서야 훤언히 알겠다. 같이 왔으면 끝까지 같이 가야지 무슨 이유로 혼자 샌단 말이고, 김 사장 니도 한마디 해라. 참말로 이해 못 하겠데이……."

"내 말이 그 말이라. 올 때는 싫다고 야단이더마는 뒤늦게 간에 바람들었구마는. 무신 꿍꿍이가 있는지 마, 나도 모르겠다. 속 편하게 떨가주고 우리끼리 재미있게 가자. 내니까 하는 소린데 시집 못 간 노처녀, 무슨 문제가 있어도 있다니까네. 그렇지요 미향 씨? 자를 믿고 여게까지 따라온 미향 씨, 내가 미안해 죽겠네."

차에서 내린 나는, 못내 영문을 알 수 없어하며 뒤돌아보는 일행들을 향해 두 팔을 힘껏 흔들어 보였다.

여기서 광주를 가려면 다시 벌교를 지나야 되지? 내 결심의 시간이 지체된 만큼 되돌아가야 하는 거리도 꼭 그만큼.

이 땅에서 있었던 압살롬과 암논의 이야기를 이제 드디어 내 목소리로 이야기 할 때가 도래한 것 같구나.

 크게 심호흡을 한 뒤, 나는 시외 버스 터미널을 향해 발걸음을 옮겼
다.

[한국문학 2000년 겨울호]

가을날 수채화

　베란다를 통해 들어온 햇살이 하도 다사로워 그녀는 거실 유리문에 서서 손 채양을 하고 하늘을 우러렀다. 저 투명하게 높은 하늘. 오늘은 무얼 하지?

　별 이유없이 행복감으로 가슴이 충만한 날이면 그녀는 발 고운 천에다 색실로 수를 놓거나 올이 나간 레이스 옷들을 손보곤 했다. 그런 일들은 전혀 표나지 않으면서 시간 잡히고 골 빠지는 일이어서 마음이 안정되지 않으면 죽어도 할 수 없는 일이었던 것이다.

　언뜻 한 생각이 떠올라 그녀는 가을 볕살이 햇솜처럼 포근한 느낌으로 가라앉아 있는 뽀송한 거실바닥을 발바닥 감촉으로 느끼며 안방으로 건너갔다. 장롱서랍을 뒤지던 그녀는 기어이 일거리 하나를 찾아냈다. 외할머니께서 입으셨다는 모시치마.

　그녀는 처녀 적부터 여름이면 인조견으로 만든 속바지를 즐겨 입었고 잠옷 나부랭이도 결코 나일론으로 만든 것을 입어본 적이 없었다. 그래서 친정어머니는 여름 들면서부터 항상 찬밥을 삶았고 풀주머니는 쉰 내 한번 풍길 여가가 없었다.

낡아서 알망알망한 속옷가지들도 풀 기운 때문에 다시 □□하게 살아나서 여름 한철은 족히 보낼 수 있었으니, 손이 보배라고 하던 친정어머니의 말씀이 아니어도 손 간 입성을 입는 즐거움이 보통 아니었다. 그때부터인지 몰랐다. 여름옷은 도대체 풀기 없는 것은 입기 싫어진 것이…….

그녀의 그러한 '할매취향'이 대견한 듯 그녀가 시집오던 그해 여름에 친정어머니는 농 밑에서 잠자던 외할머니의 유품들인 버선, 밥상보, 방석, 골무, 속고쟁이……, 등과 함께 친정어머니 당신께서 시집올 때 가지고 왔다는 명주수건과 손수 실을 자아서 뜬 소품 몇 가지도 대물림의 뜻을 담아 그녀에게 주었었다.

새것이 아니라서 몇 군데 올이 상한 모시치마는 원형을 크게 훼손하지 않는 한, 다른 용도로 이용을 하는 것이 농 밑에서 잠재우는 것보다 나을 거라는 생각이 들어 그녀는 반짇고리를 꺼냈다. 늘 씌우던 식탁보가 싫증이 나서 원목의 질감을 즐기자는 핑계로 식탁보를 벗겨냈는데 모시치마로 식탁보를 만들면 좋겠다는 생각이 들어서였다. 이제 가을의 문턱에 들어섰지만 아직은 모시식탁보가 괜찮을 것 같기도 해서.

그녀는 빨간색의 레이온 천으로 딸기 모양 몇 조각을 오렸다. 오려낸 천조각을 모시의 상한 부분에다 놓고 딸기 모양이 되도록 곱게 아플리케로 수를 놓았다. 아플리케가 끝난 뒤엔 딸기에다 검은색 씨앗을 박았고, 푸른 색실로 딸기꼭지도 달았다.

낡은 모시치마는 금세 싱싱한 딸기가 수 놓여져 아까완 전혀 다른 분위기로 바뀌었다. 행여 비뚤어질까 정성 들여 사각으로 마름질한 천의 가장자리에는 폭이 가는 귀여운 면 레이스를 달았다. 완성된 식탁보를 들고 그녀는 목욕탕으로 들어갔다. 다시 깨끗이 씻어서 가볍게 풀을 할 작정이었던 것이다. 모시천에 물기가 닿자 천은 물에 녹아버리듯 한 주먹밖에 되지 않았다.

"여보, 어머니 이곳에 자주 올라오는 눈치던데 전화도 한 통 않으시는 거 당신 속상하지 않아?"

며칠 전, 남편이 그녀의 눈치를 살피며 그렇게 물어왔었다.

"전 어머니 마음 이해해요. 전화만 하고, 그냥 내려가시면 우리가 송구해할까봐 일부러 안하고 가시는 거 당신도 알잖아요."

"알아. 하지만 난, 종혁이에게는 온갖 밑반찬 다 갖다 나르시면서 여기까지 오셨다가 그냥 가는 거 섭섭할 때 많아. 아들이 손자만도 못한가 싶은 생각도 들고……."

말은 그렇게 해도 남편 역시 마음 상한 표는 없었다. 그녀의 마음을 위무한다는 뜻이 더 강하게 느껴질 뿐.

"당신 애정결핍증 있는 서 아녜요? 그만 일에 아들 손사, 그게 뭔 말이에요. 나잇값도 못하게시리. 어머니 들으면 속상하시겠어요."

남편의 마음을 알기에 그녀도 눙치고 들었다. 남편을 포함해 시집 식구들은 점잖고 체면을 아는 사람들이어서 그녀는 시집문제로 마음 고생을 한 적이 한 번도 없었다.

"당신은 정말 괜찮아? 속으론 당신도 섭섭하면서 나만 애정결핍증 환자로 모는 거 아냐?”

“어머, 이 양반 왜 이래? 가만 보니 당신이 내 속 떠보는 거 같은데? 당신은 아들이고 나는 며느리예요. 내가 정말 섭섭하다면 아무도 듣는 사람 없는데 당신한테 어머니 이야기 못 할 게 뭐 있어요.”

“그렇게 생각한다면 고마워.”

“정말 이상하네, 고맙다는 말은 또 뭐야?”

“따지지 말고……. 나 당신에게 고맙다는 생각 많이 해. 내 친구들, 마누라와 어머니 사이에 끼어 샌드위치 신세인 녀석 많아. 나는 적어도 그런 일로는 고민하지 않아도 좋으니, 모두가 천사 같은 당신 만난 덕분이지 뭐.”

“당신이 한 가지만 알고 두 가지는 몰라서 그래요. 그건 내가 천사라서가 아니라 당신 친구들 각시보다 내가 더 영악해서예요. 난 옛날 작정한 게 있었어요. 결혼을 하지 않는다면 몰라도, 일단 결혼이란 걸 한다면 남편과 나 사이, 시어머니와 나 사이, 원만하지 않는 그런 결과는 만들지 않겠다,라구요. 왜냐구요? 자존심 문제. 그런데 결론적으로 얘기해서 당신이나 어머님이 저의 자존심을 지켜주고 계시는 편이에요. 제가 별 노력하지 않아도 우리들 관계는 늘 원만해서 애초에 다짐했던 내 자존심의 아성은 워낙 견고하게 이어지고 있으니까요.”

그녀는 남편의 말에 장단 맞추느라 괜스레 아성이니, 견고하게 이어지니,라는 말을 골랐다. 남편도 추임새를 넣어 주었다.

“당신은 착한데 괜히 말로 스스로를 나쁘게 표현하는 적이 많더라?”

“그래요? 그러고 보니 옛날에도 간혹 그런 말 들었던 기억이 나요. 그렇담 제가 위악적이란 말이 되는데, 당신보다 제가 더 애정결핍증세가 농후한 거 아닐까요?"

"또또, 저 쓸데없는 비약……."

"당신은 모르겠지만 전 어머님이 참 고마와요. 그래서 종혁이에게 잘해 주시는 거 하나도 속상하지 않아요. 아니, 어머니께서 그렇게 신경쓰시지 않아 봐요 제가 이렇게 편히 앉아 있을 수 있겠어요. 반찬이며, 빨래며……. 아니할 말로 우리가 데리고 있으라 해도 할 말 없잖아요. 식구가 많은 것도 아닌데. 그것도 그런 데다, 결혼한 지 8년이 넘도록 아이가 없다면 다른 집 며느리 같으면 쫓겨나도 벌써 쫓겨났을 판인데 어머닌 행여 제 마음 다칠세라 비켜가는 말로라도 섭섭해하는 기색이 없으니 정말 대단한 분이에요."

"아이 못 낳는 게 뭐 당신 죈가?"

"누군 뭐 꼭 여자 잘못이라서 천덕꾸러기 되던가요? 어른들이 밉보면 할 수 없지요."

"그런데 참 이상하지? 당신도 나도 아무 이상이 없다는데……."

"제가 아직 엄마 될 자격이 없나 보네요. 한 생명을 받는 게 쉬운 일은 아닐 거라는 생각을 늘 해왔어요. 그래서 아이가 갖고 싶다는 생각이 들 때마다 내가 과연 귀한 생명을, 그것도 가장 고귀하다는 한 인간을 내 뱃속에서 기를 수 있는 영혼의 소유자인가 하고 자문해요. 저의 이런 두려움 비슷한 생각은 당신의 바람과는 궤를 달리하는, 제 존재에 관한 질문이에요. 그래서 어떤 땐 내가 너무 이기적인 인간이라는 생각도 들고……. 성격이 이래서, 어머님이나 당신이 계속 절 다그쳤다면 전 굉장히 힘들었을 거예요. 당신이 이런 나를 면박 준다면 입이 열 개라도 할 말 없구요."

"면박은 무슨……. 그런 일이 면박으로 해결된다면 되려 간단해서 좋겠다. 그런데 당신은 참 이상해. 당신은 생각이 반듯한 듯하면서도 보통 심각한 성격의 사람이 아닌데, 아무리 심각한 문제라도 당신과 몇 마디 이야기하고 나면 심각하던 문제가 아무 것도 아닌 것이 되어 버리곤 하거던?"

"내가 남자 같으면 그런 여자하고는 밥맛 없어서 하루도 못 살 거 같다."

"어째서?"

"어째서가 아니라 나 같으면 그렇겠다는 말이에요. 나는 솔직히 얘기해서 남편의 심각함이나 해소시켜 주는 여자보다는 귀엽고 사랑스런 여자이고 싶어요. 이건 진심이에요. 당신은 제게서 '여자'보다는 '모성'을 느끼는 거나 아닌지 걱정되네요. 전 결혼한 여자이면서도 모성 어쩌고 하는 말엔 좀 거부감이 느껴지거던요. '모성' 하면, 희생양이 되어야 한다는 강박관념이 내 안에 자리잡고 있어서 그런지 몰라도. 전 아무 것도 책임지고 싶지 않아요. 어떤 땐 내 인생조차도 내가 책임지고 싶지 않아서 종교를 믿는다는 생각이 들 정도예요. 종교를 믿으면 그 왜, '당신이 주시는 대로……' 하면서 본인은 발뺌해도 되잖아요? 이런 내 생각 때문에 높은 데 계시는 그분이 아이를 주시는 않는 건가……?"

"무슨 쓸데없는 소리. 그리고, 걱정하지 마. 당신은 충분히 귀엽고 사랑스러워. 내 심각함의 해소는 당신의 모성이나 도사(道士)연하는 데 있는 게 아니고 당신의 투명한 생각, 그래 투명하다는 말이 잘 어울리겠네, 그 투명함이 주는 개운함에 있어. 난 말이야 엉큼한 사람을 젤로 싫어한다고. 어떤 사람들은 엉큼함을 속이 깊다고 보기도 하던데 천만에……."

“당신은 왜 속 깊음과 엉큼함을 동일시해요? 속이 깊어도 엉큼하지 않은 사람이 있고 엉큼해서 되려 속이 훤히 들여다보이는 사람이 있어요, 참내.”

“이런 점이 바로 내 한계야. 당신의 그런 분별력이 아름답다니까 그러네?”

“내 참 기가 차서. 참, 내일 낮에 어머님께 전화 한 통 드리세요. 한번 올라오시라구요. 전엔 제가 했지만 이번엔 당신이 한번 해보세요. 하나밖에 없는 아들이라고 속으로 얼마나 귀애하실 건데 살갑게 굴기를 하나, 자식 있어 봐야 하나 소용없다는 거 당신만 봐도 알겠어요.”

“그래, 알았어. 뭐 또 시킬 거 없어?”

“왜 없겠어요, 많고도 많지.”

“그럼 시켜 먹어. 뭐든지.”

“정말?”

“정말!”

“그럼 내일 아침에 수산시장이나 좀 다녀옵시다. 어머님 생선 좋아하시잖아요.”

그들 부부는 아이가 없는 빈 공간을, 자신들의 애정만으로도 충분하다고 자위하면서 살아왔다는 생각이 들었다. 언제부터인가 남편이 아이를 간절히 바란다는 느낌이 그녀에게 전해져왔다. 이즘 들어 말이 많아진 남편. 하긴 공허하기도 할 것이다. 아이도 없이 맞이한, 남자 나이 서른아홉. 그녀는 조용히 벽 쪽으로 돌아누웠다. 표 내지 않고 쓸쓸해하는 남편의 마음이 오늘따라 진하게 느껴져서.

볕이 좋아 묽은 풀을 한 식탁보는 돌아서자 금세 말랐다. 꼽꼽한 식탁보를 걷어 허드레 보자기에 싸서 꼭꼭 밟은 뒤 어지간히 다 말랐을 때 네 귀퉁이가 반듯하게 되도록 정성 들여 다림질을 했다. 외할머니의 손때가 묻은 치마를 이젠 아침저녁 식탁에 앉아서 구경하게 될 것이다.

그녀는 그렇게 사연이 배인 물건들이 좋았고, 그런 만큼 소중하게 다루었다. 그녀의 손에 들어오면 보자기 하나도 귀하게 되지 않는 것이 없었다. 그렇다고 그녀가 똑별난 재주가 있어서도 아니었다. 그냥 조금 손질해서 귀한 마음으로 바라보니 자연히 남들도 귀하게 여겨주는 것이었다.

딩동!

시골서 오신 시어머니거니 싶어서 그녀는 문을 열기도 전에 어머니! 하고 소리쳤다.

"아이구 내 새끼. 어찌 시어민 줄 그리도 잘 알꼬. 말로 천번만번 반가와하는 것보다 얼굴도 보지 않고 어머니, 카는 니 소리가 나는 젤로 반갑다. 그래 잘 있었더나?"

올 사람도 없는 집에 조심스럽게 누르는 초인종 소리는 시어머니 아니고 누구랴. 그래서 그녀는 언제나 시어머니의 출현을 보지 않고도 느낄 수 있었는데 그녀의 그런 '민감'함을 시어머니는 '사랑'으로 인식하였다. 궁합이 맞는 고부지간.

"어머니, 오시느라 고생하셨지요? 어서 앉아서 다리쉼 좀 하세요."

그녀가 소파 대신 목화솜 넣은 방석으로 시어머니를 모셨다.

"그래그래. 내가 니 때문에 여게 온다. 앉거라. 얼굴 좀 자세히 보구로. 니가 니 신랑 시켜서 시골로 전화하라 캤제? 니가 내 알아보듯이 나도 안 봐도 잘 안다. 가(그애)사 지 각시한테는 어쩔란가 몰라도 넘한테는 살가운 전화 한번 할 줄 모르는 아 아이가. 내 말 맞제? 안 그래도 너들이 전화할 때 되간다, 속으로 짐작하고 있었는데 딱 전화가 온 거라. 내가 귀신이재?"

"제가 어머니께 전화 드리라 한 것도 맞고, 그 사람 저한테만 잘하는 것도 맞아요 어머니. 그래서 서운하세요?"

그녀는 시어머니에게 어리광을 피웠다. 그런 마음 다 안다는 듯 시어머니도 맞장구를 쳤다.

"그래. 너무 서운해서 따질라고 왔다. 그런데, 이기 뭐꼬? 뭐가 이리 이쁜 기 다 있노. 모시 겉은데?"

"예. 외할머니께서 입으시던 모시치마를, 제가 그런 거 좋아한다고 저 시집 올 때 친정어머니께서 한 보따리 싸주셨는데 아까 낮에 찾아내서 식탁보로 만들었어요. 군데군데 올이 처진 데가 있어서 그곳에는 눈가림으로 딸기를 달았구요. 괜찮아 보이세요, 어머니?"

시어머니의 얼굴이 딸기보다 환해졌다.

"손끝 야물기가 요새 사람이 아니라 칸께. 이러키 풀까지 빳빳하게 해 놓으니 정말 곱구나. 온 집안이 반들반들 윤기가 도는데 이것까지 깔아놓으면 더 이쁘겠다. 니는 살림사는 재미에 빠져서 바깥 세상은 모르고 사는 거나 아니가?"

"아니에요 어머니. 일요일마다 교회에 가는 건 어머니도 아시는 일이고, 가끔 친구들도 만나고 해요. 그리고 살림이라고 해봤자 겨우 두 식구 밥 끓여 먹는 게 단데요 뭐. 어머니, 잠깐만 앉아 계세요. 시장하실 텐데 저녁 잡수시기 전에 요기 좀 하시게요."

그녀는 얼른 주방으로 들어가 씻어 논 부추에다 붉은 고추와 홍합을 다져넣고 부추전을 부쳤다. 그리고 미리 쑤어서 냉장고 넣어두었던 도토리묵도 꺼내어 양념장과 함께 상에 올려 거실로 내갔다. 그러자 친정어머니 말이 생각나서 빙그레 웃음이 나왔다. '송희야, 늙으면 누구나 애가 되는 법이다. 어른 공양 별 거 없다. 애들한테 하듯이 아침 먹고 나서 간식, 점심 먹고 나서 간식, 그렇게 먹을 것만 지성으로 챙겨도 못난 며느리란 말은 듣지 않을 것이다. 많이 먹고 잘 먹어야 기분이 좋다더냐? 남이 나 생각해서 이런 거 하나라도 챙겨주는구나, 하는 그 마음 때문에 고마운 거지. 너도 시집가면 시어른들께 매끼 식사 챙겨드렸다고 무심하지 말고 시간 날 때마다 전도 부쳐드리고 말벗도 되어 드리고 하여라. 몸 조금 움직여서 함께 사는 사람 기쁘다면 그 정도 못 할 거 뭐 있겠냐. 그렇잖니?' 여자답기 한량없던 친정어머니는 늘 그녀에게 당부하곤 했었다.

"어머니 드리려고 법주 한 병 사다놨어요. 양주야 여러 병 있지만 어머님은 법주 좋아하시잖아요."

"아니, 웬 전과 묵이 다? 법주는 또, 없으면 아무 거나 마시지. 내가 술꾼도 아인데……."

"인천 사는 이모 친구분이 도토리묵 쑬 가루를 어디서 많이 구하시나 봐요. 이번에 이종사촌 동생 결혼식 때 친정어머니가 얻어온 걸 제가 또 좀 얻었어요. 묵이 잘 쑤어졌는지 모르겠네요."

"참, 안사돈은 잘 계시고? 인사가 늦었구나. 묵도 마치맞게 잘 됐다. 애기 넌, 언제 묵 쑤는 걸 다 배웠노."

"우리 친정어머니 취미가 음식해서 동네방네 나눠 먹는 거 같아요? 그 덕분에 메밀묵 쑤는 법, 유과 만드는 법, 콩가루 넣고 시골식 칼국수 만드는 법, 호박범벅 만드는 법…… 골고루 다 배웠지요. 만들어

논 가루로 묵 쑤는 거야 어려울 것도 없구요. 끓기 시작하면 눌지 않게 나무주걱으로 솥바닥만 열심히 박박 긁어주면 되는데요 뭐. 끓는다고 바로 불을 끄면 설익어서 묵발이 곱지 않고 금방 쉬어버리니까 그것만 주의하면 괜찮데요? 그래서 저는 묵 쑬 땐 각오하고 한참 저어요. 어머니, 전 식기 전에 어서 드세요.”

“그러자. 참 야아야, 니도 잔 하나 가지고 온나. 오늘, 고부간에 마주 앉아 술 한잔하자. 설마, 예수 믿는다고 이 시애미가 주는 술도 마다하는 거 아이재?”

“그런 거 없어요, 어머니. 하느님 믿고 부처님 믿고 무슨무슨 신 믿는 거 죄다, 기본은 부모 공양 잘하고 가까운 이웃과 잘 지내자는 그런 행위 아니겠어요?”

그녀도, 잔 하나를 찾아서 시어머니 앞에 마주 앉았다.

“그래 니 말 맞다. 그러이, 니부터 한 잔 받아라.”

“아이고, 어머니도…….”

그녀가 먼저 시어머니의 잔에 술을 따랐다, 가득하게.

“야아야, 사는 거 별 거 아닌데, 이렇게 살면 이기 바로 행복인데. 애기 니, 그 동안 내한테 섭섭한 점 많았제? 술 한잔하는 김에 속엣말 다 할란다. 나 종혁이 반찬 갖다주러 왔다가 그냥 내리간 적 많았다. 너들이 알면 섭섭하겠거니 하면시도 그냥 내리갔다. 두 식구 꼼지럭 꼼지락 사는데 와봤자 괜히 니만 귀찮게 한다 싶어서 그냥 내리 갔지마는 마음 한구석이 짠하기는 하더라. 부모자식간에 이런 거 저런 거 따지는 내부터 뭐가 잘못된 거나 아닌가 싶기도 하고. 그래서 엊그제 니 신랑 전화 받고는 내가 잘못했다 싶어서 급한 불 좀 꺼놓고 이렇게 올라왔다.”

시어머니는 그 동안 쌓인 말이 많았던 모양이었다.

"어머니 정말 잘 올라오셨어요. 어머니 그냥 내려가신 거, 저 생각하는 마음에 그러했다 싶어 하나도 섭섭하지는 않았어요. 그러나 가족이 뭐예요, 어머니. 한집에서 서로 부대끼면서 미운 정 고운 정 쌓아가는 게 가족 아니겠어요. 어머니 말씀마따나 어머니 당신께서 자식한테 이런 거 저런 거 따지면서 귀찮게 하지 않으려고 하신 거 결코 좋은 것만은 아니에요. 아들네 오셔서 며느리에게 큰소리도 탕탕 치시는 시어머니들 보면 당당해서 얼마나 보기 좋은데요. 어머니도 이제 저한테 그렇게 하세요. 어머닌 속마음 털어놓을 딸도 하나 없으신데 며느리 하나 있다고 해봤자 이렇게 떨어져 사니 어머니 아주 외로우실 때 그 외롬을 어떻게 달래나 싶어서 제가 생각해도 속상한 적 많았어요."

그렇게 말을 하고 보니 정작 그녀 자신이 시어머니의 마음이 되어 왈칵 눈물이 났다. 한 잔 술이 감정 과잉 상태를 만든 건지……. 며느리의 눈물을 본 시어머니가 화장지를 빼주면서 나무라는 투로 말했다. 그러나 진정 싫지 않은 기색으로.

"그깐 일로, 눈물도 흔했다. 늙은 년이 외로울 시간이 어데 있다더노. 나는 한 번도 니를 남의 자식이라고 생각해 본 적이 없다. 딸년들은 있어봤자 시집가면 그만일 거고, 나는 우리 사돈께 정말 고맙다고 생각한다. 딸 곱게곱게 잘 키워서 결국은 내 딸 만들어 주신 거……. 그라고, 이건 다른 말인데 어미아비 없이 혼자 객지에 올라와 공부하는 종혁이 생각하면 한시도 가슴 무너내리지 않는 날이 없다. 너들도 내 자식이라 마음에 끼는 부분이 없지 않지마는 그래도 너들은 이렇게 짝을 이루고 산께……. 종혁이는 어려서 한몫에 아비어미 잃고 늙은 할미 손에서만 자라서 그런지 내 눈엔 늘 기운이라곤 없어 비더라. 너도 알아둬라. 시골 집터와 그 옆의 밭두락 이천 평만 너거 주고 과수원이랑 산은 모두 종혁이 줄 꺼다. 종혁이 지야 그걸 어떻게 하든지 내 맘은 종혁이 주고 싶다. 애기 니 섭섭재? 그래도 할 수 없다.”

술 때문인지 아니면 평소에 하고 싶었던 이야기를 이제서야 기회를 잡았다고 생각하는지 시어머니는 내친 김이라 여기는 듯 재산 분배 문제까지 끄집어냈다. 그러나 그녀는, 시골의 땅이든 밭이든 그걸 생각에 담아본 적도 없었다. 자신이 착해서가 아니라 남편의 월급만으로도 생활이 궁색하지 않았고, 시어머니가 뭐든 하나라도 갖다 날라서 주 부식비도 거의 들지 않았다. 그리고 그녀 자신도 핸디캡을 가지고 있지 않은가. 평소에는 자각하지 않고 살지만 마음 밑바닥까지 개운한 건 아닐 터였다. 그 문제가 굳이 그녀만의 탓이 아니라 해도.

“어머니, 혹시 제게 섭섭한 거 있으면 죄다 말씀하세요. 전 눈꼽만큼도 어머니께 섭섭한 거 없어요. 종혁이 이곳에 와 있어도 어머니가 하나부터 열까지 신경 써 주시는 덕분에 전 작은엄마라고 김치 한 포기 해 나른 적 없었어요. 그리고 전요, 시골 어머니집 그걸, 재산의 범주에 넣어본 적이 없어요. 그곳은 천 년 만 년 어머니 계실 집이어야 하고, 어머니는 항상 그 그림 속에 존재하시는 분이라고 생각했어요. 어머니 그런 말씀, 아직 듣고 싶지 않아요. 종혁이 다 주셔도 하나도 섭섭하거나 서운하지 않아요. 그리고 저 생각하면 어머니 얼마나 속상하실지 죄다 알고 있어요. 어머닌 우리 결혼한 이후로 저 듣는 데서는 아이 생기지 않는다고 걱정 한 번 하신 적이 없었어요. 손 귀한 집안인데도…… 그런 어머니 마음을 제가 손금 들여다보듯이 아는데 제가 어머님께 조금이라도 섭섭한 마음 가진다면 전 정말 죄 받을 거예요.”

“아이다. 종혁이가 그나마 기펴고 사는 것도 바로 니 때문이다. 철철이 속옷 사다 나르고 생일 한번 모르고 지나간 적 없지 않나. 종혁이 친구 문제까지 니가 다 신경써줘서 내가 속으로 얼마나 고맙고 든든한지…… . 나도 애기 니한테 서운한 건 하나도 없다. 자식 생기지 않는 거? 그 기 인력으로 되는 일이라 카더나? 그라고 아무리 시어미라캐도 나는 한 다리 건너 사람이다. 당자인 너들 마음이야 오죽할라고. 게다가 내 눈치까지 봐야제. 걱정 마라. 니 마음씀이 예뻐서라도 하늘이 꼭 귀한 씨 하나 내려 주실 거다. 나는 그렇게 믿고 있고 아직도 내 마음은 안 흔들린다. 인력으로 안 되는 일이니께 늘 지성으로 천지신명님께 빈다.”

“고마와요, 어머니.”

시어머니의 말에는 다른 어떤 말로도 표현 못할 진득한 사랑이 담겨 있음을 그녀는 절절히 느낄 수 있었다.

“우리 이 얼마나 귀한 인연이고. 옷깃만 스쳐도 전생에 수천 겁의 연이 닿았다는데 이렇게 고부지간으로 만났으니 그 질긴 인연을 어찌 말로 다 설명하겠노. 안그렇나?”

“고마와요, 어머니.”

“그래. 나도 니가 고맙고도 고맙다.”

그녀는 콧물을 훔치다가 자신의 손을 보았다. 무명지에 끼고 있는 칠보반지. 그녀도 하나밖에 없는 장신구이긴 하지만 시어머니는 여적 금부치 하나 몸에 지닌 걸 보지 못했다. 자신의 손을 내려보다가 그녀는 새삼스런 생각이 들어 시어머니의 손을 유심히 건네봤다. 여전, 투박한 손은 그대로 맨손이었다. 대장부처럼 활달하고 품새 너른 어른…… 저 손으로 거둔 곡식 알갱이를 그녀는 수만 알도 더 먹었다고 생각하니 목젖 아린 감동이 왔다. 그녀가 잊은 듯, 말을 물어냈다.

"어머니, 이제 좀 쉬세요. 장은 봐다 놨으니까 종혁이 오라 해서 함께 저녁이나 먹지요."

"술 한 잔 더 주까?"

"저야 어머니와 술로 밤을 새도 좋지만, 그 사람 밥해야 되잖아요."

"그래, 홀시어미 마이 놀리 묵어라. 누군 뭐 옛날에 서방 없었는 줄 아나? 니 신랑보다 내 서방이 더 잘났더니라."

절묘한 때에 유머감각을 드러내는 시어머니가 하도 재밌어서 그녀가 소리내어 웃었다. 시어머니도 웃고.

그녀는 종혁의 하숙집으로 전화를 걸어 저녁이나 함께 먹자고 말했다.

"어머니, 전화 해놓고도 긴가민가했었어요. 과연 어머니가 올라오실까 하구요. 어머니 올라오시니까 좋네요. 이렇게 맛있는 것도 얻어먹고, 저 사람 평소엔 김치밖에 안 줘요."

둘만의 단촐한 식사가 아니라 종혁이까지 함께한 거들먹한 식탁에 남편도 신바람이 난 모양, 어머니 앞에서 한껏 아이가 되었다.

"니 전화 때문에 올라온 거 아이다. 야 보러 왔지."

"당신, 어머니를 어떻게 꼬셨길래…… 내 입지가 이거 말이 아니네."

"솔직히 말해서 작은아버진 좀 무심하긴 한 편이에요. 전 언제나 작은어머니 전화 받고 이곳에 왔지 작은아버지 전화 받고 온 적은 한 번도 없거던요. 작은아버지와 작은어머닌 어떻게 보면 하나도 어울리지 않는데 싸움 한번 안하는 거 보면 정말 이상해요. 하긴, 아무도 모르게 치열하게 싸움을 하는지 모르지만……."

평소 말이 없던 종혁이도 달구어진 분위기에 힘입었는지 작은아버지가 살갑지 않다고 간 큰 소리도 내뱉었다.

"그래도, 애, 작은아버지가 내 말은 얼마나 잘 듣는지 아니? 부부란 남 모르는 뭔가가 있는 법이야. 너도 장가가 보면 알게 돼."

"그 말이 정말이라면 저도 빨랑 결혼하고 싶네요."

"종혁이 니, 그 말 잘했다. 학교 졸업하는 대로, 빨리 장개 가도록 해라. 그때까지는 이 할미도 살아 있어 줄 텡께."

후식까지 먹고 나니 종혁이는 일어설 눈치였다. 그녀가 종혁이를 붙잡았다.

"종혁이 너, 오늘은 여기서 작은아버지와 함께 자. 난 어머님이랑 잘 테니까."

종혁이는 어쩌다 와서도 볼일만 보면 바람처럼 사라지곤 했다. 아이도 없이 두 부부만 맨숭하게 있는 집에 민적거리기 뭣한 모양이었다.

"저도 그러고 싶지만 가서 해야 할 일이 있어요. 말 난 김에 지금 바로 가볼께요. 할머니, 오신 김에 푹 쉬고 가세요. 할머니 계시는 동안 저도 마음놓고 작은어머니 음식솜씨 구경하러 올 작정이니까요."

"푹 쉬고 가긴 뭘 푹 쉬고 가냐. 여게 살로 왔는데."

"그렇담 더 잘됐구요. 오늘은 꼭 해야 할 일이 있어서……. 대신, 할머니 여기 계시면 지겹다 할 정도로 열심히 올 거예요."

"그래, 할미보다 더 중한 일이 있으면 해야지. 가봐라."

"할머니, 말씀은 그렇게 하셔도 삐진 거 아니죠? 오늘은 용서하세요."

그녀는 한사코 마다하는 종혁에게 남은 음식과 과일을 싸들려 보냈다. 그녀가 주방에서 얼찐거리니 남편도 식탁의자에 앉아 그녀의 일이 끝나기를 기다려 주었다.

"당신 오늘 혼자 주무세요. 전 어머님과 함께 잘께요."

"그러지 뭐. 오랜만에 해방이네?"

"그래요. 제가 원래 이런 사람이에요."

마악 설거지를 끝내려니 시어머니가 그녀를 불렀다.

"애기 너 나 좀 보자."

그녀는 잠깐만 기다리라고 이른 뒤 세수까지 하고 시어머니의 방으로 갔다.

"야아야. 나 오늘 잘 왔다는 생각이 든다. 그 동안 늘 마음으로만 생각하고 기도했지만 이렇게 한 공간에서 한 솥에 밥해서 먹는다는 게 얼마나 큰 건지를 오늘서야 절실히 느꼈다. 잘 들어라. 아무소리 말고 내 시키는 대로 해라. 오늘, 아주 간절한 마음으로 기도한 뒤, 잠자리에 들어라."

"어머니, 저 어머니와 함께 잘려고 이렇게 씻고 들어왔는데요."

"나도 다 생각이 있어서 하는 소리다. 이 늙은 년 간절한 소망, 삼신할매도 결코 무시하지 않을 것이다. 내가 그 동안 여러 수년 이곳을 오고가고 했지만 오늘처럼 마음 흡족하고 내가 너들 부모다 하는 생각이 든 적이 없었다. 내 말 무슨 뜻인지 알아듣겠제? 내, 오늘 어미 값 한번 해볼란다. 그 동안 너들 마음고생 시키지 않을라고 그 문제는 굳이 내 마음에서 비켜가게 했지만 그럴 것도 아니란 생각이 든단 말이다. 내 밤새 기도할 작정이다. 너 닮은 딸이든 니 신랑 닮은 아들이든 아무 거라도 좋으니 니 뱃속에 사람 씨 하나 심어 달라고……."

"어머니 마음 알겠어요, 하지만……."

"잔소리 말아라. 뜻이 있는 곳에 길이 있다고, 예수 책에도 나오는 말이라미? 애기 니, 내를 별로 보지 마래이. 청상과부 노릇 몇십 년이면 웬만한 점쟁이보다 내 신기가 더 실끼다. 내 언제 니한테 이러는 적 있더나? 다 때라는 게 있단 말이다. 속는 셈치고 내 말 한번 믿어 봐라. 니, 고 연한 뱃속 같은 성격에 자식 없다는 건 말도 안 된다. 삼신 할매한테 내가 우겨서라도 니한테 꼭……."

"……."

그녀는 말을 잊었다. 결국, 때가 됐다는 말인가?

성안댁은 간절한 소망을 빌면서 뜬눈으로 밤을 새웠다. 그러다 새벽녘에 아주 잠깐 앉은 채로 단 꿈 속에 빠져들었다. 실타래처럼 얽혀 있는 뱀들 가운데서 흰 뱀 한 마리가 성안댁을 향해 꿈틀꿈틀 기어오는…….

성안댁은 화들짝 꿈에서 깨어났다. 생시처럼 생생한 꿈 속의 장면이 아무래도 예사롭지 않았다. '손(孫) 귀한 집안의 며느리가 임신을 하게 되면 흰 뱀 꿈을 꾼다던데…….' 성안댁은 삼신 할머니께 간절히 감사의 기도를 올린 뒤 조용히 부엌으로 들어가 자신의 손으로 아침을 지었다.

그녀는 전에 없이 늦잠을 잔 바람에 혼비백산 자리에서 일어났다. 주방으로 들어가 보니 어느 틈에 시어머니가 아침식사 준비를 하고 있었다.

"어머니 죄송해요. 이런 적이 없었는데…… 어머니 오시자 늦잠을 자고 말았네요."

"더 자지 않고 와? 죄송은 무슨 죄송. 오늘 같은 아침이면 날마다 밥해도 하나 억울하지 않겠다. 그애부터 밥 먹여 보내자."

"네……"

남편이 출근하자 시어머니는 손수 끓인 미역국과 함께 그녀에게 밥을 차려주었다.

"어머니 이러시지 마세요, 제가……"

"나 옛날 사람이란 거 니도 알재? 어떤 시에미가 며느리 밥상 차려 바치겠냐. 다 이유가 있으니 입 다물고 있어라. 자, 이 미역국, 참기름 듬뿍 넣었으니 뜨끈뜨끈할 때 배가 불룩 나오도록 한 사발 다 먹어라. 이런 게 부모 마음이란 거 너도 알 날이 있을 꺼다."

그녀에게 밥 한 그릇을 다 먹여놓고, 정작 시어머니는 식사를 뜨는 둥 마는 둥 급히 시골로 내려갔다. 가면서 그녀에게 신신당부했다.

"그 동안 몸조심하고 있어야 된다이. 나 시골 가면 몇 가지 손 볼 것도 있고 해서 내일은 못 오고 모레는 올라올 수 있을 거 겉다. 이번에 올라오면 영 안내리 갈거니까 단다이 각오하고, 알았재? 내, 핑하니 갔다오께."

그녀는 식사도 뜨는 둥 미는 둥 급히 나긴 시이미니가 마음에 걸려 그녀의 오랜 버릇이 되어버린, 베란다의 창턱에 서서 하늘바라기를 하였다.

햇솜을 펴놓은 듯한 구름들이 하늘 속을 둥실 날고 있었지만 그녀는 시어머니가 마음에 걸려 영 생각의 갈피가 잡히지 않았다.

괜스레 허둥거려지는 마음을 다잡기 위해 그녀는 또 안방의 장롱을 뒤지기로 했다.

그녀는 외할머니 유품 중에서 애기 버선 한 켤레를 찾아냈다. 명주로 만든 겹버선. 세월이 흘러 색은 변했지만 한 번도 신기지 않은 새 버선이었다. 뒷볼에는 앙증맞은 끈까지 달려 있는 게 그렇게 예쁠 수가 없었다. 그녀는 아기 버선을 보자 꼭, 그 버선을 신길 아기 하나를 낳아야겠다는 생각이 들었다.

그날 밤, 그녀는 그녀의 간절한 소망을 아기 버선에 담아 가슴에 안고 잠을 청했다. 그녀는 눈을 감고 꿈속처럼 생각했다. 생명의 세습이란 얼마나 아름다운가. 외할머니, 어머니, 그리고 나. 만약 아기가 생긴다면 어머니의 어머니가 기우신 명주 겹버선을 내 아기 발에 신기고……. 그러면서 그녀는 깊은 잠속에 빠졌다.

새날이 밝자 그녀는 시어머니가 못 견디게 보고 싶었다. 내일이면 오실 건데……. 마음 다잡아도 보고 싶은 마음이 덜해지지 않았다. 이렇게 얽히는 인간관계. 관계가 주는 정겨움과 든든함에 왜 이리 천착하게 되나……. 이제서야 정말 어른이 되려는가? 그녀는 시어머니를 기다리는 마음으로 베란다 끝에 나가 섰다.

하늘은 마음껏 높푸르고 솔솔 부는 바람이 그녀의 귀를, 마음을 간지럽히고 있었다. 그녀는 앞이마에 드리워진 머리칼을 뒤로 쓸어 넘기다가 다시 자신의 손을 가만히 들여다보았다. 가진 장신구라고는 끼고 있는 그것이 전부인 칠보반지. 결혼할 땐 한 돈짜리 실반지 하나씩만 서로 기념으로 만들었기로 결혼 후 그녀 친정 아버지가 어떤 장인(匠人)이 만든 거라며 당신의 큰딸을 위해 큰맘 먹고 장만해 준…….

그녀는, 투박한 시어머니의 손을 떠올리면서 색이 아름답고 정교하

게 마무리 된 칠보반지를 시어머니께 드려야겠다고 생각했다. 그런
마음은 친정 부모가 자신에게 내려주는 사랑의 색깔과는 또 다른 차
원의 사랑이라 여기며.

[문학도시 1995년 가을호]

x축과 y축에 관한

'그곳'에 다녀온 이후부터 그녀는, 부질없이 흘려보낸 사장된 시간의 축적과 긴 시간 동안 외적인 것으로는 눈 닦고 봐도 무엇 하나 똑별나게 이루어 놓은 것 없이 살아온 자신의 삶을 좌표로 그려보곤 하는, 새로운 습관이 생겼다.

주위 사람들은 그녀를 유능한 전문직업인의 한 사람임을, 의심치 않고 인정해 주지만 그녀 스스로는 정말 아니다 싶은 것이다. 조금만 속 깊이 들여다보면 그녀가 기획하고 처리하는 일이 오로지 감성과 순발력에만 의존한, 지극히 비전문적가적인 안목의 결실임을 그녀가 더욱 잘 앎으로써. 게다가, 여지껏 한 축(軸)이 허물어진 삶을 살아왔다는 자괴심까지 가세하게 되면 그녀의 '좌표 그리기'는 몇몇 날이나 계속되었다.

그 짓은 선우의 소식을 접한 이후부터 부쩍 심해진 듯싶고, '좌표

그리기'의 궁극적인 이유도 선우에 대한 콤플렉스 때문인 것 같아 그
녀의 속은 더욱 편치가 않았다.

　교회 지붕들에 꽂혀진 십자가가, 서서히 내려앉는 어둠살에 의해
원래의 빛깔인 핏빛으로 되살아나기 시작했다. 빛이 들어온 십자가
들 중에는 나이트 클럽이나 카바레의 야한 입간판들처럼 붉은 빛이
순서에 의해 깜빡깜빡 점멸하는 것들이 태반이었다. 그녀는 넋을 잃
고 한참을 그렇게 창 밖만 바라보고 있었다. 그런데…… 명멸하는 십
자가 붉은빛이 꼭, 광야의 모랫바람 앞에 맨몸으로 서 있는 위태로운
선지자를 보는 듯, 그녀의 심정을 아슬아슬하게 했다.
　그곳을 찾아 간 두번 쨋날, 의사 선생은 진료의뢰서 한 장을 써주며
우선 사진부터 찍어오라고 했다, 세파로그람과 파노라마라는 곳에
볼펜으로 동그라미를 쳐주면서. 그 의뢰서를 받아들기 전까지, 그녀
는 뢴트겐 사진만 전문으로 찍어주는 곳이 있다는 사실을 꿈에도 인
식하지 못하고 있었다. 차를 타고 지나다니면서 무수히 많은 방사선
과 간판을 봤음에도 불구하고.
　방사선과에 닿았을 때, 흰 바지에 흰 면티 차림의 긴머리 기사 아가
씨는 그곳 병원에 출근한 지 얼마 되지 않았다며 자신이 찍어야 하는
사진의 기계조작을 자신 없어했다. 하지만 어찌 되었든 사진은 찍어
야 했으므로 촬영 준비에 들어갔다. 겨우 얼굴 하나 들이밀 수 있게
만들어진 최신형 방사선 카메라는 주변 장치가 어떻게나 복잡한지
장치들을 피해 고개를 들이미는 데만도 절차가 여간 까다로운 게 아
니었다. 파노라마 촬영이란 게 아마도 오른쪽 사랑니 끝에서 왼쪽 사
랑니 끝까지를 찍는 걸 말하는 모양이었다. 머리통이 큰 사람은 도대

체 어떻게 사진을 찍을까 하며, 싸늘한 금속제의 선반에 겨우 턱을 얹어놓았다. 턱을 얹자 이번엔 앞이마를 띠 처럼 만들어진 시린 금속에다 바싹 붙이라 했다. 그렇게 이마와 턱을 옴짝달싹도 못하게 만든 뒤, 치열이 움직이지 못하도록 하는 장치인 것으로 보이는, 작은 홈이 파져 있는 플라스틱 꼭지를 아래 위 대문니의 중앙에 놓고는 지그시 물라고 했다. 그렇게, 사진 찍을 준비를 하는 데만도 등줄기에서 진땀이 흘렀다. 그러나 기사 아가씨는 그제서야 카세트를 꺼내어 새 필름을 넣었고, 그걸 다시 기계에다 끼워넣느라 그녀를 더욱 답답하게 했다. 카세트가 부착되고, 조정실에서 키를 누르자 삿갓처럼 생긴 카메라의 눈이 서서히 그녀의 머리통 주위를 회전하기 시작했다. 그러나 그것으로 끝이 아니었다. 카메라가 완전히 멎기까지 절대로 몸을 움직이거나 숨을 쉬어선 안 된다고 했다. 채 일 분도 안 될 그 순간이 그녀에겐 영원처럼 길게 느껴졌다. 사진 한 방의 의미가 실로 새롭게 인식되는 순간이었다. 하나 힘들여 찍은 사진은 노력에의 보람도 없이 잘못 나온 모양이었다. 결국 기계 조작에 능한 남자 기사가 달려오고, 어느 누군가가 입에 문지도 모를 플라스틱 침을 새로 다시 입에 물고, 옴짝달싹도 할 수 없는 상태에서 숨까지 정지한 채, 두 번이나 더 사진을 찍었다. 세파로그람 촬영 때도 긴장되고 힘들긴 마찬가지였다.

그때의 긴장감이, 명멸하는 십자가 불빛을 보자 다시 생생한 현실감으로 다가왔다.

살다 보면 도대체 말로도 글로도 설명이 안 되는 답답한 상황들이 얼마나 많던가……

항공사의 리무진 버스를 이용하는 것이, 운전에 자신없는 그녀가 모는 승용차를 타고 오는 것보다 훨씬 편할 것이었다. 하지만 그런 이유에서가 아니라 선우에의 감정이 그녀의 가슴에 못자욱으로 남아 있어 그녀는 선우를 마중나가고 싶은 생각이 들지 않았다. 한편 그녀는, 괜히 오기를 부리고 있는 듯한 자신이 퍽이나 초라하게 느껴졌다. 10년, 그것도 남의 땅에서의 10년 세월인데……. 그녀는 팔목 시계를 들여다보았다. 공항버스가 서는 호텔 앞까지라도 마중을 나가는 게 순서일 것 같았다.

막 현관을 나서려는데 전화벨이 울었다.

"도착했어. 길만 건너면 된댔지?"

선우였다.

"그냥 그곳에 있어. 지금 나가는 중이야."

"괜찮아, 내가 찾아……"

그녀는 선우의 말이 끝나기 전에 수화기를 놓았다. 엘리베이터는 1층에 있었고 올라오면서 몇 군데서 섰다. 절절이 기다리던 사람과의 해후도 아닌데 자주 멈춰서는 승강기 때문으로 그녀는 괜히 마음이 급해졌다. 꼭대기층까지 올라갔다가 내려오는 엘리베이터에 몸을 실은 그녀는 자신이 먼 여행에서 돌아오는 길인 듯한 착각이 들었다. 오피스텔의 회전문을 밀고 밖으로 나오자 선우는 집채만한 가방을 밀면서 주차장으로 들어서고 있었다. 막상 선우를 보니 반가움도 아니고 미움도 아닌……, 설명할 수 없는 감정의 여울이 그녀를 혼란스럽게 했다.

그녀를 발견한 선우가 팔을 흔들며 반가워했다.

"바로 코앞이구만 나오긴 뭘 나오고 그래."

"무슨 보따리가 이리도 커냐? 누가 보면 이삿짐인 줄 알겠다."

그녀는, 10년 만의 만남에, 그 동안 잘 있었냐는 소리도 없이 덩치 큰 가방에 대한 타박만 늘어놓았다. 그러나 선우는 섭섭한 기색을 보이지 않았다. 하긴, 선우는 언제나 그랬었다. 다행스럽다는 생각이 들었다. 뭐가 다행이란 말인가, 선우 때문으로 입은 고통의 무게가 대체 얼만데……. 그녀는 헤풀어지려는 마음을 싸안았다.

엘리베이터는, 내려올 때와는 달리 1층에서 입을 쩌억 벌리고 그녀들을 기다리고 있었다. 집채만한 가방을 먼저 밀어넣고 그녀는 13층을 눌렀다.

"야경이 멋있네? 저어기, 해안을 따라 늘어선 불빛들이 꼭 별꽃 같으다!"

현관을 따고 안으로 들어오자 선우는 바로 창으로 내달으며 나지막한 환성을 울렸다.

"저 천박한 네온불빛이 니 눈엔 별꽃으로 보이니? 대신, 핏빛으로 빛나는 교회첨탑의 십자가가 뭔가 진한 메시지를 주지 않니?"

그녀는 선우로부터 입은 자신의 고통을 선우 너도 기억하라는 뜻으로 그렇게 말했다. 그러나 그녀와는 달리 선우는 그녀에 대해 전혀 전의(戰意)가 없어 보였다.

"그리고 보니 참말 십자가도 많네. 여기서 실면 가만 앉아서 전국 가겠다. 아유, 저 많은 교회들……."

전의가 없는 사람과의 싸움은 이쪽의 일방적인 패배만 있을 뿐. 그녀는 선우에게 샤워나 하라고 이른 뒤 저녁 준비를 했다. 백화점 지하 수퍼마켓을 찾은 것도, 그곳에서 청국장과 갓김치를 산 것도, 선우의 귀국을 염두에 둔 행위였다. 그렇다면, 그녀 역시 선우에 대한 미움의 감정을 휘발시키고 있었다는 증거 아닌가. 그러나 그녀는, 그게 그렇게 간단치가 않다고, 아직은 자신의 올곧잖은 감정을 누그러뜨리고 싶지 않다고…… 생각했다.

청국장이 끓어오르고 갓김치의 맛깔스러운 냄새와 기름에 잰 김의 고소한 향기가 좁은 공간 안을 떠돌자 그녀의 생각과는 아랑곳없이 실내는 사람 사는 훈김으로 가득 찼다.

"아이, 개운해."

선우가 샤워를 마친 뒤, 코를 벌름거리며 그녀 쪽으로 왔다.

"무슨 샤워를 그렇게 오래 하니? 바닥에 물 흘리지 마. 수건 거기 있잖아."

"으응 알았어. 근데, 청국장 냄새 정말 기막히다."

"배가 고파서 그렇겠지 뭐. 머리는 천천히 말리고 배고플 텐데 우선 밥부터 먹어."

그녀는 아직 적응이 되지 않아 수시로 빼놓고 있던 스플린트를 오른쪽 아래 어금니에다 끼웠다. 식사 때는 반드시 그걸 끼고 식사를 하라던 말이 기억났기로.

"그게 뭔데?"

"아버지가 박탈한 내 삶, 비틀어진 내 삶을 고정시키고 교정하는, 족쇄."

그녀가 풀쑥 감정을 내보였다.

"아직도 아버지와 우릴 미워하고 있구나……."

"넌 모를 거야. 내가 얼마나 힘들었는지. 넌 '우리'라고 한데 묶어 말할 엄마라도 있지만 내겐 아무도 없었어. 하지만 단지 그런 것들 때문에 힘든 건 아니었어. 난 온몸이 망가져 있었어. 늦었지만 내 병의 원인도 알게 되었으니 이제 오래 묵은 먼지를 털어내듯 아픔들은 모두 탈탈 털어버릴 거야."

너와의 해후가 무슨 소용이겠어. 아플 땐 소식조차 없다가 이제 무엇 때문에 나타난 거지? 그곳으로 떠날 때 우리의 인연은 이미 끝장난 거야. 그녀는 속으로 말했다.

"미안해……. 하지만 남의 나라에서 사는 일, 생각보다 훨씬 힘들더라. 그리고 너, 괜히 마음에 없는 소리 하지 마. 마음에 없는 소리하고서 또 속으로 앓으려고?"

"니가 나를 얼마나 안다고. 이제 와서 날 위로하는 척하는 거 별로 반갑지 않아."

"나, 정말 너 보고싶어서 왔어. 싸우러 온 거 아니야."

"그래, 난 옛날부터 항상 이 모양이었어. 결국은 내가 지고 말 거면서……. 밥 다 식겠다, 어서 먹어."

"마주 앉아 밥 먹는 거, 정말 오랜만이다 그지? 근데, 이가 안 좋은 거야?"

사랑니가 상한 지 한참 되었지만 그녀는 치약 대신 죽염으로 양치질이나 열심히 하면서 도대체 병원에 갈 생각은 하지 않았었다. 그러다 결국 죽염으로도 어떻게 할 수 없는 상태에 이르러서야 하는 수 없이 병원을 찾았다. 그러나, 마음먹고 찾은 병원에선 그녀의 건강상태가 너무 좋지 않아 치아를 뺄 수 없다고 했다. 낙담을 하고 돌아서는 그녀에게 의사 선생이 조금 망설이는 듯한 눈치를 보이더니 진료실 한쪽 구석에 놓여진 침대를 가리키며 엎드려 보라고 했다. 그녀는 치과에 침대가 있다는 사실에 놀라면서 의사가 시키는 대로 침대에 엎드려 누웠다. 의사 선생이 그녀의 다리를 가지런히 간추리면서 간

호사를 불러 자와 펜을 가지고 오라고 했다. 의사 선생과 간호사가 그녀 발 뒤꿈치에다 줄을 긋는가 했더니 조금 후엔 종이 냅킨 한 장을 접어 치아 사이로 물게 했다.

"이 보세요, 아가씨. 다리 길이가 조금 차이가 나요. 차이가 나는 만큼의 높이로 치아를 고아주면……."

그녀는 멍한 얼굴로 침대에서 일어나 앉아 의사의 얼굴을 주시했다.

"이건 절대 매직쇼가 아니에요. 아가씨의 얼굴을 보니 만성병이 있어 보여서 침대에 누우라고 한 겁니다."

"제가 만성병이 있는 걸 어떻게 아셨는데요, 선생님?"

"혈색이 좋지 않고 어깨가 구부정해서요. 그래서 이를 뺄 수 없다고 한 겁니다. 턱관절에 이상이 있으면 이 병원 저 병원 열심히 다녀도, 병원에선 아무런 이상이 없다고 하는데도 신경질환이 있거나 어깨가 아프거나 다리가 무겁거나 하는 만성병에 시달리게 됩니다. 때론 안면신경통 등으로 격심한 고통을 느끼기도 하지요. 턱관절 이상은 한쪽으로만 오랫동안 음식을 씹었다든지, 아니면 턱을 얻어맞았다든지, 이를 잘못 해넣어 교합에 이상이 있었다든지 하면 생깁니다. 그리고 그런 외부적 요인이 아니더라도 스트레스에 의한 우리 몸의 전형적인 반응은 주먹이 쥐어지거나 이를 악무는 등의 근육수축을 유발하게 됩니다. 이때 치아가 턱을 적절히 받쳐주지 못하게 되면 턱관절은 과도하게 물려 관절 안에서 눌리게 되죠. 그렇게 되면 대체적으로 관절 안에 있는 관절판(디스크)이 앞쪽으로 밀려나게 되고 디스크를 뒤쪽에서 잡고 있던 인대가 늘어나서 부은 상태가 됩니다. 그러면 입을 벌리거나 다물 때 턱 관절뼈가 움직이므로 디스크가 앞뒤로 걸려서 소리가 나기도 하죠. 일단 새끼 손가락을 양쪽 귀에 넣어서 입을 벌렸다 다물었다 했을 때 아프거나 소리가 나면 악관절에 이상이 생긴 거라고 봐야 됩니다.”

외부적인 요인이 아니더라도 스트레스에 의한 근육수축 어쩌구, 하는 말에 그녀는 그 의사의 말을 신뢰하기로 마음먹었다. 자신의 내부를 들여다보는 것 같았기로.

“턱 관절과 다리 길이와는 무슨 상관이 있습니까, 선생님?”

“사람의 몸은 유기적으로 연결되어 있으므로 어느 한 부분이라도 비틀려 있으면 결국 좌우의 대칭이 틀어져 다리 길이가 달라진다든지 하는 결과를 가져오게 되지요.”

그녀는 의사 선생이 건네주는 치료안내서 한 장을 받아들면서 참으로 용하다는 생각을 했다. 어긋난 턱 관절이 결국 그녀의 삶까지 어긋나게 하지 않았던가. 아버지의 주먹, 비틀어진 턱. 게다가 새엄마와 그 딸이 보는 앞에서 맞았다는 사실. 그녀는 그 사실이 더욱 견딜 수 없었다.

“선우 넌 아버지를 어떻게 생각하니? 말하자면 네겐 어떤 아버지였냐구?”

“별로 말씀이 없으신 분이라 어렵긴 했지만 다감한 느낌을 주셨어.”

“난, 아버지와 연관되는 일은 죽어도 초연해지지 않아. 그곳에 다녀온 이후 더욱. 대상 없는 싸움을 하고 있는 나 자신이 미워 죽겠는데도 아직은 용서가 안 돼. 그리고, 운동한답시고 뛰어 다니는 널 나무라시기는커녕 은근히 좋아하시는 것 같아서, 용기 없는 난 너에 대한 열등감이 얼마나 컸었는 줄 아니? 그래서 나는 학생운동 어쩌구하는 덴 일부러 얼씬도 하지 않았고 죽어라 책만 팠지. 그래 봤자 머리통

속에 남은 건 아무 것도 없지만."

"우리 이런 이야기 너무 늦게 하는 거 같다. 너 정말 나 때문에 책이나 팠단 말이니? 그 일로 니가 힘들어했는 줄 알았으면 나, 운동 같은 거 절대 하지 않았을 거야. 너도 알다시피 내가 어디 그런 체질이니? 난 너와 친하고 싶었지만 넌 언제나 나를 멀리했고 여학교 동창들은 전부 너하고만 친했지, 재가한 여자의 딸인 나 같은 건 아예 거들떠보지도 않았어. 대학 들어가서도 마음 맞는 친구는 없고……. 정말 아무 할 짓이 없어서 한 게 바로 그 짓이었는데……."

"내 삶이 이즈러지기 시작한 게 바로 그 사건 이후였어. 수배령이 내려지자 넌 집에 들어오지 않았고 아버진 네 걱정으로 10년은 늙어버린 얼굴로 말이 없어지고……. 그러다 네가 집에 왔을 때, 아버지의 그 환히 퍼지던 얼굴. 그때 난 아버지에게서 두 번째로 버림받았다는 생각이 들었어. 그래서 집을 나가겠다고 했지. 그 말이 떨어지자 아버진 주먹으로 내 얼굴을 쳤고."

"그 일이 있고 난 후 넋을 잃어버린 듯한 아버지에의 기억이 가슴 아파. 널 얼마나 사랑하셨으면 집을 나가겠다는 네 말에 그렇게 화를 내셨을까 싶기도 하고. 아버지께서 앓아 누우신 게 바로 그날 이후였어. 물론 발병은 뒤에 하셨지만. 이제 모두 풀어버려라. 그건 그렇고 널 만나기 위해 얼마나 힘들었는지 아니?"

"밤마다 불면의 연속이고 낮에는 손끝 하나 움직이지 못해 늘 기진해 누워 있던 내게 사람은 그림자조차 보이지 않았어. 그런데 이제 와서, 왜 갑자기 날 만나고 싶어진 건데?"

"갑자기가 아니야. 아버지 돌아가시고 이모의 재촉에 끌려 그곳으로 간 것도, 그 당시엔 몰랐지만 엄만 널 생각해서……. 넌 나 때문이라고 생각하겠지만, 엄마도 니가 그렇게 믿고 있어서 더욱 괴로워했어."

그건 그녀도 알고 있는 사실이었다. 아버지가 남긴 얼마 안 되는 유산, 그걸 모두 그녀에게 물려 주려는 새엄마의 의도를. 그러나, 그녀는 새엄마의 사려를 읽기보다는 배신으로 받아들였다. 데모에 열중이던 선우는 그 무렵 제적의 위기에 처해 있었고, 아버지가 돌아가시자 선우 모녀는 이모를 핑계대며 일본으로 갔던 것이다. 그래서 그녀는 새엄마를 원망했다. 혼자가 될 그녀는 안중에도 없이 자신의 딸을 보호하기 위해 이곳을 떠난 거라고.

"하긴 누굴 탓하겠니……. 너에 대한 나의 감정은 꽤나 복잡해."

"오랜만에 만나 이런 이야기나 하다니……. 여튼, 내게 대한 감정은 풀었으면 좋겠어."

선우가 의도적으로 말머리를 돌렸다.

"청국장 정말 맛있다. 실력 보니까 혼자 있으면서도 밥은 제때 끓여먹는가 보네?"

언제 밥을 해먹었던가? 혼자 먹으려고 음식을 준비하는 그 궁상스러움……. 그녀는, 선우를 위해 저녁을 지었으면서도 자기 속을 보이는 것 같아 그 말에 대한 답은 하지 않았다.

"정말 왜 온건데?"

그녀는 선우의 출현이 정작 궁금했다.

"너 보고 싶어서 왔다고 했잖아. 그 애긴 나중에 하고, 이에 끼우는 그거, 불편해서 어쩌니?"

"걱정 마. 그래도 이건 비틀린 걸 바로하기 위한 불편함이니까. 공항에 안 나간 거 미안해. 대신, 밥 먹고 바닷가에나 나가 볼래?"

　"바다는 그냥 이렇게 멀리서 보고, 너 일 시작한 이야기가 더 궁금해. 그 신문 기사 아니었으면 널 찾지도 못했을 거야. 네 소식을 몰라서 가슴 졸인 생각을 하면…… 엄만 괜히 그곳에 갔다고 내내 후회하셨어."

　그녀의 이야기가 실린 기사를 선우의 외삼촌이 보았다고 했다. 하여, 그 기사가 새엄마의 손에 닿게 되었고, 국제전화로 신문사에 연락해서 그녀의 연락처를 알아낸 건 새엄마의 노력 때문이었다. 그들이 떠난 뒤, 그녀는 아버지가 남긴 몇 푼 안 되는 돈으로 작은 아파트 하나를 장만해 이사를 했기로 그녀가 먼저 연락을 취하지 않는 한 그들과의 소통은 전혀 불가능한 상태였었다.

　"괜히 그곳에 가긴, 결국 잘됐잖아. 넌 그곳에서 좋은 사람 만나 결혼까지 했으니……."

　"그 사람을 그곳에서 만나긴 했지만 난, 그곳에 갔기 때문에 그 사람을 만났다는 생각은 하지 않아. 그가 궁극의 내 사람이라면 내가 어디에 있든 그를 만날 수 있었을 거거던."

　"네 사고는 대단히 편안하구나. 얼핏 보면 도통한 것 같기도 하고. 하지만 그런 사고의 사람들이 대체적으로 비겁하대?"

　"네 말이 맞는지도 몰라. 하지만 상황에 순응하는 삶을 비겁하게 본다면 난 언제까지라도 비겁자가 되고 싶어. 지금 이 순간, 내가 처한 상황이 내 삶의 궁극의 유익이라고 생각하니까 세상살기 무척 편해. 지금은 세상에 대해서도 사람에 대해서도 별 유감이 없어. 그렇다고 내가 착한 건 아니고."

　"그래…… 니가 부럽다."

　갑자기 쓸쓸해진 그녀는 식탁에서 일어나 음악을 걸었다.

"핀란디아로구나. 내 취향도 북구의 무거운 정서가 배인 이런 음악 쪽이었지만, 이젠 이런 거 듣지 않아. 넌 스메타나도 좋아했었지? 이 젠 음악도 밝은 거 들어라, 네게 해로워."

"이적지 이러구 살았는데 해로우면 얼마나 더 해롭겠니. 우리 둘 다 음악 하나는 참으로 열심히 들었었어. 난 아버지와 너 때문에, 넌 나 때문에…… 그 시절, 음악조차도 없었다면 아마도 난 미쳤을 거 야. 참, 신문에 난 나에 관한 기사 너도 읽었겠지? 침체된 화랑가에 새로운 활력을 불어넣은 참신한 시도 어쩌구 한 거…… 세상은 알고 보면 좀 재미있는 동네이기도 해. 내가 큐레이터가 된 것도, 어린 시 절 고통을 이기기 위해 들었던 음악 때문이었다면 얼마나 아이러니 컬한 일이니. 음악 때문에 화랑주인으로부터 월급 받아먹고 사니, 세 상은 꼭 곧이곧대로만은 아니지 싶기도 하고. 그런 걸 보면 나도 좀 변할 필요가 있겠다 싶기도 하고."

"그래, 화랑엔 어떻게?"

"관장이 막내고모 친구야. 그런 연고가 작용한 거지 뭐. 너도 알다 시피 내가 뭐 똑별난 재주가 있는 애니? 가슴에 한이나 품고 살면서 허송세월 했는데……"

그녀의 막내고모가, 절친한 여학교 동창이 해운대 언덕배기에 상설 화랑을 개관했다며 그녀에게 함께 가자고 전화를 해왔었다. 하시만 그녀는 몸 움직이기가 꿈만 같아서 매번 거절을 했다. 엄마 돌아가실 때야 고모도 아직 철이 없어서 그녀의 아픔을 이해해 주지 못했을 거 라고 그녀도 좋게 생각을 했지만, 새엄마와 선우까지 일본으로 간 뒤, 홀홀단신 그녀 혼자 있을 때 고모는 자기 살기 바쁘다는 핑계로 그녀 는 안중에도 없었다. 얼마간 살기 편해지고 자기 시간이 난 이후로는

고모가 수시로 그녀를 찾았지만 그녀의 심정은 그런저런 이유로 늘
시큰둥했었다.

"그래도, 신문 보니까 대단하던데?"

"우리 나라 언론이야 원래가 선정적이어서 양은냄비처럼 금세 바
글바글 끓어넘치고 그러잖니. 새삼스러워할 거 하나도 없어. 조금만
지나봐라 언제 그런 일이 있었더냐야."

"아무리 그래도 난 너에 대한 신문의 평이 기분 좋기만 하더라. 우
리가 한 울타리 안에서 십 년을 함께 뒹굴었다는 것만으로도 이유는
충분해."

그녀의 시큰둥함에 삐친 듯, 한동안 연락이 없던 그녀 고모가 아니
꼬움을 무릅쓰고 다시 그녀를 불렀다. 그날은 그녀도 고모의 마음을
누그려뜨려 줄 겸, 큰 맘먹고 고모가 만나자 한 화랑으로 갔다.

마침 화랑에선, 젊은 판화가의 초대전이 열리고 있었다. 전시된 판
화 작품은, 목판화치곤 아주 섬세했는데 소박한 서민들의 정서를 역
동적이고 경쾌하게 표현하고 있었다. 전시작품들을 보면서 그녀는
고모에게, 레하르의 왈츠곡을 듣는 것 같다고 했다. 역시나 음악을 좋
아하는 고모가, 작품의 이미지와 음악의 이미지가 흡사하다고 맞장
구를 쳐주었다.

한번 길을 터자 고모는 새로운 작가들의 작품전이 열릴 때마다 그
녀와의 동행을 요구했고, 길 터기가 쉽지 않아서 그렇지 막상 전시회
를 다녀오니 몸은 피곤해도 기분 전환엔 도움이 되어 그녀도 막내고
모의 청을 수락하곤 했다.

땀내 배인 끈끈한 '삶'의 모습을, 손잡이가 하얗게 반들거리는 엿장
수 가위나 비린내 물씬 풍기는 낡은 그물 등을 이용해 리얼리티를 더

욱 강조한, 한 원로작가의, 오브제를 이용한 극사실주의 작품은 그녀 자신의 삶을 되돌아보게 했으며, 메시지 강한 민중미술 계통의 비구상 작품은 그 음산하고 시니컬한 분위기가 (작가의 의도는 차치하고) 그녀 자신의 내부를 그림으로 표현한 것 같아 내심 회심의 미소를 짓기도 했었다.

그런 무렵의 어느 날.

주제가 무거워 보이는 그림 앞에 서서 작가의 의도를 붓질을 통해 감상하고 있는데 고모가 그녀에게 물었다. 얘, 이 그림은 누구의 음악 같니? 그녀가 대답했다. 말러와 스트라빈스키를 보탠 거. 마침 옆에 관장이 있었던지, 그녀 고모가 관장인 자기 친구에게 말했다. 쟤, 정말 웃기지? 이 그림 분위기는 말러와 스트라빈스키를 보탠 것 같단다. 이미지가 흡사하지, 그지? 그래. 니 눈엔 흡사하고, 내 눈엔 영판!이다.

그녀를 눈여겨본 화랑 주인은 재치있고 감수성이 뛰어난 그녀를 자신의 화랑에 잡아두고 싶어했다. 하지만 그녀는 관장의 청이 고맙긴 했지만 단번에 거절했다. 당연한 일이지 않은가. 그림을 좋아하고, 그림에 대한 '감'이야 충만하지만 그걸 전문적으로 분석하거나 비평할 능력이 없는, 지극히 비전문가인 그녀가 화랑 일을 본다는 건 그야말로 말도 안 되는 처사인 깃을.

그러나 관장은, 자신의 화랑은 어떤 점에 있어서도 타 화랑과 결코 뒤지지 않으므로 조금의 기획 능력만 있으면 운영에 아무런 어려움이 없을 거라며 자신감을 감추지 않았고, 모든 일은 자신이 할 터이니 그녀는 다만 보조역할만 해주면 된다고 했다.

그렇다면 별 부담이 없다 싶어 그녀는 일 주일에 사흘만 출근하기로 약조했다.

그녀가 화랑에 출근하자 관장은 진공관식 앰프가 달린 대형 오디오 한 대를 마련했다. 그런 관장을 보면서 그녀는, 기획력을 막바로 받쳐주는 관장의 순발력에 혀를 내둘렀다. 여튼 나름의 차별성을 찾고 있던 관장에게 그녀는 꼭 필요한 존재였던 모양이었다.

기왕 멍석은 펴진 거, 그녀는 애초의 특기(?)를 십이분 발휘하여 그림 분위기에 맞추어 음악을 틀기 시작했다. 비구상 계열의 난해하고도 어려운 작품이 전시될 때면 스트라빈스키나 말러의 작품을 틀었고, 작고 귀여운 소품들이 전시될 때면 랄로나 오네게르, 엘가, 루이저 보케르니의 음악들을, 사람의 마음을 울리는 무거운 톤의 그림에는 스메타나나 시벨리우스의 음악을, 대가들의 큰 작품들이 전시될 땐 바로크 시대의 교향곡을 들려주었다. 그렇다고 서양음악 일색이 아니었다. 때에 따라선 백병동이나 황의종의 창작곡을 틀기도 했고 경기민요나 농가, 또는 해학적인 가사의 잡가까지 틀어 관람온 객들을 재미있게 해 주었다.

그림의 분위기에 맞추어 음악을 틀어주는 화랑이 있다고 소문이 나자 그렇잖아도 해운대 언덕배기에 있는, 겉으로 보기만 해도 아름다운 화랑으로 관람객들의 발길이 쏠리기 시작했다. 그러자 자연스럽게 여유있는 수집가들의 방문도 심심찮게 이어졌다.

화랑이 어느 정도 무게 중심을 잡으면서부터는 무명의 유망한 젊은 작가들의 초대전을 열어 안목 있는 미술애호가들과의 중개 역할을 도모했고, 방학이면 학생들을 위한 특강과 현역 작가들을 초빙해 초보자들을 위한 스케치 나들이 행사도 가졌다.

이렇게 저렇게 소문이 나자 신문사의 미술담당 기자들이 줄을 이었고, 미술전공자도 아닌 큐레이터가 화랑가에 새 바람을 일구고 있다는 사실을 특집으로 보도했다.

"정말 대단하다. 집에만 있었다더니 그런 감각은 어디서 익힌 거야?"

"화랑 자체가 조건을 갖추고 있어. 관장의 안목과 충분한 재력, 그리고 넓은 교우관계 등등. 가서 보면 알겠지만 전시공간의 배치도 亞자 형으로 특이하게 설계되어 작품 수가 많으면 많은 대로 적으면 적은 대로 감상하기 좋도록 되어 있거던. 자기 건물이라 집세 걱정 없으니 좋은 작가의 작품을 선정해서 수시로 초대전을 열 수 있지. 사실, 경제적 여력이 없으면 있는 그림이나 팔아야 할 판이니까 초대전은 엄두도 못 내고 그냥 화상으로 전락하기 십상이거던. 그런데 우리 화랑은 언제 들러도, 수준 높은 작품을 감상할 수 있는 데다, 위치는 두말하면 잔소리고 주차장까지 널찍하니 자가 운전자들이 들르기도 좋고……. 그만한 조건을 갖추고 있으니 화랑이야 저절로 운영이 되는 셈인 거지 뭐. 물론 매스컴을 탄 덕도 있지만 화랑운영에 실질적인 도움이 되지는 않았고 이미지 쇄신 측면에서, 그리고 소문 때문에 관람객들의 숫자가 늘어났으니 미술인구 저변확대 어쩌구 하는 데는 우리 화랑이 상당한 기여를 한 셈일 거야."

"중요한 건 바로 그거잖아. 보다 많은 예술 애호가를 만들어 내고 그들을 품안으로 끌어들이는 거……. 넌 그 정도만으로도 성공한 거야. 너도 그렇게 생각하지?"

"사실 난, 사기를 치고 있는 것 같아서 괴로워. 내 마음속엔, 가장 사랑해야 할 존재인 혈육에 대한 미움으로 가득 차 있는데, 그것 하나 추스리지 못해서 이러고 사는데, 남들은 그런 것도 모르고 결혼도

아니한 젊은 여자가 전문적인 지식을 갖춘 큐레이터들을 물리쳤
다…… 어쩌구 하는 거.”

 “신문보니까 포스트 이야기도 나오던데?”

 “그것도 그래. 가만 보니 고급 아트지에다 때로는 5도가 넘게 색
(色)을 쓰곤하더라구. 그래서 내가 포스트의 크기도 반으로 줄이고 재
생용지를 사용하자고 했지. 사실 번쩍이는 아트지보다는 내 눈엔 재
생용지가 훨씬 운치가 있어 보이대? 그래서 우리 화랑 포스트는 일절,
칼라인쇄를 거부하기로 한 거야. 전시내용을 찍그림(판화)을 이용해
서 포스트를 만들었더니, 원래 사람 손이 무서운 거 아니니? 포스트
자체가 바로 작품이 된 거야. 관장이 보통으로 트인 사람이 아니라서
내 의견을 묵살하지 않은 대가가 금세 돌아오더라구. 전시 안내 포스
트까지 인기를 끌 줄이야……. 밑그림은 고무판을 이용하는데 대학원
다니는 전속 아르바이트생이 있어. 학생들이 찾아와서 포스트를 달
라고 하는데 가만 생각하니 밑그림이야 이미 만들어진 거, 저들 손으
로 직접 잉크 묻혀서 만들어 가라면 그것도 재미있겠다 싶어서 화랑
입구의 귀퉁이에다 작은 작업공간도 만들었어. 어떤 학생들은 전시
작품이 달라질 때마다 와서 찍그림을 찍어가곤 해. 그러니 화랑의 인
식도 좋아지고, 재생용지만 한 보따리 사다 놓으면 매번 인쇄하느라
소요되는 비용까지 절감되니 화랑으로선 꿩 먹고 알까지 먹는 식이
지…….”

 “말이 쉬워서 그렇지 어쩜, 그런 곳에까지 생각이 미쳤니?”

 “관장이 나의 호흡을 맞춰준 결과야. 솔직히 내가 사람들에게 조금
이라도 알려진 건 보잘것없는 감수성과 그때그때 발산되는 순발력일
뿐이야. 나 스스로 그걸 알고 있기 때문에 남들이 아무리 떠들썩하게

봐 주어도 내겐 아무런 의미가 없어. 오히려 자괴심만 깊어질 뿐……. 이즘엔, 화랑을 그만둘까 싶은 생각이 들어. 큐레이터라는 말도 듣기 거북하고 그런저런 부산한 일들이 내 영혼에 아무런 도움이 되지 않는다 싶어서. 처음엔 나도 긴가민가했었는데 스플린트를 낀 이후부터 뒷골 당기는 증세와 다리가 무겁던 증상이 많이 좋아졌어. 늘 아픔 속에만 절어 살다가 조금 좋아지니 빨리 건강해지고 싶은 의욕이 생겨서 괜히 초조하기도 하고…….”

“그렇담, 그 걸 끼우면 끝인 게 아니라 계속 치료를 받아야 한다는 말이니?”

“이 주일에 한 번, 때론 한 달에 한 번, 그렇게 수시로 가서 이의 맞물림, 그러니까 교합에 이상이 있는지 확인한 뒤 조금씩 깎아낸대. 그 기간이 몇 개월 되나봐. 그런 뒤 교합이 정상이 되면 스플린트는 빼고 치아를 스플린트의 높이만큼 되도록 새로 해넣어야 돼. 수월한 일이 아니지?”

방사선과에서 찍은 사진 두 장을 찾아서 치과를 찾은 날, 의사는 위쪽의 앞니가 정상치보다 조금 앞으로 나왔기로 그게 약간 마음에 걸릴 뿐, 경추의 이상은 발견되지 않는다고 했다. 그러면서 이번엔, 신경이 지나는 양쪽 뺨의 근육사진을 찍어야겠다고 했다. 그런데 그 근육사진이란 것 또한 참으로 사람을 성가시게 했다.

사람의 팔을 연상시키는 길다란 특수 카메라의 무슨무슨 꼭지들을 (수평을 유지시키기 위해)그녀의 양쪽 귓구멍에 들이 밀어넣고는 필름이 들어간 카세트를 카메라의 어딘가에 끼운 후, 세 명이 들러붙어 카메라가 요동을 못하게 손으로 붙잡은 뒤, 오른쪽 왼쪽, 모두 여섯 장의 사진을 찍었다. 다음 날, 의사 선생은 그녀의 근육 사진을 보여주었다. 왼쪽의 근육 사진은 자신이 보기에도 신경이 지나는 통로가 정상이었다. 그런데 오른 쪽 뺨의 사진은 신경의 통로가 찌그러진 고무튜브처럼 붙어버린 곳이 있었다. 의사 선생이 사진을, 불이 들어오는 판에다 놓은 뒤에 그 위에다 초종이를 놓고 그대로 본을 떴다. 그러고 난 뒤 직각으로 x축과 y축을 그리고서는 베껴놓은 초종이를 x축 쪽으로, 그리고 y축 쪽으로 옮기기 시작했다. 그러자 찌그러져 있던 신경관이 정상으로 되었다.

"보세요, 아가씨. x축 쪽으로 1밀리, 그리고 y축 쪽으로 1.5밀리만큼 옮겨주면 이렇게 신경이 지나는 통로가 넓어져서 이 신경이 지배하는 곳의 통증이 없어지게 되지요. 여기서 보는 x축은 좌우의 조정을 말하는 것이고 y축은 높낮이를 말하는 거예요. 이 수치를 기초로 해서 아가씨의 치아를 고아주고 옆으로 돌아간 부분만큼 제자리에 오도록 하는 겁니다."

그녀는 고무냄새가 물씬 풍기는 물컹한 파라핀을 입에 물고 치아의 본을 떴다. 본이 떠지면 그것에 맞추어서 스플린터가 제작되는 모양이었다.

눈깜짝할 사이에 돌아가버린 턱을 바로잡기 위한 행위는 무수하고도 복잡한 과정을 거쳐야만 될 모양이었다. 턱뿐 아니라 잠시 딴전 핀 삶의 부분들도 제자리를 찾게 하려면 얼마나 복잡할 것인가…….

"근데, 내가 치과에 간 이후부터 내 삶을 x축과 y축으로 보는 습관이 생겨버렸어. 이적지 살아온 내 삶의 형태를 좌표를 이용해서 한눈에 그려보는 습관 말이야. x축을 시간으로 보고 y축은 외적인 성숙도나 내 인생이 성취한 모든 것으로 잡았는데 y축 쪽으론 숫자가 상승되지 않으니 늘 x축과 평행을 이루는 그림이 되곤 해. 뒤늦게 인생에 대해 욕심이 생기는지, 여튼 지금 이런 삶은 아니다 싶은 거야."

"그건 좋은 변화네? 과도한 욕심은 사람을 지치게 하지만 적당한 욕심은 인생을 신바람나게 하잖아. 설거지는 내가 할께."

선우가 싱크대 앞으로 갔다.

"그냥 둬, 담가놨다가 천천히 하면 돼. 그건 그렇고 넌 무슨 짐이 이렇게 많니?"

그녀는 현관 입구에 버티고 있는 커다란 가방을 보면서 아무 생각 없이 그렇게 말했다. 그런데 말을 하고 보니 정말 이상하다는 생각이 들었다. 행여 이혼이라도? 갑자기 귀국을 한 것도 그렇고, 혼자서 자신을 찾은 것도…… 그녀는 잠시 난감한 기분에 빠져들었다. 어쩌면, 이 좁은 오피스텔에서 둘이서 복작이고 살아야 한다? 결코 그럴 수는 없었다. 그녀는 창가로 다가가 명멸하는 교회첨탑을 내려다보며 서 있었다. 잠시 후 선우가 손을 닦으며 그녀가 섰는 창 쪽으로 왔다.

"나도 성질 고쳐야 돼. 별 살림꾼도 못 되면서 싱크대에 설거지거리 담겨 있는 꼴을 못 본다니까. 커피 잔 하나라도 제자리에 있어야지 싱크대 바닥에서 뒹굴고 있으면 속이 다 시끄러워. 나이 먹을수록 이상한 습관만 늘어나네, 글쎄?"

"나이가 몇이나 되었다고 나이 먹은 타령이니?"

그녀가 오금을 박았다.

"그런가? 후후후."

선우는 여전히 전의가 없어 보였다.

"선우야, 우리 엄만 남의 말 잘 믿고, 어디 동네 마실이라도 가면 엉덩이가 얼마나 질긴지 점심 때가 지나건, 내가 학교에 갔다 왔든 말았든 아무 상관이 없는 양반이었어. 아버진 바깥 일로 바쁘셨고, 엄만 마실 다니느라 바빠서 나는 늘 외로왔어. 게다가 내겐 형제라곤 없었지. 난 외로운 운명으로 태어난 사람인가 봐. 이적지 이러고 사는 걸 보면 말이야.”

“그런 운명 없어. 다 생각하기, 마음먹기 나름이야.”

“사실은, 내가 널 괴롭힌 것도 여자답기 이를 데 없던 너네 엄마의 성격에 내가 샘통이 났던 거야. 엄마 돌아가시고 아버지가 재혼한다고 하셨을 때 내심 배신감이야 들긴 했지만 그렇게 반대할 입장은 아니었거던. 엄마에 대한 그리움 때문이 아니라 집에 사람이 없는 때문에. 그런데 너희 두 모녀가 우리집에 왔어. 너네 엄만 사려 깊고 자상해서 곁에만 있어도 마음이 포근해졌지. 우리 엄마에게서도 느끼지 못했던 따스함을 나는 새엄마로부터 느끼게 된 거야. 당연히 혼란이 왔고, 넌 나이도 나와 같았는 데다 학교까지 같이 다니게 되어 친구들 보기 부끄러웠어. 아버지가 조금만 더 사려 깊어서 이사라도 해주었다면 내 학생시절은 조금은 덜 괴로웠을 거야. 새엄마 딸과 한 학교에 다닌다는 생각으로 괴로웠던 나에게 그래도 집에 가면 따뜻이 맞아주는 엄마가 있어서 그런 어려움도 견딜 수 있었는데……. 그렇게 이중적으로 반응하는 나 자신이 얼마나 싫었는지……. 그 시절이 네겐 악몽 같지 않니? 너가 만약 다시 나와 함께 살게 된다면 나는 또 너에게 그런 행패를 부릴지도 몰라. 난 아직 나에 대한 믿음이 없어.”

“우리 이런 이야기 처음이니까 나도 솔직하게 이야기할께. 나는 아버지 얼굴도 모르고 컸지만 엄마의 사랑만큼은 듬뿍 받았어. 그리고 외삼촌이 유독 별나게 엄마와 내게 신경을 써 주었기로 그 당시엔 아버지에 대한 그리움도 별 없었어. 그런데 엄마가 갑자기 재혼을 한다고 했을 때 난 깜짝 놀랐어. 우리 엄마는 절대로 재혼할 사람이 아니란 생각이 내 의식을 점유하고 있었던가 봐. 그런데 아버지를 보는 순간, 참 이상도 하지……. 꿈에서도 뵙지 못했던 우리 아버지 같다는 생각이 드는 거야. 따뜻하고 푸근한 아버지를 보는 순간, 나는 이미 결심을 했어. 어떤 대가가 돌아오더라도 달게 받아들이겠다고. 그때의 그런 결심이 지금 와서 생각하니 참 이상하기도 해. 조그만 계집애가 별 생각을 다 했다 싶어서……. 넌 모르는 일일 터인데……, 아마 여름 방학 중이었을 거야. 엄마 아버진 어디 외출하고 계시지 않는데 넌 날 친구해 주지도 않고 해서 혼자 마당에서 분꽃의 씨앗을 받고 있었지. 한참 씨앗을 받다가 여름 햇살에 너무 눈이 부셔서 안으로 들어갔는데 니가 버썩 마른 식구들 여름속옷을 개고 있는 거야. 평소의 너와는 전혀 다른 면을 보여주었기로 가만 숨을 죽이고 지켜보고 있었지. 그런데 넌 엄마의 속옷을 개다가 그 옷을 네 얼굴에다 가만히 대고 있는 거야. 냄새를 맡는 것 같기도 했고. 그때, 철없던 마음에도 넌 엄마를 좋아하고 있다는 생각이 들었었어. 그날 이후부턴 네가 나에게 어떤 짓을 해도 미운 생각이 들지 않는 거야. 아마, 그런 이야길 내가 엄마에게 했던 것 같애. 내 말을 듣고 엄마가 얼마나 흐뭇해하는지 괜스레 이야길 꺼냈다 싶은 생각까지 들었었어. 넌 자존심이 강해서 너 자신이 초라해지는 걸 견딜 수 없어하는 성격이긴 했지만 여리고 착한 성품인 걸 엄만 알고 있었던 거야. 그래서 엄만 널 많이 사랑했었어……. 물론 표나지 않게."

"맞아, 너의 엄만 항상 진심이었어. 내게 잘해 줘도 그게 겉으로 그러는 거라는 생각은 애초에 하지 않았어. 하지만, 그 점이 날 더욱 괴롭게 했어. 여름날 그 일…… 네가 알고 있었구나. 니가 알고 있다는 사실을 내가 알았다면 우리 관계가 조금쯤은 더 부드러울 수 있었을 터인데…… 선우야, 참 이상하지? 몸이 조금 나아지는 이즘엔 자꾸만 초조해지는 거야, 내가. 사람과의 관계정립도 그러하고, 이만큼 살아온 내 삶에 대한 나 스스로의 해답도 내려야 할 것 같고. 그랬는데 너의 귀국 소식까지……. 니가 온다는 소식을 접하고는 반가워해야 할지 어쩔지, 아무런 작정이 생기지 않는 거야. 어정쩡한 내 모습에 화가 나기도 했고. 이런 나인데 신문엔 유능한 사람으로 비쳤으니 내 심정이 어떠했겠니. 이제 만난 김에 우리 관계를 정리하자. 아버지도 계시지 않는 마당에 너와 나와의 관계는 아무 것도 아니지 않니. 조만간 화랑도 그만둘 거야. 내게 대해서 아무런 기대도 하지 말았으면 좋겠어.”

　말을 하고 나니 그녀는, 선우의 큰 가방을 바로 ‘이혼’이라는 등식에다 집어 넣어버렸다는 자각이 왔다. 그러나 이미 쏟아진 물 사발…….

　“우린 한집에서 십 년을 살았어. 아버지가 안 계신다고 해서 우리 사이가 아무 것도 아닐 수 있다고 생각하니, 넌? 사람살이가 그렇게 단순하고 간단하다면 넌 무엇 때문에 그렇게 고통스러워해야 했고 나는 무엇 때문에 저 커다란 짐덩이를 이고서 널 찾아왔겠니. 여늬집처럼 적당히, 새엄마 새식구로 이어졌다면 서로 아무 상처도 입지 않고 모든 게 잘 되었을 거야. 그러나 우린 그러지 않았어. 우리의 고통은 우리의 관계가 너무 질긴 데 있었다고. 넌 그걸 모르니?”

　그랬었다. 선우의 말이 맞다. 그녀는, 너무 질기게 달라붙는 새식구들에의 상념이 부담스러웠었다. 있는 그대로 자연스럽게 받아들이면 될 걸, 자로 재고 분석하고 죄스러워하고 부담스럽게 여기고…….

선우가, 가방의 지퍼를 내렸다. 가방 속에선 온갖 종류의 실로 뜬 니트 옷들이 수도 없이 나오고 또 나왔다. 그녀는 선우의 이혼을 기정사실로 믿었다. 그래, 살기 힘들어 옷이라도 팔아야겠기에…… 나를 찾았구나.

옷을 꺼내 든 선우는 후드가 달린 겨자색 반코트를 그녀에게로 갖고 왔다.

"예쁘지? 이거 전부 손으로 뜬 거야, 입어봐."

"손으로 뜬 거면 되게 비싸겠구나. 어지간한 솜씨론 이렇게 뜰 수도 없을 것 같은데……. 단추며 실이며 무지 좋은 소재만 썼구나."

"비싼 게 무슨 소용이야? 넌 입기만 하면 되는데. 솜씨야 처음부터 좋았던 건 아니고."

"이거 팔 거 아니고?"

선우가 기가 찬다는 표정을 하더니 숨이 넘어가게 웃음을 토해냈다.

"너 좀 웃기지 마라. 엄마가 얼마나 열심히 짜 모은 건데……. 사실 팔라는 사람이 많기도 했었다, 얘."

새엄만 일본에 도착하면서부터 그녀의 걱정으로 그곳에 간 걸 후회했다고 했다. 마음 붙일 곳 없어 안절부절하던 새엄만 손뜨게를 배우면서 마음의 안정을 찾기 시작했고 원래 손재주가 남달랐던 새엄만 얼마 지나지 않아 손뜨게 작품전에 출품하여 상을 받기도 했다고. 그녀는 당연히 그런 소식을 몰랐지만 가게까지 내어 짭짤한 수입을 올렸었다고도 했다. 그러나 2년 전부턴 가게문을 닫고 오로지 그녀에게 줄 옷만을 만들기 시작해서 지금은 아마 수십 벌에 이를 거라고 했다.

"이것들 전부, 엄마가 만들어 논 거 반도 안 된다면 알쪼지? 실값이며 안감값, 그리고 다른 부속품값들도 얼마나 많이 들어갔는지 아니? 엄마가 일본서 가게 하면서 번돈 거짓말 조금 보태면 니 옷 만드는 데 다 들어갔을 거야. 일구월심으로 네 옷을 짓다가 외삼촌 덕분으로 니 소식을 알게 되자 얼마나 좋아하던지……. 바로 나가자고 야단이었었다. 내 신랑도 나에게 반한 게 아니고 엄마 솜씨에 반해서 나랑 결혼했대도 과언이 아니야. 이곳 패션업계의 그곳 지사장으로 와 있었는데 잡지에 실린 엄마의 작품을 스크랩해 두었던가 봐. 나랑은 우연히 알게 되었지만 뒤에 엄마가 니트 작품을 만드는 사람인 걸 알고 아주 반가워하더라. 엄마가 이곳에 와도 그냥 놀고 먹지는 않을 거야. 계획이 아주 거창하던데? 뜻이 있는 곳에 길이 있다고 엄마가 그렇게나 이곳으로 오길 원하더니 결국 올 수 있게 되었어. 우리 남자, 본사 발령 받아서 출근한 지 벌써 이 주쯤 됐어. 엄만 그곳 일 정리 되면 바로 오실 거야. 신랑이 지금 혼자서 밥해 먹고 있어서 나도 빨리 서울 가야 해."

그녀는 얼토당토않은, 말도 안 되는 생각을 담았던 자신의 머리통을 마음속으로 열두 번도 더 쥐어박았다. 재가한 남편의 딸을 위해 일구월심, 실을 노리갯감 삼아 뜨게질을 했다는 사실은 또 어떻게 받아들여야 할 것인가.

"선우야, 난 왜 이렇게 머리가 늦터이고 둔하니? 나는 지금 이 순간에도 널 오해하고 있었어. 넌 늘 남을 감싸고 이해하는 사람인데, 나는 받고도 늘 배고파하다가 한 세상 끝낼 인간인 거 같애."

"너도 결혼해라. 혼자 사는 거 영혼에 얼마나 해로운 줄 아니? 그곳에 있을 때, 엄마와 둘이서 사는 데도 정말 죽고 싶더라. 가까이에 이모가 있어도 그랬어. 근데 넌 혼자였었어. 니가 얼마나 힘들었겠니?

이젠 널 혼자 있게 두지 않을 거야.”

“선우야…….”

그녀는 가방 속에서 나온 온갖 형태의 옷들을 보면서 새엄마가, 아니 ‘엄마’가 얼마나 한 세상 공들여 살려고 노력한지 알 것 같았다. 그 옷은 자신을 위해 뜬 것이기도 했지만 엄마 자신의 영혼과 인생을 살지게 하는 행위의 ‘구체적인 기호(記號)’이기도 했던 것이다.

“선우야, 인생은 ‘품앗이’라는 걸 이제야 알 것 같애. 내가 노력하고 내가 몸소 뭔가를 행해야만 자기 것이 된다는 사실. 내 노력 내 시간 들이지 않은 것은 실로 공것인 걸 이제야 알겠어. 난 치과 다닌 이후부터 비뚤어진 것을 바로잡기 위해 얼마나 많은 노력과 시간이 재투자되는지를 실감했어. 아버지에게 맞은 턱, 그 턱이 돌아간 것에만 시각을 고정시켜서 아버질 원망했지만 내 인생은 애초부터 이렇게 뒤틀리게 되어 있었던 거야. 내 마음이 이미 굽어 있었기 때문에. 그러고 보면 턱이 돌아갔다는 그 사실이 바로 비틀린 내 삶을 상징한 거였어. 그러나 이젠 희망이 보여. 너와 엄만, 또 하나의 내 삶의 상징이 되어준 거야, 살아 있는 인간 스플린트.”

그녀는 생각했다. 이제 x축과 y축에 관한 상념은 접어두어도 상관이 없겠다고. 불어나지 않던 y축의 값이 어느 한 순간, 삶은 엄연한 ‘품앗이 현장’이라는 것을 알고 난 이후부터 x축의 값과 마찬가지로 불어나고 있음을.

갑자기, 그녀의 상념을 깨고 전화기가 울었다.

선우가 전화를 받아서 수화기를 건네주었다. 행여 일본의 엄만가 싶어 선우가 전화를 받은 모양이었다.

“화랑이래.”

　조만간 화랑을 그만둘지도 모르겠다는 그녀의 말을 듣고, 바로 일 관계로 경주엘 다녀온 관장이 마음이 급해서 그녀를 찾은 거였다.

　그녀는 관장이야 알아듣든 말든 혼자 떠들어댔다.

　"관장님, 누군가가 그러는데 인생은 품앗이 현장과 같아서 절대로 몸을 아끼거나 엄살을 부려선 안 된다네요? 그리고 전, y축의 값 때문에 고민했는데 y축의 값이야말로 지극히 주관적인 거여서 이젠 고무줄처럼 늘어났지 뭐예요……"

　선우는, 전화통에다 엉뚱한 소리를 퍼붓는 그녀를 보면서 잠시 멍해하다가 덧니가 하얗게 드러나도록 웃었다.

　워낙 실내가 좁아서 시선의 각도를 조금만 다른 곳으로 돌려도 넓은 창으로 드러나는 도심. 그 도시의 한 밤을 여전히 교회 첨탑의 피빛 전구는 죽었다 깨어났다 하고 있었다. 마음먹기 따라 소돔의 땅이 가나안이 되는 이치. 그것을 빨리 알아차리라고 저놈의 알전구는 깜빡깜빡, 저리도 진한 메시지를 보내고.

[부산 소설가 협회지 2000년]

건질 수 있는 시간

드디어 빗방울이 차장에다 빗금을 긋기 시작했다.

"비가 많이 올 것 같지 않니?"

차창 밖, 바다에만 눈길을 주고 있던 그녀가 운전석에 앉은 친구에게 불쑥 말을 걸었다. 그리고 그녀는 자기가 한 말도 잊은 듯 다시 바다 쪽으로 눈길을 돌렸다.

회색으로 갈앉은 바다 쪽에선 서서히 해무가 피어오르고 있었다. 이 고개를 넘자면 흔히 만나는 안개였다. 그리고 안개는 채 의식도 하기 전에 어느새 사라져 없어지곤 했었다. 그러나 지금은 안개가 점점 시야를 어둡게 둘러쌌다.

"왜?"

"아니, 그냥."

"길 꼬불거린다고 불안해하지 않아도 돼. 난 이 길은 언제 와도 좋더라. 특히 오늘처럼 비가 내리는 날은 더 좋고."

"……."

안개가 짙어지자 길 가의 나무들이 풍기는 향기가 코끝에 더 진하게 와닿는 것 같았다. 왼편 언덕 위의, 바다를 바라보고 즐비하게 늘어 서 있는 아파트와 별장식 주택과 러브호텔만 아니라면 이 길은 정말 언제와도 좋은 곳이라는 생각을 그녀도 했다.

말이 없는 그녀를 향해 친구가 목소리를 낮추고 조심스럽게 그녀의 눈치를 살피며 운을 떼었다.

"언제까지 그렇게 대책 없이 살 건데? 내가 다 갑갑하다."

짙은 안개 속을 뚫고 달리면서 그녀는 가슴이 먹먹하고 암담하기 그지없던 그때, 지금처럼 모든 상황들이 안개 속처럼 희미하던 그때를 떠올렸다.

미안해. 가야해. 당신을 이대로 묶어둘 수가 없어.

그는 밤새 헛소리처럼 그녀 곁을 떠나야 한다고, 자신에게 다짐했었다. 그녀는 그만 그녀의 곁에 있어 준다면 못 견딜 건 아무 것도 없었다. 그런데 그는 그녀를 위해서 그녀 곁을 떠나야겠다고 노래처럼 외곤 했었다.

"내 말 안 들려? 언제까지 그렇게 살 껀데?"

그녀가 친구의 말에 언뜻, 정신을 모으며 입을 열었다.

"비가 많이 올 것 같지 않니? 비나 좀 펑펑 쏟아져주면 좋겠어. 이즘 괜히 비를 기다리고 있었거든."

"비나 기다리고, 니가 무슨 십대냐? 낼모레 마흔이다. 어쩔 작정인데, 도대체?"

"그러게……. 벌써 낼모레면 마흔이구나."

"정문 씨 요즘도 요강단지나 만들고 있다대? 널 보면 내가 속이 상해 죽을 지경이다. 과분하면 국으로나 있을 일이지 지가 보따리는 왜 싸. 아이가 안 생겨서? 참말 말도 된다. 그러게 나는, 투사니 혁명가니 하는 사람들 애초에 믿지 않았어. 지 각시 애 못 낳는 게 누구 탓인지 나는 모르겠지만……."

친구의 목소리에 분함이 실리고 있었다.

"어디까지 갈 건데?"

"아이고 쑥맥! 걷어채이도 싸다, 싸. 달아난 사내가 그렇게도 이뻐서 입에 욕 한 마디도 못 담고. 시끄러. 설마 지옥에야 갈려구."

피익 웃으며 그녀가 입을 닫았다.

청사포로 빠지는 길목은 이미 버렸고, 산중턱의 구불구불한 길을 다 기어내려 송정까지 왔으나 친구는 송정도 지나쳤다.

"방구석에만 박혀 있으니 꼬라지가 영판……. 에이그, 밉상. 날씨가 이래도 회 좀 먹을래?"

"아니, 너 바쁘지 않으면 진하까지 갔다가 차 돌려서 천천히 해운대로 나가자. 뜨끈한 국물이 먹고 싶어."

그녀는 그가 떠난 이후로는 늘 허기진 듯 뱃속이 허전했고 허전한 뱃속을 달래려면 펄펄 끓는 국물이 있어야 했다. 어떤 때는 혼자서 뜨거운 물을 한 주전자나 마시곤 했다.

"그러자 그럼. 오늘 같은 날은 복국도 괜찮겠네. 으이그 한심한 년."

친구가 그녀를 향해 주먹을 그러쥐었다.

"나 집에만 붙어 있는 줄 아는데 아니야. 일거리 생겼어. 한, 일 주일 됐어."

"그런 것도 비밀 축에 속하나? 무슨 여자가, 입 질기고 마음 질기긴

참말로 고래 심줄이다. 내 같았으면 바리바리 전화질 했을 거다, 입이
궁금해서라도. 아무튼 그 소식이 젤 반갑다. 일을 해야 잡념도 사라지
지. 일이라면 무슨? 접때 하던 거?”

　“그렇지 뭐. 사실 별로 하고 싶은 생각도 없었는데……. 그만둘 때
핑계로, 꼭 일 년만 쉬겠다고 했었거든. 그런데 니 말마따나 마흔이
낼모레인 늙은 여자를 잊지 않고 일 년 만에 다시 불러주니 고마와서
나도 사람값을 해야겠다 싶어서 자의 반 타의 반…….”

　차가 막 기장을 지나치려는 순간 친구의 핸드백에서 휴대 전화기
가 앵앵 울었다. 친구가 길 가장자리로 차를 세우며 그녀에게 전화기
를 꺼내달라고 했다.

　“이상하다 오늘. 생각지도 않은 일이 생길 것 같네. 하늘이 도왔다.”

　“왜, 부처님한테서라도 온 거니?”

　“잘하면 너도 지금 이 부처님, 만날 수 있을지 몰라.”

　애들이 크자 집에서 빈둥거리는 시간이 아까워 자동차보험 외판을
시작했다는 친구는 이렇게저렇게 발새가 넓어 제법 바쁜 모양이었다.
금세 통화를 마친 친구가 그녀를 돌아보며 물었다.

　“진하, 꼭 가야 되겠니?”

　“그런 거 없어.”

　“그렇담 지금 바로 차 돌린다?”

　“니 알아서 해. 하지만 아무리 바빠도 복국은 먹고 사라져 줄 것.
혼자 있어 봐, 밥 먹는 게 젤 큰 고역이야.”

　친구가 차를 돌려서 왔던 길을 되돌아 달렸다. 잠시 후 차는 호텔
주차장에 세워졌다.

　“일식당 갈려는 거 아니니까 걱정 말고 따라와.”

별 맛도 없으면서 턱없이 비싸기만 한 호텔 음식을 싫어하는 그녀의 성격을 알기 때문에 친구가 사족을 달았다.

친구가 그녀를 끌고 간 곳은 커피숍 옆에 붙어 있는 조촐한 바였다. 친구를 불러낸 사람은 바로 그 바에서 전화를 한 듯, 바다가 보이는 곳에 자리를 틀고 앉아 있었고 핸드폰으로 누군가와 통화를 하는 중이었다.

"예? 지원이가 어떻다고요? 아아, 잔다고요? 예예, 알겠습니다. 지금 전화 상태가 좋지 않네요. 조금 있다가 다시 통화하입시다. 그럼 끊습니다."

그녀는 전화 통화를 하는 남자를 보는 순간, 상처 입은 영혼의 사람일지도 모른다는, 얼토당토않은 생각을 했다. 어쩌면 걱정스러움이 내포된 전화내용과 수심 어린 남자의 얼굴 표정 때문인지도 몰랐다.

친구가 밝은 얼굴로 남자에게 그녀를 소개했다. 그녀는 친구의 밝은 얼굴 색에 힘입어 그녀가 방금 생각했던 심각함이 결코 그 남자의 몫은 아닐 거라고 금세 생각을 고쳐먹었다.

"삼촌, 오랜만이네? 여긴 내 친구. 늙은 처녀 만나는 줄 어떻게 알고 전화를 했노. 그렇잖아도 날씨가 촉촉해서 우리끼리 바닷가 한 바퀴 돌고 점심 먹을 심산이었는데. 하여튼 귀신이라니까……. 니, 인사해라. 시동생 친군데 우리 시동생 맞잽이로 편안해서 허물없이 지낸다. 내 사업의 아주 큰 스폰서이기도 하고."

"죄송합니다. 집의 어머니와 통화 좀 하느라……. 저, 임형택이라고 합니다."

그녀가 남자의 인사에 자신도 머리를 숙여 답을 했다. 자세히 보니 말끔한 외모가 보통 멋쟁이가 아니었다. 일부러 부린 멋이 아니라 타고난 품격이 만든, 속에서 우러난 멋이라고나 할까…….

"참, 삼촌. 삼촌이 내 친구하고 점심 좀 같이 먹어주라. 내가 깜빡 잊고 있었는데 사무실에 들어가야 할 일이 있네? 내 친구는 혼자 사는 노처녀라서 혼자 밥 먹는 거 질렸단다. 이 친구 방송국 구성작가로 일했는데 요즘 다시 그 일 시작했고, 옛날엔 잡지에 프리로 글 썼다. 말이 좀 통할 기구마는. 그럼 난 간대이."

친구는 그녀가 잡을 새도 없이 남자와 그녀만 남겨두고 출입문 쪽으로 총총 사라져 갔다. 그러고 보니 느닷없이 모르는 남자에게 처녀라고 한 것도, 둘만 남기고 사라진 것도, 남자의 호출을 반가워한 것도……. 친구 나름의 무슨 꿍꿍이속이 숨겨져 있는 것 같았다. 그런저런 추리를 하다 보니 찐맛 없이 혼자 남겨진 그녀는 더욱 어색해져서 어찌할 바를 모를 지경이었다. 그러다 아참, 하며 입을 열었다.

"아까, 친구가 한 말 거짓말이어요. 전 처녀가 아니라 결혼한 사람입니다."

순간, 남자의 눈빛이 흔들리는 것 같았다.

그녀가 어색한 침묵을 견디고 있듯이 남자도 갑자기 만나게 된 그녀를 어떻게 상대해야 할지 난감한 모양이었다. 남자가 대단한 결심이라도 한 듯한 표정을 지으며 그녀에게 어두운 낯빛으로 말했다. 어찌 보면 남자의 어두운 낯빛은 평소의 표정인 모양이었다. 그렇잖다면 친구가 그렇게 편안히 남자를 대하지는 않았을 터였다.

"전, 옛날 대학 다닐 때 학보사 기자 노릇 한 일 년 한 것 외엔 글쓰는 일과는 전혀 상관없이 살아왔어요. 글쓰는 사람들 보면 괜히 오금이 저리고 간파 당하는 느낌이 들어서 별로 기분이 좋지 않더군요."

사실, 그녀도 글쓰는 사람들에게로 인터뷰란 걸 가게 되면 그런 생각이 들어 오금이 저리곤 한 때가 있었다. 처음 보는 남에게 자기의 내부가 드러내 보여진다면…… 상상만으로도 기분 좋은 일은 아니었다.

"창작하는 분들이야 어떤 예지력이랄까 타고난 뭔가가 있겠지만, 저 같은 사람은 남을 투시할 능력도 없고 간파하는 재주도 없어요. 그러니 안심하셔도 돼요."

그때 전화가 들어왔다. 남자가 핸드폰을 귀에다 대고는 구석으로 돌아앉아 전화통화를 했다.

"어머이. 그 동안 무슨 일 없지요? 지원이는요? 그렇잖아도 제가 전화할려고 하던 중이었습니다. 아직 잔다고요? 일찍 들어가겠습니다. 예예."

또 지원이라는 이름이 남자의 입에서 떠올랐고 허둥거리는 듯한 느낌을 풍기며 남자가 통화를 마쳤다. 아마도 지원이란 아이가 많이 아픈 모양이었다.

"누가 아픈가 봐요? 급한 일 있으시면 빨리 들어가세요. 전 상관 마시구요."

"대낮부터 집에 들어가면 돈은 언제 법니까? 전 돈을 많이 벌어야 됩니다."

수심 어린 얼굴과는 다르게 그녀가 물은 말에 대한 답은 없었다. 대신, 돈을 많이 벌어야 됩니다,라는 말로 자학의 냄새를 풍겼다. 다시 처음 봤을 때의 느낌이 떠올랐다.

"지원이는 제 딸이에요."

그러면서, 남자는 만난 김에 점심이나 먹자며 계산서를 챙겨들고 일어섰다. 말을 아끼는 듯한 냄새를 풍기는 남자 앞에서 그녀는 부득 부득 괜찮다 하기도 뭣해서 함께 식당으로 향했다.

공교롭게도 호텔 안의 일식당이었다. 조금 전, 친구가 한 말이 생각나서 그녀가 혼자 빙그레 웃었다. 그녀의 웃음을 남자가 지켜보다가 한마디했다.

"웃으세요, 그렇게 웃으니까 정말 처녀 같네요."

웃으니까 정말 처녀 같네요. 그렇담, 웃지 않으면 가짜 처녀? 그녀는 남자의 말이 우스워 다시 크게 웃었다. 덕분 서먹하던 분위가 조금 사라졌다.

"처음 보던 순간 얼굴빛이 어둡다 싶었는데, 형수는 처녀라 하고 본인은 결혼을 했다 하고……. 기분 나쁘게 들리실지 모르겠지만 형수님께서 그렇게 가신 게 이해가 됩니다."

그렇담 이 남자도 자기가 보따리를 쌌든지 보따리를 싸 보냈든지 한 경험이 있는 사람이란 말인가? 기집애도 참……. 그래서 둘이서 잘 해봐라 하고 간 거로군.

"제 얼굴이 어두워 보였어요?"

"죄송합니다, 어둡다라고 할까, 상처를 입었다라고 할까요……. 그런 냄새가 풍겼습니다. 아까, 처녀가 아니라 결혼한 사람이라고 했을 때 내심 반가운 생각이 들었습니다. 역시나 싶은 생각과 함께 솔직한 분이라 싶어 형수 말마따나 말이 좀 통할 것 같았거든요."

그녀는 내심 놀랐다. 상처 입은 사람 같다고? 두 사람은 동시에 서로를 그렇게 본 것이었다.

"결혼을 했었기로 당연히 그렇게 말한 거예요. 그건 그렇고, 친구 말처럼 낼모레면 마흔인데 얼굴에 그렇게 표가 난다니 큰일이네요?"

그녀의 말에 남자가 빙그레 웃었다. 푸근해 보이는 웃음이었지만 역시 슬픔의 기미가 감돌고 있었다. 또 전화가 들어왔다. 남자가 다시 해주마고선 금세 전화를 끊었다.

"젊은 놈이 사무실도 아닌 곳에서 전화나 해대니 이상하게 보이지요? 사실은 부친이 자그마한 주유소 하나를 경영하시다가 몇 해 전에 돌아가셔서 제가 주유소를 맡게 되었습니다. 기름 장사를 하다보니 급유기에다 컴퓨터 칩을 연결시켜서 전산처리를 하면 그날 그날의 유종별 매출 상황과 재고 관리 등이 아주 편하게 이루어지겠다는 생각이 들더군요. 그래서 친구 하나와 그 일에 매달렸는데 작년 가을에 소프트웨어까지 개발이 끝났습니다. 덕분에 이즘엔 기름 대신 프로그램을 팔고 다니죠. 돈 많이 벌도록 기도 좀 해 주십시오. 알고 보면 전 참 불쌍한 놈입니다."

시니컬하게 말하는 남자에게서 어떤 신뢰감과 동류의식 같은 게 느껴졌다. 막 돼먹지 않은, 막 돼먹기는커녕 사람살이의 어떤 경계에까지 가 본 것 같은 느낌을 주는 남자에게로 작디작은 연민의 정이 솟아 올랐다. 그녀도 감지 못한 외롬이 그런 감정을 뽑아올린 모양이었다. 아서라! 그녀가 자신을 다잡았다.

"혹시 몇년 생입니까? 전 59년 생입니다."

"제가 누나네요. 전 58년이거든요."

한동안 말이 없다가 남자가 엉뚱한 이야기를 끄집어냈다.

"칠팔학번인데 몸이 안 좋아서 일학년 한 학기만 겨우 떼우고 한 해 쉬다가 이듬해인 79년도 9월에 군입대를 했습니다. 주특기 일빵빵(100), 보병이었죠. 논산훈련소로 들어가던 날, 두고 가는 애인도 없었는데 어쩌면 그렇게 가기가 싫든지 꼭 죽고 싶은 마음이었습니다. 지금도 그때를 생각하면 정신이 아찔해질 정도로 속이 저려와요. 그런 기분이 제 운명을 그렇게 끌고 갔는지……."

　"어머, 그럼 입대 하자마자 십이륙을 맞이했겠고 군대 생활이 평탄
치는 못했겠네요?"

　79년, 80년 말만 나오면 머릿속에선 언제나 10·26, 12·12, 5·18
등이 자연스럽게 끄집어져 나오는 버릇이 그날도 예외가 아니었다.
그런데……. 남자는 시작한 말의 매듭도 맺지 않고 입을 닫아버리는
거였다.

　다시 전화 들어오는 소리가 들렸다. 식사도 끝났고 자꾸만 전화가
들어와서 그녀는 일어서야겠다고 말했다. 남자도 더 이상 말리지 않
았다.

　남자와 헤어져 돌아온 그녀는 샤워부터 했다. 젖은 몸을 닦고 나와
바다로 향해 뚫려진 거실 창으로 밖을 내다보니 어느 새 어둠이 진주
해 와 있었다. 헐렁한 평상복으로 갈아 입은 그녀는 베란다로 나가
서서 설탕과 프림을 넣지 않은 커피 한 잔을 천천히 마셨다. 오랜만
에, 직업적인 만남이 아닌 일로 남자를 만난 탓인지 그의 생각이 떠
올랐다. 야속한 사람. 그녀는 그의 생각을 뿌리치겠다는 항거의 몸짓
으로 머리를 훼훼 내두르며 안으로 들어왔다. 일이 있다는 건 이런
때 작은 구원이 되어주었다. 그녀는 거실 한쪽 구석에 자리 잡은 책
상에 앉아 이튿날 송출될 방송 원고 서른 장을 컴퓨터 키보드에다 대
고 바로 두드려 썼다. 출력을 시키고, 몇 개 되지 않는 오자와 탈자를
붉은 펜으로 교정한 뒤 책상에 고개를 묻었다. 이렇게 사는 게 정말
한심한 노릇인가?

　그가 남기고 간 마지막 증거물은 그녀에 대한 간절한 사랑을 담고

있었지만 그녀는 자신에게서 떠나갔다는 사실만 배신감으로 남아 있었다. 그리고 그도 말했다시피 그의 떠남은 그녀에게는 자유를 주고 자기 스스로는 마음의 족쇄를 풀고 싶다는 의도에서였다. 괴로워하던 그를 볼 때면 그를 사랑한 그녀 자신이 그의 삶의 가해자라는 생각이 들기도 했었다. 그날, 홍 차장의 결근이 그와의 만남을 이루게 했으니 사람일이란 참 알 수 없는 수수께끼…….

"이재윤 씨, 서창 좀 다녀와요."

"부장님, 그 인터뷰 건은 홍 차장님 몫이잖아요. 전 솔직히 자신이 없어요. 그런 괴팍한 사람을 제가 어떻게……. 아니면, 부장님께서 직접 다녀오시든지요."

"하참. 이재윤 씨, 군기가 빠져도 단단히 빠졌군. 데스크에서 시키는 건 뭘로 밤송이를 까래도 까야 한다는 걸 재윤 씨가 잊어버린 모양이군?"

"어머, 부장님. 전 이 잡지사 기자 아니에요. 전 어디까지나 한 달에 한 꼭지씩, 르포 기사 하나만 쓰면 되는, 자유기고가라는 사실을 부장님께서 잊으신 모양이네요."

그녀가 '자유'란 말에 힘을 주며 그렇게 말했다.

"아따, 야박하게 굴지 말고 이번 인터뷰 건은 이재윤 씨가 좀 맡아줘요. 사실 홍 차장보다는 재윤 씨가 적격이에요. 그 뻣뻣하고 못 생긴 홍 차장이 인터뷰 가면 어디 좋다라 하고 인터뷰에 응해줄 것 같아요? 그래도 재윤 씨처럼 나긋하고 부드러운 여자가 꼬셔야 말문을 열든지 하지……."

그녀는 최 부장의 꼬임과 설레발에 곤죽이 되어서야 회사차를 타고 서창에 있다는 그 남자의 가마가 있는 곳으로 향했다. 원래는 화가였으나 지금은 친구의 요에서 도자기나 구우며 살고 있다는 사람. 어쩌다 팔려나가는 도자기 값은 전액, 시민운동단체에 보낸다는 그. 어떤 잡지사의 기자도 그를 기사화시킨 적이 없다는 사람…….

짙은 눈썹 형형한 눈빛, 처음 보는 순간 그녀는 그에게 압도 당하는 느낌이었다. 그녀는 사진 기자와 회사차를 바로 돌려보냈다. 인터뷰을 하게 되든 말게 되든, 일 대 일로 맞붙어보자는 생각이 들었던 것이다. 마침 그는 가마에서 작품을 꺼내고 있는 중이었다. 아직 더운 기가 가시지 않은 도자기를 하나씩 꺼내선 던져서 박살을 내고, 또 그러고……. 꼭 깨뜨리기 위해 도자기를 굽는 사람 같아 보였다. 그 모습을 지켜보던 그녀는 그에게, 왜 그랬는지 모르게 소리를 질렀다. 그녀 눈에, 일부러 팽팽한 긴장감을 연출하는 듯한 그의 행위도 참을 수 없었고, 아무리 바빠도 사람이 찾아왔으면 곁눈질이라도 한번 주어야 마땅한 게 아니냐는 생각도 들어서였을 것이었다.

"그만하세요, 정말 너무 하시네요!"

그가 형형한 눈빛을 들어 그녀를 올려다보았다. 이미 내친 걸음이었다. 그녀도 눈길을 거두지 않고 그를 맞바라보았다.

"당신은 어디서 온 여자요, 대체."

한 마디를 한 뒤 그는 가마 안의 도자기를 한 개도 남기지 않고 모두 던져 깨뜨렸다. 아마도 쓸 만한 작품이 한 점도 나오지 않은 모양이었다. 그녀는 행여 자신이 그 오기만만한 남자의 심기를 건드렸나 싶어 내심 불안했지만, 자신이 먼저 건 싸움이었기로 아무 말도 않고 한 시간이고 두 시간이고 그의 옆에 앉아 그가 하는 짓을 지켜보기로 했다. 어느덧 어둠살이 피어올라 사위가 거뭇거뭇해진 시간이었다. 이젠 가마 앞에 더 이상 앉아 있을 필요가 없게 되었을 때야 그가 가마 앞에서 일어섰다.

그는 그녀를 자신의 방으로 따라 들어오게 했다. 그림자처럼 조용히, 느릿느릿 찻물을 끓이고, 사람이 있음을 감지하지 못하는 듯 무심하고 태평스럽게 차를 만들었다. 하나 그의 입에서 나온 말은 행동거지와 다르게 힘이 주어진 느낌이었다. 말 속엔 그녀의 방문이 도대체 귀찮다는 표가 역력했다.

"무슨 여자가 그렇게 질겨요? 난 건방지고 심줄 질긴 여자는 질색이요. 대체 날 찾아온 용건이 뭐요? 당신도 시시한 잡지사의 기잔가 뭔가 하는 양반이요?"

"그래요."

그녀가 무 자르듯 단호하게 그렇다고 말했다. 그도 단도직입적으로 나왔다.

"당신네 동네에선 내가 어떤 사람이라고 소문이 나 있소?"

그녀는 쾌재를 부르고 싶었다. 어렵게 튼 말문, 열리기만 하면 인터뷰는 성공이었었다. 이적지의 경험으로는,

"당신은 교만한 사람이에요. 정말 몰라서 물으세요?"

순간 그의 표정은, 예리한 화살촉 하나가 그의 심장을 스치고 지나는 것처럼 괴로워 보였다.

"당신들이 원하는 걸 내가 갖고 있지 않는데, 난들 어찌란 말이오."

가슴이 타는 듯, 그가 찻잔의 차를 단숨에 입 안으로 들이부었다.

"말하겠소. 가진 것을 모두 버린 화가, 혼자 토굴 같은 곳에서 지내며 일체의 수입을 시민단체에 헌납하는 사람. 어찌 보면 좋은 글감이 될 것도 같지요? 그러나…… 나의 아픔을 내 어머니말고는 아무도 몰라요. 물론 어머니께서는 저의 이런 삶을 이해하셨지만……. 그래서

더욱 죄스럽지요. 그런 내가, 이 잘난 얼굴을 팔아 먹어요?”

 “당신의 아픔은 개인적인 것이고, 우리는 개인의 아픔까지 일일이 알지는 못하니까요.”

 그녀는 그가 꽤나 엄살을 떤다 싶어 그렇게 밀어붙였다. 그러나…….

 그해 오월, 그는 계엄군의 일원이 되어 ‘그 도시’에 군홧발을 내디뎠었다고 했다.

 “그러나 당신도 어쩔 수 없었던……, 당신의 뜻이 아니었잖아요.”

 그녀는 그 말밖엔 다른 할 말이 없었다.

 “물론 내 뜻이 아니었지요. 그러나 내 뜻이 아니었다는 그 한 가지 사실만으로 무리 속의 나를 정당화시키기엔 그날의 참상이 너무 처절했었소. 그리고 함께했던 나의 동료들도 그 현장에선 가해자였지만 지금은 엄청난 피해의식을 안고 살아가고 있어요. 그들의 아픔은 아무도 이해하려 하지 않아요. 이런 말을 하는 나 자신도 사실 떳떳하진 않소. 왜냐, 꼭 내가 위로 받고자 하는 것 같아서 말이요. 그래서 우리들은 이중으로 괴로워요. 어설픈 하소연 한번 못 해보고 살아왔으니 가슴은 그야말로 내가 던져 깨부순 도자기들만큼이나 처절하게 금 가 있어요.”

 그녀는 결국 그의 기사는 쓰지 않기로 작정했고, 대신 처음 만난 그에게 그의 처소에 하룻밤만 재워달라고 억지를 썼다. 그녀의 고집을 어찌할 수 없다는 듯, 그리고 이미 시간도 늦었기로 그는 그녀를 그의 방에 재워 주었다. 그러나 그녀는 당연하게 한숨도 잠을 잘 수가 없었고, 그 역시 하릴없이 도자기의 밑그림이나 그리며 밤을 새웠다. 그녀는 처음부터 그를 그렇게 보았지만 여자를 방에 두고도 그처럼 태무심할 수 있는 그의 두터운 심장이 고맙고 경탄스러웠다.

이후, 그녀는 그의 반대에도 불구하고 주말마다, 장작으로 불을 때는 그의 흙가마를 찾았고 가마의 불길처럼, 은근하면서도 치열한 그녀의 마음을 그에게 전하려 노력했다. 자신과 결혼하면 불행해질 거라는 그의 말이 불길하게 들렸지만 그녀는 자신의 신념과 의지를 더 믿고 싶었다. 밀고 당긴 일 년의 세월. 마침내 그녀는 그를 설복시켰다. 말 그대로 남자를 '설복'시켜 얻은 결혼이었기로 그녀는 승리감은 느꼈을지언정 다른 신부들처럼 철없는 행복감은 전혀 느낄 수 없었다. 하긴, 애초에 예감했던 일이긴 했었다.

그의 작업장에서 치러진 결혼식은 초라했지만 감동적이었다. 그를 동지라 부르는 벗들이 그와 함께 밤을 밝혀 술을 마셨고, 모두들 노래하며 춤췄다. 손들이 돌아가고, 그와 단둘이 그녀의 아파트에 돌아왔을 때에야 그녀는 드디어 큰 일을 치러냈다는 실감이 왔다. 그날 밤, 그녀는 처음으로 그의 곁에 가까이 누울 수 있었다. 며칠 뒤, 혼인신고를 서두는 그녀 아버지의 전화를 받은 그는 그녀에게 혼인신고는 전혀 급하지 않다고 말했다. 그녀는 짐작했다. 그러나 그녀는 자신이 있었다. 오누이같이 한평생을 살아도 그만 그녀 곁에 있다면 아무런 상관이 없을 것 같았다. 그러나 문제는 그였다. 그런 세월을 그래도 4년이나 지탱했다. 그녀의 완강한 의지 때문이었다. 그러나 결국 그가 보따리를 쌌다. 주위에선 그녀가 아이를 낳지 못하는 때문이라고 수군댔다. 모두들 그렇게 알고 있었다. 친정식구들조차.

재윤.

당신을 내 그림자 속으로 끌어들이는 게 아니었는데…….

책임 못질(이렇게 표현하니 그지없이 우습군. 누가 누굴 책임질 수 있다는 겐지……. 특히나 당신은 나의 이런 표현을 아주 못 견 뎌 할 것이요. 알면서도 이렇게 밖에 쓸 수 없는 내 마음……. 할 말이 없소) 일을 저지르고 받은 내 마음의 고통을 당신에게 말하고 있는 나 자신이 너무 비겁해서 죽고 싶은 심정이오.

그러나…… 이해해 주시오.

내가 당신 곁을 떠나지 않는 한, 당신은 당신 몫의 인생조차 유폐시키며 살 사람임을 알기에 당신을 위해 결론을 내렸소. (아니요, 나를 위해서요. 내 양심의 평화를 위해서…….)

당신에게 슬픔만 안겨주고 떠나는 나를 세상 끝 날까지 미워하시오.

정말 당신을 사랑했었오. 앞으로의 내 삶도 당신과의 만남이 준 힘으로 지탱되어질 것이요.

당신의 행복과 새로운 시작을 위해 기도하겠소.

위선자. 당신이 아무리 힘든 시간을 견디고 있어도 난 결코 다신 당신을 찾지 않을 거야. 그것만이 당신이 내게 저지른 잘못을 복수하는 길이야.

그녀는 그가 남기고 간 편지를 읽으며 그를 미워하고, 그리고 그리워했다.

남자는 집에 돌아오자 신발도 벗지 않고 아이부터 찾았다. 남자가 마루로 올라서자 남자의 모친이 끌끌 혀를 찼다.

"지 새끼는 저래 귀하다. 천날만날 지원이 지원이……. 암만 봐도 니는 좀 심한 데가 있다. 니가 그래 유난을 떨어싸니 남들이 이상하게 보는 갑더라. 하긴, 지 자식 안 귀한 사람 어데 있겠노. 지원이는 다른 아아들하고도 다른께 더할끼고, 히유……. 밥 채리까?"

남자의 어머니가 한숨을 쉬었다.

"아니, 저녁 먹고 들어왔습니다. 어머이는 들어가 티뷔나 보시이소."

아이는 자고 있었다. 이즘 들어선 부쩍 잠자는 시간이 많아졌다. 의사 선생께 상의를 해봐야 할 모양이었다. 머리맡엔 집쌓기를 한 모양인지 블록들이 어지럽게 늘려 있었다. 아이를 볼 때마다 '원죄'라는 낱말이 떠올랐다. 그럴수록 아이가 존재가 손끝의 가시처럼 아리게 가슴에 박히고 안쓰럽기 그지없었다. 내 죄를 네가……. 어째서, 살아갈수록 그날의 악몽이 더 진하게 그를 따라다니는지 모를 일이었다.

"씹새끼들, 한 놈도 남기지 말고 작살내버려. 도대체 우릴 뭘로 아는 거야."

술내를 풀풀 풍기며 소대장이 입에 거품을 물었다. 남자는 아무리 생각해도 도대체 그렇게 살기어린 진압을 할 하등의 이유가 없어 보였다. 그러나 어쩌랴, 자신은 군인이고 군인은 명령에 따라야 하는 걸. 주을힘을 다하여 마음을 다독여도 불쑥불쑥, 이건 정말 아니야 하는 생각에 가위 눌렸고 그때마다 인간의 야수성에 진저리쳤다. 남자는, 이름도 더럽게 지은 '화려한 외출'의 날이 빨리 끝나기만 기도하고 또 기도했다.

5월 20일이라고 기억한다. MBC 방송국이 불길에 휩싸여 화염을 토하고 있었고, MBC와 전남여고를 가로지르는 제봉로에는 군중들이 인산인해를 이루고 있었다. 밤 11시쯤, 탱크가 무서운 굉음을 내며 노동청 방면에서 MBC 쪽으로 무자비하게 달려오는 걸 보았다. 시민들의 무리는 순식간에 흩어져 전남여고 담을 뛰어 넘거나 길 위에 엎어지거나 하며 풍비박산이 되었다. 그러나 그걸로 끝이 아니라 탱크는 노동청에서 시민관 앞까지 왕복하며 무력시위를 했다. 그런데, 미처 피하지 못한 어린아이의 시체 하나가 탱크의 바퀴에 산산이 으깨어진 채 길 한가운데 나뒹굴고 있는 모습을 보고 말았다. 남자는 그때 동료들이 보든 말든 엉엉 소리내어 통곡을 했다. 사람 사는 땅의 모습이 아니었다. 지옥의 모습도 그보다는 덜할 터였다.

"지원아……."

남자가 자는 아이의 손을 잡고 가만히 이름을 불러보았다. 누가 자신을 가해자라 할 수 있단 말인가. 이렇게 포원진 가슴으로 사는데. 역사? 더러운 역사에 침이라도 뱉고 싶은 심정이었다.

"지원아, 아빠."

아이가 가만히 눈을 떴다. 꼭 다물리지 않은 입가에 침이 흘러내렸다. 맨손으로 아이의 입에서 흘러내린 침을 닦아주며 남자도 속눈물을 훔쳤다. 지원아, 아빠가 그 현장에 있었던 대가를 니가 대신 치르는구나. 눈을 감는 아이의 눈꺼풀을 쓸어준 뒤 남자는 방을 나왔다.

남자의 어머니가 거실에 앉아 혼잣소리로 욕을 하고 있었다.

"독하고 모진 년. 새끼 두고 도망가는 년은 인간의 탈을 쓴 짐승이다. 지 죗값으로 병신자석 낳았으면 불쌍해서 가슴을 쥐어뜯어도 뭣할 낀데 서방이 그렇게 지극정성으로 자석을 위하면 그 공으로나따나 암말 않고 살아야 할 거 아이가. 무슨 원수가 져서 젊은 남편 홀아비 만들고 자식 불쌍하게 만드는 년이 우리 집에 들어 왔던고, 아이고 내 팔자야."

"어머이, 들어가서 주무시이소. 다 지 업입니다."

"니가 와? 니같이 어질고 자석새끼 위하는 사나가 어데 있다더노. 다 그년 잘못 만내서 그 업보를 니가 짊어진 기다."

남자의 어머니는 지원이를 가졌을 때 남자의 아내가 임신한 줄 모르고 항생제를 먹은 게 아이가 그렇게 된 사단이라고 철썩같이 믿고 있는 중이었던 것이다. 하긴 그런지도 모르는 일이긴 했다. 하지만 남자는 자신의 죄업을 딸이 대신 짊어진 거라는 생각을 한시도 떨치지 않았다.

오랜만에 전화기기 울음을 토했다.

그녀가 수화기를 들었다.

"오늘 시간 좀 내실 수 있겠습니까?"

호텔 바에서 만난 남자였다. 그녀도 남자를 만나고 싶다는 생각을 하던 터여서 남자의 전화가 반가웠다.

"지금 방송국 나가려던 참이어요. 오늘은 원고만 넘기면 되니까 원고 넘긴 후엔 시간이 납니다."

"그렇다면 제가 시간 맞춰서 방송국 쪽으로 가겠습니다. 몇 시까지 가면 되겠습니까?"

그녀가 대충 시간 계산을 한 뒤, 두 시간 뒤쯤엔 만날 수 있겠다고 했다.

그녀는 날씨에 관계되는 오프닝 멘트의 일부만 조금 손질한 뒤 담당 PD에게 원고를 넘기고 잠시, 제작과정을 지켜보다가 남자와의 약속 시간이 되었기로 방송국 정문 쪽의 주차장으로 내려갔다. 주차장엔 남자가 미리 와서 그녀를 기다리고 있었다.

"차 가지고 다니세요?"

"전 운전 못 해요. 겨우 일 주일에 세 번 방송국 나오는데 차가 있을 필요가 없잖아요. 그 전엔 실업자였었구요."

남자는 그녀를 바닷가에 자리잡은 조용한 카페로 데리고 갔다. 자리에 앉자 그녀가 먼저 입을 열었다.

"제게 하실 말씀 있으세요?"

"뭐 그냥……."

"난처하게 만들려고 물은 말 아니에요. 사실은 제가 임 선생님을 뵈어야겠다는 생각이 들었었어요. 그 동안 생각한 것도 있고 해서……."

"무슨?"

"우선, 술이나 한잔 시키고 난 뒤에 말씀 드릴께요."

그녀가 위스키를 시키자 남자도, 차야 대리 운전을 시켜도 되니까 어쩌구 하며 위스키를 병째 주문했다. 술이 오자 남자가 그녀의 잔에 술을 채웠다.

"하실 말씀이 뭡니까?"

"단도직입적으로 말씀 드리겠는데요, 그날, 군대 이야기하시다가 입을 다무셨거던요? 그 뒷얘기를 꼭 듣고 싶어요. 저도 해 드릴 이야기가 있어요."

남자의 얼굴빛이 금세 어두워졌다.

그녀가 먼저 총대를 메겠다는 생각으로 입을 열었다.

"저, 결혼은 했지만 호적상으론 처녀예요."

남자는, 이 여자가 대체 무슨 이야기를 할려고 이러는가 하는 눈빛으로 그녀를 쳐다보았다.

"그 일이 제 인생에 중요한 단서가 됩니다. 제가 결혼한 사람은 31 사단 소속의 계엄군이었어요. 전 잘 모르지만 31사단이 향토 사단이 라면서요? 그래요, 그는 전라도 사람이어요. 그의 말대로 그는 오지게 '재수없는 인생'이었던 겁니다. 순진한 발상인지 모르지만, 아무래도 향토사단이라면 다른 사단과는 다르게, 진압작전도 좀 덜 잔인했지 않았나 하는 게 저의 생각이어요. 그런데…… 임무수행 중 그가 한 청년을 다치게 한 모양이었어요. 그 일로 정신과 치료도 오랫동안 받 고, 그의 어머니의 고통은 이루 말할 수 없었던가 봐요. 그 어머니는 아들이 아프다고 이웃에게 대놓고 하소연 한번 못 하고 쉬쉬하며 사 셨으니……. 참 훌륭한 분이었어요. 제가 그와 결혼하겠다고 그에게 쫓아다닐 때 이젠 죽어도 여한이 없겠다고, 그래도 녀석이 혜안이 있 어 널 만나려고 그곳 땅으로 간 모양이라고, 당신 아들이 뻣뻣하게 굴더라도 마음 상해하지 말고 눈감고 조금만 이해하라고, 그 공 절대 잊지 않겠노라고 그렇게 절 미더워 하셨어요. 전 그분의 존재가 천군 만마를 얻은 듯 든든했었어요. 제가 좋아 쫓아다녔었는데 그의 어머 니로부터 그런 대접까지 받았으니. 하나, 당신 아들이 결혼하자마자 이승엔 아무런 미련도 없다는 듯, 서둘러 하늘로 가셨어요. 신혼이라 해도 더운 기가 없는 아들네에 오셔선 내내 오금 지려 하셨지요. 힐 일도 없는, 소꿉장난 같은 살림을 보시면 알 것을, 명주고름 같은 손 바닥으로 무슨 일을 하겠냐면서 그렇게도 절 안쓰러워하셨어요. 그 분은 잘 모르는 가운데도, 아들과 저의 관계가 다른 부부들처럼 끈끈 하지 않음을 피부로 느끼셨던가 봐요. 전화로 늘 하시던 말씀이 밥 잘 챙겨먹고 절대 마음 상해하지 말라는 소리였어요. 그분을 생각하면 가슴이 미어진다는 게 어떤 건지, 바로 와요. 남 못잖은 아들의 모습을 보면서 자다가도 마음 든든해하셨다는데, 나라를 지킨다는 명분으로 간 군대에서 왼통 망가져 폐인이 되어 돌아왔으니…….

　여튼 그는 이쪽 땅 저쪽 땅 사람들께 속죄하는 심정으로 전라도에서 경상도 땅으로 건너와 삶의 패턴까지 바꾸며 살았어요. 저보다 네 살이 많은 그는 늦게 군엘 가게 됐고 꽤 유망한 그림쟁이였었대요. 그는 외국에 가고 없는 친구의 가마에서 해가 뜨고 지는 것도 아랑곳 않고 흙이나 주무르며 원시인처럼 살았어요. 그런데 그가 갑자기 무슨 운동가로 둔갑하게 된 거예요. 어쩌다 들어오는 작품 값을 전부 시민운동 단체에 보낸 것이 겉으로 미화된 거지요. 게다가 그는 철저하게 매스컴을 피했으니 그의 신화는 더욱 환상적으로 뒤발되어졌구요. 그러다 재수 없게도 저를 만나 결혼을 하게 되었어요. 결혼 후엔 제 아파트로 옮겨와 그림도 그리다가, 가마에서 도자기도 만들다가 그렇게 왔다리갔다리 하며 자기 일을 했는데 결국은 다시 토굴 같은 요로 완전히 돌아갔어요. 혼인신고도 못하게 했지만 좋은 사람이었어요.”

　“실례지만, 왜 헤어졌습니까?”

　“제가 일방적으로 버림 받은 거예요. 새벽녘 보따리를 싸들고 나간 사람은, 제가 아니라 바로 그였거던요. 제게 자유를 준다는 아름다운 명분을 앞세우고. 전 언제까지라도 그와 함께 살고 싶었어요. 그 마음은 지금도 여전하구요. 그런데, 그 사람이 자신을 용서하지 않았던 거예요. 오월 그 사건 이후, 그는 남자가 아닌 남자가 되어버렸거던요. 혼인신고를 거부한 바람에 전 법적으로도, 그리고 실제적으로도 처녀예요. 이 정도 말했으면 됐지요? 임 선생님도 자신에 대해 말씀해 주세요. 지원이라는 딸아이에 대해서도……."

그녀는 뭔가를 작정하고 결심을 내린 사람 같았다. 술잔을 여러 번 비워내면서도 전혀 취하는 기색도 보이지 않았다. 말의 내용은 씩씩해지고 있었지만.

"딱 한 가지만 말씀 드리겠습니다. 다른 말을 절대 안합니다. 짐작하셨는지 모르겠지만, 저도……."

"도와 주세요, 임 선생님. 임 선생님을 만나고 집으로 돌아간 날 제가 결심한 게 있어요. 절 보고 그랬었지요? 상처 입은 사람 같다고. 그래요. 저야말로 오월과는 전혀 상관 없이 살았던 사람인데 그 오월의 가해자인 남자를 만난 때문으로 이렇게……. 가슴이 시려서 전 한여름에도 펄펄 끓는 물만 마셔요. 무슨 말이든 해 주세요."

"당신만 억울한 게 아닙니다. 내 딸 지원이는 이 세상에 태어난 이후 말 한 마디 해보지 못했어요. 당신은 알아요? 날마다 그 아이의 눈빛을 받아내야 하는 내 심정을? 선천성 뇌성마비아의 찌그러진 면상을, 아비 된 사람으로서 아무 생각 없이, 무심한 마음으로 봐 줄 수 있다고 생각하세요? 누구나 자기 자신의 삶은 가혹하게 느껴지는 법입니다. 난 오기로라도 내 삶에서 도망치지 않기로 했어요. 정면 도전할 거요. 당신도 씩씩해지도록 하세요."

그녀는 소리내어 울었다. 술기운을 빙자한 오랜만의 한풀이였다.

"당신이 뭘 알아. 정면 도전? 누군? 나도 도망치지 않았어. 그랬기에 내게서 떠나려는 남자를 울며 애원하며 4년씩이나 붙잡아 둘 수 있었어. 그런 지금, 내게 남은 건 뭐야? 아이 못 낳아 소박 맞은 여자, 세상 인심은 그렇게 야박해."

그녀는 남자 앞에서, 자신의 부모 앞에서도 친구 앞에서도 내뱉지 못한 말들을 분수처럼 풀어놓았다.

"그래요. 당신은 억울한 사람 맞아요. 우린 가해자니까 억울하지는 않아. 우린 돌을 맞아도 싼 인간들이야."

"당신도 '그'처럼이나 교만해. 그런 자조, 내겐 안 통해."

남자는 끈기 있게 그녀의 넋두리를 들어주었다. 그들은 늦게서야 카페를 나왔다. 남자가 그녀를 집까지 바래다 주었다.

"미안해요, 엄살 한번 핀 거예요. 상처입은 영혼들끼리만 통하는……. 추태부렸다고 후회하지 않을 거니까, 임 선생도 제게 그런 쪽의 사과는 바라지 마세요."

남자가 그녀의 손을 두 손으로 따뜻하게 맞잡아 주었다.

"그래 참, 당신이 내린 결심이란?"

"지금은 떠나간 내 남자와 당신을 소재로 하여 딱 한 편의 드라마를 쓰는 거……."

그녀가 신파조로 말했다.

남자가 두 손에서 그녀의 손을 풀며 말했다.

"당신의 남자는 쓰든 말든 상관없지만 나는 안 돼, 절대 쓰지 마."

"비겁한 자식!"

그녀가 남자의 뺨에다 방금 데워 따뜻해진 손바닥을 날렸다.

그녀는 기다리고 있었지만 남자는 소식이 없었다. 소식 없는 시간이 길어지자 그녀는 초조해지기 시작했다. 그래도 남자의 전화는 없었다.

띠리링. 그녀는 바짝 긴장했다. 혹시?

"요즘 어떻게 지내는데?"

전화 건 사람은 친구였다.

"늘 그렇지 뭐."

"왜그리 힘이 없어 보여? 무슨 일 생겼니?"

"일은 무슨 일, 아무 일도 없어."

"밥은 잘 챙겨 먹고?"

"걱정 마, 잘 먹으니까 이렇게 건재하고 있잖아."

"다행이네, 그냥 전화 한번 해본 거야. 저녁 때쯤, 봐서 한번 갈께."

"그래. 고마워."

전화기를 내려 놓으려는데 친구가 아참, 하며 말을 이었다.

"접때 같이 만났던 우리 시동생 친구, 며칠 전 머얼리 갔다."

"왜? 이민?"

"미쳤다, 이민은 무슨. 아이 때문에."

"아이 때문에?"

"그래, 넌 잘 모를 거야. 딸이 뇌성마비아야. 누님 한 분이 외국에 터 잡고 산 지 오래 됐는데 아무래도 그곳이 그런 쪽으론 발달됐는가 봐. 오라고 한 지는 오래 됐는데 사실 그렇잖아, 돈. 어디 한두 푼 가지고 되겠니? 그래서 이렇게 저렇게 미루더니 이참에 사업이고 뭐고 모두 작파한 뒤 서둘러 결정 내려서 떠난 거야. 그 삼촌도 안됐어. 젊은 나이에 각시도 없이 딸에게 온 신경을 다 퍼붓고 사느라……. 그리고 참, 네게 안부 전해 달라고 하면서, 자기는 꼭 딸 잘 치료해서 돌아올 테니까 너도 그 동안 튼튼한 아들 하나 낳으라고 하더라. 난 그냥 서로 외로운 처지, 너랑 친구하면 좋겠다 싶었는데 만나자 금세 그렇게 외국 가 버리고……. 근데 우습다야. 아들 하나 낳으라니. 니 성질이 얼마나 지랄 같은지도 모르고 널더러 바람을 피우란 말인지,

원……."

하참! 친구가 이상해 죽겠다는 웃음을 웃으며 전화기 저쪽으로 사라져 갔다.

그녀는 잠시 쓸쓸해졌다. 그렇게 떠나면서까지 전화 한 통도…….

이 땅의 삶은 너무 쓸쓸해. 쓸쓸했지만 그녀는 남자의 의도가 무얼 말하는지 온전히 알아차릴 순 있었다.

삼자의 입을 통해 그녀가 해야 할 일이 무언지를 분명하게 일깨우려는 의도.

그녀는 남자의 튼실하게 깊은 마음이 고마웠다. 내게 글을 쓰라구요? 나야 어떻든 제발, 당신의 딸아이나…… 굳게 마음 다잡아도 그녀는 여전히 남자에의 섭섭한 마음이 가시지 않았다. 그녀가 생각기에 그녀와 남자 사이엔 당사실만큼의 가는 끈조차 연결되지 않은 사이였지만, 소리없이 떠난 남자의 행위와, 비행기로 열 몇 시간이나 날아야만 닿을 수 있는 먼 나라에의 공간적 거리감으로 하여 그 '끈'의 존재가 더욱 미미하고 아득하게 느껴졌다. 외롭다는 생각이 들었다. 사는 일 항용 그렇지 뭐……. 마음을 가다듬어 보아도 외로운 건 외로운 거였다.

그녀는 바다가 보이는 베란다로 나갔다. 언제 바다안개가 끼었는지 희끄무레한 바다의 윤곽이 그녀의 시야를 가리고 있었다.

그녀는 순간, 한 생각이 떠올라 견딜 수 없게 마음 초조해졌다.

맞았어. 아무런 끈도 쥐고 있지 않았던 그는 외로웠던 거야. 언젠가는 날아가버릴 새를 안고 안절부절하기보다는 스스로 새를 놓아주고 싶었던 마음…….

그의 외롬을 이제서야 알게 되다니!

그녀는 처음으로 그의 외롬이 가슴에 닿아와 안타까웠다.

그래! 끈, 혼인신고.

그가 반대했어도 그녀가 억지로라도 혼인신고를 했었다면 그와의 사이가 이렇게 되지는 않았을 거란 생각이 들었다. 그녀는 마음이 바빠져서 서두르기 시작했다.

그녀가 거실의 커튼을 치기 위해 유리문 쪽으로 가니 바다에서 불어오는 바람 때문인지 서서히 해무가 걷히는 중이었다.

자주 해무가 끼고 또한 언제인지 모르게 안개가 벗겨지는 이 수상한 동네, 그리고 우리 삶.

그녀는 외롬을 밀어내듯 커튼을 마저 닫은 뒤, 가방을 챙기기 시작했다.

화인(火印)

　잠시 쉬었던 버스가 경산휴게소를 벗어나자 하늘에선 진눈깨비가 흩날리기 시작하였다. 우중충한 날씨가 미덥지 못하다며 기차로 가길 당부하시던 아버지. 하지만 버스여행도 아직까지는 그런 대로 괜찮다 싶었다. 다만, 차가 경산휴게소에 닿자 화장실엘 가기 위해 서둘러 버스에서 내렸고 마침 통로 건너 앞쪽에 앉았던 아가씨 역시 화장실로 향하길래 '혼자 여행하세요?' 하고 말문을 튼 내게, 새초롬한 인상에 고개조차 까딱 않던 그 아가씨가 내 기분을 약간 무참하게 했을 뿐.

　화장실을 다녀오면 그때뿐, 또 요의는 되살아나 신경을 곤두서게 했고, 실상 화장실로 달려가면 시원치 못한 오줌 줄기는 반 컵도 못 되는 양으로 나를 화나게 했다.

　오늘의 버스여행은, 휴게소가 아니면 요의를 다스릴 수 없는 무자비한 상황하에서 내 고질병을 어거지로라도 한번 이겨보자는 심산에서 비롯되었다.

신경성 방광염.

나 스스로 지어붙인 병명, 신경성!

회사 마당가에 심어진 오동나무 이파리가 유난히 넓어 보이던 그해 가을은 자주 하늘로 눈길이 가 머물렀다.

스물두 살, 지금 생각해도 아찔하리만치 그때의 나는 꽤 극심한 위기감에 빠져 있었고 '존재'와 '생존'에 관한 갈등으로 매일을 허방치며 살던 시절이었다.

그 무렵, 대통령이 술자리에서 총에 맞아 죽었다는, 뭔가 비밀스럽고도 흉흉한 내용의 급보가 온 세상을 끓어 넘치게 했고 그 불길한 소식은 어쩌면 나의 우울증과 무관하지 않을 거라는 턱없는 생각으로까지 발전하였다.

아니다. 그런 생각은 그때의 내 감정이 아니라 10년이나 지난 지금에야 느끼는 결과론적인 판단일 것이다.

날이면 날마다, 새벽부터 밤까지 영어숙어와 3차 방정식의 공식과 유기화학의 구조식과 시성식을 외우면서 보낸 고3 생활은 진빠지게 피곤한 날들의 연속이었다. 어깨가 휘청거릴만치 무거운 부담을 담보한 결과 새해엔 나도 서울 유학생이 될 수 있었으니 퍽 운이 좋은 편이었다. 그러나 내 앞에 펼쳐진 대학생활은 '대학생활'이라는 꽤 낭만적인 문구에도 불구하고 시시하고 별 볼일 없는, 그저그런 나날들에 다름 아니었다. 교생실습 나온 병아리 선생으로부터 들었던 감미롭던 미팅 이야기와 축제 전야제의 분위기는 한낱 꿈 같은 환상에 불과했고, 배 나온 교수님들의 근엄한 표정에선 학자의 기품을 읽기보다는 권위주의에 젖어 있는 관료의 모습을 연상했으니 그건 분명 내 시선의 혼선이었다.

좌우간 내가 생각하던 대학과 몸으로 부딪히는 대학생활과의 괴리는 날마다 그 진폭이 넓어 갔다.

금 간 꿈이 조금씩 깨어지기 시작하면서부터 나는 내 밖에서 뭔가를 찾아야 한다는 절박한 생각으로 마음 맞는 친구의 규합에 나섰다. 나름대로의 자구책을 강구한 셈이었다. 하나, 대학에 발 디뎠다는 그 사실 하나만으로 자기 삶의 목표를 반 이상 실현한 듯 여기는 무리들로 교정은 벅적거렸는데 내 고민을 함께 이해하고 앓아주는 친구는 눈에 띄지 않았다. 외로웠다. 2학년을 마치면서 자퇴서를 냈다. 먼저 휴학계부터 내고 한동안 쉬면서 내 감정을 점검한 뒤에 자퇴서를 던지는 행위는 절실한 내 감정을 기만하는 비겁한 행위인 듯싶어, 뒷날 결코 후회하지 않으리라는 독한 결심을 품고서.

법과 규율엔 퍽이나 순응하는 편이던 내가 학교를 그만 두자 집식구들은 나를 무슨 역성혁명이라도 일으킨 장본인쯤으로 착각했는지 몇몇 날을 두고 닦달함과 동시에 협공작전으로 나를 코너로 몰아붙이곤 했었다. 하지만 학교를 가지 않는달 뿐 나는 평소의 나 그대로였으므로 비교적 속물근성에 물든 우리집 식구들도 속수무책, 입을 닫아 주었다. 그런데 문제는 학교엘 안 간다고 해서 나의 우울증이 나아지지도 않았고 되려 너무나 무료하고 찐맛 없는 일상만이 막무가내로 내 앞에 펼쳐져 있을 뿐이었다.

그때 마침, 상업학교를 졸업한 초등학교 동창에게서 자기 회사의 거래처인 가구회사에서 여직원 한 사람을 필요로 한다는 이야기를 듣게 되었다. 나는 친구에게서 그 말을 들은 이튿날, 이력서 한 장을 써들고 교정에 있다는 가구회사를 찾아갔다.

사장은 내게, 외형이 얼마 되지 않는 데다 장부는 세무회계사무소
에 맡기므로 여상졸업자가 아니어도 업무를 보는 데 애로사항은 없
을 거라고 했다. 그러면서도 뭔가 께름직한 기분이 드는지 선뜻 수락
할 기미를 보이지 않았다.

한참을 망설이더니 이력서를 써 들고 간 내 용기가 가상해 보였든
지 다음 날부터 출근해도 좋다고 했다. 그리하여 그 가구회사가 내
삶의 새로운 장(場)이 되었다.

사장은 가구에는 도가 텄다 할 정도로 실무에 능한 사람이었는데
사업수완도 좋아 불경기임에도 회사는 잘돼 나갔다. 그리고 가구협
회 주관의 해외산업시찰이라든지 산학협동연수라는 명목으로 외국
에 나갈 기업주를 선정할 때면 한 번도 그 기회를 놓치는 법이 없었
고, 또한 나의 능력도 인정하는 터여서 여행에서 돌아오면 코티 향수
니 열쇠고리니 하는 자잘한 선물도 책상머리에 놓아주곤 하였었다.
누군가로부터 자신을 인정받는다는 사실이 즐거워서 나도 나름껏 열
심히 일했다. 한데, 정작 중요한 사실은 매캐한 칠 냄새와 콤푸렛샤의
소음 속에서도 열심히 자기 몫의 삶을 살아내는 공장식구들에로의
감정이 (이전에는 느끼지 못한)감동으로 기우는 일이었다.

사무실 일이라 해야 제품 출고 시의 송장 발부와 세금계산서의 기
재, 재고가 얼마 남지 않은 원자재의 전화주문, 그리고 대금결재에 관
한 은행 업무와 거래처 손님들의 접대가 고작이었는데 야간부 학생
하나가 사무실 일을 거들고 있었으므로 한가한 시간이 많은 편이었
다. 그리하여 나는 시간이 날 때마다 공장 안을 맴돌았다.

각목과 합판으로 가구가 만들어지는 것이 신기하기도 했고, 머리끝
까지 수건을 뒤집어쓰고 침침한 실내에서 샌드 페이퍼의 꺼칠함으로

가구의 표면을 문지르는 사포질 작업은 내게 늘 어떤 '의미'로 다가왔기 때문이었다. 모난 것을 궁글리고 잘못조차도 힘 없이 지울 수 있다면…… 구체적인 행위로써의 지우기 작업. 그래서 나는 자주, 마스크도 머릿수건도 없는 무방비 상태로 빼빠질에 열심인 아줌마들의 작업을 곁에서 유심히 지켜보곤 했었고 때론 '오늘은 일이 퍽 많네요. 아이고, 이거 다 끝내자면 팔 빠지겠네……' 하며 일에 지친 아줌마들에게 그런 식으로 내 호의를 전하기도 했다.

공장 안을 자주 서성이는 때문으로 내게 대한 거리감을 덜 느꼈을 터이기도 했겠지만, 공장식구들에 대해선 어떤 도사림 같은 것이 전혀 느껴지지 않는 내 마음을 그들도 감지했는지 나를 좋아하는 눈치였고, 껌 한 조각이라도 있으면 내 손에 쥐어주길 즐겨하는 그들 또한 내 사랑의 대상이었다.

대학생활의 낭만을 구가하는 동기들은 가구회사의 여직원으로 변신한 나를 초라하게 여겼을지 모르지만 나는 행복했다.

그런데…….

취직하여 9개월쯤 되었을까.

퇴근 무렵, 본드 묻히는 자동기계를 세척하다가 직원 한 사람의 손이 그만 고무 롤러에 말려 들어간 사건이 발생했다. 기계의 스위치를 껐다곤 하나 맞물려 돌아가는 롤러에 손이 끼었으니 원통형의 쇠붙이를 지탱해 주는 볼트를 쇠톱으로 잘라야만 그 직원의 손을 빼낼 수가 있었다.

기계를 쇠톱으로 잘라 낼 때까지 들려오던 비명과 신음소리. 그 소리는 내게 '생존'의 처절함을 피나게 깨우쳐 주는 계기가 되었다. 하여, 그해 가을의 나는 존재와 생존의 의미에 대해 생각하는 시간이 길었고 그런 몸부림 흡사한 고뇌는 자퇴서를 낼 때와는 유가 다른 아픔이었다. 그 무렵쯤엔 잠자던 사자가 기지개를 켜고 깨어나듯 5년의 침묵을 뚫은 부대생들의 교외시위도 있었으니, 개인적인 고통과 역사적인 소용돌이의 와중에 서 있던 나는 그래저래 심신이 고달프기 그지없는 나날이었다.

그날도, 회사에서 퇴근하여 집으로 가기 위해 버스를 탔다.

버스가 시청 앞을 지날 무렵, 몇 대의 탱크가 시청 정문 앞에 버티고 서 있는 것이 보였다. 나는 겪어보지 못한 피상적인 전쟁에의 공포가 전신을 훑으며 지나갔다. 아마도, 초등학교부터 시작해 중 고등학교를 거치면서 받은 반공교육에 힘입은 전쟁에의 절대적인 공포감이 무의식적인 순간에 나를 주눅들게 했나 보았다. 창으로 들어오는 바람에는 매캐한 기운이 섞여 있었다. 버스 승객들은 발작적인 기침과 재채기를 해대면서 서둘러 창문을 닫았다. 아마, 학생들의 시위가 있었던 모양이었다.

내가 탄 버스가 대청동 쪽으로 구부러져 올라와 지금은 없어진 현대극장 앞에 이르렀을 때 또 한 대의 탱크와 무장한 군인 몇이 완강한 폼으로 서 있는 것이 보였다. 그때 나는 목젖이 타는 듯한 갈증과 함께 참을 수 없는 요의를 느꼈다. 사람들은 평소처럼 거리를 오가고 있었는데 탱크를 앞세운 군인의 모습이 그렇잖아도 위기감을 느끼고 있던 내게 큰 충격으로 다가온 모양이었다.

10시로 통행금지 시간이 앞당겨지고 술집이며 그 유사한 집들의 경기가 엉망이었다는 그 무렵부터 나는 심한 방광염 증세로 고통 받기 시작하였다. 하루에 열 번 스무 번도 좋이 화장실을 들락였고, 화장실을 들락거리는 성가심보다 진한 요의에도 불구하고 소변량의 보잘것

없음이 나를 더욱 절망케 했다. 견디다 못해 찾은 비뇨기과 병원에서의 진단은 '이상 무'였음에 내 병의 심각성은 더 하였다.

차는 추풍령 휴게소에 닿았다.

또 내려서 화장실을 먼저 방문했고 차 안에서 흔들리는 글씨로 급히 쓴 엽서를 부치기 위해 우체통을 찾았으나 눈에 띄지 않았다. 부치지 못한 엽서를 한쪽 손에 들고 버스로 향하기 위해 휴게소의 벽돌 계단을 내려서니 새초롬한 인상의 아가씨가 환한 얼굴로 공중전화 부스에서 전화통화을 하고 있는 모습이 보였다.

버스 속 내 자리로 돌아와 부치려다 실패한 엽서를 들여다보았다.

선생님,

잿빛 하늘이 금세 눈이라도 한바탕 쏟아 부을 것 같습니다.

벼르다 결행한 서울 나들이이지만 결과엔 괘념치 않을 작정입니다.

서울엔 무사히 잘 도착하겠지요?

부산에 닿으면 바로 연락 드리겠습니다. 안녕히.

별 생각 없이 쓴 엽서 쪽이었는데 '무사히 잘'이라는 어휘에 눈길이 머물자 언뜻 불안감이 엄습해 왔다.

방정맞게 '무사히 잘'이라는 낱말을 고르다니, 나도 참……

이제 버스는 서울 도착 때까지 쉬지 않고 달린다고 했다.

불안하였다.

2시간 이상을 참고 견딜 수 있을까……. 아버지 말씀대로 그냥 기차를 탈 걸 그랬어. 화장실엘 갈 수 없음에의 불안감으로 하여 나는 드디어 버스여행을 후회하기 시작하였다. 내 온 신경은 아랫배로 쏠리기 시작했고 어느 부위가 방광인지 나로선 확실하게 알 수가 없었지만 여튼 방광은 금방이라도 터질 듯싶었다.

내 인내가 극한에 다다랐을 즈음 차는 터미널에 닿았고 화물칸에 넣은 여행가방을 찾자 나는 날다시피 화장실을 향해 뛰었다.

지난 정초부턴 사변적이고 생각이 튀길 잘하는 내 본성을 제어하고자 '단순해지기 위한 연습, 어린아이와 같은 순수함 되찾기'라는, 좀 우습고 졸렬하다 싶은 명제를 안고 그것을 실천하기 위해 낑낑 노력하고 있었다.

그 무렵, 그러니까 설이 며칠 남지 않은 2월 중순 어느 날, 오랜만에 차 선생의 전화가 있었다.

"해림 씨, 좋은 사람 소개 시켜 줄 테니까 내일 저녁 7시까지 가배로 나와요."

좋은 사람이 누구인지 궁금했지만 단순해지기로 한 그 즈음의 숙제을 염두에 두고 이유 같은 건 묻지 않기로 했다.

이튿날.

집에서 버스로 15분 거리에 있는 바닷가, 그 바닷가에 연한 찻집 가배로 향하니 차 선생은 먼저 와서 나를 기다리고 있었다. 외사촌 오빠의 친구인 차 선생은 나를 참 살갑게 대해주곤 했는데 아동문학이란 장르가 전해주는 선입견 이상으로 부드럽고 선량한 사람이어서 나도 꽤나 차 선생을 좋아했다. 차 선생은 곧 출간될 창작동화집에 관한 애기를 하다가 문득, 진전 없는 내 시로 이야기의 화살을 돌리는 거였다. 맥 놓고 하루하루를 살고 있는 내게 시는 저 먼 피안의 세계에 존재하는 무형의 두려움, 바로 그 자체인데…….

명색 시인이면서 시에 대한 사명감이랄까 열정이 끓어오르지 않으니 그야말로 난감한 일이었다. 하긴 시인의 이름을 사고 싶어서가 아니라, 남 몰래 써둔 시가 제법 되었고 내가 쓴 시의 수준이 대체 어느 정도인지 그게 궁금하여 문예지에다 시를 보냈었다. 그런데 생각지도 않게 덜컥 당선이 되었던 것이다. 하지만 그걸로 그뿐. 내 손끝의 재주로 빚어진 시가 아무리 세련된 언어로 점철되어졌다 한들 내 시에는 혼이 배어 있지 않았다. 생명 없는 시가 어찌 시일 수 있겠는가. 곪아터진 시대적 상황을 시적 긴장과 감성을 잃지 않고도 맵게 노래하는 다른 젊은 시인들의 시에 대한 상대적인 열등감과 함께, 용기도 현실안목도 부족한 나는 그저 게으름이나 지피며 시간을 허송할 따름이었다.

"해림씨, 왜 그렇게 소식 없이 지냈어요? 엊그제 그 자식 만나 술 한잔했습니다. 고모님께서 해림씨 결혼 문제로 걱정이 대단하시다고 하더군요. 너무 콧대 세우지 말고 적당한 사람 있으면 결혼하세요. 남자들 다 그렇고 그래요."

친구의 사촌동생인 내게 경어를 구사하는 차 선생은 내가 듣기 거북하므로 하대를 하라고 해도 늘 같은 이두었다.

"아이구, 선생님은. 그래, 선생님 같으면 서른 넘은 처녀를 좋다라고 선 볼 것 같애요? 나이만 먹었지…….."

내 말을 들으면서도 시선은 연신 출입문 쪽으로 가 있던 차 선생의 눈에 아는 얼굴이 띄었는지 차 선생은 한쪽 팔을 치켜들며 어이! 하고 소리쳤다.

"조금 늦었습니다."

워낙 키가 커서 구부정해 보이던 그 사람은 수염을 깎지 않고 있어서인지 자유분방한 느낌이었는데 가까이서 보니 눈빛이 예사롭지 않았다.

"어째, 부산사람 다 된 것 같습니다. 말만 듣고도 이렇게 찾아오다니요. 해림씨, 인사하세요. 대도출판사 편집차장 허진수 씹니다. 한 달이나 유급휴가 받아서 결혼한 여동생 집에 와 있는데, 사장님께서 유급휴가를 줄만큼 유능한 사람이지요."

"유해림입니다. 참 부러운데요? 어떻게 하면 유능한 사람이 될 수 있는지. 전 무능해서 일 년 열두 달 무급휴가인데 말이죠."

차 선생은 허허 하고 웃었지만 그 사람은 웃지 않았다. 초면에 예의가 아니었을지도 모른다는 생각이 들었지만, 그리고 눈빛도 예리했지만 그런 정도의 농은 받아 줄 것 같아서 혼자 안심했다.

차 선생이 자리를 뜨자 했고, 셋은 찻집을 나와 카페가 줄줄이 늘어선 밤 바닷가를 걷기 시작하였다. 내 키보다 한 뼘은 좋이 클 듯싶은 그 사람은 내 보폭에 맞추어 걸음을 걸어주었다.

"술 좋아하세요?" 그가 물었다.

"녜."

사실 나는 소주 한 잔도 제대로 비우지 못하는 체질이었지만 술 마시는 분위기를 좋아하긴 해서 그냥 예,라고 대답했다.

차 선생은 편안한 느낌을 주는 단골 술집으로 우리를 끌고 갔다. 그곳에서 꽤 많은 술을 마셨다.

따뜻한 실내에 앉아 있다가 밖으로 나오니 몸이 움츠려 들었다.

"진수씨, 사직동까지 가자면 어차피 해림씨 사는 동네를 거쳐야 하하니까 함께 가세요. 저는 억울하게도 집이 이 동네라서 숙녀와의 동승은 글렀고……."

빈 택시가 많아 차는 곧장 잡혔다. 차 선생은 택시 뒷문을 닫아주며 내게 싱긋, 웃어주었는데 그 웃음이 상당히 의미심장해 보였다. 아서라, 단순해질 것. 일단은 내 감정조차도 분석하지 않기로 했다.

나의 왼편에 앉은 그 사람은 내게 아무런 관심도 보이지 않았다. 차가 수영로터리를 지나 도시고속도로 아래를 통과할 즈음 내가 먼저 입을 열었다.

"이제 조금만 더 가면 내려요."

잠시 후면 나는 내릴 사람이니 할 말 있으면 하라는 듯, 불쑥 나온 내 말은 내가 생각해도 우스웠다. 그 사람은 내가 입을 떼길 기다렸다는 듯이 파커 안주머니에서 수첩을 꺼내 들며 전화번호를 물었다.

설 하루 전날인 이틀 뒤, 결혼한 바로 밑의 여동생과 함께 예순 개째의 만두를 빚고 있다며 그 사람은 내게 전화를 주었고 겨우, 두통을 핑계한 낮잠이나 자고 있다는 내 말에 그 사람은 쯧쯔! 혀를 찼다. 그런데 희한하게도 그의 혀 차는 소리로 하여 그가 내게 십년지기처럼 가깝게 여겨지는 것이었다.

전화 용건은 설 다음 날 경주엘 가자는 것이었다.

약속 날, 고속버스 터미널에 닿으니 여전히 깎지 않은 수염이 그 사람은 황량한 표정으로 경주행 버스표 두 장을 끊어놓고 나를 기다리고 있었다. 나는 실없이 감격스러워서 억지소리를 했다.

"나오지 않으면 어쩌려구 미리 표를 끊어놓고 기다리세요?"

"당신은 보기보다 약속을 잘 안 지키는 편인 모양이죠?"

그냥 해 보는 소리임을 안다는 듯, 한 발 앞서 내 말을 척 받아 넘기는 서울 말씨의 그 남자는 그날로부터 나를 꽤나 단순하고 유치한 여자로 변모하게 만들었다.

ㄷ대학 분교가 있는 경주엔, 총학생장 선거로 하여 한 달 가량 머문 적이 있었다는 그 사람은 나와 함께 경주엘 가고 싶었노라고 했다.

경주에 닿자 먼저 불국사로 향했다.

휘청하니 큰 키, 꺼칠한 수염. 낮에 보니 예리하게 보이기는커녕 왜인지 모르게 황량하고 외로워 보였다.

"부산 같으면 팬들의 눈 때문에 정말 곤란한데, 여긴 부산이 아니라 경주라서……."

허수아비 같은 그의 팔을 잡으며 내가 한 말이었다. 이번에도 그의 대답은 나보다 한 수 위였다.

"여기가 서울 같았으면 일킬로에 천 원은 받아야 본전인데, 서울 아닌 경주니까 그냥 오백 원만 받지요 뭐."

그의 말에, 조금 전의 감정은 잠시 잊고 오랜만에 분별없이 즐거웠다. 나의 재미로움은 그의 깊은 속마음 내밀한 곳에 자리한 아픔을 몰랐기 때문이었다.

한 달의 유급휴가 기한을 다 채우지 못하고 서울 사무실서 급한 용무로 불러 올리는 바람에 그 사람은 예정보다 열흘 먼저 부산을 떴다.

"해림 씨, 고마왔습니다. 인제, 언제 다시 만날 수 있을지 모르겠군요. 항상 건강하시구요, 시도 부지런히 쓰십시오. 지켜보겠습니다."

어쩌면 다시 만날 수 없을지도 모른다는 그의 말이 내 가슴을 섬뜩하게 했다. 하지만 나는 이별엔 강한 사람이었다. 못난 나를 탐하여 청혼한 사람이 몇이나 되었지만 나의 도리질로 끝내는 모두 내 곁을 떠나게 만들었었다. 나는 되려 냉담해져선 내게서 거부 당했던 사람의 심정이 이러했을까 라고 생각하며 버스가 출발하기를 기다렸다.
창 쪽에 앉은 그가 이젠 가라는 시늉의 손짓을 했다. 나는 고개를 끄
덕인 뒤 손바닥을 펴 보이고는 버스가 출발하기도 전에 미련없이 돌
아섰다. 다섯 번의 만남에 너무 많은 감정을 소모했다 싶어 허한 생
각이 들었다.

다음 날, 그가 부산서 부치고 간 편지가 내 손에 닿았을 때 나는 찢
어지는 듯한 아픔에 손잡혔다.

　　'해림 씨,

　　제가 부산에 온 지도 벌써 스무 날이 지났습니다.

　　해림 씨를 더 일찍, 더 자주 만났으면 좋았으리라고 뻔뻔스런 사
내 욕심으로 감히 실토함을 용서하십시오(제가 선택한 용서란 어
휘의 뜻을 총명한 해림 씨는 이 글을 마저 읽지 않아도 능히 짐작
하실 수 있을 것입니다. 이런 사족조차가 우습습니다만 그냥 침묵
하기엔 제 감정이 순탄치 않았음을……. 당신은 이해하시겠지요?)
그만큼 해림 당신은 제게, 무수한 폭죽으로 날아와 불발로 끝나버
린 인연의 사람이 아니었다는 말입니다. 서두가 길다고 경계하지
마십시오. 정월의 밤은 길고 저는 이미 불면증에 사로잡혀 있기 때
문에 서두르지 않아도 되는 까닭입니다…….'

그의 편지는 계속 되었는데, 젊어 한때는 한량이었던 그의 아버지
가, 지금은 배경 없는 퇴역장군처럼 풀이 죽어서 경로당 출입이나 하
며 나날을 보낸다 했고 그의 어머니는 부부교사인 누님의 딸아이를

봐주며 약간의 생활비를 도움 받고 있다고 적혀 있었다.

'……저의 남동생은 정신병원에 입원해 있습니다. 벌써 4개월째
인데 별 차도가 보이지 않아 병원에서 퇴원을 하라고 한다는군요.
맨 처음 여당 당사를 점거하여 세간을 시끄럽게 만든 용공 좌경
학생들의 주모자가 바로 저의 동생입니다. 문학인지 뭔지 한답시
고 노트 쪽 옆구리에 끼고 시건방이나 떨던 저에 비해 동생은 속
깊고 행동력까지 겸비한 멋쟁이였습니다. 눈치나 보며 사태를 관
망하는 저 같은 비겁자가 아니었다는 말입니다. 그 사건으로 동생
은 제적이 되고 실형선고까지 받았습니다. 교도소에서 풀려났을
즈음엔 당연히 몸이 말이 아니었습니다. 한데 집에서 놀고 먹을 녀
석이 아니었지요. 부실한 몸으로 공사장에 날품을 팔러 다녔습니
다. 그게 사단이었습니다. 아니, 그 이전에 이미 사단은 도사리고
있었는지 모릅니다……'

그의 동생은 공사장 2층 난간에서 실족을 했다고 했다. 별 가볍지
않은 타박상을 입었지만 한 열흘 집에서 치료를 한 뒤 외상은 다 나
았다고. 그런데 추락하면서 뇌가 손상 당했는지 아니면 복역 중 무슨
일이 있었는지는 알 수 없으나 심한 자폐증상을 보이기 시작했다고.
처음엔 낯선 사람만 보면 두 눈을 가리고 구석으로 피하기 시작하더
니 급기야는 가족들도 알아보지 못하는 지경에 이르렀는데 해가 지
면 증세가 더욱 심해지더라고……

'⋯⋯누구의 잘못도 아닌, 오로지 동생 자신의 잘못 때문입니다. 저처럼 방관의 삶을 살 자유가 동생에게도 주어져 있었는데, 방관의 자유를 누리지 못한 그 놈이 바로 자기 삶의 가해자인 셈이니까요.

해림씨,

제 의도와는 다르게 저의 감정이 꽤나 냉소적으로 흐른 것 같습니다. 글을 쓸 때마다 나타나는 습관적인 자각증상인데 아마 저의 감정이 자꾸만 황폐해져 가는 모양입니다.

해림씨, 젊은 놈 가슴에 이렇게 바람이 넘치는 건 대체 무슨 연유입니까?

속앓이도 아닌, 영혼을 앓고 있는 사람은 내 동생인데 구경꾼인 주제의 제가 마른 논바닥 같은 심정으로 사니 이건 도대체 무슨 연유란 말입니까. 부질없는 생각이다 하면서도 때론 억울하다는 생각이 너무도 진하니 저의 피해의식도 이미 중증 이상인 것 같습니다. 해림씨는 저의 넋두리나 들어줄 만만한 사람이 아님을 아는데도 이런 글을 씀은 당신 같으면 제 가슴을 충분히 이해하리라 싶어서입니다. 저의 칙칙한 글로 하여 해림씨의 기분마저 우울해 질까 두렵습니다. 허나, 당당해 보이던 해림씨 견고한 영혼을 제가 조금은 엿볼 수 있었기에 약간 안심됩니다.

불건강한 생각에서 벗어날 수 있도록 절 위해 기도해 주십시오.

좋은 글 쓰시기 빌면서 두서 없는 글 이만 줄입니다.

안녕히⋯⋯.

　　　　　　　　　　　　－부산에서의 마지막 날 허진수 드림

추신 : 이 땅에 존재하고 있음, 그 자체만으로도 축복입니다. 해

화인(火印) 209

림 당신은.'

　이 땅에 살고 있다는 사실 하나만으로 그에게 축복이 된다는 내 존재의 실체가 실상 너무 무기력하다는 성찰로서가 아니라, 이유 없이 억울하다는 그의 편지 속 말이 내 가슴을 쳤다.

　그래 맞았다. 긴 세월 동안 하루도 빠짐 없이 나를 괴롭혀 온 초조한 방광염 증세. 그것이야말로 누구에게서도 보상 받을 수 없는 억울함 그 자체가 아닌가.

　그의 편지에 대한 나의 답도 꽤 길었었는데 그는 침묵하였다. 그의 생각이 시시로 내 가슴 한쪽을 침범하곤 했지만 소식조차 없는 그의 매정함에 생각이 미치면 그의 환상쯤이야 내 가슴에서 쉽게 지울 수 있었다. 하지만, 그에 대한 미련에 죄 사라지진 않았는지 지난 연말, 새해 인사 겸 안부 편지를 쓰고 싶다는 생각이 들어 오랜만에 펜을 잡았다.

　며칠 뒤, 그의 전화가 있었고 그는 내가 서울로 와주면 좋겠다는 뜻을 비쳤다.

　사람에 대해 성실하지 못한 내 성격이야말로 정작 가장 큰 정신적인 결함일 거라는 생각을 하면서 나는 나 스스로 그 결함을 치유시킬 방도를 취했다. 그것은 서울행을 결행하는 거였다. 마침, 곧 아기를 낳게 될 서울의 친구도 나의 상경을 기다리고 있었기에 이차저차 쉽게 집을 떠날 수 있었다.

　막상 날다시피 화장실로 달려갔지만 화장실 안은 만원이었다. 여행가방에서 손지갑을 꺼내어 오른쪽 손목에 걸고는 초조하게 내 차례를 기다리고 있는데 버스 안, 앞좌석에 앉았던 아가씨가 뿌옇게 변색한 거울 앞에서 입술화장을 고치고 있었다. 화장실 바닥은 흥건하게 물이 고여 있었고 여기저기 휴지까지 널브러져 있는 게 말할 수 없이 불결했다. 누구에게 맡기지 않는 한, 화장실 안으로 가방을 들고 들어간다면 가방바닥은 엉망이 될 게 뻔하였다. 하여, 그 아가씨에게 가방을 맡길까 하고 잠시 망설이다가, 그만두기로 했다. 샐쭉한 그녀의 표정으로 봐서 내가 가방을 맡기는 것을 그닥 반가워하지 않을 거라는, 한 발 앞선 내 못난 편견 때문이었다. 손지갑에 든 화장지를 꺼내려고 여행가방을 한쪽으로 추스리는데 수더분해 보이는 아줌마 한 사람이 내 뒤에 섰다. 됐다 싶었다.

"아주머니, 이 가방 좀 봐 주실래요?"

그 아줌마는 웃으며 그러라고 했다. 수돗물이 튀어오르는 세면대 한켠에다 가방을 얹어 놓고는 손목에 걸었던 손지갑까지 여행가방에다 디밀어 넣고 지퍼를 채웠다. 내 차례가 되어 화장실엘 들어가니 그 아주머니는 친절하게도 바깥에서 문까지 꽝! 닫아 주었다.

역시 지독한 요의와는 상관없이 질금거릴 뿐인 소변을 보고 나오니, 소변을 볼 때처럼 미진한 기분, 왠지 모를 이상한 예감으로 가슴이 철렁하였다. 아니나 다를까. 세면대 위에 얹어 두었던 여행가방도 착해 보이던 그 아줌마도 씻은 듯 보이지 않았다. 꿈이 아니었다. 평소에 애지중지하던 손때 묻은 소지품과 일기장, 그리고 현금이 든 가방은 백주에 소리도 없이 사라져 버렸고 덕분에 나는 낯선 서울 땅에서 알거지가 되고 말았다. 발만 동동거려보았자 소용 없는 짓이었고, 터미널 근처의 파출소를 가리키며 누군가가 신고라도 하라길래 파출소로 뛰어갔다. 그러나 가망 없는 행위, 도망친 술래를 잡기 위한 행

위치고는 퍽 도식적인 절차만이 나를 기다리고 있었다. 진술서. 잃어
버린 물건의 내역. 그 물건의 현재 시가…….

"중요한 게 무엇무엇 들었습니까?"

"옷하구요, 일기장하고……."

"하참. 그런 것말고, 현금이라든지 뭐 값 나가는 게 있을 거 아니예
요. 값 나가는 것부터 차근차근 말씀해보세요."

"참기름 두 병 하구, 또 양말……."

"예? 참기름요?"

그 순경은, 값 나가는 것부터 말하라고 했는데 내 입에서 얼토당토
않는 참기름이란 말이 나오자 의아한 듯 되묻더니 곧이어,

"시중가격은 얼마쯤 됩니까?"

하고 덧붙여 물었다.

마침 시골서 참기름 짜 온 게 있어서 곧 해산할 친구에게 주기 위
해 납작한 국산양주병에다 참기름 두 병을 넣었었고, 그와 그의 동생
에게 주기 위해 올망졸망 챙긴 것만 해도 숱한 내 소지품 중에서 무
슨 망발로 참기름 양말 어쩌고 해버렸던 것이다. 그리고, 사랑하는 친
구에게 선물할 참기름에다 내 입으로 가격을 붙이라고까지 하니…….

"아마, 한 팔천 원쯤, 두 병이니까 만육천 원하고……."

나는 얼떨결에 멋대로 가격을 책정하여 묻는 말에 답을 하긴 했지
만 아무래도 그림이 우습게 되어 간다는 생각으로 가슴이 부글거리
기 시작했다.

"그리고는요?"

계속되는 순경의 질문을 받으면서 내 소지품은 결코 찾을 수 없으
리라는, 성급하지만 확실한 결론을 내리기에 이르렀다. 이젠 가방을

잃어버린 심각성보다 부질없는 진술서 쓰기에서 벗어나고 싶다는 생각을 했으니 나도 보통 문제 많은 여자가 아니었다.

"현금 12만원하고, 저금통장……."

"그럼 잃어버린 게 도합 얼마나 됩니까? 통장은 두고요."

"뭐 한 이십만 원쯤 될 것 같네요. 돈 될 만한 게 뭐 있어야지요."

그때쯤 해선 나도 지쳐서 똥 뀐 놈이 성냈댔다고 그 순경에게로 불쑥 올곧잖은 답을 던졌다.

집주소와 주민등록번호와 이름을 불러주고, 손도장을 찍고, 순경에게서 돈 천 원을 얻어서 파출소 문을 나서니 우스웁게도 홀가분하다는 생각이 들었다. 그런데 이십만 원이라니, 이렇게 저렇게 챙긴 물건들이 얼만데…….

여튼 손때 묻은 나의 소유물들은 도합 이십만 원의 무게에 얹혀 내게서 떠나갔다. 빈 주먹인 채로 친구네 아파트의 초인종을 누르기가 좀 뭣하겠다 싶을 뿐 내게서 떠나간 그것들이 아깝다는 생각은 들지 않았다. 그런 감정은 요상하게도 진술서인가 뭔가를 쓰면서부터 이미 합당한 사실처럼 되어지던 것이었다. 하지만 그의 동생에게 줄 선물을 도난 당했음은 불길하기 그지없는 일이었다.

오랜만에 찾은 친구집에 닿자 풀 여장도 없었기로 곧장 그에게 전화를 했다. 풀기 없는 그의 목소리에서 가망없는 사랑을 점쳤다. 우습지만 나의 예감은 빗나간 적이 없었고 그래서 더욱 나의 예감이 불길하게 와 닿았다.

잃어버린 가방, '무사히 잘'이라고 고른 엽서 쪽의 글귀.

감색 바바리 차림의 그는 1년 사이에 부쩍 늙어보였다. 그가 나의 선물을 바랄 리, 천만 없을 터였지만 나는 맨손으로 그를 만나는 나 자신이 그지없이 초라하게 여겨져서 속이 상했다. 그건 참으로 우스운 감정이었다.

"해림 씨, 오랜만입니다."

그는, 그의 큰 손으로 내 손을 싸잡을 듯 굳은 악수를 했다.

"우울한 얘기부터 할까요?"

말의 형식은 묻는 투였지만 나는 잠자코 있었다.

"죽었습니다."

불길한 예감이 구체적인 사실로 드러났기에 나는 공범의식으로 정신이 아뜩해졌다.

병원에서 집으로 돌아온 그의 동생은 가벼운 산책도 할 수 있을 만큼 회복 속도가 빨랐다고 했다. 그래서 그는 동생만 정상적인 생활을 하게 되면 시 쓰는 경상도 여자를 아내로 맞으리라는, 이루지 못할 꿈을 안고서 김칫국부터 마셨노라고…….

"얼마 전 뉴스에 난 사건 기억하시지요? 곤돌라……."

잠시 말을 끊은 그는 다시 힘들여 이야기를 이어 나갔다.

"회사도 사표를 내었고 업무의 인수인계도 끝냈습니다. 제가 가야 할 곳을 찾은 때문이지요. 해림 씨를 만나는 것도 이번이 마지막 기회일지도 모르는데 이곳까지 오시게 해서 죄송합니다. 제가 숨쉬며 살아온 고장에서 해림 씨를 만나고 싶다는 생각도 부른 이유가 되지만 사실은 해림 씨를 만나러 부산까지 갈 여유가 없는 때문이기도 했습니다. 이제, 제가 서야 할 땅, 아니 제가 가서 살 곳을 찾았거던요."

곤돌라라니!! 온세상을 떠들썩하게 만든 그 사건의 주인공이 바로?

이삿짐을 나르던 곤돌라의 체인이 끊겨 추락하는, 그 찰나의 순간에, 아파트 주변을 산책하고 돌아가던 청년이 어린아이를 밀쳐내고 자신이 대신 곤돌라에 깔려서 병원에 간 지 사흘 만에 사망했다는 안타까운 사연,의 주인공이 그의 동생이었다니!!

모를 땐 '의로운 자'라 칭송했지만 알고 나니 그 죽음이 너무도 안타깝고 아까워서 목젖이 아리고 명치가 막혔다. 도대체 이럴 수가……:

"이번에도 또 제가 동생에게 졌습니다. 제가 그 자리에 있었다면 그렇게 하지 못했을 겁니다. 녀석에게 전 영원한 패배자입니다. 부끄러워서 도망치기로 했습니다. 패배자가 가는 곳치고는 너무 두려운 곳이긴 하지만 수도원으로…… 동생으로 인해 생의 비밀을 알게 되었다면 자만일 겁니다. 하지만 녀석이 제게 던져준 화두를 깊이 한번 생각해 볼 필요는 있다고 결정 내렸습니다. 무기력하고 용기 없는 절 위해 기도해 주십시오. 이 말이 제가 해림 씨에게 드리는 마지막 부탁입니다. 잊지 말고 기도해 주십시오. 그리고 부모님들 때문에 참 많이 고민했었는데 그분들도 절 많이 도와주셨습니다. 서울의 집을 처분하고 예천에서 조금 더 들어가는 어떤 곳에 유기농 두레마을이 있다더군요. 그곳으로 가시기로 결정되었습니다. 그나마 서울 생활을 접어주신 게 저로서는 너무 고마운 일이지요. 누님이 아이 때문에 조금 성가시겠지만 이젠 아이도 제법 커서……. 두레마을에신 돌아가실 때까지 계시게 될 겁니다. 그나마 얼마나 다행인지요……."

많은 사람들을 두고 유독 당신 형제들만이…… 그리고, 수도원으로 가겠다니 그거야말로 비겁한 도피행위에 불과해요. 지금 이 순간에도 신 앞에 엎디어 기도하는 자는 많아요. 당신 한 사람 더 기도한다고 해서 세상이 달라지진 않아요. 제발……

그러나 내 속말은 억지에 불과했다. 그의 말을 듣는 순간부터 나는 이미 그의 생각들을 수용하기 위한 내 내부의 변화를 체험하기 시작했으니까.

왜 선지자들이 광야를 향해 떠나며 그곳을 피안의 고장이라고 부르는지를……

광야를 향해 떠남이 도피가 아니라 맨몸으로 치르는 처절한 도전임을 그들 형제로 인해 알게 된 것이다.

역설의 진리.

그리고 그는 부모님 때문에 오랜 시간 고민해온 모양이었다. 두레 마을에서 임종 때까지 사실 수 있음을 다행으로 여기는 그 말 속에서 속 깊은 아들의 마음도 읽을 수 있었으며.

별빛 부스러기 하나 보이지 않는 서울의 밤은 맵고 추웠다.

그가 내게 마지막 인사를 하기 위해 손을 내밀었다.

이제부터 제가 시를 쓴다면 당신 형제를 위해, 그리고 억울하게 핍박 당하는 사람들을 위해……

나는 가슴 속 이야기 대신 그의 손등에 내 차가운 입술을 낙인처럼 눌러 찍는 것으로 이별의 의식을 치렀다. 그는 광야로 향할 터인데 나는 초조한 요의를 눌러 참으며 서울의 현란한 불빛 아래 맨몸으로 남아서.

[목요문화]

움직이는 벽

라벨의 '볼레로'에 이어 두 번째 선곡은 폰느 윌리암스의 '미지의 세계를 향하여' 송출. 연주시간 11분 40초. 버킹검 심포니 코러스 연주. 음반 상태 불량. 09시 10분대에 10초 간 정파. 송신소의 한전 측 정전으로 음악 송출 도중 잠시 정파 있었다는 진행자의 안내 멘트 있었음. 다음 곡은 그라나도스의 '스페인무곡'. 이어 프랑크의 '교향곡 D단조' 전곡 들려줌. 1악장 렌토 알레그로 논 트로포, 2악장 알레그레토, 3악장 알레그로 논 트로포. 다니엘 바렌보임 지휘. 빠리 오케스트라 연주. 다음 곡 볼프의 '소생하는 희망'. 다음, 바하의 '바이얼린과 쳄발로를 위한 소나타 작품2 A장조'……

제작자를 따로 두지 않고 로컬 프로그램(제작국 : 부산)인 '클래식 산책'을 직접 제작·진행하는 ㄱ씨의 정성스런 선곡이 늘 나를 경탄케 한다. 그리고 120분의 그 광활한 시간대를 무리 없이 곡을 배치하는 그의 안배 능력도 새삼 존경스럽게 와 닿으며. 그리하여 감청소견서에도 별로 쓸 말이 없다. 고작해 봐야 '마지막 송출곡 미처 끝나지 않은 상태에서 클로징 멘트 있었으며 시그널 뮤직 들려주지 않고 바로 콜 싸인, 콜 사인 후 바쁘게 시보톤으로 연결되어 진행자의 클로징 멘트가 조금 늦었다는 느낌 들었음……' 정도가 보고서의 주류를 이룰 뿐. 그것도 그렇다. 아무리 선곡의 도사라 한들 마지막 선곡이 하필 제 시간에 끝나기가 어디 쉬운 일인가. 게다가 클로징 멘트로 곱게 마무리를 하고 시그널 뮤직이 몇 초 간 흐른 뒤 적정 시간에 콜 사인이 들어가고 그 뒤에 시보 톤으로 연결되는 일이 보고서 작성자의 마음처럼 척척 맞아 떨어져 준다면 내 할 일은 또 무엇?

어쨌거나 오늘 역시 쓸 말이 없겠다. 두 번째 선곡이 송출되던 중의 10초 간 정파를 엄살 떨어 감청보고서에 집어 넣고, 버킹검 심포니 코러스의 연주로 들려준 '미지의 세계를 향하여'는 음반 상태가 불량했었노라고 적고…….

아침마다 2시간 동안 클래식 음악에 억지로라도 심취해야 하는 나의 일거리는 운명적인 느낌이 짙다. '운명적'이라는 어휘에서 풍기는 운명적인 냄새는 원래의 뜻보다 한결 강한 독성을 지닌 듯. 그리하여 나는 '운명적'이라는 어휘를 버릇처럼 사용하는지도 모른다. 일상성에의 탈피를 꿈꾸며, 아니면 쓸데없는 명분으로라도 내 삶의 당위성을 찾기 위한 노력으로.

이제 마지막 곡이려니 싶은데 진행자는 뭇소르그스키의 음악을 준비하겠다고. 모음곡 '전람회의 그림' 중 한 곡?, 아니면 '민둥산의 하룻밤'? 하면서 내 멋대로 선곡될 음악을 점 치는데 선곡된 음악은 '전람회의 그림' 중 '난장이'.

키가 작은 그 사람은 뭇소르그스키의 음악을 연상시키는 사람이었
다. 단번에 쉬 와 닿지는 않지만 분명 그 무언가가 있기는 있는 그런.

지난 해 1월, 수도원으로 떠나간 나의 친구는 내게 시에 대한 강박
관념을 안겨 주었기로 그가 떠난 뒤의 내 생활은 (늘 그러했지만)묘하
게 두서없고 허둥거려지는 날들의 연속이었다. 아니다. 사실을 바로
말하자. 친구가 내게 강박관념을 안겨준 때문이 아니라 나 스스로 뱉
었던 '이제 제가 시를 쓴다면 당신을 위해, 억울하게 핍박받는 사람
들을 위해'라면서 나 먼저 내가 쓸 시에다 조건을 붙인 때문이었다고.
  서른 넘은 나이의 열병은 우스운 병고인가? 아니다. 쉰을 넘으면 어
떻고 일흔을 넘긴 나이의 열병이 왜 우스운 병일 것인가, 바른 사랑
만 한다면야. 진실로 올바른 사랑은 환상 속에서나 존재할 뿐이라고
믿고 있는 나의 관념이 문제이고 누구도 가슴 깊숙이 사랑해 본 적이
없는 시린 내 가슴이 사건일 뿐.
  그래 열병은 아니었다. 두 달의 칩거도 과장해서는 안 된다. 조용히
살았다는 말이 어울린다면 조용히 살았다고 말하자. 친구가 수도원
으로 떠난 후의 두 달 동안 나는 참 조용히 살았다. 그래서 맞이한
3월은 그 현란한 햇살에도 불구하고 그저 투명하게만 와닿았다. 내
심사는 비꼬이지 않아 평평해져 있었고, 목매게 사랑한 사람은 아니
었지만 세속적 욕망을 제어하고 봉쇄의 울타리 속으로 건너간 남자
가 그래도 내 기억의 한 칸을 점유하고 있었기로 하루에 백 년을 산
듯 먹먹한 가슴의 날들이었었다.

그 3월에 '그'가 내게로 왔다.

그의 눈빛은 선량했지만 적대감과 도전적인 느낌을 함께 담고 있었다. 타인에 대한 배려라곤 눈꼽만큼도 지니지 않은, 그래서 너무도 불편하고 서먹한 첫 대면이었다. 내 눈이 파악한 그의 성격은 자신의 문제 외엔 그 어떤 일에도 관심조차 기울이지 않는, 철저한 이기주의자에다 지독한 방관자였다. 내 시선은 옳았고 그는 따스하지 않은 허무주의자였다. 그는, 처음 만나던 날 내게 대한 느낌이 좋았음에도 불구하고(후에야 그에게서 들은 내용이지만) 전화번호조차 알려고 하지 않은 채 내게 건네준 자신의 명함 한 장에다 운명을 건, 체념에도 도가 튼 남자.

첫 만남의 날, 돌아오던 차 속에서 결심했다. 다시는 만나지 않겠다고.

그를 만나지 않아도 시간은 잘 흘러가 주었고 거절 못할 원고 청탁이 있어 평소 쓰지 않던 잡문 두어 개가 신문·잡지에 실리기도 했다.

그런데……. 그와의 만남은 많은 시간이 흐른 뒤에 건 나의 전화로 하여 실날 같은 인연이 이어졌다.

그를 세 번째 만나던 날은, 낮엔 내내 비가 내렸고 저녁 무렵엔 하늘이 온통 불바다를 이루고 있었다. 불덩이가 된 하늘을 바라보면서 허무주의자 그를 만나야겠다는 생각을 한 건 순간적인 발상이었고 그는 나의 결심을 무산시키지 않으려 그랬던지 용케 자리에 있었다. 참, 치잣빛 하늘은 은연중 그를 만나야겠다는 생각을 품고 있던 내 사고를 불시에 자극시켰을 뿐, 원 동기는 처음 만나던 날 택시 속에서의 그의 행위가 갑자기 생각난 때문이었다. 그는 택시 뒷좌석의 차창 쪽으로 바싹 몸을 붙인 채 두 팔을 X자로 야무지게 자신의 겨드랑이 사이로 집어 넣은 불안한 자세로, 얼핏 나를 경계하는 듯한 눈치를 보이며 우리집 앞까지 바래다 주고 갔었다. 결과론적인 판단이지만 어쩌면 그는 그런 완강한 자세로 앉아 자신의 욕망을 다스리려 한 지도.

따스하지 않는 남자의 욕망은 여자를 얼마나 처참하게 할 것인가. 그런 생각을 하면서 그에게 전화를 돌렸으니 내 의식의 저변에는 그의 정신상태를 분석하고자 하는 잔인한 욕구와 함께 그를 그대로 방치해 두어서는 안 된다는 요상한 책임의식이 함께 내재해 있었음이 확실하다.

차를 가지고 나온 그는 나를 주워 싣고 바닷가로 갔다. 그때까지도 치잣빛 하늘은 수평선 위에서 오열하고 있었고 그와 나는 처음으로 가까이 서게 되었다. 그날따라 굽 높은 구두를 신은 까닭인지 내 키가 그의 키보다 10센티는 크리란 생각이었다. 그도 그런 생각을 했는지 먼저 말문을 열며 내게 물었다.

"해림 씬 키 큰 남자를 만나야겠습니다, 그죠?"

이상한 건 '그죠?' 라는 낱말에 강한 악센트가 느껴진다는 점이었다. 참, 두 번째 만나던 날에도 유사한 질문을 했던 기억이 난다. '저 만나지 않은 동안 선 많이 봤습니까?' 맞선 같은 건 거의 보지 않는다는 내 말에 그 사람은 피익 웃었다. 그 웃음은 내 말을 믿지 않는다는 뜻이 담겨 있는 것 같았다.

바야흐로 나는 못난 점만 고루고루 구색 맞춰 갖춘 골치 아픈 남자를 내가 자청해서 만나고 있는 중이었다. 그가 입은 상처의 정체에 대해선 나는 짐작조차 할 수 없었지만 그는 상처 입은 영혼의 사람임이 분명하였다. 그리고 그는 상대방의 가슴까지도 황폐화시키는 비상한 재주의 사람이었는데, 그러면서도 그를 내칠 수 없었던 건 그의 표정에는 너무나도 절박한 그 무엇이, 벼랑 끝에 서 있는 듯한 처연함이 내게로도 진하게 전이되어 오는 까닭이었다.

그의 위기감과 절망감, 그리고 극도의 피해의식은 대체 어디서 연유한 것일까.

전람회의 그림 중 '난장이'는 약 7분 동안 송출되었고 진행자는 2분 정도 남는 시간을 연주회 안내로 적절히 메우는 중이었다.

모니터가 진행자의 실수를 집어내지 못하면 프로그램의 질적 향상은 기대할 수 없을 것이다. 그리고 또한 모니터가 진행자의 순발력을 알아보는 눈을 갖고 있지 못하다면 그가 쓰는 보고서는 오로지 '잘못만을 쓰기 위한' 보고서가 될 뿐 아닐까. 어쨌든 ㄱ씨는 유능한 진행자이므로 나는 프로를 들을 때마다 청취자의 한 사람으로서 감사하는 마음을 갖곤 한다. 오늘은 비가 오리라는 기상대의 예보가 있었다며, 은근히 비를 기다리고 있는 나를 위한 듯 진행자는 비 소식을 전해주며 무사히(?) 프로를 마감하였다. 진행 김학연, 기술 장인식.

11시 시보 톤이 정상 송출됨과 동시에 나는 쉬어도 좋다. 비도 오신다니 무엇을 할까, 잠시 궁리하다가 우선 감청소견서부터 써 놓기로 했다. 제때에 써놓지 않으면 몇 자 안 되는 보고서 작성도 괜스레 짐처럼 여겨지므로.

　　　　매체 : FM 라디오(오전)

　　　　보고자 : 유해림

　　　　프로그램명 : 클래식 산책

　　　　방송일자 : **년 *월 *일(토)

　　　　내용 및 의견 : 네 번째 선곡된 프랑크의 교향곡 D단조는 전곡

(全曲) 송출되어졌는데 연주시간 40여 분이 소요된 이 곡은 프로의 무게에 비추어 잘못 선곡되어진 곡은 아니라곤 하나, 아니 되려 한 악장씩 발췌해서 들려주는 것보다 전곡을 들을 수 있었기에 훨씬 충실한 음악 감상의 기회를 제공했다고 볼 수 있음. 하지만 진행자의 좀더 깊이 있는 곡 해설과 더빙할 청취자를 위해 연주시간을 미리 알려주었으면 좋았으리라는 생각 들었음. 진행자의 성의가 보이지 않는 전곡 연주시간은 충실한 음악감상의 기회이기보다는 청취자에 대한 진행자의 무성의로 보일 수 있겠기에……

마악 보고서 작성을 끝내고 노트와 녹음용 카세트 테이프들을 정리하고 있는데 전화벨 소리가 울렸다. 영아재활원에 갈 작정인데 함께 가지 않겠느냐는 혜진 엄마의 느릿한 목소리가 분홍색 전화기 속에서 찰랑거린다. 사람을 편하게 해주는 맑은 영혼의 사람. 그래서 느릿한 음성조차도 내 귀엔 찰랑거리는 물소리로 들리는 것인지. 사람은 누구나 저마다의 고통을 나누어 받아야 하는 모양. 혜진 엄마도 이참에 꽤 심각한 지경의 문제가 생겨 혼자 끙끙 그 고난을 무거워하는 중인 것 같다. 하지만, 와중에도 양로원과 재활원 방문을 거르지 않는 눈치였고 그러한 행위에 대해 하등의 자기만족이나 한 치라도 생색을 내려는 표가 보이지 않아 내심 속 깊은 사람이라고 생각하며 그녀에 대해 신뢰감을 키워 가는 중이다.

"해림 씨, 시간 있으세요? 가시겠다면 제가 집으로 갈께요."

재활원과 양로원 방문시 누구에게 함께 가자는 말을 잘하지 않는 혜진 엄마의 성격을 알면서도 한 번도 흔쾌한 대답을 한 적이 없었다.

쓸데없는 핑계거리를 만들어 어줍잖게 거절하는 내 속마음을 혜진 엄마도 눈치를 챘는지 별 마음 상해하는 기색 없이 내 의사를 받아들여주곤 하여 고마워하는 중이기도. 오늘도 그랬다.

재활원의 아기들도 얼마나 아기다울 것인가.. 그런 아이들의 비정상적인 모습을 보게 될 것을 두려워하는 나는 재활원 방문을 실행하지 못하고 있는 것이다. 조만간 극복해야 마땅한 내 관념상의 문제.

투닥이는 빗소리가 한 뼘쯤 열린 창턱을 넘고 내 귀에 감지된다. '클래식 산책' 진행자의 비 예고는 100% 들어맞아 주고 있는 중.

그는 내일도 산엘 갈 것이다. 아니, 비가 심하지 않으면 오늘 저녁에라도 배낭을 짊어지고 산을 오를 것이다. 산에 대한 그의 이상한 집념. 그의 산행은 취미 이상의 것으로 내겐 아집처럼 보여진다. 격주로 토요일을 쉬는 그의 회사까지도 그의 산행에 한몫을 거드는 중. 그러므로 오늘처럼 근무하는 토요일,이 아닌 날은 금요일 오후에 지리산으로 떠나는 그. 1달에 2번. 1년이면 24번. 여름휴가와 연차휴가까지 계산에 넣는다면 1년 중 그의 지리산행은 최소한 25번 이상이 된다. 지리산엘 가지 못하는 주말이면 토요일 오후에 금정산으로 올라 야영을 하고 이튿날 암벽등반을 하는 게 그의 유일한 휴일 보내기.

그의 머릿속엔 온통 산에 관한 생각밖에 없을 것이다. 거위털 침낭과 고어 텍스 침낭커버를 손질하고, 워킹이 아닌 날이므로 나침반과 지도는 필요 없는 대신 자일과 카라비나와 헬맷과 주마르와 암벽화를 점검하고, 손의 보호를 위해 클라이밍 테이프도 챙기고 비상약품과 휘발유버너와 코펠과 해머도 대형배낭에다 한가득 실을 것이다.

서너 번 만난 뒤, 사람을 지치게 만드는 그의 이상한 체취에 진력이 나서 나는 일방적으로 연락하기를 포기했었다. 그러다가 해 바뀐 올

5월, 나의 첫 시집이 상재되어 그에게도 한 권 보내야겠다는 생각을 하면서 그의 주소를 챙겼었다. 하지만 선뜻 책이 보내지지 않아 우선 전화부터 한 통 했었는데 그는 대번에 내 목소리를 알아들었으며 어떻게 내 책의 출간 소식을 알았는지 책 출판을 축하한다고 했다. 그의 제안에 따라 6월 초 어느 날, 만났다. 만남의 날, 1년의 세월이 그를 늙게 하지는 않았지만 성격에 얼마간 여유가 생긴 것 같아 다행스럽게 여겨졌다. 그러나 그 사람은 여전 가파르고 위태로운 삶을 사는 사람이었기로 여유로워졌다는 내 생각은 나의 희망사항을 그렇다고 착각했는지 모를 일이었다.

그 이후론 그가 쉬엄쉬엄 나를 찾는다. 작년엔 내가 그를 불렀고 올해 그가 나를 부르고.

몇 달째 그를 만나오면서, 처음 그에게서 받았던 '그 무엇'은 여자들에게서는 잘 볼 수 없는 '속 깊음'임을 알았고, 속이 깊은 사람임에도 불구하고 사려 깊지 않음은 혼자만의 외롬이 너무 깊어 그 골 속에서 헤어나지 못함에 기인하는 불친절이나 아닐까 하고 내 나름으로 그를 분석하는 중이다. 그와 나는 그저 한 번씩 만날 뿐인데 어느날 그는 결혼 어쩌구 하는 말을 슬쩍 비추다가 내 눈치를 살피더니 주춤 말문을 닫아버렸었다. 쉽게 결혼을 할 것 같지 않은 내게로 그는 농담 삼아 지신도 결혼 같은 건 히지 않고 나의 친구기 되어주겠다고 했다. 이상한 건 그의 그런 말이 내 마음을 약간 느긋하게 해준다는 사실이다. 하나 그뿐, 그는 쉬는 날이면 오로지 산으로 향할 뿐이고 평일 오후에도 업무상 영어회화를 많이 하게 되는 그의 직업 때문에 연수원에 공부하러 간다. 술 담배도 아니하고 옷차림에도 전혀 신경을 쓰지 않는 그는 오로지 산에만 그의 전 신명을 바치는 사람. 그가 아주 먼 거리의 사람은 아니라 해도 나와 가까운 관계는 천만 아닌데 어느 휴일 날, 그가 나를 방치하고 있다는 생각을 얼핏 하면서 나는 나의 이기심에 놀랐다. 단 한 번도 그를 내가 만나야 할 궁극의 사람이라고 생각지 않았으면서 그가 한 번쯤 산행을 거르고 나를 위해서만 휴일 하루를 보내주길 은근히 바람하다니. 사람에 대한 집착만큼 감정의 심한 마모를 가져오는 병고가 또 있으랴. 씩씩한 나 자신에로의 복귀를 꿈꾸며 나는 자신의 감정 콘트롤에 전력을 다했고 그런 연습은 꽤 오랜 횟수를 자랑하고 있기에 쉽사리 자기최면에 들 수 있는 경지까지에는 와 있다. 그래서 평화의 날들.

빗방울이 제법 굵다. 이 비의 끝은 추위로 연결될 것이다. 나를 방송모니터로 만들어준 옆집의 강 선생 부인은 한 골목에 살아도 얼굴 보기가 힘들다. 올 1월, 방송모니터 요원을 모집한다는 짤막한 텔레비전 광고를 보고 옆집의 강 선생 부인이 나를 찾아왔었다. 어쩌다 우리 지방에서 발행되는 문예지의 구석자리에 실린 내 시를 읽다가 그 시인의 이름과 옆집에 사는 나의 이름이 같음을 알고는 탐문 끝에 그 시의 주인이 나임을 알아차려 문학적 감수성의 연대감으로 나를 살갑게 대해주는 중년의 부인. 나를 찾아온 용건은, 아무 하는 일 없이 시간이나 허송하는 나를 익히 아는지라 방송 모니터링이라도 하는 게 시간 땜을 위해서도 좋으리라며 자신의 일처럼 나를 닦달하고 부추기는 것이었다. 하지만 방송 모니터 요원이 되려면 방송 프로그램에 관한 나름의 지식과, 사건이나 사물을 보는 예리한 통찰력과 직관이 있어야 하리라는 게 나의 생각이었다. 그래서 나는, 시간에 얽매이는 일은 별로 하고 싶지 않은 데다 내게 그런 통찰력이 있는지도 의심스러울 뿐이니 차라리 부인이 한번 응모해 보라고 역공 자세를 취했다. 그랬더니 강 선생 부인은 그러는 것도 괜찮겠다며 일단 응모는 내가 하되 뒷일은 자신이 책임(?)지겠다고 했다. 하는 수 없이 주말 연속극의 구성상의 허점과 시청자들에게 돌아갈 역효과를 주마간산격으로 대충 적어 방송국으로 보냈다. 그런데 그만 덜컥 방송요원으로 위촉이 되었고 책임지겠다던 강 선생 부인은 자신은 그런 말을 한 적이 없다며 발뺌(?)을 하는 것이었다. 그리하여 나는 각본에도 없는 방송 감시요원이 되어버렸다. 내 몫의 프로는 텔레비전이 아닌 라디오의 에프엠 부문이었는데 마침 부산지역국의 오전 로컬 프로그램이 클래식 시간대여서, 고전음악엔 무식한 편이긴 하지만 듣는 걸 좋아하긴 하는 나인지라 억지로라도 2시간 동안 고전 음악에 귀를 적실 수 있는 아침 시간을, 강 선생 부인이 지지부진한 내 일상에 하사한 고마운 선물이라고 생각하기로 했다. 그리고 시 쓰는 것과는 비할 바 없는 고정 수입원을 갖게 되었으니 억울할 것은 없는 상태.

모니터링 업무 8개월째로 접어든 지금, 노트에 수록된 곡은 1,000여 곡, 음악가 200여 명. 이젠 웬만한 음악가의 웬만한 곡은 입에서 자동적으로 튀어나올 정도가 되었으니 고전음악에 반쯤 도 튼 '낭만적 시인'이 되어버렸다. 이 어찌 운명적이라 하지 않으랴.

빗소리는 기승한 나의 자의식을 잠재워주는 묘한 힘이 있다. 심사가 비꼬이려는, 냉소적이길 잘하는 내 가슴은 정치부재의 시대를 사는 꼴난 지식인의 보편적 냉소증후군 증상이긴 하지만 때론 남이 보면 심하다 싶을 만큼 마음이 언짢을 때가 더러 있다. 별 이유도 없이. 오늘도 심사가 비꼬이려 하는 걸 나의 자아통제력을 발휘하여 마음을 가다듬고 있는 중이고 가을비까지 투닥투닥 제법 굵게 내려주니 차분해져야 마땅한 일.

집에 있는 여자들이 식사만 제때에 챙겨도 그녀들은 이미 보통여자가 아니리라. 나의 식사 시간은 참으로 시도 때도 없이 엉망이다. 아침을 건너뛰었으니 배가 고파야 마땅한데 공복감이 느껴지지 않는다. 엄마의 잔소리에 떠밀려 주방으로 달려가니 비지를 넣은 된장국이 투박한 뚝배기에 담겨서 얼굴을 내밀고 있다.

비 오는 가을날 비지 된장국을 앞에 하고 낭만적 시인이 식은밥을 먹는다? 비지 된장국에다 의도적으로 '시인'을 대입시킨 내 치기가 가소로워서 속으로 웃다가 밥을 먹기 시작했다. 잎차 한 잔으로 입가심을 하고 다시 내 방으로 건너오니 조금 전과는 달리 나 혼자 세상 부자인 것 같다. 사람 마음은 이처럼 간사하다. 밥 한 공기가 나를 포만감에 젖게 하니…….

살푼 잠이 들었던가 보다. 삐비비비……. 전화벨 소리가 꿈결같이 들리고, 나는 '기다림'의 구체적인 모습을 전화기로 대체해선 머리맡에다 놓아 두었는데 그 기계가 드디어 신호를 보내온 것이다. 잠에서 깨어 수화기를 들었다. 혜진 엄마. 재활원에 갔다가 비도 오시길래 혼자 시립공원묘원에 들렀다고. 비 오는 날 공동묘지를 향한 그녀의 가슴엔 어떤 그림자가 어려 있을까. 괜스레 밥을 많이 먹었다 싶고 혼자 외롬을 타고 있는 그녀의 영혼이 명색 시인인 나보다 훨씬 신선하게 여겨져서 아직도 만복감이 남아 있는 내 뱃속이 부끄럽다. 주위의 사람들이 아무리 그녀를 사랑해도 그녀의 고통을 대신 짊어져 줄 수 없으니 인간은 얼마나 외로운 집짐승인가. 또한 내가 아무리 직관이 뛰어나고 타인에 대한 사랑이 바다와 같다한들 단 한 사람의 타인이나마 바로 알 수 있을까.

사람 사이의 보이지 않는 벽. 실상은 혼자여서 외로운 게 아니라 그

벽이 우리를 외롭게 하는 법. 그녀의 우울한 분위기에 짓눌려 잎차 한잔 마시러 오라는 말도 못하고 말았다.

오늘은 우울한 주말이 될 터인가…… 잠도 달아나 내리는 비를 바라보며 처연한 생각에 젖어 있는데 이상하게도 전화가 잦다. 동생들 데리고 함께 산으로 가지 않으려냐는 그의 목소리가 전에 없이 가볍게 들린다. 이 빗속에? 비는 곧 그칠 터이고 해림 씨 자매들을 산으로 모실 만반의 준비가 되어 있으니 해림 씨는 염려 놓으라고 처음으로 농담도 한다. 그런 그가 살갑게 여겨지기는커녕 이제 다른 수를 쓰는구나 싶어 속이 언짢다. 혜진 엄마의 전화 뒤끝이 그의 호의에 여파를 미치는 중. 내일 아침에라도 가겠다면 오늘의 금정산행은 포기하고 내일 오전에 집까지 데리러 오겠다는 백 보 양보한 그의 제안을 별 생각 없이 무질러 버렸다. 알았어. 풀기 없이 전화기 저 쪽으로 사라지던 그의 음성이 내 마음을 약간 후볐지만 나의 단점이자 장점은 남자에 연연하지 않는 것.

해가 참 많이 짧아졌다. 시집의 표지화를 그려주신 진 선생님께 오랜만에 편지 한 통을 쓰고 나니 비는 그쳤지만 기웃기웃 어둠이 서성이고 있다. 책상 위 아무렇게나 뒹굴고 있는 책들을 호수대로 챙겨 책꽂이에 꽂고 부러진 연필도 깎아보고…….

이상하다. 왜이리 서성이는 가슴이 되나. 그의 전화 때문일까. 평소 친절하지 않던 그의 호의를 눈 감고 받아주어 내일 아침쯤 동생들이랑 오랜만에 산에나 오르겠다 할 걸 그랬어. 공연스레 때늦은 후회를 하다가 식탁에 앉은 식구들의 부름에 못 이겨 숟가락을 들었다. 하지만 밥공기는 절반도 줄지 않았고 평소의 내 식사 습관을 아는 식구들은 오늘도 그 정도만이냐는 눈빛만 보낼 뿐 다른 말이 없어 누군가의 위로가 그리운 내 마음은 또 슬핏 우울해지려 한다.

　다시 내 방에 들어와선 서성이다가 전에 읽었던 융의 자서전을 찾아 책갈피를 넘겼다. 융의 삶에서 풍기는 신비주의적 색채. 그런 빛깔은 천재들에게서 필연적으로 느껴지는 운명의 냄새가 아닐까. 그것도 신의 의사가 개입된…… 부질없는 생각을 하는데 전화벨 소리. 괜스레 가슴이 쿵 떨어지는 느낌에 내가 수화기를 들지 않고 안방에서 받도록 가만 있었다. 큰언니 전화! 수화기를 집어드니 처음 듣는, 그러면서 다급한 목소리가 다시 나임을 확인한다. 예 제가 바로 유해림…… 동래의 무슨 병원이라는 소리가 들림과 동시에 그의 얼굴이 떠올랐다. 순간적인 직감. 사고. 올 것이 왔다는, 불안의 막바지에 이른 묘한 허탈감이 내게 상대적인 죄책감을 안겨주었다. 근거도 확실치 않은 내 불안이 방정맞게도…….

　병원에 갈 준비를 하면서 한편 짜증이 일었다. 내가 그에게 뭔데. 그의 모친은 어째서 나를 찾는 것일까. 이름하여 그와의 ‘관계’에 대해 설명할 방도가 없다. 그냥 그렇고 그런 사이. ‘사이’란 또 얼마큼 가까운 거리를 말하는 것일까…….

　병원에 도착하니 정작 내가 기진맥진이었다. 병실 복도엔 등산복 차림의 청년 둘이서 이야기를 하고 있는 중이었고 그의 모친으로 보이는 키 작은 노친네는 감으로 나임을 알아차렸는지 병실 입구에서 내 손을 잡았다. 노인네가 나의 손을 잡는 순간 관계니 사이니 하는 말들은 내 뇌리 속을 빠져 달아났고 노인네의 왜소한 어깨만 그저 안쓰럽게 다가왔다.

　지리산엘 가지 않을 때면 그는 항상 부채바위를 오른다고 했다. 그런데 오늘은 비가 내린 때문, 약속하지 않아도 산에만 오르면 저절로 만나지게 되어 있는 클라이머스 회원들을 만나지 못한 모양이었다. 하여, 자일파트너를 구하지 못해 그는 직벽 등반을 포기하고 무명암으로 건너간 듯. 무명암 능선은 초보자 코스여서 그리 힘들지 않다고 언젠가 나보고도 한번 가자던 곳이었다. 그런데 그가 그 코스에서 추락를 하다니…….

내일 아침 함께 산으로 가자던 그의 제안을 내가 수락했다면 사고는 면했을까? 그런 가정이야말로 부질없는, 정신적인 만병의 근원임을 알고 있지만 내가 아무리 냉정한 사람이라 할지라도 어떻게 그런 후회조차 않을 수 있을까.

그는 무명암 릿지(능선) 초입에 위치한 17,8미터 높이의 슬랩(slab)에서 미끄러진 모양이라고 청년들이 말했다. 암벽화를 신지 않았음은 물론이고 자일도 걸지 않은 채 70도 경사의 슬랩 중반쯤에 위치한 크랙(crack)에 손으로 재밍(jamming)을 하다가 오후에 내린 비로 손이 미끌어지면서 10여 미터의 아래로 떨어진 것 같다고. 평소 이야기가 많지 않은 그여서 등반에 관한 말도 그다지 없었지만 히말라야를 다녀왔노라고 언젠가 내게 슬며시 자랑을 하던 그가 초보자들이나 오르는 바위에서 미끄러지다니 기가 찼다. 날이 개자 산으로 올랐다는 두 청년이 아니었다면 그는 아무도 모르는 곳에서 죽어도 모를 뻔했다. 인명은 재천이리더니…….

다리에 깁스를 한 채 침대에 짐처럼 실려서 복도를 굴러오는 그가 보였다. 불과 몇 시간 전의 밝은 목소리는 어디로 가고 그는 한꺼번에 10년은 늙은 것 같았다. 병실에 들어가서 두 청년들과 통성명을 하고, 주말 오후의 산행이 인명구조로 이어졌으니 오늘은 보람찬 하루임에 틀림없겠다는 나의 우스개 섞인 치하의 말에 그 청년들도 경박하지 않게 웃으며 그런 기회를 제공해준 환자 아저씨를 축복한다고 했다. 그나마 우스개 소리를 할 수 있음도 사태가 심각하지 않기에 망정이지. 잠시 후, 전화번호를 남기고 고마운 청년들은 병실에서 사라졌고 조그만 체구의 그의 모친만 다른 데 다친 곳 없이 다리만 상했음이 그나마 불행 중 다행이라고 새삼 안도했다. 나이 먹은 자식에 대한 그녀의 사랑은 어딘지 애절한 구석이 있어 보였는데 노인네가 먼저 말문을 열었다. 경북 김천이 고향인 그의 부친은 일본으로 건너가 신식 공부를 한 그 시대의 엘리트였었다고. 그 시대의 지식인들이라면 대개가 사회주의 이론에 조금은 경도 되었던 것처럼 그의 부친 역시 사회주의의 신봉자는 아니었지만 그쪽 방면의 책을 몇 권 읽는 정도는 되었다고. 그러고 그만이었는데 6·25 전쟁이 발발하면서 인간의 궁극적 삶엔 하등의 이득도 없는 그 이념이라는 굴레에 휘말려 빨갱이라는 오명을 뒤집어쓰고 지리산에 입산했다고 했다. 전쟁 중인 1953년 3월에 그는 태어났지만 그의 부친은 그의 얼굴 한 번 보지 못한 채 지리산 공비토벌 때 우리 군인들의 손에 의해 무참히 살해되었노라고…….

짧은 이야기 속에 담겨진, 어깨가 휠 만큼 옹골찬 생의 무게. 그래 어쩌면 그 삶의 무게 때문으로 이 노인네는 오척단구로 짜부라졌는지 모르겠구나. 글에서나 보아왔던 악몽 같은 우리의 근대사가 노인네와 그의 삶을 막바로 관통하고 있었다니 이 얼마나 상투적인가. 진실로 나는, 자란 환경도 의식구조도 풍요로운 사람이 내 곁에 서길 바랐다. 내 삶의 무게조차 감당 못해 낑낑거리는 내게 있어 어떤 연유로든 '결핍'의 증세를 앓는 사람은 정말 아니올시다였었기에. 하긴, 우리 세대의 사람치고 환경과 의식이 함께 풍요로운 사람이 과연 얼마나 될까만. 명색 시인이면서 매운 시 하나 깁지 못하고 아침마다 서양 음악에나 몰두하는 나 자신에로의 비애감 때문에 '낭만적 시인'이라는 말로 스스로를 자조했었지. 이를테면 고전주의 음악에서 풍기는 반 빈중적 냄새. 제왕과 그의 측근들을 위해 궁정 악사는 비위에 맞는 음악을 지어 바쳤을 터인데 어떤 연유로 오늘 날 이 땅에서 그 음악을 들으며 괜히 고상해지고 있는 것인지. 모순 속에 사는 내 짐만도 한 짐인데……

어쨌거나 그에겐 그런 사연이 있었구나. 노인네의 이야기는 주제의식이 강한 소설 속의 작위적인 내용과 흡사해서 아직도 머릿골이 멍한 상태이지만 그의 고통은 실감나는 현실이고 작품 속에서나 보아 왔던 이야기가 바로 그의 가족사이기에 직접 겪는 그의 고통은 얼마나 처절한 것인가. 그래서 그는 집념이라고밖에 표현 못할 성실로 그처럼 열심히 지리산을 찾았었구나. 운무 뒤덮인 노고단 정상에서, 아니면 고사목이 귀신처럼 하늘을 찌르는 천왕봉 중턱에서 하마 그는 아버지의 넋이라도 알현했을까. 벼랑 끝에 선 듯한 그의 처연함과 허무, 가파른 삶의 편린들은 시대적 상황을 온몸으로 치르는 눈물겨운 고통의 모습임을 이제야 알았음을. 전쟁의 후유증이 아직도 그의 삶에 진한 표적으로 남아 있으니 그 상흔은 얼마나 긴 세월이 흘러야만 치유가 가능할까. 허무주의자 그를 만나면서 심한 감정의 마모를 겪은 나도 전쟁의 상처를 알뜰하게 위임받은 역사의 피해자였었구나.

잠에서 깼는지 생각에서 깼는지 그가 눈을 뜨며 생각에 잠긴 나를 올려다본다.

"해림 씨, 와주셨군요."

이 남자……. 그럼 그는 내가 와 주길 바람하면서 일부러 사고를 자청했다는 말인가. 하지만 나를 대하는 그의 변화가 아직은 내 마음에 닿아오지 않는다. 이 또한 내 속에 자리한 어찌할 수 없는 기류. 내 앞에 앉아, 침대에 누워 있는 아들을 바라보는 노인네의 눈길이 한결 그윽하다. 혼자 몸으로 세 아들을 키워온 억척의 삶. 그이에게 있어 이 아들은 얼마나 손끝 아린 애물덩이일까. 지아비를 국군의 손에 잃고 아비의 얼굴도 모르는 어린 자식을 키워 온 고난의 삶이 눈에 보일 듯 가슴을 저민다. 하나, 그를 보는 그의 모친의 그윽해진 눈길 때문 다시 관계니 사이니 하는 낱말들이 머릿속에 떠오르고 내가 서 있는 자리가 어줍잖다.

이제 그는 한바탕 꿈에서 깨어나 서서히 도시의 현란함 속으로 잠입해 올 것인가. 그의 집요한 산행이 두려워 한 달에 한 번만이라도 도심에서 휴일을 보내라고 말했던 내 의사는 받아들여질 거라는 예감이 들고 어쩌면 그는 나를 원할지도 모른다는 생각이 든다.

하지만 그가 나를 원해도 그뿐. 그와 나 사이가 멀지 않고, 그가 나를 필요로 한다는 생각조차 개인적 욕구가 빚은 환상일 터이기에. 이런 생각은 미래에 대한 희망의 싹조차 갖게 하지 않아 나를 서글프게 한다. 하나 어쩌랴. 절대고독만이 우리를 자유롭게 하고 외롭다 여겨지는 못 견딜 감정도 내가 쌓는 벽 때문인 것을.

내일은, 그가 나를 부르지 않아도 내가 먼저 그의 병실을 찾을 것이다. 오늘 송출되었던 곡, 볼프의 '소생하는 희망'을 재 더빙하여. 그는 희망 속에 소생케 하고 나는 절대고독 속에 머물고. 그를 찾는 나를 두고, 내가 그를 사랑한다고 그가 착각한들 어떠리. 삶은 어차피 환상인 것을.

육체적 수난이 그를 성숙하게 한 것일까. 고통 중의 그의 표정이 한

결 가라앉아 보인다. 그의 표정을 점검하는 내 속마음을 눈치챘는지 그의 눈빛이 다시 내게 머문다.

물질이 풍요로운 시대에 살면서 아침마다 고상한 음악에 귀를 적셔도 어차피 우리는 아픈 역사의 상속자라는 동류의식만 가슴에 쌓일 뿐 그의 눈빛과 표정이 전하는 감동이 내겐 전이되어 오지 않아 마음 아프다.

이제 갈 시간. 작별 인사도 없이 눈짓으로 그에게 가겠다는 표시를 하고 그의 어머니껜 허리 숙인 절을 한 뒤 병실을 나왔다.

어차피 벽을 제거할 수 없을 바엔 그 거리만이라도 가깝게 해야하는 법일까. 그리하여, 고정된 벽이 아니라 적어도 움직이는 벽이게는 해야 하는 걸까……. 나는 또 숙제 하나를 더 껴안는구나.

병실 문 앞에서 나를 배웅하는 노인네의 말 없는 배려를 뒤통수로 느끼면서도 애써 뒤돌아보지 않았다.

밖으로 나오니 비 갠 하늘에 별이 맑다. 여기만 해도 우리 동네보다 하늘이 가깝구나.

역사와 개인 앞에 완고한 벽으로 존재하고 있는 내 의식을 조금씩 흔들어야 하리라고 마음먹으며…… 다시 하늘을 우러르니 새로 쏘옥 고개 내미는 별 하나 별 둘.

[한국소설 2000년 겨울호]

미 로 학 습

1

그의 다리는 다 나았다고 들었다. 카세트 테이프 하나를 그의 병실 침대 머리맡에 놓아두고 온 지 넉 주 만에. 한 달의 입원 기간 동안 그날 외엔 얼굴 한번 비치지 않았음은 그럴 만한 이유가 있어서가 아니라 그냥……

어제, 자신의 연주를 듣고 열렬한 박수를 보내는 청중에 대해 지극히 공손한 인사를 치르던 다니엘 폴락의 겸손한 태도에서 대가의 자부심을 읽을 수 있었다. 하긴 자국의 이익을 위해서라면 감히 잽도 안 되는 나라와도 시시콜콜 치사한 싸움을 벌이는 그의 조국 — 미국인답게 치밀하게 계산한 무대 매너에 내가 속은지 모르겠지만. 하나

무분별하다싶게 폭발하는 음의 방기와 절묘한 절제. 그대로 피아노 건반이 폭발할 것 같은 순간에도 소리를 다스리는 그의 손은 적절한 만큼만 발산하고 단 한 치의 착오도 없이 다시 기막힌 절제의 미덕을 보여주었으므로 그는 그의 한국인 청중들에게 숨막히는 순간을 체험하게 한 건 확실하였다.

수렴과 발산의 조화.

무릇 예술이라 이름하는 것은 적절한 순간에 적절히 절제할 줄 아는, 거룩한 힘의 안배에 그 가치의 진폭이 결정되는 것이나 아닐까.

피아니스트 다니엘 폴락의 손가락을 통한 절제의 미덕. 그리고 그것에의 천착.

어쨌거나 어젠 갑자기 하강한 기온으로 일찌감치 겨울을 느꼈고, 결혼식날 이후, 그러니까 15년 만에 처음으로 넥타이를 매어 보았다는 전각가 임촌 선생의 어색한 양복차림으로 하여 연주회장 로비의 썰렁한 분위기가 조금은 따사롭고 풋풋하게 녹여졌었다. '한국기획' 주관의 연주회 때면 한동안 만나지 못한 분들을 만나는 재미 또한 쏠쏠하여 늘 어떤 기대감을 안곤 하는데 어제라고 예외는 아니었다. 방송평론가 정재영 선생의 부인, 유신시절 필화사건으로 정치부 기자직에서 쫓겨난 경력이 있는 평화산업의 박웅 이사, 사진작가 최경석 선생, 나이보다 유난히 젊어 보이는 임촌 선생의 당숙모, 수요학술회의 성욱경 국장……

'한국기획'의 실장인 우정희 씨의 아파트 위층에 사는 정재영 선생의 부인을 제외한 다른 분들은 임촌 선생의 작업실에만 들르면 거의 얼굴을 마주할 수 있는 멤버들이긴 해도 공연장에서 만나니 또 다른 반가움을 안게 했다. 하지만 공연 뒤치닥거리가 남은 우정희 씨는 우리와 함께 공연장을 나설 수 없는 형편이었고, 우리의 꾼들 역시 때 이른 추위를 핑계 삼아 모두들 바로 집으로 향하겠다고 했다. 대신 임촌 선생만 차 없는 나를 위해 우리 집까지 태워다 주고 갔었고.

집에 닿으니 마악 그의 전화가 있었다고 했다.

절제의 미덕은 예술에서뿐 아니라 일상적 삶에 더욱 유효하게 적용될지도 모르는데…….

진한 요의 때문으로 짜증 섞어 잠에서 깨니 새벽 4시 40분. 이리 되면 건강한 아침은 이미 글렀다. 신경성 빈뇨증상은 나를 새벽에도 '깨어있는 사람'이게 한다. 숙면을 이룰 수 없는 나. 그래서 나는 낮에도 늘 '잠만 자는 사람'이며, 가장 가까이서 나를 보는 엄마의 눈에 특히 그러하다. 그런 엄마의 시선을 통해 나는, 가까운 사람과의 관계가 가장 취약하거나 외로울 수도 있음을, 사람살이에서 배울 수 있는 최악의 절망을 일찌감치 체득했다. 때문에 나는 남자의 접근을 의식적, 혹은 무의식적으로 거부하며 사는지 모른다. 아니 이 말은 정확하지 못하다. 사람에 대한 기대감이 그 누구보다 크기에, 되려 나의 기대감이 무너질 것을 두려워하여 남자와의 만남을 겁내는지도. 어쨌든 나는 그런 면으론 건강한 의식의 사람이 아니다.

뒤척이다가 날이 다 밝아서야 껌뻑 잠이 들었는데 동생이 전화 받으라며 깨우기에 머리맡의 전화기에서 송수화기를 집어들었다. 그의 목소리가 아직 잠에서 덜 깬 나의 의식을 두드리고 있었다.

일어서거라. 바람 속에 홀로 기립하거라!

병원에 있는 동안 얼굴 한번 비치지 않았는 데다 어제 느지막한 시각의 전화에도 내가 없어 이유없이 초조해진 모양이었다. 내게로의

집착, 아니 아니, 사람에게로의 집착에서 얻어지는 건 외롬밖에 없을
터인데……

2

　출근길에 했음이 분명한 이른 그의 전화를 끊고 다시 꿈도 아니고
생시도 아닌 몽환의 늪을 헤매다가 소스라쳐 잠에서 깨니 방송 들을
시간이 1분, 지나 있었다. 정시에 울리는 시보톤과 오프닝 멘트의 일
부를 놓치고. 하나 첫 번째 선곡을 놓치지 않은 것만도 다행이다 싶
었다. 혼란한 머릿골로 2시간의 방송을 다 들은 뒤, 감청소견서는 미
룰까 하다가 뒷감당이 무서워 몇 자 적기로 했다. 한데 오늘은 희한
하게도 어제 다니엘 폴락이 3악장만 연주했던 프로코피에프의 소나
타 7번 B장조 작품 83, 일명 '전쟁 소나타'라 불리는 곡이 전 악장 송
출되었고 마지막 선곡은 4년 전 홍콩 필하모닉 오케스트라 부산 연주
회 때 들려준 첸 베이싱의 '가오후와 오케스트라를 위한 광동환타지
모음곡'이 송출되었다. 중국 음악에서 풍기는 아편과도 흡사한, 요기
품은 향기. 그 노골노골한 향기의 후유증에 빠져 있는데 푸다다다 오
토바이 엔진음이 들리고 평소보다 빠른 우체부 아저씨의 방문이 있
었다.

　보내는 사람 석진영. 받는 사람 유해원.
　막내동생에게 온 이종사촌 동생의 편지는 부피부터 묵직했다. 두터
운 내용을 이루고 있는 진영이의 이야기가, 궁금하였다. 두 애들은 요

즘 젊음을 앓는 눈치였기에.

　거창한 이야기로 들릴지 모르겠지만 나는 어릴 적부터 우주 또는 천체의 운행에 관심이 많았었다. 내 상상력을 제 아무리 총동원 한단들 우주의 크기는 감히 짐작조차 할 수 없는 일이었고 천체의 운행질서를 내 수준만큼만 이해한대도 먼지보다 작은 나 자신의 미미함에 대해 겸손해지지 않을 도리가 없었다. 그리하여 사람으로 지치거나 부대낌을 당한다 싶을 때면 나는 나 자신의 정화와 자성을 꿈꾸며 천체와 나와의 거리를 가늠해 보곤 했다.

　빛이 1초 동안 도달할 수 있는 거리, 30만 킬로미터. 그 빛이 1년 동안 가는 거리가 1광년이라 했으니 그 거리는 9조 4천 6백 8억 킬로미터가 될 터였다. 북두칠성인지 북극성인지 여튼 그 별의 빛이 지구까지 오는 데 천 년이 걸린다고 하던가. 그렇다면 오늘 밤 하늘을 우러러 바라보는 그 별빛은 무려 1천 년 전에 9천 4백 6십조 8천억 킬로미터의 거리를 출발하여 오늘 우리 눈에 비치는 셈인 것이다. 그 별이 5백 년 전에 자취를 감추었다 해도 우리는 앞으로 5백 년 동안은 더 그 별빛을 보게 될 것이며……. 거기에 있대서 본 우리의 삶, 그리고 지난한 나의 삶.

　지난 여름, 항공공학과에 다니는 진영이가 십사 년 만에 우리 집엘 왔었다. 옛날 이모집에 갔을 때 밥상을 차릴 적마다 식구 수대로 숟가락을 챙겨놓던 귀여운 머스매가 은백양 나무처럼 우람한 큰 키의 청년이 되어 훌쩍 나타났으니 세월은 정말 요술단지임에 확실했다. 그 앤, 내가 관심을 가지고 있었음에도 불구하고 미처 알지 못하고 있는 것들(별자리와, 태양과 지구와 달의 관계 등에 관한……)을 충족

시켜 주었으므로 괜스레 나를 달뜨게 했고 그 즈음 모형 비행기의 제작에 반쯤 정신이 나가 있다는 말엔 내 귀를 더욱 솔깃하게 했다.

모형비행기의 크기는 실린더의 크기로 정해지며 실린더의 크기가 0.25입방인치이면 '영점이오 입방인치'라 하지 않고 편의상 그냥 '이오 인치'라고 부른다 했다. 자동차 엔진의 분당 회전수가 8,000정도인데 비해 모형비행기의 엔진 회전수는 분당 11,000 정도가 되므로 동체길이 약 1미터, 양 날개 길이 1.2 내지 1.3미터, 무게 약 1 내지 1.3 킬로그램 정도의 작은 키트 하나를 띄우는 데도 그 소리가 굉장하다고 했다. 그 애 덕분 나는 오랜만에 흡입·압축·폭발·배기의 4행정을 다시 기억해 낼 수 있었고 크랭크에 연결된 프로펠러의 회전으로 하여 비행기가 뜬다는 사실이야 상식으로 알고 있었지만 연료로 사용되는 기름이 적정시간에 적절한 만큼 분사되어야만 점화(폭발)가 되므로 모든 여건이 맞지 않으면 그 작은 모형 비행기 하나도 마음처럼 쉽게 띄울 수 없다고 했다. 그 사실 또한 우리 삶의 구조와 흡사해서 다시 한 번 내 사는 법을 묵상하게 했다. 날개가 위에 장착되는 고익기는 무게중심이 날개의 위치보다 아래에 있으므로 안정성은 있으나 조정상태가 예민하게 작용되지 않으며, 저익기는 그 반대이므로 일단 띄우기만 하면 조정은 아주 예민하게 이루어지지만 안정성이 없다고⋯⋯.

그러나 그뿐. 하루 낮의 강의는 내 노트의 한 면을 채웠을 따름이었고 그 애가 서울로 가버린 후 나는 비행기에 관한 기초적인 상식도 잊고 지냈다.

그런데 오늘 닿은 그 애의 편지가 지난 여름 날을 생각나게 했다.

그렇게, 내가 한번 만져본 적도 없는 모형비행기에 대한 생각들로 기억의 미로를 헤매고 있는데 조잡한 음색의 뻐꾹왈츠가 좁은 마루를 건너 내 귀에 울렸다. 인터폰을 눌러 대문을 열어주고 현관으로 나가니 어느 결에 대문간에서 현관 앞까지 왔는지 아르바이트 학생이라는 덩치 큰 총각이 커다란 가방 속에서 옷걸이와 좀약과 수세미 등속을 꺼내며 사달라고 했다. 그런 용품들의 수급은 내 몫이 아니었기로 잠시 망연해 하다가 씽크대 서랍 속에 몇 장이나 누워 있을 푸른색의 꺼칠한 수세미를 또 한 장 사기로 작정하여 돈을 치렀다. 그때, 조금 전에 당도한 편지의 주인인 막내 동생이 학교에서 돌아왔다. 유난히 발이 빠른, (가짜) 아르바이트 학생의 등을 배웅한 뒤 내 방 책상 위의 진영이 편지를 동생에게 전해 주었다. 해원이 제깐에도 진영의 편지를 기다렸던지 활짝 반가워했다. 반가워하는 해원의 뒤를 따라 나도 해원의 방으로 갔다.

진영의 편지에는 사색적인 두뇌의 젊은이들이 흔히 품곤 하는 막연한 미래에의 상투적 불안이 아닌, 그런 것들을 초월한, 근원적인 자기 내부에로의 질문을 담고 있어 편지의 부피만큼 내용도 무거웠다.

대동제 기간 동안 젊음의 열기에 휩싸이지 않고 혼자 설악산으로 떠나겠다는 진영이 편지의 서론 한 장은 무분별한 기성세대들의 일류대 선호의식을 냉정한 시선으로 비판하고 있었으며 진영의 그러한 생각은, 선택되어졌다고 볼 수 있는 그룹의 오만 품은 겸손이 아니라 우리 사회의 구조적 모순을 통렬히 아파하는 육성이 그대로 담겨 있었다. 진영이의 의식이 내게 새롭게 인식되어 왔다. 그리고 자신은 암중모색의 와중에 서 있으며 다가올 겨울 방학이 자신의 의식을 어떤 방향으로 끌고 갈지에 따라 자신의 미래의 향방도 결정되어지리라고 쓰여 있었다. 진영의 편지 내용에서 묻어나는 느낌으로, 그 앤 기득권

을 스스로 버리고 학교라는 울타리를 벗어나 이 사회와 정면 대결하
려는 음모를 꿈꾸고 있는 것 같았다. 그리고, 반대를 위한 반대의 목
소리와 다수결의 원칙이 주는 폭력과도 흡사한 엇나간 결정들이 진
실의 방향과는 다르게 의결되는, 엘리트 그룹 내의 우왕좌왕도 퍽이
나 아이러니컬하게 여겨진다고도 적고 있었다.

　대학노트 한 장을 빼꼭이 채운, 서울에서의 편지는 말 그대로 새로
운 돌파구를 찾는, 모색의 절기에 서 있는 젊은이의 의미있는 고통의
냄새가 물씬 묻어 있었다. 하나 설악에서 쓴 편지는 서울에서의 편지
와는 다른 정감을 담고 있었다.

　해원에게.

　빗소리는 이제 멎은 것 같고 창문을 열면 멀리 속초항의 불빛이
바라보이는 노학동 산기슭의 밤이다. 이곳은 굉장히 춥다. 오늘,
저 너머 설악골에는 기온이 영하란다. 어제 넘어 온 미시령 고갯마
루에서도 바람이 많았다. 난 어제 일몰 무렵 이곳에 도착하여 오늘
은 외설악을 돌다가 왔다. 울산바위와 비선대를 들렀는데 비선대
와 흔들바위까지는 일전에 와 본 곳이라서 친근한 맛 정도였다. 비
선대로 가는 도중 길친구를 만났다. 이제 갓 방위를 마치고 내년
복학을 앞둔 느긋한(?) 백수였다. 나도 오늘쯤 대청봉을 향할까 했
는데, 그 친구 아주 간편한 차림으로 위험천만하게 가을산을 도전
하더군. 짐을 더 챙겨가지고 뒤따르기로 했는데 비가 오는 바람에
이리 묶여버렸다. 그 친구는 지금쯤 양폭산장에서 나를 기다리고
있지나 않는지 모르겠다. 침구도 없을 텐데 오늘 밤을 어떻게 지낼

지 적이 걱정된다. 여기는 침구는 충분한데. 또 하나 걱정은 날씨
가 맑지 않아 내일 일정이 잡혀 있지 않다는 점이다. 지금 내가 쉬
고 있는 곳은 여관도 호텔도 아닌 우리 학교 설악산 수련장이다.
총 60명 수용 가능한 널찍한 2층집인데 신청자가 나 혼자여서 이
큰 집 주인이 나 혼자다. 간간히 들리는 자동차 소리가 의외로 적
막을 일깨운다. 혼자 혼자. 혼자 여행을 고집하고 혼자 밥해 먹고
혼자 산행하고 그리고 혼자……. 올 때는 뭐 대단히 낭만적인 것
같았다. 뭔가 생각해볼 '꺼리'들도 물론 많았고. 하지만 지금은 우
산 없이 비를 흠뻑 맞고 여기를 들어오는 산객이라도 한 사람 있
었으면 좋겠다는 생각이다. 전부터 내가 그리던 한계령이 이제 코
앞에 있다. 부디 가 볼 수 있어야 할 텐데 내일 날씨가 여전 걱정이
다. 양희은의 한계령은 지금도 정겹기만 한데. 저 산은 내게 우지
마라 우지 마라 하고 발 아래 젖은 계곡 첩첩산중 저 산은 내게
잊으라 잊어버리라 하고 내 가슴 쓸어내리네……. 이곳 설악의 정
서는 오늘도 낯선 이방인 한 사람의 침입을 제외하고는 예나 달라
진 게 없다.

―10월 25일 설악 이틀째 밤, 진영.

진영의 편지는 다른 날짜를 달고 계속 이어지고 있었다.

그런데 아동문학가 차 선생의 전화가 있어 나는 다시 내 방으로 건
너왔다. 급하게 호출명령을 내리는 차 선생. 전화를 받는 즉시 외출을
할 수 있을 만큼 집에서의 내 몰골이 정리되어 있지 않은 터에 닿은
차 선생의 느닷없는 호출은 내 마음을 급하게 했다.

마루바닥과 지등(紙燈), 가야토기와 야생들국화, 그리고 구석자리에 놓인 옛 가구와 베틀이 아릿한 옛 정취를 안겨주는 남천동의 작은 까페 '까치소리'에 닿으니 주말 오후의 느긋함이 좁은 실내를 흠씬, 진하게 적시고 있었다.

나는 차 선생이 손짓으로 정해주는 자리에 조용히 앉았다.

수도원에 들어간 나의 옛 친구. 그 친구가 근무했던 대도출판사에서 이번에 차 선생의 네 번째 동화집을 출판하게 되었다고 했다. 하여 저자와의 대면을 빌미 삼아 실무자들이 부산바다도 볼 겸 하부했노라 하였다. 그들 중 유일한 여자. 얼마 전까지만 해도 대도에 있었던, 도서출판 평원의 편집장 정난옥 씨. 나도 그녀도 서로 얼굴난 모를 뿐 친구의 입을 통해 전부터 이야기를 들었기로 초면이라고 해도 전혀 데면데면하지가 않았다. 지금은 봉쇄의 울타리 속에서 스스로를 유폐시키며 살고 있는 내 친구. 그 친구가 가장 사랑한 후배. 작은 일에도 화들짝 감동하고 감정의 전달이 빠르다고 소문난 그녀. 그래서 별명도 '감격시대'라던가. 긴 생머리의 그녀는 어줍잖은 관념에 두 발목을 담그고 사는 나와는 달리 간결하고도 명확한 이미지를 심어주는 산뜻한 느낌의 사람이었다. 게다가 따스한 정감까지 느끼게 해 내 친구가 가장 아끼는 후배라고 한 말이 실감있게 다가왔다.

얼마 후, 차 선생이 있는 곳이면 항상 자리를 같이하는 방송국의 PD 박찬성 씨와 동시작가 진성제 선생이 봄처럼 환한 얼굴로 까치소리에 나타났다. 두 분의 출현으로 자리는 대뜸 정식으로 흥겨워지고 저마다의 감정은 더욱 밀착되어지는 듯하였다. 그런 변화는 참 희한한 것이어서 느낌은 확실해도 그 느낌을 설명할 수는 없으니.

흥겨워진 분위기에 휩싸여 드는 나 자신을 제어해야겠다는 생각에

서가 아니라 그저 오늘은 이른 귀가를 이루리라 결심했다. 정난옥 씨
와는 긴 이야기를 나누고 싶었지만 오늘의 분위기로 봐서 그녀와 나,
둘만의 이야기는 어려울 것 같고 내가 모르는, 먼 곳에서의 손님까지
있는 터에 이제 술판이 시작되면 아마도 자정까지는 일어서기가 쉽
지 않으리라는 예감도 가세해서였다. 나는 정난옥 씨에게만 슬쩍 귀
띔을 하고 서울엘 가면 연락하겠노라며 명함 한 장을 받아 챙긴 뒤
화장실에 들렀다가 바로 집으로 왔다.

　집에 오니 서울 경희의 전화가 있었다고 했다. 전화를 걸까하다가
9시를 기다렸다가 긴 통화를 하자싶어 읽다 만 진영의 편지를 마저
읽을 작정으로 또 해원의 방으로 갔다. 마악 편지를 읽으려는데 마루
에 내어 놓은 내 방의 전화기가 띨띨 힘없이 울었다. 어쩌면 경희일
지도 모르겠다고 생각하며 거실로 나가 수화기를 드니 전화 건 사람
은 서울 친구가 아니라 그였다. 휴일인 내일 얼굴이나 좀 보자고. 무
거운 배낭을 메고 산으로 가기엔 아직 무리겠지만 그의 말 어느 구석
에도 산에 대한 옛날의 집념 같은 병고는 묻어 있지 않았다. 그도 이
제 변화하고 있는가. 하지만 아직 해빙의 계절이 요원한 동토의 내
가슴이 문제였다. 그가 내게 다가오는 속도만큼 내 가슴은 담백한 우
정 쪽으로만 기울어지니 도대체 이상한 일이었다. 선뜻 대답을 못하
는 나를 위한 배려인 듯 그는 내일 다시 전화하마고선 전화를 끊었다.
그러한 배려도 옛날의 그와는 다른 모습이어 다행이다 싶으면서도
한편 마음 한구석에 맷돌이 얹혀진 느낌이었다.

　　해원아, 밖은 엄청나게 춥다. 다시 새로운 아침을 준비한다. 어
　젯밤 잠을 설친 때문 조금 피곤하다. 하지만 어젯밤은 아주 푸근했

었다. 사흘 만에 사람과 함께할 수 있었거든. 난 역시 사회적 동물(?)임이 확실하다. 푸짐한 저녁식사를 하고 늦도록 산객들과 술자리를 함께했다. 어설프게 찍은 카시오페이아좌는 기대하지 못한다 할지라도 어제 저녁의 노을은 참으로 절경이었다. 대청봉에서의 하룻밤은 짧았으나 많은 것을 생각했고, 그리고 조금의 수확이 있었다. 이제 간단한 식사를 하고 한계령으로 출발해야겠다. 눈이 내린 관계로 평소보다 한 시간은 더 걸릴 터이다.

— 10월 27일 새벽 5시 29분 대청봉에서

이제 다시 저녁이고 저 멀리로 속초의 파아란 불빛들이 정겹게 다가오는 수련장이다. 오늘로서 설악의 여정은 일단 끝이 났다. 어제 아침 설악동을 출발해서 저녁에 대청봉 등정 후 대청산장에서 일박을 하고 오늘은 서북 능선을 따라 한계령으로 내려왔다. 비선대를 지나 정상으로 오르던 중 천불동 계곡을 지났는데 역시나 그 경치가 설악 중에서도 으뜸이었다(내가 보기에). 굽이도는 계곡마다 웅장한 바위며 폭포에 가을단풍까지 그 빛을 발하고 있어 신비의 그림책을 보는 듯하였다. 이에 반해 한계령으로 내려오는 서북 능선 쪽은 오른쪽으로 공룡능선의 암봉들과 왼쪽의 점봉산 건너 운해를 제외하면 그저 밋밋한 산들의 연속이어 좀 단조로왔다. 그 것도 길이가 8킬로미터 이상이니.

한계령은 공사가 한창이어 나를 실망시켰다. 요란한 중장비 소리가 개발과 파괴에의 부조화를 연출해 내고 있었다. 한계령에서의 경관도 그리 아름다운 것은 못 되고. 그러나 아폴로의 달 탐사

가 우리네 계수나무에의 꿈을 꺾지 못했듯이 오늘 본 한계령은 또
다른 의미로 내게 다가올 것이다. 그리하여 한계령의 2절을 지어
야겠다. 저 산은 내게 다시 오라 다시 오라 하네 지친 나를 깨우쳐
손짓하네……

내일 아침 여기를 떠나면 저녁 무렵쯤 서울에 도착할 것 같다.
서울서 다시 쓸께. 안녕.

—10월 27일 저녁 속초에서 진영

추신 : 내가 찍은 사진, 기대해도 좋을 것이다.

아픔 속에서 떠난 진영의 여행 이야기는 나를 감동에 머물게 했다.
자연과학을 전공하는 거개의 공학도들에게는 결여되기 쉬운, 그 나
이 적의 정서가 그애에겐 풍부함이 그렇고 자연과 사람에 대한 애정
이 소리없이 진함에도 내 감동의 요소는 충분하였다. 고익기와 저익
기의 차이가 무어 대수랴. 사람을 사랑하고 자연을 가슴으로 받아들
일 줄 아는 마음이 차마 소중할 뿐. 진영의 긴 편지는 무분별한 오수
에나 빠지길 잘하는 후줄근한 일상의 내게 청신한 기류를 제공해 주
었다.

깨어나라. 일어서라. 바람 속에 홀로 기립하거라.

3

진영의 편지를 접어 조심스레 봉투에 담고는 해원의 방에서 나왔

다. 서두르며 외출한 뒤끝이라 방은 너절하게 어질러져 있었다. 좁은 방일수록 노트 쪽 한 권이라도 삐딱하게 놓여 있으면 하루종일 청소 한 번 아니한 방처럼 보이기 십상인데 콧구멍만한 내 방은 평소 태만 한 주인의 비리를 그대로 드러내 보여주고 있었다. 하나 아무리 게을 러터진 나라도 방바닥이 매끈거리지 않으면 엉덩이를 붙이고 앉지 못하는, 나 나름의 결벽증이 있는지라 물기 꼭 짠 걸레부터 찾아 쥐 었다.

청소를 끝낸 뒤 일찌감치 자리를 깔았다. 우정희 씨가 정성을 다해 더빙해 준 몇 개의 카세트 테이프 중 베토벤의 미사곡을 골라 카세트 레코더에 꽂고.

무지한 내게로도 진한 감동을 느끼게 해주는 미사곡은, 내 가슴 서 성거려지는 날이거나 새벽녘 불면을 하사 받았을 때, 나의 영혼에 약 처럼 처방하는 신의 소리이곤 하였었다. 그런데 오늘은 초저녁에 그 곡을 듣겠다 생각했음이 스스로도 기이하게 여겨졌다.

기리에, 글로리아, 끄레도에 이어 상뚜스에 접어들자 호산나! 호산 나! 거룩한 분을 기리는 노래가 절정에 달하고 있었다. 그때 전화벨 소리가 울렸다. 얼른 카세트 레코더의 볼륨을 낮추고 수화기를 집어 들었다. 경희.

내가 겪은 마지막 5월 축제 때 석조전이 아름다운 교정에서 만난 친구. 그 무렵 서클의 남자친구들은 별나게도 순대국밥과 막걸리를 즐겼고 명문 사학에 다닌다는 자부심을 유난히 강하게 드러내곤 하 여 그들과 같은 학교에 다니는 내가 괜스레 그들에게 국외자인 것처 럼 느껴질 정도로 그들 자부심의 모양새는 그닥 아름답지 않았었다. 그 마지막 5월 축제날 졸업한 선배 개그맨이 대운동장 한가운데서 후배들을 웃기고 있을 즈음 그녀와 나는 남자친구 하나 거느리지 못한 쑥맥의 입장에서 운명적으로 마주친 것이다. 그렇다, 운명적.

선배 개그맨이 퇴장하고 일흔 세 발의 폭죽이 터지면서 자유 정의 진리라고 쓰여진 큰 글자가 기름으로 점화되자 남학생들은 와아! 함성을 지르며 스탠드에서 일어나 운동장으로 내달았고, 이내 스크럼을 짜 비지땀을 흘리며 젊음의 신성한 광기로 폭죽처럼 밤을 밝히던 것이었다. 나와 그녀는 남학생들이 빠져나간 썰렁한 스탠드에 따로따로 남아 그들의 처절한, 몸부림 흡사한 행위들을 경이의 눈초리로 바라보고 있었다.

2학년을 마치면서 서울생활을 청산한 나는 그녀를 만날 수 없게 되었지만, 척박한 부산땅에 살면서 정치적 기류마저 혼란하던 그 시절에 그녀는 잦은 편지로 나를 격려해주고 위로해준, 사랑이 바다와 같은 여자였다.

"해림이니? 너 건강은 어때?"

평소보다 가라앉은 그녀 목소리에서 감을 잡았어야 했는데 나는 내 반가움에만 겨워 그녀 목소리에서 풍긴 음율을 눈치채지 못했다.

"조금 아까 전화했었다며? 그렇잖아도 전화할려구 마음먹고 있었는데 니가 먼저 전화했구나. 나야 늘 그렇지 뭐. 너도 잘 지내지?"

"아무 일 없었지? 그게 반가워……."

순간 이상한 느낌이 왔다. 베토벤의 미사곡으로 내 영혼을 미리 다 독여놓은 마당이라고 어떤 일이 그녀와 나 사이에 일어날 것인가.

"해림아, 내 동생이 멕시코에서……."

동시통역 대학원 졸업반 때 결혼한 친구 동생에겐 세 살박이 아들과 이제 4개월 된 딸아이가 있는데…… 친구의 올케는 아직 서울에 머물면서 11월말에 신랑이 가 있는 멕시코로 가기 위해 모든 절차를 끝내고 이제 출국 날짜만 기다리고 있는 터에 덜컥 사망소식이 전해져 왔다고 했다. 교통사고. 시신이 오는 데만 꼬박 스무 날이 걸렸고 성당에서 장례미사도 치렀다고 했다. 그러는 동안에도 그녀는 입 달고 있다가 일 다 치른 후인 오늘에야 내게 전화를……

내 주위 사람들이 결혼 안한 나를 두고 만날 적마다 시집가라고 닥달질을 해도 그녀 동생만큼은 내 감정 내 생각을 있는 그대로 이해해준, 거의 유일한 사람이었다. 바쁜 시간의 틈을 나누어, 통역관으로 멕시코로 떠나기 전까지 거의 10년을 야학선생을 하며 보람있는 삶을 꾸리던 사람. 좋은 가문 좋은 머리 신실한 인간성. 어느 것 하나 빠질 것 없는 그 사람이 한쪽 다리가 불구인 처녀와 사랑에 빠졌다 했을 때도 내심 참으로 그다워 보여 진정으로 축하를 아끼지 않았었는데……. 그런 그가 어린 남매와 홀로서기도 힘든 젊은 아내를 두고 이국 땅에서 요절했다니!

"해림아, 보고싶었어. 장례미사에 참례해 달라고 전화할까 하다가 건강치도 못한 네가 무리하면서 올라올까 봐 일부러 전화하지 않았어. 해림아, 사는 일 왜 이리 허망하니……."

그냥 목소리만이라도 듣고 싶어서 전화를 했다는 그녀는, 그 와중에도 빈뇨증상이 있는 나를 염두에 두고 행여라도 내가 서울엘 가면 쪄주려고 은행알을 구해 두었다는 말도 잊지 않았다. 내게 있어 그녀는 꿈에 나타나도 그저 반갑고 소중한 친구지만, 그녀의 내게 대한 사랑은 내가 느끼는 낭만성과는 거리가 멀게 끈끈하고 골이 깊어 처음으로 친구에게 마음 깊이 미안했다.

내일 낮, 벽제 성당에서 추모미사가 있을 거라던 그녀의 말이 나의 뇌리 속에 남아 나를 채근했다.

　그래 서울엘 가자. 그녀의 내게 대한 사랑을 이 기회에 보상하기 위해서가 아니라 내가 사랑했던 그녀 동생의 죽음을 추모하기 위하여. 아니다, 그런 부끄러운 이타심에서가 아니라 빈뇨증상의 두려움 때문에 시내 나들이조차 회피하고 살아왔던 내 부자유를 이번 기회에 깨부수기 위해서.

　다 늦은 시간에 여행가방을 챙기며 허둥거리는 나를 보고 식구들이 놀라워했다. 경희의 이야기를 간단하게 전한 뒤 대문을 나섰다. 마지막 기차를 타려면 아직 시간 여유가 있었지만 나는 택시를 집어타고 허둥지둥 부산역으로 내달았다.

4

　시내 중심에 자리한 기차역은 늦은 시각이어도 대낮처럼 많은 사람들로 북적이고 있었다. 대합실을 점거하고 있는 떠날 사람들의 무리, 또는 찾아가는 사람들의 무리.

　서두른 양에 비해 개찰하기까지 기다린 몇 분의 시간이 너무 길게 여겨졌음은 내 마음이 급했던 때문일 터였다. 이윽고 개찰구를 벗어나자 덩치 큰 탈것은 끝없는 철로 위에 거대한 불덩어리로 멈추어 서 있었다. 3호차 47호석. 자리를 찾아 앉자 나는 기차가 움직이는 것도 느끼지 못한 채 생각의 늪 속으로 빠져들었다.

　다니엘 폴락의 손가락을 통해 깨우친 예술과 삶을 관통하는 절제의 미덕. 그것을 개개인은 과연 어떻게 수용해야 할 것인가. 이 나이 되도록 달콤한 숙면 한번 이루어보지 못한, 경제적이지 못한 긴 수면 시간은 내 삶에 있어 양적 방기인가 아니면 질적 절제인가. 여기 선이 자리에서 우주와의 거리를 가늠하며, 인간의 미미함을 익히고 그리하여 겸손에로 나아간다는 내 발상은 얼마나 오만한 추태였던가. 우주의 넓이가 지금보다 백만 배 더 넓다한들 나는 세 배쯤 겸손해지기는커녕 내 눈앞의 작은 이익이나 아픔에만 겨워할 것이므로 오늘 보는 하늘의 별빛이 천년 전에 그곳을 떠나왔다는 전설 같은 이야기가 한번쯤 내 서정적 관념을 간지르긴 하겠지만 그게 과연 내 삶의 형태에 어떤 도움을 줄 것인가.

철로 위, 12개의 불덩이로 존재하는 서울행 임시열차의 둔중한 동체가 전해주는 나른한 출렁임을 내 오관이 감지한 것은 기차가 부산역을 떠난 지 하마 두어 시간이나 되었을 무렵이었다.

서울은 좌충우돌하며 사는 나 같은 지방 신민에겐 언제나 견고한 성채의 느낌으로 다가왔었다. 게다가 현란하고 아름답기까지 해서 완성된 도시의 표본처럼 여겨지기도 했었지. 나는 서울 유학생이 되고 싶어했고 내 희망은 좌절되지 않아 서울의 시민이 될 수 있었다. 하지만 아름답고 완벽한 도시가 준 환멸도 내 환상처럼 커다랬었다. 그러나, 친구. 서울이 내게 하사한 축복과도 흡사한 선물, 경희.

소리없는 사랑으로 다가와 긴 세월 동안 그녀처럼 은밀하게 나를 속속들이 이해해 준 사람이 또 있을까. 그런 그녀에게 보여야 할 내 사랑의 형태는 과연 어떤 모습이어야 하나. 절박한 상황에 서 있는 사람에로의 위로에 나는 자신이 없다. 원래의 뜻과는 다르게 전해지는 공소한 도구, 말. 어떤 낱말들 주워모아 내 감정 껄끄럽지 않고 온전히 친구를 위로할 수 있을까. 손바닥 두 쪽으로 가려질 내 얼굴이 그녀에게 위로가 된다면 몰라도 말로의 위로에는 진정 자신이 없다.

차창 밖, 간간히 바라보이는 먼 집들의 불빛을 제외하곤 창에 비치는 그림은 거의 완벽한 어둠에 가깝다. 시간의 흐름과 함께 내가 앉아 있는 이 자리의 공간적 위치까지 더불어 흐르고 있는 수수께끼와 같은 사실. 이 순간이야말로 정체된 삶을 살아온 내게로의 모색의 시간임이 분명할 터다. 궁극의 선을 위한 변화. 옳은 것을 향한 변화야말로 나와 너가 함께 꿈꾸어야 마땅한 올곧은 선택이 아닐까. 그렇다면 산에만 집착해 있던 그가 가슴속 사슬을 풀고 사람에 대해 관심의 눈길을 돌림은 분명 아름다운 일일 것이다. 나는 그의 변화를 그저 바라보고만 있을 뿐이긴 해도. 말로는 어떻게도 친구를 위로할 수 없는 것처럼 환상 속에서나 가능할 사랑을 꿈꾸는 나는 이승에서의 사랑은 아마 이루지 못하고 말지도 모른다. 수위가 넘는 욕심으로 하여 남자를 사랑할 수 없도록 빚어진 가슴. 그 죄의 대가로 주위의 사람이라도 사랑할 수 있다면 천만다행이련만.

새벽 어둠을 관통하며 동트는 여명을 향해 달리는 이 열차는 내 가까이 존재하는 사람들의 삶을 상징적으로 보여주는, 눈에 보이는 실체일지도 모른다는 생각이 불현듯 내 머릿속을 스쳤다. 모색의 절기에 서 있는 진영이와 변화를 꿈꾸는 그. 동생의 죽음으로 인해 삶의 허망감에 손잡혀 있음에도 불구하고 살이 숨쉬는 니를 위하여 은행알을 준비해 놓고 있다는 친구의 사랑, 그 일상성. 아 두려워라. 또한 안심이어라. 우리 모두는 지금 조물주가 마련한 '미로학습'의 수업을 열심히 청강하는 모범학생임이 분명한 것을.

덜컹덜컹덜컹…… 육중한 차체가 전해주는 둔중한 진동조차 이제 예사롭기만 하고 내가 탄 기차는 수은등이 푸른빛을 발하는 간이역을 더러 스쳐지나가기도 하면서 드디어 뿌연 안개 속에 침몰해 있는 서울에 닻을 내렸다.

암중모색의 유예지에 서 있는 진영이도 나의 서울행을 알면 기뻐할 것이다. 그래, 고통이든 괴롬이든 그걸 껴안고 코피 터지게 고민해보아라. 그러다 누가 시켜서가 아니라 네 마음이 향하는 대로 네 설자리를 결정하거라. 훗날 후회하지 않을 각오만 되어 있다면 누가 뭐래도 네가 선택한 삶이 바로 최선 최상의 것일 터이다.

음습한 양치식물처럼 척박한 내 영혼육신에 진득한 이끼로 존재하는 절망적 요의. 그깟 요의 하나 다스리지 못해 스스로 자유를 박탈당한 채 주춤주춤 살았던 지난한 내 삶. 그러한 내 삶에도 자유가 깃들인다면 그건 친구 동생의 죽음을 통한 자유이므로 부활한 나의 자유는 단연코 목숨처럼 소중한 것이어야 마땅할 것이다.

나는 뿌연 서울의 새벽 공기를 심호흡하며 하늘을 올려다보았다.

오늘이 며칠이더라? 손톱 같은 상현달이 내 주위, 사랑과 고통으로 존재하는 모든 이의 얼굴이 되어 뽀얗게 웃고 있다.

그가 꿈꾸는 삶과 사랑도 그의 소망대로 여물기를 기원하면서 이제 서서히 윤곽을 드러내는 서울의 아침을 온몸으로 맞아들였다. 이제 나는 미로와도 흡사해 보이는 수십 수백 가닥 서울의 길을 달려 친구집에 닿게 될 것이고 소문 없이 침입한 나를 친구는 놀라할 것이다. 하나, 수천 가닥 서울의 거리를 관통한 끝에 친구집에 닿았다고 내 삶의 미로도 끝난 것은 아닐 것이다. 우리는 여전히 평범해서 작은 사랑과 미움에 목젖을 떨기도 하고 사소한 울림에도 화들짝 반응하는 '감격시대'를, 오늘도 내일도 살아갈 것이기에.

때로 허망하겠지만, 그래서 더욱 소중하게 껴안아야 할 내 앞의 삶.

눈을 들어 하늘을 본다. 만월을 향해 발걸음을 옮겨갈 하얀 상현달,
창백하지만 그 빛이 곱다.

[목요문화]

들려오는 빛

　　서영은 비몽사몽, 이마를 쪼개는 듯한 통증에 시달리다가 꿈결처럼 잠에서 깼다. 간밤엔 통증도 통증이었지만 예로니모 신부님의 입원 소식을 접하곤 잠을 이룰 수가 없었고 겨우 새벽녘에야 피곤해진 몸이 제바람에 지쳐 깜빡 잠이 든 모양이었으나 숙면은 꿈도 꾸지 못할 일이었다. 한 이태 자취를 감춰 주었던 편두통이 다시 찾아와 그녀를 괴롭히는 바람에 살맛까지 나지 않는 이즘. 두통이면 두통이지 편두통이라니 무슨 가당찮은 증세란 말인가. 편두통에 시달려 본 사람은 두통과 편두통의 차이를 확실하게 일 것이다. 쪽골 아픔. 말로도 글로도 설명이 되지 않는 신경질나는 증상…….

　　편두통이 시작되면 세상만사가 귀찮고 도대체 산다는 일의 의미는 손에 쥔 모래알처럼 슬슬 달아나서 어떤 획기적인 사건도 서영의 의식을 일으켜 세우지 못했다. 지끈지끈, 심장의 박동에 맞추어 왼쪽의 이마께부터 정수리의 반쪽이 욱씬거리는 통증을 느끼며 서영은 창문부터 열어젖혔다.

아⋯⋯. 심호흡을 해봐도, 창문을 있는 대로 열어 젖혀 신선한 가을 바람을 온 방안에 불러들여도, 쪽골이 아픈 증상은 전혀 덜해지지 않았다. 진한 통증에 시달리면서 불러들인 생각 하나. 자업자득. 그랬다. 아무리 성욱경 주간의 요청이 지대했다 한들 체력을 생각해서라도 잡지사 출근은 말았어야 했다. 겨우 한 달을 버티다 손 들고 말았으니. 게다가 두 건의 인터뷰 기사. 그뿐이면. 고작 며칠 전에 뵙고 온 예로니모 신부님의 갑작스런 발병 소식⋯⋯.

매스컴에 이름이 오르내리는 일을 가능한 한 피하며 작품 창작에만 몰두하는 전병환 선생. 전 선생께서 서영의 인터뷰에 응해 주신 것도 알고 보면 오로지 서영 자신을 위한 배려였었다.

성 주간이 갓 입사한 서영에게 '원로작가탐방' 난에 실을 인터뷰 기사를 쓰라고 했을 때 서영은 성 주간의 파격적인 배려를 놀라워했다. 탐방 기사는 원래 웬만큼 노련한 기자가 아니면 맡기지 않는, '종합 예술 교양지'를 표방하는 서영이네 잡지사로서는 노른자위나 다름없는, 원고 분량만 해도 쉰 장이 넘는 묵직한 글이었던 것이다. 그러나 서영은 인터뷰 대상이 전병환 선생임을 알았을 때, 전 선생의 꼿꼿한 성품을 누구보다 잘 알고 있던 그녀였기로 아차 싶은 생각이 들었었다. 하지만 서영을 잡지사로 스카웃해 간 성 주간이 서영에게 전병환 화백의 인터뷰를 막무가내로 밀어부쳤다. 전병환 화백이 서영을 아낀다는 사실을 성주간이 이미 알고 있었는 데다, 잡지 편집인답게 기사 '꺼리'가 될 만한 것은 어떤 경우에도 놓치지 않는 기자 동네의 프로근성이 성주간에게도 농후한 때문이었다. 진퇴양난의 기로에 서 있던 서영을 구원해 준 사람은 역시 작품만큼 인품도 빼어난 전 선생이었다. 서영의 입장을 눈치 챈 전 선생께서 인터뷰에 응하겠다는 연락을 주신 것이다. 서영의 입사 후 첫 기사는 그런저런 사연을 겪었다. 하나, 처음 써낸 인터뷰 기사의 모양새가 그다지 나쁘진 않았든지 데스크로부터, 기사 내용이 충실한 데다 탐방 기사가 가져야 할 모든 요건을 갖추었다는 과분한 칭찬이 있었다. 어쩌면 당연한 결과인지도 몰랐다. 전 선생에 관한 이야기는 자잘한 에피소드까지 꿰어 엮을 수 있었는 데다 전 선생의 적극적인 인터뷰 자세가 서영으로 하여금 좋은 기사를 쓰게 했으니까.

그런데, 떡 본 김에 제사 지낸 댔다고 서영이 쓴 기사가 좋다는 판명이 나자 이번엔 원래는 서영의 몫도 아닌, ‘부산의 인기 방송인’이란 고정란에 나갈 인터뷰 기사도 서영에게 쓰라는 지시가 내려졌다. 누구를 지목해 주지도 않고 서영 자신이 인터뷰 대상까지 알아서 선정하라는 말엔 기가 찰 노릇이었다. 야박한 기자 동네의 습성을 서영도 알고 있긴 했지만 정말 심하다는 생각이 들었고, 그러나 누구에게 도와 달라고 하소연을 할 수도 없는 입장이었다. 한 달에 한 번 발간하는 잡지라서 생각하기에 따라 할랑하다 할지 몰라도, 편집 계획이야 데스크에서 잡겠지만 이리저리 취재 대상을 고르고 인터뷰를 가고 하다 보면 하루 해가 언제 어떻게 뜨고 지는지 알 수 없을 지경이었던 것이다. 그러니 누구에게……. 궁여지책 끝에 할머니들에게 인기를 얻고 있는 장기(長期) 방송 프로그램 제작자를 인터뷰 대상의 물망에 올려 전화부터 걸었다. 하나, 오랜 동안 인기를 누리는 건전한 프로그램의 제작자답게 그 사람 역시 정중히 인터뷰를 거절하는 것이었다. 기사 출고 날은 점점 다가오는데 김모 프로듀서는 인터뷰를 거부하니 서영은 실로 황당하기만 했다. 한 가지 묘책을 짰다. 평소 발이 넓다고 소문난 서영이었기에 사돈의 팔촌까지 동원한다면 이름 있는 김 누구 피디 한 사람쯤은 어느 그물망에 걸려도 걸릴 것이라는 생각이 그것이었다. 우선 방송국의 몇몇 인사를 통해 그의 입사 연도를 알아냈고, 입사 동기들의 명단과 출신 대학, 그리고 가족 사항 등 기본적인 것부터 훑어 나갔다. 그런데 엉뚱한 곳에서 실마리가 풀렸다. '여자와 함께 산다는 것은 생각만 해도 시시한 일'이라서 절대 장가 같은 건 가지 않겠다고 호언하면서도 누구보다 여성을 보배처럼 여기는 서영의 이종사촌 오라버니가 서영의 집에 놀러와선 괜히 실없이 대학 다닐 때 농땡인 친 이야기를 꺼낸 것이 그 단초였다. 그 김모 피디의 출신 학교가 바로 노총각 오라버니가 다닌 그 학교……? 잘하면 나이까지도 엇비슷하겠다는 생각이 들어 서영이 이종 오라비에게 행여 그 방송 프로그램 제작자를 아느냐고 물어보았다.

"누구? 김정훈, 글마? 아이고, 이 처녀 정신 이래 가지고 잡지사 기자 잘 해먹겠다. 임마, 그때 왜, 항구일보에서 우연히 니 만난 날 중앙동에서 같이 점심 먹었었잖아. 그날 옆에 와서 인사하던, 안경 끼고 삐리하게 생긴 놈이 글마 아이가. 니랑도 한참 얘기했었잖아. 옛날에 니가 잡지에 연극평 쓴 거 지도 인상 깊게 읽었다면서 지 꿈도 드라마 연출이라고 안하더나, 와?"

서영은 어째서 그 일을 그렇게 까맣게 잊을 수 있는지, 자신의 두뇌가 정상으로 작동을 하긴 하는 사람인지 실로 신기하기만 했다. 그날, 점심 먹으면서 그가 그 프로의 제작자라는 말도 들었고 오라비와도 오랜 친구 사이라는 사실을 엄연히 들었지 않았던가. 사람의 기억이란 실로 이렇게 허망할 수도 있는 것이로구나 하는 생각을 하면서 서영은 실소를 금치 못했다. 어쩌면 그때 그런 기억이 무의식 속에 남아 있어서 이번에 그 사람을 인터뷰해야 겠다는 생각을 한 건지도…….

"그런데 글마는 와?"

"우리 잡지 고정란 중 '부산의 인기 방송인'이란 코너가 있는데 내가 그 기사를 쓰게 됐거던. 그래서 전화 한번 했는데 인터뷰에 응할 수 없다고 딱 잡아떼잖아. 그 바람에 자존심도 좀 상했고, 상한 자존심이 문제가 아니라 잘못하면 고정란이 펑크나게 생겼으니 문제지 뭐. 내가 괜히 성 주간의 꼬임에 빠져 이 나이에 잡지사 들어간 게 천만 잘못이야. 집에 가만 앉아서 프리로 문화평이나 한 달에 한 꼭지쯤 쓰는 게 내 취향엔 딱 맞는데. 오라버니, 사실은 고민이 많다우. 힘도 딸리고 실력도 딸리고……."

서영은 어느 정도 사실이기도 한 고민을 엄살 섞어 오라비에게 늘어놓았다.

"그래? 자슥 그거 나쁜 놈 아이가. 너거 잡지가 핫바리 잡지도 아니고 알아주는 책인데, 글마가 니도 못 알아보고 책도 못 알아보고 뻐기더란 말이재? 내가 녀석의 덜미를 잡아서라도 책임지고 인터뷰하게 헤주께."

서영은 순전히 이종사촌 오라비 덕분으로 김정훈 피디의 인터뷰 기사도 무사히 써낼 수 있었다. 알고 보니 그 전에도 젊은 기자 한 사람이 김 피디를 이리 저리 집적거리기만 했지 기사 하나 만들지 못한 모양이었는데 이유야 어찌 되었든 까다로운 인터뷰를 두 건이나 성사시켰으니 성 주간의 어깨에도 힘이 들어간 본새였다.

그런데……. 입사해서 얼마 동안은 새로운 환경에 적응하느라 긴장을 해서 그랬던지 피곤하긴 했으나 별 이상을 보이지 않던 건강상태가 입사 3주쯤 되자 견딜 수 없을 정도로 심각한 지경에 이르렀다. 하루하루 점점 견디기 힘들어져 갈 무렵 서영은 귓바퀴 옆에 작은 몽우리 하나를 발견했다. 서둘러 병원을 찾았다. 검사 결과 서영의 병은 임파선 결핵이었다. 피로를 피하고 안정을 요한다는 의사 선생의 말이 아니어도 이미 직장생활은 할 수 없는 지경이었다. 두어 해 전부터 시시로 좀 도와 달라는 성 주간의 말이 목의 가시처럼 걸렸었는데, 이참에 또 성 주간이 서영의 도움이 필요하대서 좀 슬로우 템포로 일할 작정을 하고 직장생활을 결심한 것이 모든 사람을 골치 아프게 만든 셈이 되었다. 그리고, 하면 하고 말면 말았지 일 보고 그냥 대충대충 넘어가지지 않는 서영의 발 빠른 성격이 '느긋하게 쉬엄쉬엄'이 되지 않아 무리가 되었던 모양이었다. 아무려나 입사 한 달도 못 되어 직장을 그만두게 되었으니 생각할수록 모든 사람들에게 미안할 뿐이었고, 싫다는 사람을 억지로 인터뷰에 응하게 해놓고는 정작 책도 나오기 전에 담당 기자가 사표를 썼으니, 인간의 정리를 잊지 못해 인터뷰에 응했던 두 분의 떨떠름한 기분이 과연 어떠할지 서영 자신이 먼저 오금이 저렸다.

편두통도 그래서였다.

그런저런 이유로 편두통과 심한 우울증에 시달리고 있는 서영에게 어젯밤 전해진 예로니모 신부님의 간염 발병 소식은 설상가상이었다. 하느님은 도대체 무슨 심술인가 싶었고, 하루 두 번 입 속에 털어넣어야 하는 알약의 갯수를 헤아리면서 자신은 버림 받은 신의 자식 같아서 신앙에 대한 자세마저도 흐지부지해지는 느낌이었다. 고통이 인간을 겸손하게 하고 고통을 통해서만 진정한 하느님 나라의 영광을 안을 수 있다는 이야긴 서영 자신의 지적 수준으로도 충분히 이해되는 대목이었지만 이즘의 그녀는 마음 고생 몸 고생으로 정신이 퍽이나 피폐해져 있어서 그런 이야긴 귀에 들어오지도 않았다.

지끈거리는 통증을 극복하는 일은 가벼운 노동이 최고다, 서영은 도저히 참을 수 없는 통증을 다스리기 위해 그런 결론을 내렸다.

먼지 앉은 책장 유리를 닦기로 작정하여 여섯 짝의 유리문을 떼어 냈다. 그리고 기왕이면 커튼도 빨자는 생각으로 서영은 창턱을 밟고 올라서서 얇은 커튼을 걷어 내렸다. 커튼을 안고 내려오면서, 늘 보던, 그래서 하나도 새삼스럽지 않은, 그러나 언제나 서영의 마음을 너그럽게 품어주는 그림에 눈길이 가 멈추었다.

"아가씨, 이 그림 산 겁니까?"

제일 화랑 안주인이 서영이 가져간 그림을 보고 그렇게 물었다. 오브제를 자주 이용하고 마티에르 효과를 극대화시켜 지극히 사실적인 작품을 만들기로 이름난 전 선생의 그림을 그녀가 알아본 것이었다. 그러나 파넬 뒤에 적힌 '레이첼에게'라는 전 선생의 사인을 본 그녀는 얼른 선물받은 그림임을 눈치챈 듯했다. 며칠 뒤, 액자가 다 되었디는 제일화랑 안주인의 전화가 있었다. 시영은 그림을 가지러 제일화랑으로 갔다. 서영의 세례명을 기억한 안주인이 서영에게 물었다.

"어느 성당 나가세요?"

영세 받은 지 3년이 되어갈 무렵이었고, 그땐 나이도 어렸는 데다 율법적인 것만을 강조하는 늙은 신부님의 강론이 죄의식만 조장해 신앙생활이 부담스럽기만 할 때였었고, 이사까지 한 마당이라 성당이 어디에 있는지도 몰라서 그냥 그러고 있던 중이었고, 한동안 유예기간을 가지고 자신의 신앙을 다시 한 번 점검해 보아야겠다는 턱없는 자만으로 배를 부풀리고 있던 때였었고……. 그래서 서영은 그때 냉담 중이었었다. 대답없이 빙긋이 웃는 서영을 그녀는 냉담 중임을 짐작했는지 어쨌는지 그 애긴 더 이상 묻지 않았다. 대신, 그림을 좋아해서 표구점 겸 화랑을 차렸다는 그녀는 화랑은 자신의 것이고, 남편은 왕년엔 시인이 되는 게 꿈이었던 문학 청년이었지만 지금은 신발공장의 부장님인 너절한 유부남이라고 묻지도 않은 자신의 이야기를 들려주었다. 말이 통할 것 같아 서영은 자신의 지지부진한 신앙에 관한 이야기를 아주 잠깐 내비쳤다. 이번엔 그녀가 서영을 향해 의미심장한 웃음을 빙긋 웃는 것이었다. 그 웃음이 기분 나쁘기는 커녕 제일화랑 안주인은 좋아해도 좋을 사람이라는 생각을 하면서 서영은 집으로 왔다.

　사나흘 뒤, 제일화랑 안주인이 전화로 서영을 찾았다. 구역 모임이 있는 날인데 마침 신부님의 미사도 있으므로 서영도 함께 갔으면 좋겠다고 했다. 서영은 자신이 설정한 '신앙점검 유예기간'이 아직 끝나지 않은 데다 가까이서 신부님을 대해야 함이 부담스러웠고 또한 당장에 고백성사를 봐야 함도 껄끄러워서 망설여지는 마음이었다. 그러나 화랑 안주인이 그냥 참석이나 해보라고 친한 친구처럼 밀어부치는 것이어서 서영은 가겠다고 대답을 했다.

　부지런하지 못한 신자들이 뒤늦게 띄엄띄엄 들어와 넓은 거실을 거의 채울 즈음, 기다리느라 짜증이 난 서영과는 대조적으로 신부님은 그저 편안한 얼굴로 미사를 시작했다. 내숭을 떨지 못해 남보기 건방져 보인다는 말을 듣는 서영이었지만 사람 보는 눈 하나는 맵다고 소문나 있었다. 그녀의 눈에 비친 신부님의 무심상한 얼굴에서 그녀는 이미 신부님이 예사로운 분이 아님을 감지했다. 믿는 사람들이 흔히 말하는 '하느님의 영성'이 신부님 당신을 온통 적시고 있었다. 제일화랑 안주인의 빙그레 웃던 웃음의 뜻이 서영의 손에 잡혀 왔다.

"우리가 하느님을 찾는 것은 죄와 죽음과 율법에서의 해방을 원하기 때문입니다……."

강론 중이던 신부님의 그 말에 서영은 눈이 번쩍 뜨이는 느낌이었다. 아니, 율법에서의 해방이라니!! 그렇다면 그 놈의 율법이라는 것은 우리가 신주 단지처럼 모셔야 할, 고루하고 박제된 그 무엇이 아니라 사랑으로 극복해야 할 대상이란 말 아닌가? 신부님께서 말하고자 하는 의도가 서영 자신의 생각과는 다르다 한들 어쨌든 신부님의 단 한 마디 그 말에 속이 다 시원해지는 기분이었다. 막연하게, 오로지 계명만을 지키기 위해서 종교가 필요하다면 그 종교는 사랑을 지향하는 신앙은 아닐 거라는 생각을 품고 있던 그녀였다. 그 즈음의 냉담도 질식할 것 같은 율법주의의 냄새에 식상해 있던 때문이 아니었던가. 그런 터에 듣게 된 신부님의 한 마디 말은 그녀의 영혼을 갑자기 빛나게 했고 그녀의 의식을 한결 자유롭게 했으며 신앙의 본질에 눈 뜰 계기를 마련해 주었다. 진정 숨통이 트이는 느낌이었다.

"……사랑을 율법으로 해석해서는 되지 않습니다. 그리고 사랑을 거창한 것으로 생각해서도 안 됩니다. 사랑은 생활 중에 언제나 기꺼이 행할 수 있는 것이라는 인식을 가지는 것이 중요합니다. 사랑하는 행위야말로 인간이 인간으로서의 품위를 지키는 일이며 동물로 전락하지 않는 첩경인 것입니다. 힘에 겨운 것을 남에게 베푸는 것은 사랑이 아니라 희생입니다. 사랑은 이웃과 물 한 모금 나누어 마시는 것. 남과의 다툼에서 겨우 1센티 양보하는 것. 그런 것들이 바로 우리가 고귀하게 여기는 사랑의 손쉬운 실천 방법입니다. 인간의 욕망은 끝이 없습니다. 우리가 서로 사랑해야 하는 이유가 바로 여기에 있습니다. 우리의 시선을 인간적인 것에다 고정시켜서 욕망이 가자는 대로 내버려두어선 안 됩니다. 작은 사랑이 실천되는 이 땅은 그것만으로도 얼마나 아름답겠습니까. 끝으로, 왜 사느냐란 물음에 과연 어떻게 대답할 것인지 우리 서로 다시 한 번 생각해 봅시다."

사랑은, 이웃과 겨우 물 한 모금 나누어 마시는 것이며 친구와의 다툼에서 단지 1센티 양보하는 것이며, 작은 그런 행위들이 인간을 동물로 전락하지 않도록 하는 것이며, 인간으로서의 품위를 유지하는 것이라니……, 이보다 더 손쉬운 사랑이 어디 있을 것이며 사랑에 대한 어떤 정의가 이보다 더 본질적일 수 있을 것인가.

주저할 일이라곤 없었다. 신앙점검 유예기간에도 위기가 도래했다. 서영으로서는 당연한 일이었다. 다음 주일부터 성당에 나갔다. 미사 때마다 신앙의 본질에 눈 떠 갔다. 저녁 미사 후 성당 마당을 내려오다 보면 신부님은 수은등 불빛을 등에 지고 서서 신자 한 사람 한 사람에게 일일이 안부를 묻기도 하고 신자들의 질문에 정성껏 답을 해주기도 했다. 그런 모습은 성체를 나누어 줄 때도 마찬가지였다. 정성을 다해 성체를 나누어 주는 사제. 그의 삶이 아름다워 보였다. 신의 피조물 중 가장 걸작인 사람으로 태어나 신부님 당신처럼만 살 수 있다면 신이 인간을 만든 뜻에 합당히 보답하는 생(生)일 거라는 생각도 들었다. 저녁 미사 후 비스듬한 성당 언덕을 내려오면서 서영은 사람답게 사는 삶의 지극한 아름다움에 생각이 가 머물렀고 가진 것 아무 것 없어도 삶이 충만해서 때로 눈물 겨워했다. 그런 날들 중의 어느 하루, 신부님은 서영이 구역모임에 참례했음을 기억하고 있었든지 먼저 말을 걸어 왔다.

"늘 저녁미사 나오시는군요?"

서영은 언뜻 대답 말이 나오지 않았다. 신부님께서 그런 서영의 마음을 알았는지 말을 이었다.

"이 동네로 오신 지 얼마 안 됐지요?"

"예. 사실은 이사온 뒤로 한 동안 성당엘 나오지 않았습니다. 영세 받은 지 겨우 3년 되었는데 이런저런 갈등이 좀 생겨서요."

서영은 대답을 해놓고 생각하니 좀 우스웠다. 그런 얘기를 서슴없이 하게 되다니. 이 신부님은 사람을 무장 해제시키는 능력이 있어. 그리고 몸에 배인 겸손. 지나친 겸손은 되려 사람으로 하여금 불편한 마음이게 하기 십상인데도…….

"아이고 뭐, 신앙생활이란 게 일이 년 열심히 하다가 그만둘 사업도 아니고 평생동안 해 나가야 할 건데 싫증나면 좀 쉬기도 해야지요. 중요한 건 우리 마음이 어디에 가 있는가 하는 거 아니겠습니까."

냉담하면 안 됩니다. 열심히 다녀야지요. 그런 말을 하지는 않을 거라는 나름대로의 생각이 있었기로 그런 이야기도 나왔을 거였다. 중요한 건 우리 마음이 어디에 가 있는가 하는 거 아니겠습니까…….기막혀라. 그렇지. 중요한 건 겉으로 드러나는 것이 아니라 마음이 자리한 곳, 바로 그것일 테지. 영혼이 경직되지 않은 사람을 만날 수 있음은 한정된 우리 삶에 얼마나 큰 축복이 될 것인가.

그 뒤의 어느 날, 사무실에 볼일이 있어 서영은 느지막히 성당 마당으로 걸어 나왔는데 그때까지도 신부님은 어두운 성당 마당 가에 한 그루 나무처럼 서 있었다. 이제 막 신자들을 그들의 집으로 마저 떠나 보낸 모양이었다. 목례를 드리니 건강하시지요? 하고 물었다. 나름 대로 병치레는 않고 잘 사는데 뼈마디가 굵지 않아서인지 나약한 사람 대접을 해주었다. 사람에 대한 사려. 신부님도 서영을 향해 목례를 하고는 사제관을 향해 어두운 계단을 올랐다. 어둠 때문인지 신부님의 등이 외롭고 쓸쓸해 보였다. 서영은 자기 앞의 삶을 누구보다 성실하고 아름답게 살아가는 한 사람의 등을 향해 연민을 품은 자신의 무례를 반성했다. 그래도 아픈 마음은 아픈 마음이었다. 무슨 영화를 보시려고 신부님 당신은 온 젊음을 유폐시키면서까지 한갓 탐욕덩이에 불과한 우리들에게 서로 사랑하라고 목메이게 외치십니까.

서영은 집에 돌아와 신부님께 편지 한 통을 썼다. 그래야 잠이 올 것 같았다. 며칠 뒤 고운 그림이 그려진 예쁜 엽서 한 장이 서영의 창으로 날아들었다.

저를 권위 중중한 사제가 아닌, 한, 쓸쓸하고 외로운 하느님 나라 백성으로 보아 주셔서 고맙습니다. 마음 예쁜 신자들이 있습니다. 그들이 절 지켜주는 파수꾼인 셈이지요. 인간은 어차피 외로운 동물이고 그걸 일찌감치 깨달아 이러고 살 뿐 제가 무슨 특별한 자격이 있어 사제가 되었겠습니까. 알고 보면 저도 참 속물입니다.

짧은 엽서 속에는 어떤 유혹에도 넘어가지 않을 꿋꿋한 자신감이 넘치게 배어 있었다. 서영은 자신의 뜻을 오해 않고 받아준 신부님의 그윽하고 품격 높은 정서가 그지없이 고마웠다. 그리고 신부님은 강론 중 양성우 시인의 '겨울 공화국'을 읽어 주기도 했고, 잘못된 시절을 아파하는, 깨어 있는 시선을 가진 사람은 고통의 세월을 살아도 그것이 바로 행복한 삶이라는 역설적인 이야기를 들려주기도 했다. 알아들을 귀 있는 신자들은 정말로 신부님을 사랑했다. 서영은 삶에 대한 고뇌와 사랑의 실천 방법에 관한 진지한 질문을 편지의 형식에 담아 신부님께 전했고 그때마다 신부님은 짧은 글이나 단순한 웃음 한 조각으로 그녀의 고민을 해결해 주곤 했다. 그래서 서영은 천국의 열쇠에 나오는 치섬 신부님이 바로 신부님 당신이라고 예로니모 신부님을 치하했다. 그 시절, 정치적 기류는 혼란했어도 서영 개인적으로는 좋은 시절이었다. 세월이 흘러 신부님은 새로운 부임지를 향해 떠났다. 영혼의 약으로 간주되던 신부님의 강론을 들을 수 없어 미사 후의 성당 언덕길이 쓸쓸했지만 못 견딜 아픔은 아니었다. 새로운 부임지에서 보내 준 신부님의 엽서가 서영을 기쁘게 했다.

사람은 역시 칭찬 받기 좋아하는 동물인가 봅니다. 레이첼 씨의 제게 대한 과분한 칭찬이 속물인 절 얼마나 기쁘게 했는지 차마 몰랐지요? 아담한 성당과 웅장한 사제관 둘러보러 한번 오십시오. 저녁 무렵이면 사그라지려는 석양빛을 애도해 스테인드 글라스도 오열을 하는데 그 슬픔이 참 눈부십니다. 인간을 사랑하신 예수님의 마음을 보는 것 같아 혼자 처연한 심정으로 바라보곤 하는데 이즘엔 그 일이 제 일상의 중요한 일과가 되어 버렸습니다.

능청스럽기도 하고 문학성 또한 도저한 신부님의 글을 읽노라면 짧은 사연 속에 어쩌면 저렇게 당신 할 말 다 하는가 싶어 서영은 새삼 놀라곤 했다. 그 시절이 이젠 꿈속 같이 아득하게만 여겨지니 세월은 정말 도깨비 방망이인가.

　얼마 전, 신랑의 임지를 따라 삼천포에서 살다가 다시 부산으로 온
친구의 전화가 있었다. 그날도 지끈지끈 쪽골이 아팠지만 서영은 이
참에 바람이나 쐬자 싶어 발색이 고운 천연 염료의 탁자보 하나를 챙
겨서 그녀의 집에 갔다. 코흘리개 시절부터 함께 자라 왔기로 영성적
인 이야기를 할 수는 없어도 허물없는 친구였는데 역시나 오랜만에
만나도 그저 편안하기만 했다. 사람도 다른 무엇도 역시 정든 것이
최고인 걸 어디 새것에 비기랴…… 서영은 그렇게 생각하며 베란다
에서 멀리 산 쪽을 바라보면서, 음식을 만들고 있는 친구와 그 동안
의 소식을 주거니 받거니 했다. 그때 서영은 눈에 익은 듯한 건물 하
나를 발견했다. 그것은 당연히 처음 보는, 그러나 건축 양식이 눈에
익은 붉은 벽돌의 오래 된 성당 건물이었다.

　"아니, 명희야. 이 동네에 성당이 있었구나?"

　"참, 니 성당 다니재? 나도 모르고 왔는데 와서 보니 가까운데 성당
이 있더라. 나는 성당 나가지 않아도 해거름 때쯤, 밥 하다가 산도 바
라보고 성당 건물도 바라보고 그런다. 그러고 나면 괜히 기분이 가라
앉는 거 같더라. 나도 예수 믿으까?"

　서영은 친구와 놀다가 미사 시간이 맞으면 오랜만에 평일 미사를
갈 작정을 하고 성당으로 전화를 걸어보았다. 마침 저녁 미사가 7시
30분에 있다고 했다. 서영은 시간에 맞춰 친구 집을 나서서 산 쪽으로
난 길을 따라 성당으로 갔다. 고백실에는 빨갛게 불이 켜져 있었다.
정시에 미사가 시작되었다. 그런데! 기막히게도, 제대를 향해 나아가
는 분은 바로 예로니모 신부님이었다. 제대 가까운 곳에 앉은 서영을

신부님도 알아보신 것 같았다. 아, 맞아. 지난 봄에 인사 이동이 있었어. 그리고 예로니모 신부님의 임지가 지금 와 있는 성당임을 주보에서 발견했던 게 기억났다. 서영은 아무 생각 없이 찾아온 성당에서 예로니모 신부님을 만나게 된 것이 기적 같기만 했다. 미사 후 신부님께서 서영을 사제관으로 안내했다.

"몇 년 만입니까? 세월이 흘러도 이렇게 만날 수 있어 고맙습니다. 그 동안 별일 없었지요?"

서영은 편두통 증세를 가져온, 이즘 자신에게 일어난 이야기를 신부님께 대충 들려주었다. 신부님은 서영의 이야기를 들으며 빙그레 웃기만 했다.

돌아오던 길, 신부님이 서영에게 책 한 권을 주며 말했다.

"너무 마음 쓰지 마세요. 레이첼 씨는 자기 삶을 진지하게 고뇌할 줄 아는 보기 드문 사람인데, 때론 성찰이 지나쳐서 해로운 자학으로까지 끌고 가는 경향이 있어 보이더군요. 마음 편하게 가지세요. 하느님도 쓸데없이 너무 고민하는 거 예뻐하시지 않을 겁니다."

세월이 흘러도 신부님의 사랑법은 여전하시구나. 서영은 안도하는 마음이 되었다. 처음부터 신부님이 이리저리 변할 사람이라고는 꿈에도 생각지 않았지만.

서영은 지끈거리던 두통이 조금은 사라진 것 같아 살 만하다고 생각했다. 아마도, 유리를 닦느라 마음을 비운(?) 때문인 것 같았다. 먼지가 닦여진 창틀을 책장에 하나씩 끼우는데 우체부의 방문이 있었다.

엽서. 병원에서 쓰신 신부님의 가을 메시지였다.

그렇잖아도 신부님 당신 걱정으로 밤잠을 설쳤는데 이 아침 어인 일로 사랑의 메시지를 보내 주셨는지……. 당신도 병중이면서.

참 우습지요? 무슨 큰 일을 한 것도 아닌데 이렇게 병원 신세를 지고 있습니다. 침대에 누워 가만 생각하니 레이첼 씨의 이즘 고민이 손에 잡혀 옵니다. 그날 섭섭하지나 않았는지요? 사람은 남의 고통엔 대체로 대범한 법이거던요. 레이첼 씨는 심각했을 이야기를 제가 너무 쉽게 치부해서 간단한 처방까지 내려 준 게 마음에 걸립니다. 제가 이렇게 병원에 누워 있으니 그나마 그런 생각이 든 겁니다. 하느님은 저의 단단해진 마음을 보시고 이렇게 치유의 기회를 주시니 그분은 정말 기막힌 분입니다. 다 좋은데 이곳에서도 답답한 의식으로 중무장 된 사람을 더러 보게 됩니다. 그분들은 신선한 가을을 모독해서 푹푹 찌는 여름을 연상시키지요. 레이첼 씨의 트인 의식은 언제나 청명한 가을 하늘이고요. 남 눈치 보지 말고 낮잠이라도 푹 주무시고 맛있는 것도 많이 드십시오. 이런 표현이 좀 우습긴 합니다만 과부가 홀아비 사정 안다고 안합디까. 좌우간 병에서 이기는 길은 많이 먹는 것밖에 없습니다. 마지막으로, 인터뷰 당했다는 그분들, 레이첼 씨 별로 원망 안 할겁니다. 한 치 앞도 알 수 없는 게 사람 일인데 그분들이 그걸 모르겠습니까. 너무 남의 감정에까지 신경쓰지 마십시오. 병 난 이유도 행여 그런 성격 때문 아닙니까? 죄송한 발언이지만…….

예로니모 신부님의 영혼의 깊이는 도대체 얼마나 될까? 서영은 엽서 한 장에 깨알 같은 사연을 박아서 보내 준 신부님의 마음에 감동했다. 무례하지만, 와중에 그 위트와 유머 감각, 여튼 신부님은 전무후무한 사나이(?)라는 생각도 했다.

번쩍거리게 닦은 책장 유리가 서영의 마음을 투명하게 비춰 주는 것 같았다. 벽에 걸려 있는 전병환 선생님의 그림. 서영을 사랑하여 아끼는 그림까지 주신 전 선생님, 서영을 위해 자청해서 인터뷰를 청해 주신 분. 신부님의 말씀마따나 그런 분이, 서영이 책도 나오기 전에 사표를 써냈다 한들 그녀가 건강 문제로 직장을 그만둔 사실을 뭐라고 유감 삼을 것인가. 서영은 자신을 사랑하는 사람도 신뢰하지 못하고 자기 생각의 수준으로 끌어내려 혼자 전전긍긍했던 부실한 영혼이 부끄러웠다. 인간은 속절없이 이렇게 어리석은데…….

서영은 작정했다. 우선 전 선생님께 문안 전화부터 드리고 신부님께로는 오랜만에 긴 편지를 올리자고. 그러고 나면 틀림없이 편두통은 사라져 줄 것이란 생각이 들었다.

빛은 도처에 산재해 있는데 귀먹고 눈먼 인간이 제 어리석음 탓으로 그 빛을 놓치곤 했다네…….

[천주교 문학 1993년 겨울호]

빛, 아름다움의 소네트

1

　"······. 나이를 먹을수록 너그럽고 겸손해져야 할 터인데 전 도리어 남을 상처 입히는 일이 늘어 갑니다. 물론 애초부터 남을 상처 입히고자 작정한 적은 없었지만 결과적으로 남을 상처 입힌 경우가 허다합니다. 제가 남을 상처 입혔다는 생각조차도 어쩌면 저의 교만에서 기인하는지도······."

　오랜만에 찾은 고백실. 그녀는 자신의 목소리가 평소와 같지 않아 괜히 부끄러웠다. 목소리가 떨려 나오는 것을 부끄럽다고 여기는 그것도 따지고 보면 교만 아니고 무엇이랴. 게다가 죄의 고백 내용은 또 얼마나 피상적인가. 남을 상처 입혔다, 그러나 애초부터 상처 입힐 작정은 아니었고 생각해보니 결과적으로 상처 입힌 것 같다, 그리고

남을 상처 입혔다는 것도 가만 생각하니 교만함에서 기인하는 것 같
다……. 그녀는 스스로 한심한 사람이라는 생각이 들었다. 늘 이런 식
이니 자신을 보는 타인들의 심정 또한 얼마나 갑갑할 것인가.

“……나이가 사람을 성인으로 만들어 주는 건 아닙니다. 그러니 편
한 마음으로 사십시오. 죄의 곁가지가 아닌, 죄의 뿌리를 찾아보면 우
리의 잘못이란 흔히 이기심과 교만함에서 기인하는 경우가 많습니다.
자신의 잘못을 솔직히 인정하고 그분께 도움을 청하는 행위 하나만
으로도 우리는 용서를 얻을 수 있습니다…….”

그녀는 안도했다. 이번의 성사는 화해의 성사가 분명하다는 생각이
들었던 것이다. 잘난척한 것이 문제였다. 그것이 마음을 무겁게 했는
데. 그래서 고백성사의 내용도 사실은 신부님 당신을 향해 용서를 비
는 것이었다. 말꼬리를 빙빙 돌린 것 같아 죄스런 마음이지만 아마도
신부님께서 먼저 그녀의 마음을 이해하신 것 같았다. 그러니 얼마나
더 고마운 일인가. 묵주기도 한 꿰미의 보속을 얻어 고백소의 문을
나서는 그녀의 마음이 밝았다. 아마도, 니 마음 내 알겠다 라는 뜻이
담겨진 듯한, 느긋하던 신부님의 목소리 때문일 터였다. 오랜만에 가
뿐한 마음으로 성당 언덕을 내려왔다.

집에 닿아 마악 대문의 벨을 누르려는데 자동차 한 대가 그녀 집
골목 앞에 섰고, 운전석에 앉았던 남자 한 사람이 무거워 보이는 상
자 하나를 차에서 내려 그녀가 서 있는 대문간 쪽으로 들고 오는 게
보였다. 그 순간 대문이 열렸고, 그녀가 집 안으로 발을 들여놓자 아
까의 그 남자가 뒤미처 그녀를 불렀다.

“혹, 여기가 유영화 씨 댁입니까?”

“예, 제가 유영화…….”

“아, 그렇습니까? 바로 찾아왔군요. 윤기정 씨 아시죠? 윤 선배님 심부름 왔습니다.”

“그분, 지금 거제도 작업장에 계신다고 알고 있는데……”

“맞습니다. 오늘 제가 선배님 만나러 거제도엘 갔었는데 이 걸 오늘 중으로 꼭 좀 전해 주면 좋겠다고 부탁을 하길래, 이렇게……”

그의 후배란 사람은 예의 무거워 보이던 상자를 그녀 발 밑에 놓아 주곤, 어찌된 영문인지 묻기도 전에 선걸음에 가버리고 말았다. 그가 남의 손까지 빌어가며 그녀에게 보낸 것이 대체 무엇인가? 그녀가 상자를 안고 현관을 들어서자 마루에서 색종이 접기를 하던 그녀의 조카가 반갑게 그녀에게 안겨왔다.

“고모야, 그게 뭔데요? 성당에서 크리스마스 선물 받았어요?”

“그래, 방금 산타 할아버지가 주고 가신 선물이야. 같이 풀어볼까?”

그녀와 조카 원재가 야무지게 꽁꽁 묶여진 비닐끈을 풀어 상자를 열자 그 상자 안에서는 밤색 기운이 도는, 아주 정성 들여 마무리한 표가 역력한 대리석 조각품 하나가 나왔다.

극도로 선을 절제해서 대상을 단순하디 단순하게 표현한 그 작품은 바로 현대적 감각으로 조형한 ‘성 모자상’이었다.

단순한 선이 풍기는 정결함과, 차가운 대리석 소재(素材)를 새틸처럼 부드러운 느낌이 들게 조각한 작품은 긴미리의 여자가 소년의 어깨 위에 자신의 머리를 얹고 있는 형상을 아름답게 표현해 내고 있었다. 그리고 머리칼……. 파도처럼 출렁이는 머리타래는 탐스럽기 그지없었는데, 그 머리타래를 표현한 선이 그렇게나 단순할 수 있다니, 놀라운 일이었다. 얼굴 전체의 윤곽도 달랑 코만 하나 높여 놓았을 뿐, 입도 없는 얼굴이 부드러운 웃음을 머금고 있는 것이었다. 이건

신의 손길로 빚어진 거야! 그녀는 감탄했다.

"고모야, 여기 상자 안에 편지가 들어 있어요."

원재가 그녀에게 봉투를 건네 주었다.

2

"올라온 김에 영화 씨 얼굴이나 보고 갈까하는데, 어떻습니까?"

저돌적인 면모가 있는 사람을 무서워하는 그녀는(그의 어떤 구석에서도 저돌적인 면모를 발견하지는 못했지만), 가기 전에 얼굴이나 보자는 말이 부담스러웠다.

"죄송하지만 오늘은 약속이 있어서……. 다음에 오시면 그땐 시간을 낼게요."

"무슨 약속입니까?"

"남천동 지나 화랑에서 누굴 만나기로 했어요. 다섯 시 반까지 가기로 했기 때문에 지금 나가야 시간이 맞아요. 그럼……."

"아아, 영화 씨 저도 그럼 그 곳으로 갈께요. 지금 '결실展' 열리고 있죠? 원로화가 선생님들의 그룹전……. 저도 그분들 다 압니다."

그녀는 양병찬 선생님께 드리려고 건삼 한 통을 준비해 놓고 있었는데 전시회 첫날엔 다른 모임에 가느라 전시장을 찾지 못했고, 내일이면 전시가 끝나는 날이라 부랴사랴 오전에 전화해서 미리 양병찬 선생님과 만나기로 약속을 한 터였다. 그런데 그가 그곳으로 오겠다는 것.

화랑에 닿으니 전시 끝나기 하루 전날인데도 애호가들의 걸음 수가 많았다. 그녀는 원로 화가 선생님들의 농익을 대로 농익은, 스무 점 가량의 작품을 돌아본 뒤 전시장 한가운데 놓여진 소파에 앉아 양 선생님과 저간의 이야기를 나누었다. 그러는 동안 그가 화랑에 닿았고, 양 선생님의 그림 앞에 오래 서 있는 그의 모습이 그녀의 눈에 들어왔다. 그녀는 오랜만에 양 선생님을 뵈었기로 저녁식사 대접이라도 해야 할 판이었는데 예정에 없던 사람과 만나게 되어 식사 얘기는 입 밖에 낼 수가 없게 되어 속이 상했다. 한데 마침 양 선생님께서도, 작품 철수하기 전 다섯 분의 선생님들 모두 저녁 식사를 할 거라면서 그녀와 함께 저녁시간을 보낼 수 없음을 미안해 하셨다. 아고, 주님이 도와 주시는군. 그녀는 속으로 웃으며, 다른 네 분의 작가 선생님들께 일일이 인사를 한 뒤 화랑을 나섰다. 그녀가 화랑문을 나서자 그도 화가 선생님 모두에게 가겠다는 인사를 한 뒤 서둘러 그녀 뒤를 따랐다.

"영화 씨, 분명 이후에 다른 약속은 없죠?"

그녀가 아무 소리도 않자 그가 빈 택시 한 대를 잡았다. 그녀가 기사에게 그녀집 동네로 가자고 했다. 아무래도 집 앞으로 가는 게 마음 편할 것 같아 그녀가 그의 동의도 구하지 않고서. 그녀 집 동네 큰길 가에 이르러 두 사람은 내렸다.

"여기 호프집 깨끗해 보이네요. 맥주 한잔하고 가시죠?"

말은 그랬지만 그는 그녀의 답은 듣지도 않고 호프집 2층 계단을 올랐다. 그녀도 그의 뒤를 따랐다. 자리에 앉자 그가 술을 시켰고 그녀에게 할 말이 많은 듯 이야기를 서둘렀다.

"아까, 제가 양 선생님 그림 앞에 오래 서 있던 것 봤습니까? 행여 그쪽으로 올까 해서 한참 기다렸는데 끝내 오시지 않더군요. 양 선생님 그림이 변했어요."

"제가 보기엔 그대로던데요?"

"그러게 제가 영화 씨가 그쪽으로 오길 기다렸단 말입니다. 어떻게
변했는지 설명해 줄려고요. 이런 말 좀 그러한데…… 양 선생님 건강
이 좋지 않으신 것 같아요."

그녀는 그의 말이 그슬렸다. 그녀에게 양 선생님은 얼마나 소중한
분인가. 연세도 많으셔서 마음속으로 늘 건강을 빌어 왔는데 남의 입
을 통해 기분 좋지 않은 이야기를 듣게 되다니…… 그건 그렇고, 이
남자는 선생님의 그림에서 어떻게 그런 걸 볼 수 있었을까. 허투로
하는 소리는 아닌 것 같은데. 하긴 처음 볼 때부터 예술 하는 사람이
지닌 특유의 감각이랄까 천재성이 엿보이긴 했었어. 그래도 기분 나
빠……. 그가 그녀의 기분을 눈치챘는지 이야기의 방향을 바꾸었다.

"전 영화 씨를 처음 보는 순간, 이 사람 참 투명하다,라는 생각을
했습니다. 그게 어쩌면 영화 씨가 믿는 종교적 심성 때문일지도 모른
다는 생각이 드는데 본인 생각은 어떻습니까?"

"전 우유부단하고 패기가 없는 사람인 데다, 자의식이 강하고 약간
의 교만함도 갖고 있고……. 그러니 남들이 흔히 말하는 종교적 심성
과는 퍽 거리가 멀게 사는 사람에요. 투명하다? 글쎄……. 저랑은 맞
지 않는 말이네요."

"아니에요. 투명해요. 그것도 지극히. 그리고 이건 아주 조심스럽게
하는 말인데 영화 씨는 자신의 삶을 너무 억압하면서 사는 사람 같아
보여요. 기분 나쁘실지 모르지만 제 눈엔 그렇게 보입니다. 투명하다
는 거, 참 좋은 건데……. 나이 먹은 여자가 풍기는 투명함이라서 귀
해 보임과 동시에 남에게 그런 느낌을 주자면 자신은 얼마나 살기 고

단할까 하는 생각이 들었어요. 제 말이 무례했다면 용서해 주십시오. 그리고 전, 예수쟁이들 되게 싫어합니다. 신이란 거, 마음 둘 곳 없는 인간이 만든 우상 내지 허구 아니고 뭡니까? 전 신을 믿지 않아요. 대신 인간을 믿습니다. 그래서 저의 작품도 인체의 변형에 그 기원을 두지요."

그녀는 무례해 보일지도 모르는 그의 말에 오히려 위안의 느낌을 받았다. 그의 말이 아니어도 그녀는 시시로, 점점 살기 고단하다는 생각을 갖곤 했던 것이다. 물론 그가 말하는 고단함과는 거리가 있겠지만. 그녀에게, 그녀 자신의 삶이 힘들 거라고 말해준 이가 과연 있었던가 없었던가? 이즘 들어 그녀는 정말이지 살기 힘들다고 길가는 사람을 붙잡고라도 엄살을 피고 싶었던 적이 있었다. 그녀를 차가운 사람으로 알고 있는 주위 사람들에 대한 외로움 때문이었다. 사람 사이의 원만한 소통이야말로 진정한 삶을 살아가는 데 가장 필요한 요소라고 깨달은 이즘, 그녀는 타인과의 '의식의 닫힌 벽' 앞에서 절망하곤 했다. 자신의 의도가 타인에게 왜곡되어 전해지는 외로움. 예수쟁이들을 싫어한다는 말도 과히 듣기 싫지 않았다. 구체적인 모습으로서의 신앙인이 되기 전의 그녀 역시, 그런 생각을 품었던 적이 있었으니까. 옛날, 그녀는 예수를 믿는 사람들이 더 이기적인 모습들을 노출하는 것 같아서 크리스찬들을 싫어했었다. 사실, 같은 신자들을 만나면 서로 물고 빠는 그들이 정작 슬픈 이웃을 외면하는 경우를 너무 많이 목격했고, 지금은 그녀 역시 그런 어정쩡한 예수쟁이가 되어 있는 본새여서 그녀는 그의 말을 반박할 수 없는 처지이기도 했다. 그러나 신은 살아 있다! 정말 정말로 신은 존재한다! 하나 그에게 그런 말은 하지 않기로 했다. 인간을 믿는 사람이라면 얼마 지나지 않아

신의 존재도 믿게 될 것이라는 확신이 있어서도 아니었다. 처음 보던 순간, 그는 타고난 예술가라는 느낌을 가졌기 때문이었다. '파격'이란 말이 그녀의 입 속에서 뱅글거렸다.

"영화 씨. 우 선생님 말씀대로 글 하나 써 주시는 거죠?"

"정말 자신 없어요. 윤 선생님의 팜플릿에 제가 무슨 글을 쓸 수 있다고 그러세요. 전 작품을 볼 줄도 모르는데요."

"알았습니다. 그러면 쓰지 마세요. 대신 제가 써서 영화 씨 이름으로 내겠습니다. 이 이야긴 이만 끝냅시다. 자 술이나 드세요."

외출해서 서너 시간만 지나도 온몸이 쑤시고 궁둥이가 들썩여지는 그녀의 병고를 눈치챘는지 그가 일어서자고 했다. 그녀는 반가웠다.

"대문 앞까지 바래다 드리고 가겠습니다. 기사도 정신을 발휘하려는 게 아니라 집이나 알아놓을 심뽀니 그리 아시고요."

저도 억지 겸손 부리는 사람 싫어해요. 한데, 영혼이 투명한 사람은 정작 당신 같네요. 그녀가 속으로 말했다.

대문 앞에 다다랐을 때,

"글, 쓰지 않으셔도 상관 없습니다. 제가 쓸 테니까 신경쓰지 마시고 잠이나 편히 주무십시오."

그 말을 남기고 그는 미련 없이 어둠 속으로 사라져 갔다. 자신이 써서 그녀 이름으로 글을 내겠다는 말이 그녀에게 글을 써야겠다는 생각을 안게 했다. 그러면서 그녀는 자신에게 말했다. 그의, 인간에 대한 믿음이 깊어 보여서야.

3

그녀가 수화기를 들었다.

"영화야, 지금 뭐 하는데?"

여자처럼 가성을 내며 우 선생이 그녀에게 아침 문안(?) 전화를 걸어왔다.

"음, 애인 전화 받고 있지요."

"맞제? 내가 영화 애인 맞제? 그라면 우리 영화한테 이 애인이 해 줄 일이 하나 있다. 내일 거제도 가자."

"엄마야, 선생님도 참. 절대로 저 데리고 어디 안 간다고 바로 엊그제 단단히 장담하셨잖아요. 제게 여행 이야기만큼은 다신 하지 말아 주세요. 아시잖아요, 제 성질."

그녀는 이즘 한 며칠 마음 무거워하고 있는 중이었다. 그놈의 편지가 문제의 발단이었다. 키 크고 덩치 큰 본당 신부님은 덩칫값을 하느라고 그러는지 매사에 부지런하기가 한도 끝도 없었다. 부임한 지 일 년 육 개월 동안 신부님 몸 움직인 것을 계산하라고 하면 하느님도 답이 나오지 않아 손들 지경일 터이다. 그런 신부님께서 며칠 전 평일미사에 5분쯤 지각을 하신 거였다. 입당성가가 3절을 넘어 새로 다시 1절로 되돌아가도 신부님의 입당은 이루어지지 않자 성질 급한 신자 한 사람이 불퉁한 얼굴을 하고는 성당문을 밀고 밖으로 나가는 것이었다.

그녀가 신부님께 편지 한 장을 썼었다.

……신부님, 강론 중 너무 질타하는 투로 말씀하시지 않았으면

좋겠습니다. 사랑을 실천하면서, 인간의 기본 도리를 다하고 살아
란 신부님의 말씀은 구구절절이 옳아서 전 언제나 뒷자리에서 마
음속으로 박수를 보냅니다. 그러나, 늘 듣는 그 말이 지겨워 죽을
지경인 사람들도 분명 있을 겁니다. 제가 옛날 수양성당 다닐 때
바오로 신부님의 강론을 듣고 좋아한 이유가 있습니다. 그분은 결
코 강요가 없었습니다. 예로, 우리는 시간이 지나도 변하지 않는
그 무엇, 그러니까 빛을 따라가는 사람이다. 하지만 우리가 성인이
되어야 할 필요는 없다,라고 했습니다. 늘 죄책감에 시달리고 있던
저 같은 사람은 성인이 아니어도 된다는 그 말 한 마디에 자유로
움을 얻을 수 있었습니다. 강론도 그런 방법론이 전제되어야 하지
않을까를 바오로 신부님을 통해서 깨달았습니다. 좋은 걸 제시해
주면서도 전혀 강요가 없었으니 신자들은 오히려 좋은 삶을 살아
야 한다고 생각했고, 생각에 여유가 생기니 스스로 행복해서 신부
님을 좋아했지요. 우리 신자들, 신부님을 예수님 모시듯 떠받들다
가도 사소한 실수 하나만 보여도 돌아서선 딴 생각합니다. 저를 포
함해서 신자들, 퍽 이기적이고 편협합니다……

편지를 보내놓고 그녀는 후회했다. 이야기가 희한한 방향으로 비약
된 것 같았고, 정작 그녀 편지의 방법이 나빠서 '방법론의 전제' 어쩌
구 한 게 여간 마음에 걸리던 게 아니었다. 괜히 잘난 척한 것 같아
몇몇 날 마음 고생을 심하게 했다. 신부님은 내 마음 이해해 주실거
야, 하며 스스로 위안을 구하기도 했지만 간혹 찾아오는 병고를 그
즈음엔 그런저런 이유로 평소보다 심하게 앓았던 것이다.

그 와중에 함께 경주엘 가자는 우 선생의 전화가 있었다. 그러나…… 마음이 심란하다는 이유로 그녀는 일언지하에 거절을 했었다.

그런데, 우 선생님은 지치지도 않고 그녀에게 또다시 여행길에 따라 나서자는 것이었다.

“내일 오후 1시까지 우리 집으로 온나. 준비할 건 아무 것도 없고 집에 있는 밑반찬이나 조금 챙겨오면 된다. 가보면 알겠지만 참 좋은 곳이다.”

그녀는 가고 싶은 생각이 없었지만 남이 원하는 일을 해본 적이 거의 없었던 자신의 삶을 반성하기도 할 겸, 신부님께 쓸데없는 소리나 내뱉은 자신의 무례를 보속도 할 겸, 여행에 껴붙기로 작정했다.

떠나던 날엔 아침부터 비가 세차게 내렸지만 오후가 되자 비는 그쳐주었고 막상 보따리를 챙겨 대문을 나서니 아지 못할 기대감 한 자락도 그녀 가슴에 차올랐다.

그들 일행은 휴게소마다 들러가며 쉬엄쉬엄 거제도를 향해 달렸다.

해질녘에 닿은 거제도는 그곳을 찾아온 이방인들에게 눈부신 아름다움을 선사했다. 이제 막 피어난 꽃처럼, 반짝이는 불빛을 단 거제대교를 지나 독신의 조각가가 살고 있다는 곳으로 향하는 길은 이내 낀 회색빛 바다가 그들의 왼쪽 발목을 붙잡고 늘어지고, 해송의 사이사이로 점점이 떠 있는 섬들은 제 모습을 드러냈다가 숨었다가…… 제멋대로 숨바꼭질을 해대고 있었다.

그들은 해가 꼴깍 질 무렵에야 조각가의 작업장에 닿았다. TV에서 볼 때와는 다른 느낌의 사람이 온 집에 환히 불을 밝히고 그들 일행을 기다리고 있었다. 약간 냉소적인 느낌을 주는 그가, 찾아오는 손[客]들을 위해 바닷가로 향한 대형 스피커에 칼 올프의 ‘까르미나 부라나'를 하늘까지 번지게 하고 있음이 그녀 눈에 인상적이었다. 그때 음악소리를 비집고 어디선가 우우우 바람소리가 들렸다. 그 소리에 귀를 곶추세우는 그녀에게 그가 집 뒤의 대밭에서 들리는 댓잎 울음소리라고 묻지도 않았는데 답을 해 주었다. 혜안이 있는 사람. 그런데, 왜 울음소리라고 표현하셨죠? 하고, 그녀는 괜히 그의 말에 촉을 달고 싶은 생각이 들었다. 울음소리라는 표현에서 한 예술가의 내적 쓸쓸함을 발견한 때문이었을까? 마당에는 노란 별을 마음껏 달고 있는 백 년도 더 된 유자나무 한 그루가 바다를 향해 서 있었고 거무스름한 바다는 마당끝에까지 와서 놀고 있었다. 참 이상한 동네야. 동화의 나라에 온 것 같애. 그녀는 놀라며 감탄하며 그가 앞장 서 들어간 실내로 따라 들어갔다. 넓은 실내엔 벽을 빙 둘러 키 낮은 흰색의 장식장이 서 있었고 장식장 위엔 그가 만든 작품들이 침묵 속에 잠겨 있었다. 희한하게도 늙도 젊도 않은 조각가가 생명을 불어넣은 그의 작품은 오래 된 골동품에서나 풍기는 듯한 선조들의 넋의 냄새가 담겨 있었다. 이상한 느낌이었다. 민속신앙, 토템……. 그런 어휘들이 그녀의 뇌리 속에 어지럽게 날아 다녔다. 그러나 그녀는 조각과는 거리가 먼, 문외한이라 속으로 그렇게 짐작만 할 뿐 자신의 눈에 비친 그런 느낌들이 맞는지 아닌지 물어볼 엄두조차 내지 않았다. 넓은 방을 건너 거실로 들어가니 거실 벽엔 큰 포스트 석 장 정도의 길이는 됨 직한, 커다란 에스키스가 원색의 색감을 뒤집어쓴 채 벽에 걸려 있었다. 섬찟한 느낌이 들었다. 그녀의 머릿속에 들어온 생각, 그것은 여지 없는 '현대판 부적'이었다. 인체의 부분들을 '확대'하거나 아예 '무시'한 그 밑그림은 부적과는 하등 상관이 없는 것이었는데 그녀의 눈에는 그것이 부적으로 보였던 것이다. 그리고 인체의 부분을 확대 또는 무시해버린 그의 처사가 꼭 수학의 미분 적분을 연상시키는 것이어서 철학에서 기인한 수학이 조형에도 적용된다는 사실에 묘한 신비감을 느꼈다. 대형 에스키스 앞에 서서 어리벙벙 놀라 있는 그녀를 우 선생이 놀렸다.

"뭘 그렇게 열심히 쳐다보노. 그게 이상한 부분도 있재?"

그 말을 듣고 우 선생 부인이 '당신도 참…….' 해서 그들은 크게 웃었다. 저녁을 지어 먹고는 의례적인 행사, 술추렴에 들어갔다. 기분 좋은 술자리였지만 그는 말을 아끼는 사람이었다. 새벽 2시쯤 술자리가 파장에 들어갈 즈음 그가 그녀를 입에 올렸다.

"우 선생님, 이 아가씨는 미술해부학적으로 봐서 예술가가 되어야 할 사람인데요?"

"우리 영화는 전자공학과 출신인데 이름 날리는 프리랜서다. 그 하나만 봐도 예술가적 기질을 타고났다고 볼 수 있재, 흠. 그래 어떤 거 시키면 좋겠노?"

"유영화 씨라고 했지요? 제가 부탁 하나 하겠습니다. 제가 다음 달 7일부터 광주에서 전시회를 갖는데 팜플릿에 실을 글 하나 써주면 좋겠습니다."

그가 그녀와 우 선생, 두 사람을 쳐다보며 미리 작정했던 듯, 정색을 하며 말을 꺼냈다.

"그래? 그 참 반가운 일이구마는. 그리고 자네야 이미 중견 대열에 끼는 작가니까 평론가의 평을 받을 때는 이미 지났고, 우리 영화가 간질간질한 글 하나 써서 팜플릿에 싣는다? 그거 참 좋은 생각이다. 영화야, 여게 왔으니 밥값 해야 할 거 아이가. 마, 하나 쓰윽 갈겨 써주뿌라."

그녀가 고개를 저었다. 그의 이름은 이미 들어서 알고 있고, 그가 중견 작가 아니라 신인이라 한들 그녀가 주제넘게 남의 전시회 팜플 릿에 뭐라고 글을 쓸 수는 없다는 생각이었던 것이다. 그 말이 떨어 지자 그녀는 우 선생 부인이 먼저 누워 있는 방으로 들어가 옆에 누 웠다. 거실에선 두 남자들의 두런거리는 소리가 들렸고 잠시 후엔 그 소리도 사그라들었다.

잠자리가 바뀌니 피곤한데도 잠은 와주지 않고 변비 기운도 있어 화장실엘 들락이려니, 집주인은 조각이 전시된 썰렁한 공간의 한쪽 구석에 혼자 누워 있어 화장실 가는 일도 마음 고생이 심했다. 자는 둥 마는 둥, 참다 참다가 새벽 6시에 다시 화장실엘 가려니 누워 있던 자리는 그대로 있는데 사람이 보이지 않았다.

희부윰한 아침빛이 바다로부터 피어나는 마당으로 나가니 별 덩치 도 크지 않은 집주인이 언제 일어났는지 산처럼 커다란 바위 앞에서 망치질을 하고 있었다. 날선 대리석 조각들이 날아와 땅에 박혔다. 간 밤, 인간과 예술에 대한 사랑이 바위와 같던 한 남자가 커다란 대리 석 앞에서 자신을 투신하고 있는 모습……. 그녀는 그의 삶이 아름답 다고 생각했다. 그리고 그의 등에선 아지 못할 회한의 냄새가 묻어나 는 것 같았다. 아아 참, 어젯밤 들려준 그의 스승에 관한 이야기 때문 에 회한이라는 단어가 생각난 것 같았다. 다시 안으로 들어 온 그녀 는 보리차 한 잔을 끓여 밖으로 나갔다.

등으로 그녀의 기척을 느낀 그가 얼굴도 돌리지 않고 그녀에게 말 했다.

"토옹 잠을 못 자는 것 같더군요. 고생스러워서 어쩌지요?"

그녀는 그 말이 고맙기보다는 남 자는 방을 건너질러 화장실에나

들락거린, 자신의 무던하지 못하게 생겨먹은, 별스럽게 예민하게 반
응하는 신체현상이 속상했다.

"더운 물 드세요."

덤덤한 얼굴로 그가 물잔을 받았다. 물잔을 건네 준 뒤 그녀는 펌프
옆의 마당에 쪼그리고 앉았다. 자갈 깔린 마당엔 생명 질긴 들풀들이
납작납작 누워 있었다. 한참을 쪼그리고 앉아 하늘과, 멀리 바다와,
유자가 별처럼 박힌 오래 된 유자나무를 올려다보다가 안으로 들어
왔다. 우 선생 부인과 아침 준비를 했고, 그녀는 식욕 없는 아침을 억
지로 때웠다. 낮엔 모두들 그의 동산에 올랐는데 그의 동산은 참말
동화의 숲이었다. 그의 손길이 간 조각품들이 햇살을 맞받으며 제 있
을 자리를 찾아 당당히 서 있었다. 발밑에 떨어져 누운 솔잎은 융단
처럼 폭신하고 이마를 스치는 바람엔 솔향이 깃들여 있었다. 오후엔
그가, 손수 만든 사닥다리를 타고 올라가 유자를 따내렸고 그녀는 찌
그러진 양동이를 들고 떨어뜨려진 유자를 줍느라 발걸음을 재게 놀
렸다. 부산을 올 땐 그도 일행과 동승을 했다. 다도해의 동그란 섬들
이 안개 속에 잠겨 더욱 부드러워 보이는 시각에 그들 일행은 거제도
를 떠났다. 오던 길, 그가 그녀에게 꼭 한 마디의 말을 했다.

"맑아서 되려 거리감이 느껴져요, 영화라는 사람은."

4

우 선생댁에 닿으니 그도 미리 와 있었다. 대문 앞에서의 그의 협박
이 그녀에게 먹혀 들어가 그녀는 '방문기' 한 장을 썼고, 그걸 우 선

생이 보자 해서 우 선생 집에 모인 것이었다.

그녀가 써 가지고 간 글을 내 놓자 우 선생이 먼저 읽었고, 뒤이어 그가 그녀의 글을 읽었다. 우 선생께서 그녀의 글이 깨끗하다고 칭찬을 하자 그도 그렇다고 고개를 끄덕였다. 그날, 몸이 좋지 않아서 일찍 가야겠다는 그녀를 우 선생 부인이 저녁만 먹고 가라며 붙잡는 바람에 정말 저녁만 먹고 그녀 혼자 일찌거니 집으로 왔다.

며칠 뒤, 팜플릿이 나왔기로 가져 왔다는 그의 전화가 있었다. 마침 그녀 혼자 집을 보던 중이어서 그녀는 나갈 수가 없어 다음에 만나자고 했다. 집 앞의 찻집에서 전화를 한다는 그는 팜플릿만 건네주고 바로 가겠다면서, 벨을 누르면 대문이나 열어 달라고 했다.

잠시 후, 대문을 열어놓고 기다리고 있는 그녀의 눈에 원재와 그가 함께 골목을 들어서는 게 보였다. 학교에서 돌아 온 원재와 그녀를 찾아온 그.

원재 덕분으로 그가 그녀집으로 들어올 수 있었다. 신발을 벗고 현관을 들어서던 그가 그녀의 방문 앞에 걸린 서각 하나를 보며 그 자리에 멈춰 섰다.

"징허당(澄虛堂)? 이 당호 누가 지었습니까? 그리고 각(刻)은 누가 했구요?"

그녀는 부끄러워 얼굴이 붉어졌다.

두어 달 전의 일이었다. 그녀가, 우 선생께 자신이 잘 아는 전각가 한 분을 소개시켜 드렸는데 두 사람 모두 배짱이 맞는 눈치였고 서로 알게 된 기념으로 전각가 소여 선생이 우 선생께 낙관 하나를 선물했었다. 그때 소여 선생이 우 선생께, 그녀에게도 호를 지어 주면 자신이 낙관을 새겨 주겠다고 했고 그 뜻을 받들어(?) 우 선생이 고민 끝에 맑을 징, 빌 허, 그렇게 그녀에게 '징허'라는 호 하나를 지어주었던 것이다. 그런데 우 선생께서 '허'자가 좋긴 한데 허자 들어가는 호가 너무 많더라면서 다시 생각해 보자는 말을 했기로 그녀는 그렇게 알고 있었다. 그런데 어느 날 소여 선생이 그녀집에 왔다가 그 이야기를 듣고는 그럼 우 선생의 수고를 허투로 할 게 아니라 당호로 하라면서 오래 된 단풍나무에다 당호 하나를 새겨주었던 것이었다. 당호를 방문 앞에 걸던 날 그녀는 내내 오금이 저리게 부끄러웠고, 자신이 무슨 문화계의 대모(?)도 아닌 터에 당호까지 싫어 그날까지 부끄럼이 가시지 않고 있었던 것이다. 그리고 우 선생이 그녀에게 내린 해제의 글 또한 그녀에게 부끄럼을 안게 했다.

'영화의 영혼은 맑다. 그래서 그에게는 티끌이 없다. 안개도 없다. 가을 하늘 빛이다. 그리고 그의 영혼엔 여백이 있다. 여백의 공간엔 충만의 가능성이 있고 그 가능성은 여유로움이다.'

그런데 어쩌자고 소여 선생은 우 선생의 해제까지 늙은 대나무에다 각을 해 와선 방문 옆에다 세로로 길게 걸어주었던 것이다. 그 글이 그의 눈에 띄었으니…….

"전 이런 경우 대단히 놀랍니다. 사람마다 생각이 같다는 거…….제가 그랬었지요? 영화 씨는 투명하다고요. 봐요. 누구나 다 그렇게 생각하고 있잖아요. 우 선생님도 대딘하고 이 길 파신 전각가 선생님도 대단한 분이에요. 하이구, 이거 참……."

그가 방으로 들어오더니 다시 입을 벌렸다.

"이거 이거 야단났군. 이 아가씨 온전한 예수쟁이 맞긴 맞나?"

벽에 걸린 십자 고상과 그 옆의 책장 위에 놓여진 목탁을 보고 그가 한 소리였다. 목탁 옆엔 몇 해 전, 다솔사에 갔다가 연등을 만들어

준 대가로 얻어온 열반경과 금강경, 천수경까지 떠억 하니 버티고 있었으니, 천주교 신자 방에 목탁과 불경이 있는 것에 그가 놀란 모양이었다.

"뭘 그렇게 놀라고 그러세요. 책은 절에서 만난 스님께 선물로 받은 것이고, 목탁은 작년에 제가 잠시 방송 스크립터로 일할 때 아는 분이 인두 하나를 구한다기에 제가 집에 있던 인두를 드렸더니 그 대신으로 제게 오래 된 이 목탁을 선물로 주었어요. 제가 가지고 있는 것은 이쑤시개 하나도 다 사연이 있답니다. 하긴 그 사연이란 것도 알고 보면 별 것도 아니지만요."

그녀는 일부러 장난스럽게 그의 말을 받았다.

"영화 씨, 전 솔직하게 말해서 영화 씨의 맑음이 편협함에서 기인하는 결벽증이 아닌가 하고 의심을 했었습니다. 그래서 호감을 갖고 있으면서 거리감도 함께 느꼈지요. 제가 이리 쩨쩨한 놈입니다. 이제 알았습니다. 영화 씨는 저처럼 쩨쩨한 사람이 아니로군요. 하긴, 천주교 신자집에 목탁 하나 있는 게 무어 그리 감격할 일입니까. 그러나 이상하게도 열심한 크리스천들일수록 별 중요하지 않은 그런 문제에 민감하게 반응하고 그러더군요. 그래서 제가 예수쟁이들 싫어한 겁니다."

그때 원재가 방문을 밀고 들어왔다. 아무리 기다려도 절 부르는 소리가 없어 스스로 나타난 것이었다. 녀석은 새 얼굴만 만났다 하면 이상한 문제를 내어 사람을 괴롭히곤 하는데……

"아저씨, 전 세례명이 다니엘인데 아저씬 뭐예요?"

"나는 세례명이 없는데?"

"그럼 됐어요. 아저씨, 예수님은 서기 1년도에 태어났어요. 그런데 저는요, 서기하고 기원전하고 구별이 잘 안 돼요. 서기 1년을 기원전으로 계산하면 몇 세기가 되는데요?”

그녀의 입에선 ‘아이고 골이야’ 소리가 나왔고, 그는 재미있어 죽겠다는 표정이었다. 그런 표정을 짓다가 당한 사람이 이미 한 두 사람이 아닌데. 녀석은 그의 대답을 기다릴 여유가 없는지 다음으로 넘어갔다.

“지구에서 달까지 가는 데 기차로는 76일이 걸리고 사람이 갈려면 11년이 걸린대요. 그러나 빛은 1.3초 만에 가요. 그런데 사람이 간다면 걸어서 가는 걸 말하는 거겠지요, 그지요?”

“아마 그럴 거야. 누워선 갈 수가 없으니까. 그런데 너, 지구에서 달까지의 거리가 얼마나 되는지 아니?”

“3십9만 킬로미터예요.”

그녀는, 얼른 계산해도 맞다 싶었다. 빛이 1초 동안 지구를 7바퀴 반을 돈다고 했고, 지구의 둘레는 4만 킬로미터라고 했으니.

“그리고 아저씨, 인간을 냉동시키는 법은 알지만 다시 살리는 법은 사람들이 아직 개발하지 못했지요? 그리고 박쥐는 겨울잠을 자기 때문에 쥐보다 오래 살 것 같아요”

“왜?”

“겨울잠을 자는 동안엔 늙지 않는대요. 우리 큰고모는요 어떤 땐 제가 학교에 갔다올 때까지 잘 때도 있어요. 그래서 우리 고모야도 오래 살 거예요.”

그러고서 녀석은 그녀를 향해 빙긋이 웃으며 방문을 나섰다.

“나 참, 오늘…… 저 아이 도대체 누가 키웠어요? 혹시 영화 씨 닮은 거 아니에요? 전시회 마치고 정식으로 한번 만날랍니다. 영화 씨가 미팅 주선해 주십시오"

유쾌해하던 그는 그녀의 글이 실린 팜플릿 세 권을 그녀에게 전해
준 뒤 차도 한 잔 마시지 않고 금세 자리를 털고 일어섰다. 마음이
바쁘다고 했다. 하긴 마음뿐 아니라 몸도 무지 바쁠 터였다. 광주에서
의 초대전 날짜가 바짝 코앞에 닿아 있으니.

5

전시회는 이미 끝이 났겠지만 뒷갈망으로 정신없었을 그가 후배를
시켜 '성 모자상'을 보내왔음은 생각할수록 고마운 일이었다. 그녀는
고마운 마음을 가득 안은 채 원재가 발견한 봉투를 곱게 여며 읽어내
려 갔다.

영화 씨

제가 세상에 태어나 여자에게 처음 써보는 편집니다(정말입니
다).

다니엘이 너무 귀엽고 영화 씨의 영혼(글쎄 이름까지 영혼에 가
까울 게 뭡니까)이 생각할수록 고와서 전시회 마치고 바로 거제로
내려와 밤새 작업을 했습니다(생색내자는 것이 아님은 영화 씨가
더 잘 아실터이므로 그런 걱정은 않습니다).

보내는 작품은 아기천사인 다니엘과 고운 영혼의 영화 씨를 저
나름껏 표현한 것입니다. 나름으로 심혈을 기울인 작품이니까 '예
쁘다' 하고 봐 주십시오. 밤새워 작업하느라 힘이야 들었지만 얼마

나 기분이 좋은지 영화 씨도 알아야 하는데…….

부산 가면 연락 드리겠습니다.

그 동안 잠이나 많이 자 놓으십시오. 겨울잠 자는 동안엔 늙지 않는다면서요? 제가 뭘 압니까. 어떤 천사한테 들은 이바굽니다.

처음 쓰는 편지의 꼴이 어떤지 약간 걱정됩니다. 영화 씨는 '문화꾼'이라서…….

안녕히 계십시오.

편지를 다 읽은 그녀는 실소를 금치 못했다. 어림도 없게스리, 그녀와 조카 다니엘을 표현한 작품을 어쩐다고 성 모자상으로 봤단 말인가. 자신이 그렇게 거룩한 사람인가? 그녀는 오랜만에 소리내어 웃었다. 그리고 한편 그를 생각해도 기분이 좋았다. 신은 인간이 만든 허구라고 목소리 높이던 사람이 예수쟁이인 자신과 조카 민재를 위해 힘든 작업 끝에 작품 하나를 완성해 보내주지 않았는가. 자신의 교만을 빙빙 둘러가면서라도 솔직하게 고백한 용기를 보시고 하느님이 내리신 선물인 것 같았다. 신부님께 잘난 척한 잘못도 이미 용서받은 터, 그녀는 새털처럼 마음이 가벼웠다.

느긋하던 목소리의 신부님도 생각하니 기분 수수하고, 성 모자상도 볼수록 아름다워 그녀는 그에게 편지를 쓰기로 했다.

윤 선생님

보내주신 '여인과 소년' 잘 받았습니다(제 눈이 좋은 건지 윤 선생의 솜씨가 거룩한 건지 보내주신 작품을 전 '성스러운 마리아와 예수'로 봤지 뭡니까).

전시회 끝난 후유증을 앓을 사이도 없이 바로 밤새워 작업을 하셨다니 그 체력에 무한 존경심이 솟습니다. 여튼 부산 한번 오십시오. 우리집 어린 천사는 오늘도 수수께끼 내기에 골몰해 있는데 녀석의 그런 모습을 보노라면 지가 무슨 '꾼' 같아서 저의 입가엔 늘 웃음이 감돕니다(그러고 보니 우리집 식구들은 모두 '꾼' 기질을 타고난 것 같군요 — 절더러 문화꾼이라고 하셨으니 하는 얘깁니다).

참, 이건 중요한 발언인데……. 신은 인간이 만든 허구가 아니고, 인간이야말로 하느님께서 만드신 조물 중 가장 아름다운 걸작이에요. 윤 선생은 인간을 믿는다면서요? 우리 민재 말마따나, 그럼 됐어요.

부산 오시면 뵙겠습니다. 안녕히…….

추신 : 올 겨울, 윤 선생님이 저의 산타 할아버지가 되어 주셨습니다. 영문을 모르시겠지만 여튼 감사의 인사를 올립니다.

그녀는, 편지 말미에 날짜를 쓰고 자신의 이름을 서명한 뒤 펜을 놓았다. 고개를 드는 순간, 책상 위 한 중간에 놓아둔 '성 모자상'이 검푸른 머리채를 자랑하며 살며시 웃고 있었다. 저 분이 바로 나란 말이지? 부끄럽지 않게 살아야 되겠네……. 그녀는 그녀에게 기인한 모든 것에 애틋한 감사의 정이 일어났다.

세상은 살만한 동네야. 아무렴, 하느님께서 지으셨으니.

[가톨릭 사회]

깨소금맛 나는 사람

김미혜 씨는 깨소금 맛이 나는 사람이다. 대소사를 막론하고 무척 활달하고 윤기가 있다. 그것은 우선 그때그때 받아본 사신(私信)같은 것에서부터 받는 인상이다.

사실로 나는 지난 94년 문화일보의 신춘문예 소설 부문 심사를 맡아 당선작으로 뽑힌 「안개도시」를 접했을 때부터, 그 문장에서 아슴아슴 그런 풍요한 인간미를 슬쩍 맛보았었는데, 차츰 나도 모르게 그녀의 그 사신(私信)을 슬그머니 기다리고 있는 나 자신을 스스로 발견하며 가볍게 놀라지 않을 수 없었다. 깨알같은 잔 글씨의 편지가 그 이상 재미나고 맛깔스러울 수가 없어, 우리 내외는 서로 돌려 읽으며 하하 호호 웃고 즐기곤 하였었다.

그러노라니 부산서의 장거리 전화로 목소리부터 들었을 때도 그 아주아주 영롱하고 윤기나는 목소리에, 그러면 그렇지! 하고 혼자 내심으로만 홀딱 매혹되지 않을 수 없었다. 그럴수록 도대체 실물은 어

떻게 생겼을까? 더더 궁금했지만 일부러 부산까지 내려가서 만날 수
도 없는 노릇이고, 지긋이 참다가, 드디어 기회가 왔다.

97년, 부산 MBC에서 <이호철의 귀향>이라는 제목의 한 시간짜리
프로를 하게 되어 그 촬영 차, 두세 번이나 내려갔다가 처음으로 만
났다. 그리곤 역시! 싶었다. 내 키를 넘어설 정도로 시원하게 장신인
데다, 다만 몸이 조금 안 좋아 요양 중이라서 얼굴이 붉으죽죽하였다.
몸 속의 독이 빠져 나오고 있어 그렇다는 것이었다. 여느 여자들 같
으면 이런 경우에 차마 마주 보기 쑥스러울 정도로 쭈뼛 쭈뼛거릴 것
인데, 그게 아니었다. 내 쪽에서 약간 무안을 느껴야 했을 정도로 인
생 만사에 타악 트여 있었다. 그렇게 촬영 현장에 마치 조연출이기라
도 한 것처럼 밤 늦게까지 따라다니며 챙겨 주고 내가 숙소에 드는
것을 보고서야 안심하고 돌아가곤 하였다.

그 뒤에도 부산에 내려갈 때마다 김미혜 씨만은 어김없이 만나곤
하였고, 그 밖에도 전화와 사신으로 그 근황을 속속들이 환히 꿰곤
하였는데, 이렇게 몇 년 지나다 보니까, 우리 내자와는 아직 한 번도
직접 대면하지 못했음에도, 더러는 마치 20년 넘은 지기처럼 장거리
전화질로 너스레까지 떨고 있는 것을 옆에서 볼라치면 나도 나대로
슬그머니 우스워지곤 하며, 대저 사람 사는 것이 이렇기도 한가?! 하
고 혼자서 고개가 갸우뚱해지기도 하는 것이다.

그 김미혜 씨가 모처럼 첫 소설집을 낸다!

어찌 내가 자청해서 발문 하나 쓰겠다고 나서지를 않을 것인가.

진심으로 경하해 마지 않는다.

서울 불광동 寓居에서

이 호 철

마술사를 꿈꾸며

**

나는 동화속 세계를 사랑한다.

호박이 마차로 변하기도 하고, 구박덩이 처녀가 결국은 유리구두의 주인공이 되어 왕궁으로 가게 된다는…… 그런 꿈같은 이야기가 통하는 세계를.

나는 그러한 내용의 동화를 읽으면서 온갖 시름(!)을 잊곤 했다.

누구나 그렇겠지만, 내가 처한 상황은 내가 꿈꾸고 지향하는 세계와는 늘 너무 동떨어져 있어서 현실 속의 나는 그지없이 고통스럽기 때문이다. 고통스런 현실을 이기기 위해, 궁여지책으로 차용한 것이 바로 동화 속에나 존재하는 '판타지'였다.

나는 한술 더 떠서 백마 탄 기사,나 내 발에 맞는 '유리구두'를 들고 올 왕궁의 심부름꾼,을 이 현실에서도 기다리며 산다. 목 빠지게 쓸쓸한 일이다.

나의 글쓰기는 아마도 '쓸쓸함'이 시킨 행위일 것이다.

**

'뫼비우스의 띠'를 만든다. 한 점을 정해놓고 선을 그어 나간다. 한 바퀴를 돈다. 그러면 선은 원래의 점에서 만나게 된다, 그러나 아니다!! 펜의 위치는 처음 시작한 점의 배면(背面)에 가 있다. 다시 한 바퀴를 더 돈다. 그제서야 연필 끝은 원래의 시작점에 닿게 된다. 그리고 그어진 선은 놀랍게도! 안팎을 아우르는, 이중의 띠가 되어 있다. 연필을 떼지 않고도 안팎을 아우르는 이중의 선을 만들 수 있는 건, 그 바탕이 '뫼비우스의 띠'이기 때문에 가능한 일이다.

곱의 길을 걷더라도, '안팎을 아우르는 그 무엇'을 말할 수 있는 사람이 된다면 얼마나 좋을까.

**

마술의 세계는 아름답다.

모자 속에서 장미꽃을 피워내고, 후! 입김 한 번으로 흰 비둘기를 날게 하는……

아름답기 때문에 나는, 마술의 세계를 '눈속임'이라 하지 않고 '신비'라 이름한다. 하여, 나는 '김미혜식 신비주의자'다.

내 마른 손에서 백합이 피어나고, 입김 한 번으로 파랑새가 날아오르게 할 수 있다면 얼마나 근사할까.

  그래서 나는 다른 것 다 제쳐두고 '손놀림이 능숙한' 마술사가 되고 싶다.

  미숙한 손놀림 때문으로 주저앉고 싶을 때, 그 때마다 힘 돋우어 주신 이호철 선생님, 철없는 모습에도 늘 고운 웃음으로 지켜보아 주시던 사모님. 두분께는 꼭 큰절 올려야 하는 산 같은 빚이 남아있다. (감히 생각조차 못했었는데 선생님께서 먼저, '발문을 써겠노라'고 주신 전화. 큰 어른께로부터 작게나마 인정받았다는 생각으로 '부끄러운 책' 출간이 조금은 빛을 발하고! 하나, 당선 후 시상식에만 참석하고, 선생님껜 짧은 전화 한 통 드리지 않고 하부(下釜)한 죄는 입이 열 개라도 변명의 여지가 없을 것이다. 선생님 너른 가슴으로 품어주시지 않으셨다면 나의 무례(無禮)는 벌써 하늘에까지 소문나 있지 않을까?)
  어줍잖은 글을 수락해준 정찬용 사장님께 어떤 방법으로 고마움을 표해야 할지…… 오랜 숙제로 남을 것 같다. 책이 되기까지 일일이 고운 손길을 놀려주신 새미의 여러 식구들에게도 깊은 감사를 드린다.

이천일년 가을, 김 미 혜